AVANCEZ MASQUÉS

## DU MÊME AUTEUR

*Morsures*, Le Passage, 2005
(Prix Alain Fournier 2006, Prix du Premier Roman du Rotary Club International 2006)

*Échafaudage*, Le Passage, 2007

*L'Ombre au tableau*, Le Passage, 2009
(Prix François Mauriac de l'Académie française 2010)

www.lepassage-editions.fr

HÉLÈNE BONAFOUS-MURAT

# AVANCEZ MASQUÉS

*roman*

LEPASSAGE

*À la mémoire d'André Topia,*
*qui avait prédit ce roman*

## I.
## LE DÎNER

De toute façon, à quoi bon ? Elle n'avait personne avec qui y aller.

Elle jeta le carton d'invitation au panier. Puis elle se ravisa et le repêcha.

> Dans le cadre de l'Année du handicap,
>
> Madame la Ministre de la Culture,
> Khadija Saïdi,
> Madame la Ministre de la Santé et des Affaires sociales,
> Pétunia Verschueren-Cellier,
>
> ont le plaisir de convier
>
> *Madame Olivia Lespert*
>
> au dîner « Valentin Haüy »
> destiné à sensibiliser à la cause des aveugles et des malvoyants
>
> au restaurant Le Lys Blanc, 6 rue de Valois, 75001 Paris
> jeudi 15 septembre à 20 h précises
>
> Prière de vous munir de cette invitation et de votre carte de presse
>
> Invitation valable pour deux personnes
> RSVP avant le 8 septembre à evenement@lysblanc.com

Olivia se dit qu'elle n'avait rien à perdre. Après tout, elle pouvait bien y aller seule. Elle confirma sa présence par e-mail.

*

Quand le taxi la déposa rue de Valois, Paris flirtait encore avec les vingt-cinq degrés. La canicule semblait ne devoir jamais finir. Dans sa petite robe légère et ses escarpins à bride, elle plaignait les hommes condamnés au costume de rigueur. Olivia pénétra dans le hall bondé du restaurant. Il y avait là une centaine de personnalités, parmi lesquelles elle reconnut pêle-mêle des industriels, le responsable de la communication de la RATP, des présidents d'université, des gens de théâtre et le directeur du Louvre. Elle serra distraitement quelques mains.

Elle avait déjà entendu parler de ces dîners dans le noir. L'idée la laissait sceptique. Personne ne pouvait douter que la vue fût indispensable. Ses confrères journalistes se pressaient sur le trottoir, leurs micros tendus vers Khadija Saïdi qui fit son entrée, la meute à sa suite. Ce soir encore, elle se démarquait par une silhouette parfaite, enserrée dans une robe fourreau de satin prune moiré qui sous le crépitement des flashes virait au turquoise. Nulle part Olivia ne vit l'autre ministre, Pétunia Verschueren-Cellier. À sa place, le secrétaire d'État au Handicap, un petit homme gris et chauve, avait été envoyé en délégation. Dans un coin du hall, il argumentait pour les quelques journalistes qui s'étaient rabattus sur lui, faute de pouvoir approcher la vedette Khadija.

– Madame la ministre de la Santé est en déplacement en province. Son agenda est très chargé. Il n'y a pas d'autre raison à son absence !

– Pourtant, vous ne croyez pas que cela a quelque chose à voir avec la présence de la ministre de la Culture ? Les deux femmes, à ce qu'on dit, ne s'entendent pas.

– Voyons, qu'allez-vous imaginer là ? Nous sommes ici pour réfléchir aux difficultés que rencontrent les non-voyants, je vous le rappelle. Pas pour véhiculer des ragots de cour d'école !

Olivia suivit le mouvement de la foule. Les serveurs qui l'accueillirent étaient tous vêtus de noir. Ils portaient des lunettes fumées destinées à cacher, ou peut-être souligner, leur handicap. Une femme cocha son nom sur une liste, prit son invitation et examina sa carte de presse. Puis Olivia fut dirigée vers le vestiaire avec la recommandation d'y déposer son sac à main. L'employée le rangea dans une case dont elle ferma la porte à clé comme s'il se fût agi d'un coffre-fort. Elle lui tendit un petit ruban de satin rouge auquel la clé était attachée. Olivia l'agrippa du bout des doigts et le noua autour de son poignet gauche ainsi qu'elle le vit faire par un convive qui la précédait. Devant cette haie de serveurs sans regard, elle eut un instant la sensation étrange de se retrouver presque nue. C'était comme si elle pénétrait dans une société secrète.

Le cocktail avait lieu dans une sorte d'antichambre du restaurant, un salon aux murs recouverts de panneaux de bois blond et d'appliques dorées garnies de délicats abat-jours de couleur opaline. Tout en tournant machinalement le ruban de satin à son poignet, elle s'adossa à un haut tabouret pour écouter le mot de bienvenue de la ministre. Celle-ci parla avec assurance et sans notes pendant une dizaine de minutes, exposant la nécessité pour la société tout entière de comprendre les difficultés liées au handicap, et pour tout un chacun de se mettre à la place des non-voyants, particulièrement dans les institutions culturelles, qui avaient entrepris une vaste campagne d'adaptation de leurs structures. Pendant que le discours se déroulait, Olivia admirait le ballet discret des serveurs qui glissaient, tels des fantômes, offrant aux convives des coupes de champagne et des petits-fours colorés sur des plateaux d'argent, sans jamais heurter quelqu'un ni faire s'entrechoquer les verres. Étrange – presque inquiétant. « On ne craint que ce que l'on ne connaît pas », disait justement la ministre.

Tout en portant une coupe à ses lèvres, Olivia se concentra sur l'assistance. Il y avait là des femmes jeunes et moins jeunes, dans des tenues chatoyantes et perchées sur de hauts talons, souvent couvertes de bijoux et trop maquillées. Les hommes semblaient en plus grand nombre. Quelques-uns étaient restés sur le trottoir pour fumer une dernière cigarette ou s'épargner l'obligation du discours. Olivia remarqua un grand brun, un photographe en vogue qu'elle avait déjà interviewé par le passé. Il photographiait des fruits et des légumes pourris. Des animaux aussi. Tous à différents stades de décomposition. Elle chercha son nom, ne le retrouva pas. Se demanda ce qu'il faisait là. Un autre convive, plus âgé, laissait son œil traîner dans tous les décolletés, comme s'il voulait en sonder la profondeur. Olivia porta instinctivement la main à son pendentif quand il riva son regard sur elle. Dans le noir, au moins, celui-là se calmera, pensa-t-elle. L'obscurité avait du bon.

La foule devint plus compacte dès les applaudissements marquant la fin du discours. Les coupes vides furent reposées sur les plateaux. Ceux qui étaient restés à l'extérieur envahirent le salon, les corps se frôlèrent et s'approchèrent du fond de la pièce dont la limite était marquée par un lourd rideau noir. Au-delà se trouvait l'inconnu.

Olivia suivit le mouvement. Spontanément, les participants se mirent en rang comme des écoliers. Des femmes gloussaient pour masquer leur gêne. Olivia détestait ces moments grégaires. La ministre ouvrit la voie et passa la première sous la tenture, aimablement encouragée par deux majordomes aveugles en livrée noire. Le photographe la suivait. Au moment de franchir le seuil vers les ténèbres, il leva une main qu'il posa doucement sur l'épaule de Khadija Saïdi. Vincent Sasportas. Olivia venait de retrouver son nom.

Un à un, les convives passèrent dans cet autre monde. Le restaurant avait bien fait les choses : l'obscurité était totale. Olivia ne parvenait même pas à distinguer la forme de la pièce. Des serveurs lui touchèrent légèrement le bras pour l'orienter. Elle eut l'impression de tourner en rond à tâtons pendant un long moment. De temps en temps, elle heurtait l'un des invités tout aussi maladroit qu'elle. La plupart dissimulaient leur embarras sous des traits d'humour ou des rires forcés. Finalement, elle fut installée par une serveuse à ce qui lui sembla être une table ronde de six ou huit personnes.

– Voici votre place, Madame Lespert, dit la voix féminine.

Interloquée, Olivia se demanda comment la serveuse pouvait l'identifier parmi ce magma de corps indistincts. Il fallait que la jeune femme eût un sixième sens, des repères différents, un don mystérieux. Elle commençait à percevoir l'utilité de l'expérience. Dans le brouhaha, elle ne parvenait pas à savoir si les tables autour d'elle se remplissaient. Les chaises les plus proches furent tirées, des hommes et des femmes prirent place à ses côtés. À sa droite, elle sentit une présence masculine, sans doute un peu lourde, d'après le déplacement d'air provoqué et la profondeur de la voix grasseyante qui s'adressait à elle :

– Bonsoir, chère voisine, je suis sûr que vous êtes charmante. Quel dommage que je ne puisse vous voir. Permettez-moi de me présenter : Hubert d'Entraigues, pour vous servir.

Olivia le salua poliment en retour. Le nom lui disait quelque chose.

– Eh oui, les agences d'Entraigues, c'est moi ! poursuivit son voisin. « Vendre, acheter, louer – Entraigues est là pour vous aider ! »

Olivia n'osa pas lui dire qu'elle avait fait affaire avec la concurrence. Il avait déjà posé une main sur son bras nu et elle ne savait comment l'ôter de là. L'homme dégageait de vagues effluves. Il avait à coup sûr déjà laissé tomber la veste.

– C'est très bien, ces dîners, au fond, poursuivit-il. Ça incite au rapprochement, pas vrai, Mademoiselle ? Et vous, dans quelle branche êtes-vous ?

– Je suis journaliste. *Art Globe*, rubrique culture. Vous connaissez peut-être ?

L'homme émit un borborygme qui devait surtout traduire son ignorance. Il se tourna vers la convive assise à sa droite. Olivia en fut soulagée et se lança dans l'exploration tactile des couverts, de l'assiette et des verres devant elle. Chaque chose était à sa place, comme dans un jeu bien organisé où chacun avait au départ les mêmes cartes en main. À chaque joueur de savoir ce qu'il allait en faire.

Autour de la table, les participants devisaient à bâtons rompus pour contrer l'angoisse causée par leur brusque cécité. Il leur fallait se serrer les coudes pour survivre en ce milieu hostile. La chaise à gauche d'Olivia restait vide, ce qui n'était pas pour lui déplaire. Elle prit la serviette posée en chandelle dans son assiette, la déplia et en lissa les bords, puis la posa sur ses genoux, tout en se disant que le geste était vain, puisque personne ne verrait les taches qu'elle pourrait se faire en mangeant. La serviette dégageait un parfum frais et rassurant. Olivia l'imaginait blanche, d'une pureté immaculée. Mais pas un rai de lumière pour confirmer son intuition. La serviette, comme tout le reste, restait plongée dans ce noir opaque. Les couverts, au toucher, étaient en argent.

Les serveurs allaient et venaient à pas feutrés, proposant du vin blanc pour accompagner l'entrée, et de l'eau plate ou pétillante. Elle accepta. La chaleur lui avait donné soif. Puis elle tendit la main et hésita. Elle repéra trois verres de tailles décroissantes posés devant son assiette. Flattant du bout des doigts la courbe du plus gros, vers la gauche, Olivia se risqua à s'en emparer. Le pied heurta l'autre verre plus à droite mais elle réussit à le porter à sa bouche et, une fois désaltérée, elle se sentit mieux. Elle tâtonna pour reposer le verre, craignant de trop l'incliner par mégarde, de ne pas retrouver sa place. Elle s'aida de la main gauche qui localisa le bord supérieur de l'assiette, contre lequel elle le plaça enfin. Autour de la table, le cristal tintait et les rires fusaient, émaillés de quelques jurons épars.

Pendant qu'elle négociait cette opération périlleuse, un homme était venu occuper le siège à sa gauche. Il se pencha vers elle pour la saluer et Olivia devina qu'il était plutôt grand. Il lui dit d'une voix grave et posée :

– Bonsoir, Madame. Nous voilà donc compagnons de cette étrange aventure... Reste à savoir si nous arriverons à bon port.

Puis il se tut. Il ne souhaitait de toute évidence pas faire de présentations approfondies. Sûrement un personnage public qui voulait rester dans l'ombre – chose facile ce soir. Cela tombait bien. Elle avait besoin de concentrer toutes ses forces sur l'entrée que l'on commençait à servir.

Depuis une table voisine, la ministre souhaita une bonne dégustation à l'assemblée. Le but du jeu, avait-elle précisé dans son discours d'introduction, était de deviner ce que chacun avait dans son assiette. « Vous serez surpris ! avait-elle dit. Vous verrez que vous ne reconnaîtrez pas les mets les plus habituels ! » Olivia tâta du bout de sa fourchette la consistance du plat qui lui avait été servi. La texture était souple, un peu résistante. Puisque personne ne la voyait, elle pouvait y mettre un peu les doigts : l'assiette était nappée de sauce et au centre elle sentit trois petites boules charnues et odorantes. Elle se risqua à attaquer l'une d'entre elles au jugé. Des ballotines d'asperges au foie gras – elle en aurait mis sa main à couper. Le mariage était parfait, délicieusement tiède, la sauce onctueuse et juste un peu relevée, sans doute au piment d'Espelette.

La main de son voisin de droite retrouva le chemin de son bras. Elle eut un sursaut. L'agent immobilier était excité comme un enfant à la cantine :

– Vous en dites quoi, vous ? Pour moi, ça ressemble à de vulgaires épinards au saumon. Vous croyez vraiment que la ministre a laissé faire ça ?

La table se lança dans une discussion où les mots de champignons, terrine de lapereau, sole, roquette et mâche se télescopaient. Chacun y allait de son opinion. Les couverts tintaient dans les assiettes, quelqu'un renversa son verre de vin sur sa voisine, qui poussa un cri. D'une oreille amusée, Olivia écouta le brouhaha qui s'ensuivit tout en finissant de vider son propre verre. Ce léger goût de noisette, ce parfum délicat de chèvrefeuille : sûrement un chablis.

Elle commençait à s'habituer à la situation. Elle avait renoncé à tout contrôler, elle y allait à petits gestes mesurés et, bon an mal an, finit son assiette, s'autorisant même à la saucer copieusement au moyen d'un morceau de pain. Personne ne pouvait lui en faire reproche.

– Subtil mariage, n'est-ce pas ? Le foie gras est parfait, murmura la voix grave à sa gauche.

Ce subit aparté sortait du néant : aucun doute, il lui était destiné.

Hubert d'Entraigues quant à lui réclamait déjà qu'on lui resserve du vin blanc. Olivia se sentait depuis le début du dîner agressée par les bruits qu'il faisait en maniant ses couverts qui heurtaient sans cesse son assiette et ses verres.

– Mmm… Pas mauvais du tout, finalement, ce saumon ! J'espère que la suite sera à la hauteur ! clama-t-il.

L'homme à la gauche d'Olivia restait impassible et ne se joignait pas à la conversation. De toute façon, elle avait assez à faire à écouter les exploits d'Hubert, intarissable. Apparemment, le vin le mettait en verve.

– Si je suis des vôtres aujourd'hui, c'est parce que le gouvernement a besoin de toutes les compétences ! Puisqu'il veut se défaire d'une partie de son parc, il faut bien qu'il fasse appel à moi. C'est un vrai savoir-faire, l'immobilier ! Ça ne s'improvise pas ! Et ce n'est pas d'avoir fait l'ENA qui peut servir, ici. Le savoir-faire, c'est moi qui l'ai ! Trente ans de métier, six cents agences en France… Incontournable, je vous dis !

Olivia laissait courir ses pensées dans le noir. Elle en était à se dire que la cécité aiguisait les autres sens mais pas forcément l'intellect quand elle perçut une onde infime à sa gauche. L'homme avait bougé de quelques centimètres, il semblait s'avancer vers la table. Elle crut qu'il allait s'adresser à elle. Elle ravala un cri en sentant quelque chose de glacé frôler sa cheville.

– Pardon… Je suis maladroit, dit-il à mi-voix.

Il avait une main sous la table et prétendait ramasser un couteau qu'il n'avait pas laissé tomber, elle en était sûre. La lame froide traîna un instant le long de son pied, l'effleurant comme par mégarde. Olivia la crut prête à trancher la bride de son escarpin. Elle rapprocha d'instinct ses deux pieds et les tint serrés l'un contre l'autre sous son siège.

Les serveurs firent diversion et, de leurs gestes appliqués, enlevèrent les assiettes. Partout, les conversations allaient bon train, les rires fusaient, une certaine légèreté s'installait après la pesanteur du début. Seul l'homme à sa gauche restait en retrait. Olivia essayait de jauger mentalement sa stature, de deviner son âge, la couleur de sa peau et de ses cheveux, d'après le parfum qu'il dégageait. Rien à voir avec Hubert d'Entraigues. De cet homme-ci émanait une senteur fraîche et boisée, comme si la canicule n'avait aucune prise sur lui. Il économisait ses mouvements, contrairement à son voisin de droite, qui gesticulait dans le noir et cherchait à épater la galerie.

Des mets furent déposés devant les convives. De la viande, du moins était-ce ce que le fumet laissait supposer. Olivia, à présent plus en confiance dans le maniement des couverts, entreprit de couper ce qui lui semblait être un pavé de bœuf tout en discutant avec sa voisine d'en face des apports du numérique à la pratique du braille dans les bibliothèques. Elle ne se sentait pas peu fière de parvenir à ce niveau de maîtrise, et elle fermait même à présent les yeux pour se concentrer sur ses gestes.

C'est alors qu'elle sentit glisser sur son bras gauche, depuis l'épaule jusqu'au poignet enserré dans le petit ruban de satin, un sillage froid et pointu qui lui rappela le couteau sur sa cheville : la fourchette. À présent, l'homme caressait son bras nu des dents de sa fourchette, comme s'il s'apprêtait à la déguster. Ce ne pouvait plus être un hasard, ou un accident. Il avait décidé de s'en prendre à elle. Tétanisée, elle laissa sa propre fourchette en suspens, entièrement captivée par le mouvement de l'instrument qui remontait maintenant le long de son bras. Puis la sensation s'arrêta. L'onde s'était dissipée.

Elle tenta de reprendre ses esprits. Elle ne savait pas qui il était, aussi elle n'osait pas lui reprocher trop vertement son petit manège. Elle aurait dû le faire plus tôt : en ne repoussant pas le couteau sur son pied, elle avait ouvert la voie à la fourchette sur son bras. Prise entre les effluves du repas, ceux d'Hubert, envahissants, et l'odeur du vin maintenant rouge qu'elle portait à son nez et à sa bouche pour se donner une contenance, elle sentait la tête lui tourner. Il lui venait l'envie de se pencher vers la gauche, vers cette fraîcheur à peine musquée qui évoquait les sous-bois en automne. Mais elle n'osait pas. Elle avala péniblement. Elle se tenait aux aguets, légèrement crispée sur sa chaise. Quand Hubert posa encore une fois sa main grasse sur son bras droit, elle la repoussa vivement. Il émit un grognement de surprise puis tourna sa carcasse moite vers son autre voisine.

Olivia se tenait droite, détachée de son dossier, vaguement coupable d'attendre la suite. Les sens qui lui restaient semblaient soudain décuplés, tendus vers tout geste que tenterait l'inconnu. Elle sentait encore le sillon dessiné sur son bras gauche. Il lui manquait quelque chose pour que l'équilibre fût parfait. Une étrange voix en elle réclamait que, par symétrie, le même trajet fût parcouru par les dents froides de la fourchette sur son bras droit.

Les fromages arrivèrent alors, accompagnés de salade croquante et de nouvelles bouteilles. La tablée s'amusa à identifier les textures et les saveurs. Quand son tour fut venu, Olivia découpa tant bien que mal un morceau à pâte dure choisi au hasard. Elle allait se relâcher enfin un peu, oublieuse de son voisin, quand elle sentit cette fois une main venue de la gauche qui se glissait dans son cou. Elle était étonnamment fraîche. Olivia frissonna. La main remonta dans ses cheveux qu'elle fouilla un peu puis redescendit vers sa nuque. Elle se glissa alors vers le décolleté et, à la stupeur d'Olivia, commença à défaire un à un, lentement, les boutons de sa robe, avec une précision d'horloger. Olivia ne parvint pas à produire un son. Sans force, elle laissait la main descendre contre sa chair comme une couleuvre. Les pans de la robe s'écartaient de plus en plus, offrant son corps presque nu à l'obscurité.

Elle aurait dû appeler les serveurs à l'aide, ou même s'agripper à son voisin de droite, quitte à se voir taxer par lui d'inconstance. Mais elle ne le pouvait pas. Sa robe était grande ouverte, comme fendue en deux par le milieu. La main, joueuse, remontait à présent sur son ventre, ses doigts étaient les soldats d'une petite armée conquérante qui faisaient l'ascension de sa chair, contournant l'obstacle du nombril, tournant autour à plusieurs reprises, puis évoluant vers le haut. Olivia sentait sa gorge se serrer. L'air lui manquait, elle respirait mal. Le noir était total mais des zébrures luminescentes lui irradiaient la rétine.

La tête de l'inconnu s'était approchée d'elle. Elle sentait le filet de son souffle sur son épaule. Le parfum qu'il dégageait frôlait ses narines, de plus en plus grisant.

La main entama l'ascension des monts que dessinaient ses seins. Un à un, les petits soldats en tracèrent les contours, comme s'ils évaluaient la difficulté, puis, faisant doucement glisser les bretelles, ils les dégagèrent de la dentelle du soutien-gorge. L'homme rapprocha sa chaise en silence pour se placer légèrement en biais juste derrière elle. Olivia sentit son autre main se glisser dans son dos, sous la soie de la robe, et dégrafer son soutien-gorge. Embarrassée, elle réussit à s'en extraire au prix de quelques contorsions et le soutien-gorge tomba sur ses cuisses. Les deux mains, enhardies, recouvrirent chacun de ses seins, en prirent possession et les malaxèrent doucement. La conversation qui roulait dans la salle de restaurant n'était plus qu'un lointain murmure. Olivia entendait seulement le bruit assourdissant du sang à ses tempes. Elle tremblait que sa voisine d'en face lui demandât son avis sur un autre point de la gestion des bibliothèques. Son souffle court, sa voix hachée l'auraient trahie.

La main droite s'absenta un court instant pour revenir armée d'un instrument rond et froid qui manqua lui arracher un nouveau cri. La petite cuillère, pensa Olivia. Il ne manquait plus qu'elle. La main gauche, comme absorbée par sa propre tâche, explorait ses flancs avec application, tandis que la droite passait le métal froid sur sa poitrine. À ce contact, ses tétons se durcirent tant qu'ils lui firent mal. La cuillère descendit vers son ventre qui devint soudain brûlant sous la pression glacée. Elle y tourna longuement en cercles concentriques. Olivia était devenue un entremets délectable dont l'inconnu s'apprêtait à se régaler.

Les mains s'éloignèrent alors de son corps, la laissant pantelante, égarée par cette interruption. Olivia dut se baisser un peu pour permettre au serveur d'apporter le dessert par-dessus son épaule et de le poser devant elle.

– J'espère que le dîner est à votre goût, laissa tomber l'inconnu.

Sans répondre, elle ôta son soutien-gorge de ses cuisses, le roula en boule très serrée et le fourra sous sa chaise. Puis elle remonta les pans de sa robe et en referma quelques boutons à la va-vite. À sa droite, Hubert riait très fort sans plus se préoccuper d'elle. Elle prit sa cuillère d'une main mal assurée, heurta les verres dont le tintement lui vrilla les oreilles, le fit cesser en les touchant des doigts comme pour les calmer, et entreprit de goûter le dessert : ce devait être un sablé recouvert d'une crème pâtissière sur laquelle reposaient des lamelles de fruits où elle reconnut la mangue et l'ananas, accompagnées de boules de glace à la vanille. Le froid de la glace contre son palais lui rappela aussitôt celui de la cuillère sur sa peau et elle eut envie d'implorer son voisin de reprendre le jeu là où il l'avait laissé.

Elle croqua dans le gâteau. Les lamelles de fruits avaient une acidité plaisante qui titillait douloureusement tous ses sens en éveil et que la crème, sucrée, onctueuse, venait apaiser. Elle perçut alors un mouvement sur sa gauche et se surprit à espérer. Il ôtait sa veste. Elle cessa de respirer. Les mains vinrent cette fois d'emblée à deux lui rendre visite. Elles défirent les quelques boutons qu'elle avait à peine refermés, patiemment, avec l'assurance d'un maître d'école corrigeant un élève distrait et lui enseignant les bons gestes. Elles reprirent possession de leur territoire et Olivia se laissa faire. Les mains tournèrent longuement sur son ventre et ses seins, puis descendirent le long de ses hanches vers ses cuisses. Olivia se savait à leur merci. Il n'y avait plus que la fragile dentelle de sa culotte qui la protégeait.

Les mains se retirèrent de nouveau lorsqu'une serveuse passa prendre les commandes de café. Olivia racla machinalement le fond de son assiette où la glace avait fondu. Elle savoura cette petite flaque crémeuse puis reposa sa cuillère, dans l'attente, le cœur battant. Bientôt, le parfum de l'homme se rapprocha de nouveau. Olivia eut un geste vers lui, effleura le lin de sa chemise, glissa ses doigts entre deux boutons. Elle eut à peine le temps de savourer la légère pilosité de son torse. Il prit sa main dans la sienne, la posa dans son entrejambe, entre les plis du pantalon. Elle la laissa posée là, émerveillée, haletante, tandis qu'il partait à la conquête de ses cuisses, descendant jusqu'aux genoux. Cette fois, ses pieds vinrent s'emmêler aux siens, son corps se rapprocha un peu plus, leurs deux chaises étaient presque collées. De la table autour d'eux s'élevait un débat animé ponctué de rires.

Les mains remontèrent entre ses cuisses, se faufilant sous la dentelle. L'une d'elles s'absenta un court instant. Olivia retint son souffle. Quand la main fut de retour, elle tenait de nouveau le couteau. Olivia sentit la lame se glisser sous les broderies de sa culotte, sur le côté gauche, puis sur le côté droit, et la découper par petits à-coups méthodiques. Elle hésitait entre la panique et l'envie irrépressible d'aller plus loin. L'inconnu ne lui laissa pas le temps de décider. Il avait cette fois pris un verre et, le glissant délicatement entre ses cuisses, en fit tourner le pied par jeu contre son intimité offerte. Puis il le retourna et en versa quelques gouttes en libation. Olivia ne savait pas si c'était de l'eau ou du vin. Il reposa le verre. Ses doigts se mirent à aller et venir contre son pubis, de plus en plus entreprenants, se faufilant toujours plus loin. Une main était remontée vers ses seins et les caressait doucement. Olivia se sentit se dissoudre, tandis que lui avait ouvert sa braguette. Elle s'agrippa de toutes ses forces à l'offrande qu'il lui faisait, sentant son membre s'ériger sous ses caresses, l'accompagnant de son mieux, tandis qu'elle-même se liquéfiait sous ses doigts. Arc-boutée sur sa chaise, vibrant du bout des seins à la pointe des pieds, les entrailles en fusion, elle poussa soudain un petit cri, auquel celui de l'homme fit écho, tandis qu'il explosait dans la main d'Olivia.

– Faites attention, le café est brûlant ! dit l'un des convives.

Olivia resta là, hébétée, éperdue de reconnaissance et d'émotion. L'homme eut un long soupir et, sans un mot, il déposa un petit baiser dans ses cheveux, puis se recula. Elle lâcha alors sa prise, se souleva sur sa chaise pour ôter sa culotte lacérée, récupéra son soutien-gorge et entreprit une nouvelle fois de reboutonner sa robe.

Le dîner touchait à sa fin. Un couteau insistant fit tinter un verre pour appeler au silence. La ministre remercia tous les participants pour leur coopération, souhaitant qu'ils aient pleinement tiré profit de leur expérience et qu'elle leur ait ouvert les yeux. Sur ce, elle annonça que les lumières allaient revenir progressivement, pour ne pas agresser leurs rétines, et que tout le monde pourrait se disperser tranquillement.

Au bout d'une dizaine de minutes, la lumière était revenue, entière, aveuglante. Olivia resta un moment encore assise, contemplant sans la voir la table jonchée de taches et de fragments de nourriture. Les serviettes et la nappe étaient d'un beau jaune d'or, assorties aux assiettes à petits liserés de tournesols. Quand elle osa enfin se tourner vers la gauche, son voisin avait disparu.

Elle se leva, encore vacillante, et fouilla du regard la foule qui s'éparpillait. La vue avait repris le dessus, elle ne pouvait plus se laisser guider par son odorat. Les parfums de tous ces corps s'emmêlaient. Il pouvait être n'importe lequel d'entre eux. Olivia franchit le rideau en sens inverse, Eurydice revenant de l'autre monde. Elle attendit, hébétée parmi la foule, pour récupérer son sac. En franchissant la porte qui donnait sur la rue, elle jeta un dernier regard en arrière et aperçut la ministre, le rose aux joues, l'air un peu ailleurs, qui remettait des doigts sa chevelure en place. Le photographe la suivait à quelques mètres de distance. Une nouvelle fois, Olivia frissonna.

## 2.
## LA MAIN DE DIEU

Vite. Une dernière relecture. Son rédacteur en chef, Thomas Tranchard, alias double T, lui avait commandé un article sur Soulages pour le soir même, 4 novembre. Elle l'avait intitulé – sans grand génie – « Les pouvoirs du noir ». Le sacré. La couleur des corbillards, des prêtres et des popes, de Nosferatu. N'existant que par la lumière et le blanc. Alors qu'elle mettait le point final à son texte, voilà que son esprit était ramené à ce soir de la mi-septembre. Le noir était la couleur de l'inconnu, de l'intense. Du délicat et du brutal. L'univers où les sens se retrouvaient livrés à eux-mêmes. Elle se demandait aujourd'hui comment elle avait bien pu se laisser ainsi emporter. Gouverner, même, par cet homme invisible. L'obscurité avait apparemment éteint toute lueur de sens commun dans son esprit. Au fond d'elle, pourtant, il n'en demeurait aucune mauvaise conscience. Plutôt la nostalgie d'une fulgurance déjà lointaine.

Elle ouvrit sa boîte mail, jeta quelques mots à l'attention de Thomas et son texte prit son envol dans l'espace virtuel. Six nouveaux messages s'affichaient. Elle survola les intitulés et s'arrêta sur l'un d'eux qui disait : « Êtes-vous dans le noir ? »

Sûrement un spam non repéré par son antivirus. Vendeurs d'antidépresseurs ou d'aphrodisiaques, voyants et marabouts, c'était là semblait-il ces jours-ci le plus gros de ses correspondants. Elle ouvrit néanmoins le message.

Une image s'afficha, qu'elle reconnut tout de suite. L'une de ses sculptures préférées : *La Main de Dieu*, de Rodin. Du bloc de marbre sortait une main blanche et large qui tenait dans sa paume deux figures émergeant de la matière. Adam et Ève emmêlés, tels deux fœtus dans leur matrice. Une main de l'homme posée sur la joue de la femme encore endormie, dont les jambes sont repliées. Sa main à elle posée sur la main qui la touche comme pour l'obliger à rester là, longtemps, contre son visage, ou pour en accentuer la pression. Son autre main glissée sous ses fesses, abandonnée, faisant d'elle une Léda en attente du cygne. Et l'homme, jambes dressées dans un mouvement recourbé, à peine décollées du pouce divin qui les a sculptées, le sexe tout juste dessiné, sa tête encore informe déjà appuyée contre le sein lisse et rond qui semble de toute éternité devoir être son reposoir.

Qu'est-ce que cela signifiait ? L'adresse de l'expéditeur lui était inconnue, composée d'une série de chiffres et de lettres cryptiques. Olivia cliqua sur « répondre » pour voir si une identité apparaissait. Impossible : le serveur refusa d'opérer. L'expéditeur restait masqué par quelque manipulation informatique. Elle regarda de nouveau l'image, essayant de comprendre la teneur du message. C'est alors qu'elle fit descendre le curseur et découvrit les lignes qui suivaient :

*Nyctalope éphémère, engeance ithyphallique,*
*Œuvrant seul à troubler l'image olympienne*
*Dont vous insoupçonneuse ornez ce lieu bachique*
*Contenue, éperdue, dans cette paume mienne*

*Je tisse à votre entour ma toile arachnéenne*
*Et je vous sens fragile, abreuvée des cyniques,*
*Tremblant que ma main d'or vous croie béotienne*
*Rêveuse encor' pourtant d'univers priapiques*

*Vous ignorez hélas l'empreinte à votre sein*
*Laissée du bout des doigts par la vraie main de Dieu*
*Qui vous tient ramassée, ficelée par ses nœuds*

*Car je suis le sculpteur de la vierge ou putain*
*Dont me ferez l'offrande, en esclave du jeu*
*Qui m'habite – à vous de deviner qui dit je*

Un sonnet mallarméen.

Une énigme.

Olivia le relut plusieurs fois. Quelque chose en elle refusait d'en comprendre le sens. Puis soudain ce fut clair. Le dîner dans le noir. C'était de cela qu'il était question. La main divine était l'emblème de l'expérience que l'inconnu et elle avaient partagée. Eux deux, seuls au monde, égarés dans cet univers de « cyniques ». Il avait pris possession d'elle comme une araignée tisse sa toile. Et il voyait juste, devinant les images qui la hantaient depuis ce soir étrange. Pourtant il semblait annoncer autre chose. Il se disait sculpteur, parlait de jeu et d'esclave. Enfin, il l'invitait à découvrir qui se cachait derrière ces lignes.

Des possibles tournaient dans sa tête. Un collègue lubrique. Un ancien professeur qui arpentait les couloirs en récitant des vers impénétrables : « Ses purs ongles très haut dédiant leur onyx... » Mais surtout, elle voyait la foule compacte des hommes qui se pressaient au dîner de septembre. Lequel d'entre eux était-il ? Et pourquoi venait-il la relancer près d'un mois et demi après leur éphémère rencontre ?

La sonnerie de son portable la fit sursauter.

– Olivia, tu es là ? Tu es chez toi ? Tu as entendu la nouvelle ?

Thomas. Il était surexcité, plus encore qu'à son habitude.

– Oui, je suis chez moi, qu'est-ce qu'il y a ? Tu as bien reçu l'article ? Il vient juste de partir.

– Allume ta télé, bordel ! Putain, on a assassiné la ministre !

– La ministre ? Mais laquelle ?

– Saïdi ! La Culture !

Olivia appuya sur le bouton de la télécommande. BFM ne parlait pas d'autre chose. La photo de Khadija Saïdi occupait tout l'écran.

– Allô ! Allô ! Olivia, tu m'entends ?

Abasourdie, elle remit le combiné à son oreille mais elle n'écoutait que les voix d'outre-tombe des présentateurs. « Khadija Saïdi... Des circonstances non encore élucidées... Un pilier du gouvernement depuis le début du mandat... la confiance renouvelée du Président même lors du remaniement... une femme d'exception, connue pour son élégance et son charisme... son engagement total pour les arts, particulièrement contemporains... jeune femme de notre époque... drame... secousse sismique pour la République... »

– C'est bon, là, tu me crois ? Putain, c'est pas possible, faut qu'on soit sur le coup ! C'est ta chance, Olivia ! Et puis tu l'as vue il n'y a pas si longtemps.

– Qu'est-ce que tu veux dire ?

– Tu étais bien invitée à ce dîner qu'elle donnait pour les aveugles ? Tu n'as rien remarqué d'anormal ? Elle était comment ? Avec quelqu'un ?

Bien sûr. La chasse aux ragots était ouverte. Décidément,

Thomas virait de plus en plus trash. Olivia ne lui prêtait qu'une vague attention. Ses yeux étaient rivés sur les images de la ministre qui défilaient sur l'écran : Khadija debout sur le perron de l'Élysée, flamboyante en tailleur rouille parmi une mer de costumes gris ; lors d'une inauguration au musée Picasso, légèrement penchée vers une toile de la période bleue, opinant du chef aux propos de la conservatrice ; devisant gracieusement avec la reine Rania de Jordanie, de passage au Mucem à Marseille – on eût dit un concours d'élégance citadine entre deux sœurs jumelles. Khadija avait juste les cheveux un peu plus courts, coiffés en un carré savamment dégradé.

– Olivia, bon sang, tu m'écoutes ?

– Oui, oui… répondit-elle distraitement.

– Je veux que tu me fasses un papier, tu m'entends ? « Ma dernière rencontre avec la ministre », « Dernières impressions » ou que sais-je, intitule ça comme tu veux, mais torche-moi quelque chose de senti, du vrai, du vécu, de quoi faire pleurer le lecteur ! On ne va pas laisser passer cette occasion, elle est trop belle !

Olivia eut comme un haut-le-cœur. Sur l'écran, la ministre, parfaite dans une veste rose, lui souriait.

– Mais ça va pas la tête ? rétorqua-t-elle. Tu te prends pour *Paris Match* ou *Gala*, maintenant ?

– Écoute, merde, t'es quand même pas dans la position de faire la difficile, non ? Tu veux bosser ou pas ?

– Oui, évidemment, mais…

– Bon, alors, tu me ponds ça vite fait, je te donne deux jours !

*

Il lui fallut quelques heures pour digérer l'information et sa nouvelle mission. Son téléphone sonna plusieurs fois. Sa mère, deux collègues, sa copine Agnès. Le pays tout entier retentissait de la nouvelle. À 20 heures, le présentateur du journal télévisé arborait une cravate noire et la mine de circonstance. Jusqu'alors, peu de détails avaient fuité. La ministre avait été retrouvée morte tard dans la nuit, après un dîner dans un restaurant chic de la capitale. On ne savait pas avec qui elle avait passé la soirée. On savait juste qu'elle s'était absentée quelques instants, puis qu'on l'avait retrouvée au sol, apparemment étranglée.

S'ensuivirent l'inévitable panégyrique de la défunte et le récapitulatif de sa carrière. Khadija Saïdi avait presque le même âge qu'Olivia, une petite quarantaine. Elle incarnait la nouvelle génération de ministres issus de l'immigration qui renouvelait la vie politique française. De jeunes énarques sans complexe, pourvus d'un bon réseau d'influence, fidèles aux directives du Président et à son seul mot d'ordre : « Faites des économies ! » La ministre, faute d'avoir peut-être la subtilité et les lettres d'un Malraux, homme il est vrai d'une autre époque, incarnait à merveille l'élégance à la française et s'était vue courtiser par des grandes marques du luxe, rien moins que Vuitton et Chanel, qui avaient un temps espéré faire d'elle leur égérie. Khadija Saïdi avait toujours refusé, dénonçant le risque de conflit d'intérêts et soulignant son engagement au service de l'État. À Cannes, pourtant, elle arborait des parures de diamants prêtées par les plus grands joailliers et dignes des plus grandes stars.

La chaîne publique avait réussi, en à peine quelques heures, à ficeler un reportage réalisé sur place en Tunisie par son envoyé spécial. On y voyait le village de naissance des parents de la ministre, où des femmes éplorées – des tantes, des voisines, des cousines – se tordaient les mains en criant. Sa grand-mère hébétée affrontait la caméra pour dire sa peine et son désarroi, dans un français parfaitement maîtrisé, à peine teinté d'un léger accent. La chaîne avait pourtant jugé bon de sous-titrer ses propos. Les commerçants locaux se souvenaient d'une belle jeune femme dont la gloire rejaillissait sur toute leur petite communauté. Khadija n'avait pas oublié ses racines, elle revenait chaque été au pays de ses aïeux, avait un mot aimable pour chacun, même si son arabe était un peu approximatif, elle circulait avec aisance dans les souks et chez les artisans auprès de qui elle réalisait de copieuses emplettes qu'elle se faisait livrer à Paris ou dans son modeste appartement de Menton. Usant de ses relations avec les entreprises de la téléphonie, elle avait œuvré pour l'établissement d'une importante usine de composants électroniques dans la région.

Un autre reportage filmait sans pudeur la barre d'immeuble de Stains où la ministre avait grandi avec ses cinq frères et sœurs. Le reporter avouait son impuissance, depuis le palier du huitième étage, face à la porte désespérément close derrière laquelle se terrait la mère de la disparue – la pauvre femme avait, tragique ironie du sort, également perdu son mari trois mois plus tôt d'un cancer de la gorge. Le reporter glosait d'une façon qu'Olivia jugea écœurante, tandis que la caméra filmait les extérieurs de la cité, faits de béton fissuré et de plantes étiques.

Se succédèrent des ministres, un galeriste, un metteur en scène et le directeur de l'Opéra, qui tous rivalisèrent de marques de tristesse et d'enthousiasme dans l'éloge qu'ils firent de la défunte. C'est à peine si le présentateur évoqua les grandes grèves des intermittents du spectacle qui avaient bloqué les théâtres à travers la France pendant toute une saison, crise dont la ministre s'était tirée avec peine à l'issue de longs pourparlers, sauvant *in extremis* le Festival d'Avignon qui se voyait menacé pour la deuxième année consécutive.

Il sembla soudain à Olivia que l'essentiel manquait. Le présentateur *tournait autour*. Il faisait de l'habillage, il enrobait. Que s'était-il réellement passé ? Qui s'en était pris à la ministre ? Le sujet n'était pas évoqué. On entérinait juste le fait de son trépas. Le comment, le pourquoi ne semblaient pas à l'ordre du jour. On ne voyait même pas la façade du restaurant devant laquelle des dizaines de caméras auraient dû se trouver plantées. Quand le drapeau français et les ors de l'Élysée envahirent l'écran, annonçant une allocution solennelle du Président Martial Saint-Hilaire, Olivia comprit qu'une stratégie d'évitement se mettait en place. Elle ne se trompait pas : Saint-Hilaire, lugubre, les traits tirés, à peine de retour du sommet sur le climat qui s'était déroulé à Shanghaï, entreprit de sonner les trompettes funèbres de la renommée en vibrant hommage de la nation à sa fidèle servante. Pas un mot sur les circonstances du drame.

Il n'était pourtant pas banal d'aller dîner en ville et de finir étranglée, plus encore quand on était ministre. Pas banal non plus que personne n'évoque l'idée même d'un coupable, alors que l'on parlait de meurtre.

*

Piquée par la curiosité, Olivia se résolut à appeler son frère Gabin, maître d'hôtel au Ritz. Dans les palaces circulaient souvent des informations inédites.

– Oui, évidemment, ici aussi, on ne parle que de ça. Sale affaire ! dit Gabin.

– Et toi, tu en sais un peu plus ? demanda Olivia. Une idée du lieu où elle dînait ce soir-là ? J'imagine que ce devait être un endroit chic. C'est sans doute pour cette raison qu'on n'ébruite rien. J'espère que ce n'était pas chez vous, au moins. Parce que l'établissement devra forcément fermer le temps de l'enquête. Pas une très bonne pub, tout ça.

– Heureusement, non, ce n'était pas chez nous ! Note qu'elle venait pour des déjeuners officiels. Souvent avec des acteurs, des artistes étrangers… Parfois il y avait aussi son chef de cabinet. On lui gardait toujours la même table, un peu en retrait. Je l'ai même servie une fois, elle était en tête-à-tête avec Woody Allen. Mais pour hier soir, ça, mystère. Je ne sais pas du tout où elle pouvait se trouver. Oh, ça va bien finir par se savoir. Ils attendent d'avancer dans l'enquête avant de lâcher l'info, je suppose.

– Tu n'as pas une idée ? Quelqu'un qui pourrait me renseigner ?

– Pourquoi ? Tu écris un papier ?

– Oui, si on veut… Pas tout à fait dans mes cordes, mais Thomas m'a balancée là-dessus, au motif que j'étais récemment dans un dîner où j'ai croisé la ministre. Il pense que cela me rend plus légitime. Que je pourrai donner mes dernières impressions, genre rubrique nécrologique, quoi. Sauf que pour ça, il faut quand même que je sache de quoi elle est morte exactement !

– Mmm… Il y a bien un truc que tu pourrais essayer… Mais je ne sais pas si je dois…

– Allez, vas-y, tu en as trop dit !

– Je pensais à ce chauffeur de taxi. Jackie, il s'appelle. C'est un surnom d'ailleurs. Il est cambodgien et personne n'a jamais réussi à prononcer son vrai nom. Donc on l'appelle Jackie. Tout le monde le connaît, dans les grands hôtels. Le transport des personnalités, il s'en est fait une sorte de spécialité. Il est discret, il parle plusieurs langues, il connaît Paris comme sa poche. Il rend des tas de services, de jour comme de nuit. Ici, on a des stars d'Hollywood qui le réservent des semaines à l'avance. Elles ne veulent avoir affaire qu'à lui.

– Ce Jackie, il a quelque chose à voir avec la ministre ? Elle utilisait ses services ?

– Je crois bien, oui. Il était venu la chercher après son déjeuner avec Woody Allen. Elle n'aimait pas le chauffeur du ministère. Elle le renvoyait toujours.

– Et donc, je peux le trouver où ?

– Généralement, quand il n'est pas chez nous, la meilleure chance de le trouver, c'est devant le Shangri-La. Naomi Campbell y est descendue hier, et il campe sous ses fenêtres. À sa totale disposition. Un homme esclave ! Mais je peux te dire que ça lui rapporte.

Olivia remercia son frère. Ses derniers mots l'avaient frappée. Le poème qu'elle avait reçu parlait aussi d'elle comme d'une esclave.

Il lui fallait faire vite : à cette heure-ci, l'ancien top model était peut-être encore dans son hôtel. D'ici peu, elle ressortirait s'encanailler dans la nuit parisienne. Olivia s'apprêta de quelques coups de pinceau à poudre devant le miroir de sa salle de bains.

Avant d'éteindre son ordinateur, elle relut encore une fois le poème et s'absorba dans la sculpture de Rodin. La main de Dieu la contenait parfaitement, emmêlée à l'inconnu.

## 3.
## PYGMALION

Elle aborda le dernier chauffeur de taxi de la file, qui en comptait sept. Il la rembarra d'un ton bourru :

– Ch'uis le dernier, faut remonter tout en haut de la file, ma p'tite dame !

Elle n'osa pas lui poser la question qui lui brûlait les lèvres. Longeant les voitures, elle se pencha à la vitre de chacune, qui s'ouvrit généralement avec réticence.

– Je cherche Jackie, votre collègue... Vous savez où il est ?

– Jackie Chan ? Il devrait pas tarder, dit l'un des chauffeurs, plus bavard que les autres. Je l'ai croisé devant Maxim's, à la Madeleine, il y a vingt minutes. Il chargeait sa cliente, sans doute qu'ils reviennent ici.

Il était 21 h 30. Olivia fit le pari d'attendre. Elle ne voyait guère d'autre solution. Elle se posta près de la grille entrouverte, à l'ombre de l'un des piliers qui l'encadraient, et observa le ballet des voitures noires aux vitres fumées qui rentraient dans la cour et en sortaient. Le gravier crissait doucement sous les pneus. Les valets ouvraient cérémonieusement les portières, laissant s'échapper des silhouettes qui se réfugiaient prestement à l'intérieur.

Un individu qui remontait le long du trottoir, peut-être un homme d'affaires libanais, s'arrêta un instant devant Olivia et la détailla des pieds à la tête, un petit sourire gourmand aux lèvres.

– Vous montez, Mademoiselle ?

Elle se raidit dans sa petite jupe de velours noir, serra son étole autour de son cou et répondit :

– Voyons, Monsieur, j'attends quelqu'un !

L'homme s'éloigna sans un mot, lui décochant un dernier regard du coin de l'œil comme pour vérifier qu'elle ne changeait pas d'avis.

Le temps commençait à lui sembler long. La nuit n'était trouée que par quelques lueurs de lampadaires. Un vigile se rapprochait peu à peu de l'endroit où elle se trouvait, intrigué par son immobilité. Olivia sentait son regard soupçonneux peser sur elle depuis un moment.

C'est alors qu'une grosse berline de couleur sombre portant la plaque des taxis s'introduisit dans la cour de l'hôtel. Olivia se détourna de la rue pour regarder. Sur le perron, une grande femme noire fine comme une liane, le visage dissimulé par des lunettes de soleil XXL, gravissait les marches aussi élégamment que l'y autorisaient ses talons aiguilles. Derrière elle, un petit homme asiatique avait sorti des paquets du coffre et les tendait au personnel empressé qui courait derrière la cliente. L'homme remonta dans son véhicule, négocia un habile demi-tour et se dirigea vers la sortie. Sa voiture semblait glisser, parfaitement silencieuse. Ce fut le moment que choisit le vigile pour s'approcher d'Olivia et lui demander :

– Puis-je vous aider ? Vous êtes cliente de l'hôtel ?

– Non, non, répondit Olivia.

Elle gardait les yeux rivés sur la berline qui risquait de lui échapper. Cette intervention allait ruiner sa seule chance.

– Alors, tu n'as rien à faire ici. Tu dégages ! Ici on n'aime ni les putes ni les paparazzis, siffla le vigile entre ses dents.

– Mais ça va pas ? s'écria Olivia. Vous vous prenez pour qui ?

– Et toi, tu te prends pour qui ? Tu crois que j'ai pas remarqué ton petit manège ? dit le bouledogue en s'emparant de son bras et en le tordant lentement.

Olivia cria de douleur et de surprise. La berline qui passait justement le portail s'arrêta à leur hauteur et la vitre fumée du conducteur s'abaissa.

– Laisse-la tranquille, Jordan ! Elle n'a pas l'air bien méchante.

Puis s'adressant à elle :

– Faut pas rester là, Mademoiselle. Mesure de sécurité.

Et il démarra doucement pour aller se garer quelques mètres plus loin. L'oreillette crépita dans l'oreille du vigile. Il lâcha le bras d'Olivia et se retourna soudain vers le perron.

– Je veux plus voir ta gueule, dégage, tu m'entends ? grinça-t-il.

Et il repartit à grandes enjambées vers l'hôtel dont il grimpa les marches quatre à quatre.

Olivia secoua son bras endolori, remonta la lanière de son sac à main sur son épaule et examina la situation. Il ne servait à rien de rester là. La voiture de Jackie était à l'arrêt, sans doute pour peu de temps. Elle se dirigea vers lui et toqua à sa vitre qui s'abaissa de moitié.

– Tiens, c'est vous ? Remise de vos émotions ? demanda le chauffeur. Vous savez, il ne faisait que son boulot. Il a des consignes. Faut pas vous en faire.

– Merci, dit Olivia.

Ce Jackie lui inspirait confiance. Ses mains reposaient sur son volant, étonnamment gantées de blanc.

– En fait, c'est vous que je cherche, poursuivit-elle.

– Moi ? fit-il, un sourcil relevé.

– Oui, c'est un peu long à expliquer, mais c'est mon frère, maître d'hôtel place Vendôme, qui m'envoie vers vous. Il pense que vous pourrez m'aider.

– Vous aider ? Mais à quoi ?

– Eh bien, ça a à voir avec la mort de la ministre.

Le visage de Jackie se rembrunit.

– Je n'ai rien à vous dire là-dessus.

– Je ne vous demande pas de révéler des secrets. Je voudrais juste savoir si par hasard vous avez une idée du lieu où elle se trouvait quand elle a été assassinée. C'est quand même bizarre, on dirait qu'il y a un black-out sur cette affaire. Mon frère m'a dit que vous la véhiculiez parfois.

– Je ne parle pas aux journalistes.

Et il posa son doigt sur le bouton qui commandait la vitre.

– Attendez ! Ce n'est pas ce que vous croyez.

Olivia s'était accrochée des deux mains à la vitre comme pour l'empêcher de remonter. Elle avait la tête presque passée à l'intérieur du véhicule. De ce fait, elle ne vit pas le responsable de la sécurité qui s'était glissé derrière elle. Il l'attrapa par le col de sa veste comme on attrape un jeune chiot par la peau du cou.

– Mais c'est pas vrai ! Elle est encore là, celle-là ? Elle ne comprend pas le français, on dirait ? Jackie, tu sais ce qu'elle veut, cette emmerdeuse ? C'est au sujet de ta cliente, je suppose ?

– Non, non, ça n'a rien à voir, dit Olivia en se débattant.

Le vigile la tenait toujours par le col, le mufle à quelques millimètres de son visage, et effectuait une lente torsion. Olivia suffoquait. Elle se mit à gémir.

– Arrête, Jordan, c'est bon, je pense qu'elle a compris, là, fit Jackie.

Le cerbère relâcha sa pression. Olivia flageolait, essayant de retrouver son souffle.

– Oui, oui, je m'en vais, fit-elle. Je cherchais juste une information, c'est tout.

L'homme recula de quelques pas et remonta sur le trottoir sans la quitter des yeux. Olivia renoua son étole pour se donner une contenance. Un téléphone dans la voiture de Jackie émit un petit carillon.

– Ah, on m'appelle, dit-il en rallumant son moteur et en fermant sa vitre.

Il descendit en silence vers la place d'Iéna, tourna autour du rond-point et revint se placer devant l'entrée de l'hôtel. Le vigile s'y trouvait aussi, une main sur l'oreillette, guettant l'apparition imminente d'un client sur le perron. D'un geste brusque de la main, il fit signe à Olivia de déguerpir. Elle traversa la rue et se posta sous un arbre qui abritait la contre-allée.

La voiture de Jackie démarra en souplesse après avoir chargé sa passagère. Arrivé à la hauteur d'Olivia, comme pris d'un remords, Jackie entrebâilla la vitre et lui jeta :

– Vous savez, la ministre… Quelle perte ! C'était le nouveau monde.

Et il reprit sa route.

*

De retour à son appartement, Olivia se versa un gin pour reprendre ses esprits. Elle alluma machinalement son téléviseur et se réchauffa un plat préparé qu'elle accompagna d'une salade verte. La nouvelle de la mort de la ministre avait gagné le monde entier. Tous les chefs d'État y allaient de leurs condoléances. Le leader de l'extrême droite accusait déjà les islamistes :

« Ces gens-là connaissent les symboles qui frappent les esprits ! S'attaquer à la culture, c'est s'attaquer aux fondements de notre Occident chrétien. Après Palmyre, c'est la même chose, ils veulent mettre à bas notre civilisation et ceux qui l'incarnent. »

Olivia se dit qu'il y allait un peu fort. D'abord, on ne savait encore rien du meurtre ni de ceux qui l'avaient perpétré. Quant à dire que la ministre incarnait les valeurs culturelles de l'Occident, certains avaient des doutes. Olivia surfa sur quelques sites d'informations de tous bords. Les réseaux sociaux bruissaient notamment d'une vidéo tout juste mise en ligne par le collectif RAGE. Olivia avait déjà eu affaire à eux. Des puristes, des chevaliers blancs, qui prônaient un retour au Moyen Âge : ils l'avaient déjà descendue publiquement après son compte rendu de l'installation de l'artiste McCarthy sur la place Vendôme. Olivia avait trouvé l'arbre de plastique vert amusant, ni plus ni moins provocant que la colonne déjà installée sur la place depuis Napoléon. Elle avait écrit un article léger comme l'air qui avait servi à gonfler la baudruche verte. Elle s'était sentie habile et drôle. Mais les médias n'avaient parlé que des dégradations subies par l'œuvre durant une nuit d'automne. Le collectif avait débranché la soufflerie, sectionné des sangles, et l'installation s'était retrouvée abattue au sol – une flaque verte, un préservatif géant abandonné. Puis dans des posts vengeurs, ils avaient débiné Olivia comme complice de la cause.

RAGE était l'acronyme de ce qu'il prônait : le Retour à l'Art, au Goût et à l'Élégance. Autant dire à l'Ancien Régime, aux perruques poudrées et aux brodequins. Leur leader, un certain Marc Bettendorff, se répandait contre les dérives de l'art contemporain. Depuis des années, il avait Olivia dans son collimateur. Elle le soupçonnait même d'avoir fait déposer un tas d'excréments sur son paillasson après une interview enthousiaste qu'elle avait donnée à France Inter à propos de Joseph Beuys, à qui le Musée d'Art moderne consacrait une grande rétrospective. Elle le retrouvait aujourd'hui, ce Bettendorff, avec sa sale tête de facho gominé, dans cette nouvelle vidéo, éructant contre les choix qu'avait faits la ministre défunte et contre son engagement pour l'art contemporain, sans même attendre que le cadavre soit refroidi. Il concluait par un goguenard « L'art, le vrai, triomphera toujours » dans lequel Olivia entendait : « Elle l'a bien cherché. » Parfaitement déplacé. La défense de la tradition avait des manières grossières.

*

Olivia essaya de s'atteler au nouvel article que lui demandait Thomas. Rien ne vint. L'image de la ministre, beauté brune un peu hautaine, flottait devant ses yeux. Qu'allait-elle pouvoir écrire sur la défunte ? Tout ce qui lui restait de ce dîner était le souvenir d'une expérience délicieuse et incongrue. Ses sens en tremblaient encore. La ministre était loin. L'inconnu, le matin même, avait prolongé le jeu par ce poème. Mais elle n'avait aucun moyen de le retrouver.

Cette envie, pourtant, s'était insinuée en elle et grandissait à chaque minute. Elle avait bien essayé à plusieurs reprises de répondre au message, pensant qu'il s'agissait d'un blocage passager. Mais rien n'y faisait. L'homme ne voulait pas être joint. Les mots du poème tourbillonnaient dans la tête d'Olivia comme ses doigts l'avaient fait sur son corps quelques semaines plus tôt. Cela en devenait insupportable.

Ces mains sur ses seins, Dieu qu'elles lui manquaient ! Olivia se leva brusquement, alla chercher la robe qui dormait dans sa penderie et décida de la fourrer dans la machine à laver pour effacer une fois pour toutes les traces de la soirée. Ainsi, espérait-elle, elle laverait aussi son esprit de toutes ces images vagabondes. Elle retourna la robe pour la mettre sur son envers, la secoua et vit tomber au sol un petit carton. Il ne pouvait venir que de la poche décorative cousue sur la poitrine. La robe n'en avait pas d'autres.

« L'empreinte à votre sein. La main de Dieu. » Et si c'était un message ? Son numéro de téléphone ? Olivia ramassa la carte. Elle resta perplexe. La face du petit carton était noire, avec deux lettres majuscules élégantes, dorées et en relief : « A M ». Des initiales ? Olivia la retourna. Le verso, de couleur beige, disait seulement, en lettres noires : « Avancez Masqués » et s'ornait d'un petit loup de dentelle. On y lisait juste, en pied, l'adresse d'un site internet : « www.avancezmasques.com ».

Il lui laissait encore un message. Elle devait saisir sa chance. Elle alluma son ordinateur et tapa l'adresse.

La page s'ouvrit sur les mêmes initiales qui occupaient, royales et brillantes, tout l'écran noir. En cliquant sur un petit masque en bas à droite, on entrait véritablement dans le site dont les premières lignes annonçaient :

« Vivre ses fantasmes sans entraves, oui, c'est possible.
Ici, rien d'ordinaire. Que de l'extraordinaire.
Soyez vous-même, soyez plus que vous-même.
Une seule règle : Avancez masqués. »

Olivia commençait à comprendre. Elle parcourut quelques profils. La plupart des inscrits s'étaient photographiés avec des masques. On distinguait généralement s'il s'agissait d'un homme ou d'une femme – mais pas toujours. Les faciès étaient souvent cachés sous des loups, parfois de dentelle, ou sous des masques blancs inexpressifs qui lui rappelaient, avec un léger sentiment de malaise, *Les Yeux sans visage* de Franju. Enfant, elle avait entrevu, fascinée, ce film en cachette, par une porte entrebâillée du salon. Elle en avait longtemps cauchemardé en silence.

Olivia poursuivit son exploration. Les fantasmes les plus anodins voisinaient avec les plus étranges. Certains cherchaient simplement de la compagnie, parfois plurielle, d'autres laissaient entrevoir des univers plus complexes. Une femme déclarait dormir avec ses cinq chats angoras et cherchait quelqu'un pour les caresser avec elle dans son lit. Un homme semblait ne pouvoir jouir que dans son jacuzzi, massé par les jets d'eau chaude et par une main experte qu'il n'avait pas encore trouvée. Un autre au nom prévisible de Saad X avait assorti sa propre image de menottes et d'un fouet. Tout cela était un peu sordide ou convenu.

Le poème lui revint alors en mémoire. Il lui avait forcément laissé des indices. Elle réfléchit un instant : « image olympienne ». La vision qu'il avait d'elle. Olivia se décida à s'inscrire. À son tour de lui envoyer un signe de connivence. Cela lui vint spontanément : l'*Olympia* de Manet. C'était l'image qui la masquerait et la dévoilerait le mieux. Elle avait toujours profondément aimé ce tableau, à la fois pudique et provocant. Il lui parlait d'elle-même. Dans sa base de données professionnelle, elle en sélectionna une photographie et la relia au profil qu'elle était sur le point de créer. Puis, au moment de taper son pseudonyme, elle eut un temps d'arrêt. Un masque s'était affiché. Dans le premier œil, elle pouvait inscrire un prénom, dans le second, si elle le voulait, un nom.

Elle tapa dans l'œil gauche « Olympia ». *Olivia/Olympia.*

Voilà qui fonctionnait à merveille. Il lui fallait maintenant crypter son nom de famille. Son œil traîna vers le verre de gin qu'elle avait vidé. Un nom de cocktail. *Vesper*. Le prénom aussi d'une James Bond girl. Il lui fallait bien un profil d'aventurière. Elle saisit encore quelques informations bancaires puis appuya sur la touche « Confirmation ». « Profil validé », fut la réponse. Olivia Lespert était devenue Olympia Vesper.

Elle ajouta encore quelques lignes. Pas facile de se décrire soi-même. « J'aime l'art et j'en fais mon métier. Je recherche des émotions subtiles et neuves. » Un peu banal, mais elle ne voyait pas quoi dire de plus.

Déjà une connexion. Un profil masqué venait de se juxtaposer au sien, au centre de l'écran. Elle ne distinguait rien du visiteur, qui avait fait photographier en gros plan ses yeux bandés d'un large foulard noir. Il avait la peau claire, le nez fort, peut-être busqué ; sa bouche esquissait un petit sourire. En cliquant sur l'image, elle vit s'afficher quelques phrases courtes qui disaient : « Je suis Pygmalion. Je cherche Galatée. Le modelage est ma passion. »

Elle l'avait trouvé. Quelque chose au fond d'elle lui en donnait la certitude. « Sculpteur. La main de Dieu. Dans sa paume. Sous sa main. »

– Qui êtes-vous, chère Olympia Vesper ? Vous me semblez nouvelle en ces lieux. Il est rare de trouver par ici quelqu'un qui ose s'afficher aussi dénudé. D'ordinaire, le propos est plutôt de se voiler que de tout dévoiler d'entrée.

Les mots venaient d'apparaître sur son écran. Elle tapa à son tour sur son clavier, presque timidement.

– Il ne s'agit pas de moi, vous vous en doutez.

Ce fut tout ce qu'elle trouva à répondre. Elle entendait de nouveau la voix sourde de l'inconnu, sentait son souffle à son oreille et son parfum à ses narines. Elle s'imaginait déshabillée par ses mains. Transie, elle attendait.

– En êtes-vous si sûre ? J'aime quant à moi autant que vous ce corps ferme et blanc. Cette orchidée rare et rose à vos cheveux, dont la forme rappelle celle de votre main fièrement posée sur le haut de votre cuisse. Vous barrez l'accès, mais vous le soulignez du même coup. Ce bijou d'or lourd à votre poignet, où pend ce qui semble être une amulette. Ou alors serait-ce le cadenas dont un propriétaire détiendrait la clé ? Vous avez des rêves d'odalisque, chère Olympia. Vous paraissez sage, mais votre mule de satin à liseré bleu ciel balance négligemment à votre pied, sur le point de tomber… Elle trahit la bourgeoise prête à s'encanailler ; dites-moi donc si je me trompe…

Cela allait un peu vite. Olivia hésitait.

– Je ne crois pas avoir les attributs d'une bourgeoise.

– Tant mieux, chère Olympia. Il faut se dépouiller des artifices, c'est ce que l'art nous enseigne, vous en conviendrez.

Elle respira un peu. Ce terrain lui convenait mieux.

– Je suis d'accord. C'est bien le génie que je trouve à Manet.

– Voyons, Olympia, son génie a été de peindre votre poitrine au galbe parfait, à la fois ronde et joliment dressée. Car il n'y a rien de relâché en vous, n'est-ce pas ?

Olivia commençait à se prendre au jeu.

– C'est un fait que j'aime contrôler les choses. C'est un peu ma seconde nature, pourrait-on dire.

– Et votre nature première, alors, dites-moi, quelle est-elle ? Dois-je la deviner dans votre regard droit et mélancolique, aux paupières alourdies par une nuit sûrement agitée ? Car il y a quelque chose de pincé dans le pli de votre bouche. Que me cachez-vous, Olympia ?

Olivia répondit sans réfléchir :

– J'ai toujours pensé qu'elle était déçue des hommes.

– Déçue, vous, la belle ? Alors que vous voyez la taille du bouquet que je vous fais porter par votre servante ?

– Ce petit chat au poil hérissé, à ses pieds, dressé sur ses pattes… Lui aussi se méfie.

– Vous venez de m'en apprendre beaucoup en peu de mots, savez-vous ? Vous êtes déçue, méfiante… Pourtant vous choisissez pour vous représenter l'image d'une courtisane. N'y a-t-il pas là quelque incohérence, ma belle amie ?

– Je ne vous connais pas, répondit Olivia, piquée au vif. Et vous ne me connaissez pas non plus. Comment pouvez-vous vous permettre de telles interprétations ?

– Je vois ce que je vois, chère Olympia. Mon nom est Pygmalion, ne l'oubliez pas. Je suis un artiste, moi aussi.

Olivia tenta alors d'en savoir plus :

– Vous voulez dire que vous êtes vraiment artiste de métier ?

– Oui, si l'on veut… Mais cela n'a que peu d'importance. Ce qui compte, c'est ce que je vois en vous. Votre potentiel caché, que vous tentez pourtant maladroitement de dévoiler.

– Vous ne savez rien de moi, répéta Olivia.

– Ne croyez pas cela. J'en sais plus que vous ne l'imaginez.

Il évoquait sûrement le dîner dans le noir. La certitude d'Olivia ne fit que grandir, en même temps que la gêne de se sentir à nouveau exposée devant lui.

– Je comprends votre embarras, poursuivit Pygmalion. Vous avez pris soin de nouer à votre cou ce petit ruban noir orné d'une goutte de cristal, dont les deux boucles vous satisfont parce qu'elles sont parfaitement équilibrées.

Olivia, surprise, s'avoua intérieurement qu'il voyait juste. Ce petit ornement au cou du modèle l'avait toujours troublée. Elle le relança presque contre sa volonté :

– C'est vrai, je crois que sans ce ruban le nu serait très différent. Il lui manquerait quelque chose.

– Reconnaissez donc que je vous comprends mieux que personne, belle Olympia, déesse alanguie. Il vous manque en effet l'essentiel. Imaginez donc un instant que je m'approche de vous et que je dénoue ce ruban avec le même soin que celui que vous avez mis à le nouer… J'enlève la perle qui y est suspendue et je la jette au sol. Je suis à quelques centimètres à peine de votre corps nu. Le chat et la servante nous ont abandonnés. Nous voilà livrés à nous-mêmes. Je suis tout habillé, vous me voyez à présent, j'en suis sûr. Le tissu de mes vêtements vous frôle et vous protège de moi à la fois. Vous voudriez vous recouvrir du châle à franges sur lequel vous reposez, mais le poids de votre corps, et ma présence, vous en empêchent. Vous sentez mes doigts qui se lovent autour de votre cou. Ils font glisser le ruban qui se déroule sur votre sein gauche, tel un petit serpent. L'aspic qui mordit Cléopâtre, serait-ce donc lui ? Vous plongez vos yeux effrayés dans les miens. Vous êtes sans défense. Je suis celui qui détient la clé de votre bracelet d'or. Je vous ai offert ces pantoufles de satin. Vous êtes mon esclave. Votre servante vous a un temps donné l'illusion que vous étiez sa maîtresse. Elle n'est qu'une distraction que je vous offre en mon absence. Car dès que je suis de retour, vous savez ce qui vous attend. Je suis votre vrai maître.

Olivia n'osait croire à ce qu'elle lisait.

– Vous me craignez et vous me désirez, n'est-ce pas ?

– Je ne sais pas quoi vous dire, fut la réponse qu'elle émit prudemment.

Elle devait se l'avouer : le jeu qui se mettait en place la subjuguait. Chaque mot de Pygmalion faisait vibrer en elle une corde inconnue.

– Je tiens entre les doigts ce petit ruban qui est à bien y regarder une cordelette de cuir, comme en portent les Espagnols, chers à celui qui vous a peinte. Vous connaissez le rituel, à présent, et vous joignez vos mains devant moi. Je suis un dieu qui attend de recevoir vos prières. Vos yeux m'implorent. J'y vois déjà perler des larmes. D'un geste vif, je ligote vos deux mains jointes et rabats vos bras derrière votre tête, où, de la longueur restante du lien, je les attache aux barreaux du lit. Vos seins et vos aisselles délicates, rasées et parfumées pour me plaire, me sont offerts. Vous n'aimez pas que ces zones de votre corps soient ainsi exposées. Vous craignez sans doute un couteau invisible qui chercherait où attaquer les jointures. J'y passe la langue, je les mords un peu et vous criez, belle Olympia. Je suis déjà couché contre vous, vos bras ne peuvent me repousser, aussi à quoi bon résister ? Votre pantoufle est définitivement tombée au pied du lit. Enfoncez-vous dans ces draps et ce duvet moelleux, comme je m'enfonce brusquement entre vos cuisses si blanches tandis que votre tête affolée se débat, laissant échapper des mèches sauvages. Laissez-moi faire. Je suis le maître.

Olivia restait muette. Et Pygmalion, en verve, poursuivit :

– Je ne vous veux aucun mal, belle courtisane. La blancheur de votre peau doit simplement être un peu réveillée. Je veux la voir rosir à mon contact. Laissez-moi vous détacher. Ramenez vers moi vos bras endoloris, remuez doucement vos épaules. Cachez vos seins de vos bras croisés comme si ma bouche les avait flétris. Vous savez maintenant ce qui reste à venir. Je fais claquer trois fois le lien de cuir dans l'air au-dessus de votre couche. Ce sont les trois coups du théâtre qui s'annonce. Vous êtes une morte que je vais ramener parmi les vivants. Par petites touches, je me lance. Au début vous ne dites rien. Tout juste sursautez-vous comme sous la morsure d'un insecte. Puis le fouet siffle et vous arrache un gémissement, de plus en plus fort à chaque fois qu'il vous cingle. Vos jambes se zèbrent de fines traînées roses. Bientôt les stries s'entrecroisent et quadrillent toute la surface de votre peau. Vous tentez vainement de protéger vos seins que je sais sensibles – un seul baiser de ma bouche et ils envoient à tout votre corps le signal du délice imminent. Aussi ai-je grand plaisir à les flageller, à petits coups secs, tandis que votre bouche se tord et que vos yeux s'écarquillent. J'imagine les vibrations indicibles que vos jolis globes tressautant sous le fouet envoient à travers toute votre personne. Votre bouche s'entrouvre dans un râle, vous tremblez et je n'y tiens plus : cette fois, je remonte le long de votre corps abandonné comme un homme assoiffé se traîne dans le désert et je glisse mon membre dressé entre la pulpe de vos lèvres qui se referment sur moi. Mes genoux sont de part et d'autre de votre cou. Que je les resserre, et je vous étrangle. Je suis au bout de mon voyage. Je laisse tomber le fouet. De vos mains vous vous en emparez, vous le glissez derrière moi, tout contre mon dos, et, tirant sur la corde, vous me rapprochez un peu plus de vous, vous m'attirez plus profond, comme si je devais emplir votre gorge.

Soudain, un vide sur l'écran, silence bienvenu après ce déferlement insensé. Olivia avait besoin de reprendre ses esprits. Mais Pygmalion n'en avait apparemment pas fini :

– Voilà, chère Olympia, le potentiel que je vous propose d'explorer en vous-même. Croyez-moi, je sais qu'il s'y trouve. Il n'est pas nécessaire de le chercher très loin. Allez au-delà des apparences, creusez plus loin, lisez le tableau comme je l'ai décrypté pour vous. Vous verrez que la vie vous réserve des miracles insoupçonnés.

Olivia coupa court à la conversation et rabattit l'écran de son ordinateur. Elle était un peu ébranlée. Mais le jeu, elle devait l'admettre, lui avait plu. Son corps en avait ressenti des frémissements que depuis le fameux dîner elle rêvait de retrouver. Et après tout, cela ne portait pas à conséquence.

Un SMS de Thomas la ramena à la réalité : « Article en route ? Concurrence sur les rangs. Grouille-toi. » Elle n'avait encore rien écrit. *Au-delà des apparences. Chercher. Décrypter.* Et si l'inconnu avait raison ? Pourquoi le meurtre de la ministre était-il entouré d'un tel mystère ? Elle décida de creuser.

## 4.
## LE NOUVEAU MONDE

Après une nuit agitée, Olivia mit en marche la machine à café et ralluma son ordinateur. Rien n'avait évolué. Plus de vingt-quatre heures s'étaient écoulées depuis que la ministre avait été retrouvée morte. Pas une information n'avait filtré. « L'enquête suit son cours » semblait être le mot d'ordre relayé par tous les médias. *Black-out.* Je suis vraiment dans le noir, pensa Olivia. Par où donc commencer ?

Oubliant l'échéance imposée par Thomas, elle se versa une tasse de café corsé et décida de se reconnecter au site. Il lui semblait que l'excitation de ses sens avait un effet bénéfique sur son cerveau, que le sang y affluait plus vite. Elle chercha le profil de l'inconnu et lui signifia sa présence. Elle attendit. Quelques longues minutes s'écoulèrent. Elle allait renoncer quand soudain il apparut. Leurs deux images se trouvèrent en une fraction de seconde réunies au centre de l'écran. Il avait toujours les yeux bandés et son petit sourire ironique qui dérangeait Olivia.

– Vous me cherchez, chère Olympia ? Je pensais vous avoir définitivement terrorisée hier soir. Je ne croyais pas vous revoir de sitôt.

Elle le regardait en silence, se demandant ce qui se cachait derrière ce bandeau noir. De quelle couleur étaient ses yeux? Si elle avait pu, elle se serait jetée sur lui pour lui arracher son foulard. Surpris, il n'aurait opposé aucune résistance.

– Eh bien, Olympia? Vous rêvez?

Cet homme était un démon.

– Pas du tout, rétorqua-t-elle.

– Vous mentez. Vous êtes comme moi, toujours happée par les images. Vous y cherchez un sens, quelque chose qui vous parle de vous. N'oubliez pas qu'il y a autant de lectures que de lecteurs. De tableaux que de spectateurs. Tout est question d'interprétation. Car au fond, qui dit vrai? Le tout est de trouver le bon angle. Celui qui vous ramène à vous-même, à vos sensations et à votre corps. Ne croyez-vous pas, chère Olympia?

Olivia coupa court au soliloque. Quelque chose la taraudait. Elle se déconnecta sans prendre congé. Pygmalion et ses énigmes. Il lui semblait depuis la veille qu'une réponse qu'elle ne voyait pas se trouvait à sa portée. *Tout est question d'interprétation.* C'est alors qu'une lueur se fit. Jackie le chauffeur de taxi avait bien tenté de lui dire quelque chose.

« Vous savez, la ministre… Quelle perte! C'était le nouveau monde. »

Lui aussi avançait masqué. Lui aussi parlait par énigmes.

La ministre. Le nouveau monde. Olivia tapa quelques mots dans la barre de recherche. Bingo. Il existait bien dans Paris un endroit appelé le Nouveau Monde. Et il ne s'agissait pas d'un restaurant. C'était apparemment un club de rencontres très sélect et confidentiel. Était-ce donc là que la belle Khadija avait couru à sa perte? Le lieu était-il donc si sulfureux que les médias et les organes du pouvoir aient décidé de le passer sous silence?

*

Olivia avala un autre café pour mieux réfléchir. Elle alluma une cigarette, ce qui ne lui était pas arrivé depuis six mois. Tant pis pour ses bonnes résolutions. Sans doute avait-elle conservé un paquet dans son tiroir en prévision de ce jour. Elle regarda monter la fumée et savoura l'effet de la nicotine retrouvée, puis prit le parti de se rendre sur place pour en avoir le cœur net. L'établissement, situé dans une petite rue du Marais, était accessible à pied de chez elle en une vingtaine de minutes.

Vite habillée et chaussée de Converse, elle descendit dans la rue et marcha d'un bon pas. Arrivée à destination, elle se retrouva devant une porte métallique laquée de noir dans laquelle était ménagée une petite ouverture grillagée qui lui rappela les confessionnaux. Elle appuya sur la sonnette. Un temps assez long s'écoula puis le battant qui fermait le grillage coulissa comme à contrecœur.

– Nous ne recevons personne, dit une voix d'homme.

– Mais c'est au sujet de la ministre… Je suis journaliste, expliqua Olivia.

– Ministre ? Il n'y a pas de ministre ici ! Nous sommes fermés, d'abord ! C'est un club privé !

Et le battant se referma sèchement.

Olivia s'attendait à ce genre de rebuffade. Apparemment le chauffeur de taxi était resté discret. Il n'y avait alentour ni caméra ni micro. Comme si le tuyau lui avait été réservé à elle seule. Mais elle n'avait pas de chance. Tous les cerbères de Paris s'étaient semblait-il donné le mot pour lui barrer la route.

Elle alla se poster sur le trottoir d'en face, dans une brasserie où elle commanda un grand crème. Elle s'assit près de la vitre et garda les yeux rivés sur la porte noire. De temps en temps, elle s'autorisait à les tourner vers l'un des écrans de télévision qui garnissaient les murs du café. Dans la rue, un flot tranquille de véhicules se croisait avec régularité. Des piétons passaient nonchalamment. Dans un autre quartier de Paris, en revanche, voilà que ça s'agitait. Une forêt de gaffes et d'appareils photo venait de pousser devant un restaurant chic, à deux pas de l'Opéra. Les journalistes s'agglutinaient. On annonçait une intervention du procureur de la République sur les télévisions d'une minute à l'autre.

Olivia commença à douter. La présentatrice de BFM, visiblement gonflée de botox et d'adrénaline, énonçait, le souffle court : « Oui, c'est ici, selon nos derniers renseignements, que la ministre de la Culture a dîné avant-hier soir, avant d'être retrouvée morte. Nous ne sommes pas encore en mesure de vous en dire plus, mais vous pouvez en juger par les caméras derrière moi, l'information est sûrement vérifiée… »

Olivia comprit qu'elle avait fait chou blanc. Elle sortit son porte-monnaie pour régler sa consommation, but les dernières gouttes froides de son crème et reposa la tasse. Elle vit alors deux voitures se garer simultanément devant la porte noire. Des hommes en sortirent, au nombre de sept. Trois étaient en costume, munis de sacoches et de mallettes, les quatre autres en uniforme de policier. Ils sonnèrent à la porte, qui s'ouvrit aussitôt. Le vigile n'avait même pas jeté un œil par le grillage. Ils étaient attendus.

Olivia se renfonça dans son siège. Quelques instants plus tard, une troisième voiture vint se garer derrière les deux autres, à cheval sur le trottoir. Elle vit en sortir un homme en costume sombre accompagné d'un autre, grand et brun, en qui elle reconnut, malgré son dos voûté et le fait qu'il regardait ses pieds, comme pour passer inaperçu, le photographe croisé lors du dîner dans le noir. Vincent Sasportas.

La rue restait calme. À peine le scooter d'un livreur passait-il de loin en loin en pétaradant. Le serveur vint rendre sa monnaie à Olivia et jeta, les yeux braqués sur l'un des écrans :

– Pauvre France ! J'espère qu'ils vont le choper, celui qui a fait ça !

Olivia murmura quelque chose d'inaudible en guise d'assentiment et rassembla ses affaires. Elle resta encore un bon moment à son poste d'observation mais plus rien ne se passa. La porte noire semblait avoir avalé les visiteurs. Elle sut alors que le chauffeur de taxi avait dit vrai. L'agitation du quartier de l'Opéra n'était qu'une diversion. Un os à ronger jeté à la foule avide. Ce soir-là, elle en était persuadée, tout s'était passé dans ce Nouveau Monde.

*

De retour chez elle, elle tenta de rassembler les fils. La pelote n'était pas grosse. La présence du photographe, amené sur les lieux par les autorités policières, constituait le seul lien tangible avec la ministre. Elle les avait vus ensemble lors du dîner. Pas besoin d'être grand clerc pour comprendre qu'il y avait quelque chose entre eux. De là à penser qu'il était coupable, qu'il l'avait étranglée avec une cordelette… Olivia s'interdit de pousser le raisonnement aussi loin. C'était prématuré. Ce genre de club devait pourtant faire de ces pratiques son fonds de commerce. Une petite entreprise érotique qui avait mal tourné ? Non. Elle était manifestement trop influencée par ce que Pygmalion lui avait mis en tête la veille.

Elle décida pourtant de se reconnecter. Son avatar, Olympia, pouvait sans doute lui venir en aide. Pygmalion semblait ne jamais s'éloigner du site. À peine l'eut-elle sollicité qu'il apparut.

– Vous revoilà déjà, chère Olympia ? Ma foi, je vous ai donc fait forte impression ?

– J'ai besoin de vous, dit-elle.

– Je l'espère bien, rétorqua-t-il.

– Non, ce n'est pas ce que vous croyez. Vous qui êtes un habitué de ce site et de ses petits secrets, vous devez pouvoir me dire comment on fait pour rentrer dans un club privé ?

– Un club ? Quel genre de club ?

– Du genre que vous imaginez ! Un club de rencontres !

– Ma foi, Olympia, vous me surprenez. Je ne vous suffis donc pas ? Vous voulez passer à l'acte si vite ?

– Ce n'est pas ce que vous croyez. Il s'agit de ce club, le Nouveau Monde, à Paris, dans le Marais. J'ai besoin d'y entrer, et au plus vite.

– Vous n'y allez pas de main morte ! Vous savez que vous visez haut ? Ce n'est pas le genre d'endroit où on entre comme on veut.

– Vous devez bien savoir, vous ? Ou trouver quelqu'un qui me renseignera ? Peu importe ce que cela me coûtera, c'est urgent.

– Savez-vous bien ce qu'il vous en coûtera, chère Olympia ? La punition risque d'être sévère.

Olivia n'était pas d'humeur à badiner.

– Très bien, je vais chercher ailleurs, dans ce cas.

– Non, non, attendez. Vous êtes bien pressée ! Il faut un peu de lenteur à ces jeux.

Olivia resta silencieuse.

– D'accord, fit-il. Mais ne vous avisez pas de tromper la confiance que je place en vous, ma très douce. Quand vous vous présenterez là-bas, il vous suffira de citer mon nom. Ce sera la meilleure introduction. Vous verrez, les portes s'ouvriront.

Olivia le remercia et se déconnecta. Il avait bien vite abdiqué. Et elle venait de comprendre au moins une chose : Pygmalion était parisien. Sans quoi son nom n'aurait pas été connu du Nouveau Monde.

*

Durant l'après-midi, elle tenta de jeter quelques notes sur sa dernière vision de la ministre. L'image qu'elle avait de la jeune femme altière se voyait soudain écornée par ce qu'elle entrevoyait des ébats auxquels elle avait dû s'adonner derrière la porte noire hermétiquement close. Avec quels autres initiés, d'ailleurs ? Ce photographe, ou d'autres encore ?

Dans la soirée, la curiosité la poussa de nouveau vers le club de rencontres. Elle ne savait pas bien ce qu'elle cherchait. Sans doute voulait-elle en pousser la porte, mue autant par le désœuvrement que par une envie sourde d'y trouver une réponse – ou peut-être, sans qu'elle osât bien se l'avouer, une expérience inédite. En elle remuaient des sensations confuses. Elle eut la surprise de voir sur la porte un panneau qui disait « Fermé pour travaux ».

Près d'une semaine s'écoula, au cours de laquelle rien n'évolua. Le meurtre de la ministre restait non élucidé. Les chaînes de télévision à sensation firent marche arrière, expliquant que Khadija avait certes dîné près de l'Opéra ce soir-là, mais qu'ensuite on perdait sa trace. Le lieu exact de son trépas restait inconnu. Pas un mot des autorités. Et Jackie le chauffeur de taxi se tenait coi. Olivia se demandait ce qui lui avait valu cette confidence de sa part. Pourquoi elle ? Était-elle vraiment la seule détentrice d'une part du secret qui intriguait la nation tout entière ?

Comme un condamné implorant sa grâce de son suzerain, elle dut juguler le courroux de Thomas qui attendait son papier. L'inspiration ne venait pas. Elle ne voyait rien à dire. Elle rata le coche du premier jeudi de parution qui suivait l'assassinat. Thomas fulminait. Par bonheur, aucun autre organe de presse n'avait publié un texte du même genre. Elle se vit octroyer une semaine de délai – à la suite de quoi, il menaçait de lui couper la tête.

Quand l'autopsie ne put plus rien en tirer, le corps de la ministre quitta la morgue pour un avion sanitaire qui l'amena en Tunisie, où ses obsèques se déroulèrent en présence du président de la République, du Premier ministre et du ministre des Affaires Étrangères. *Le Monde* titra : « Une nouvelle affaire Boulin ? » Puis la chape de plomb retomba. Le pays sembla s'en accommoder, d'autant plus que chacun se sentait, dans sa vie quotidienne, une cible potentielle. Les menaces terroristes se précisaient chaque jour. Khadija Saïdi passait presque pour une victime expiatoire. Les réseaux sociaux bruissaient d'une rumeur – elle avait été la victime des intégristes islamistes parce que, avant d'être nommée ministre, elle avait présidé une association anti-voile. Inversement, d'autres bruits couraient, selon lesquels elle avait été assassinée parce qu'elle était d'origine arabe et que les intégristes catholiques ne supportaient pas de la savoir en charge de la culture. Qui croire ?

Huit jours après le meurtre, Olivia repassa devant le Nouveau Monde. Ses pas l'y portaient de plus en plus souvent, comme malgré elle. Le club demeurait obstinément fermé. Ce matin-là, pourtant, 11 novembre, le panneau avait disparu. En fin de soirée, elle voulut donc tenter sa chance. Elle ne pouvait toutefois pas se représenter à la porte où le vigile, pour peu qu'il fût physionomiste, risquait de la reconnaître. Elle repensa à Pygmalion : il fallait avancer masquée. Elle mit alors à sac les étagères de son cagibi et finit par y dénicher ce qu'elle cherchait : une perruque blond platine qui lui avait servi une seule fois, quelques années plus tôt, pour une fête de nouvel an costumée sur le thème des vedettes de cinéma. Assortie à un pull en mohair rose fuchsia, la coiffure postiche l'avait transformée en clone de Nastassja Kinski dans *Paris, Texas* et lui avait valu de remporter le premier prix du concours au terme d'un vote très arrosé. Olivia torsada sa chevelure châtain pour la glisser sous la perruque, en veillant à ce que pas une mèche ne dépasse. Elle écarquilla ses grands yeux noisette, tordit sa bouche en une moue qui se voulait pulpeuse : cela devrait marcher cette fois encore. Mais ce soir, c'était pour Olympia Vesper qu'elle entendait passer.

Ses hauts talons lui interdisaient une longue marche, de même que sa robe ajustée dont l'étroitesse entravait ses pas. Aussi prit-elle le métro, blottie dans la chaleur de son petit boléro de fourrure. Elle sentit des regards se poser sur elle. Elle en soutint certains, heureuse de réveiller les désirs des hommes et la vague réprobation des femmes. Pygmalion serait fier d'elle. Elle se rengorgea, tout son être plaisamment tendu dans une attente curieuse. Elle sentait son corps épouser le mouvement du train qui filait, de plus en plus vite, puis qui freinait à chaque arrivée en station dans des crissements de freins stridents, pour repartir ensuite de plus belle.

Une ou deux rues étroites la menèrent à la porte du club. À son coup de sonnette, le battant de la petite fenêtre coulissa et la même voix d'homme lui demanda son nom.

– Olympia Vesper, souffla-t-elle.

– De la part?

– De Pygmalion, ajouta-t-elle, le cœur battant.

La porte s'ouvrit en silence sur un couloir sombre. Le gardien des lieux avait disparu comme par enchantement. Olivia emprunta le passage avec une légère appréhension, se croyant escortée par un fantôme. Ses talons résonnaient sur les dalles anciennes tandis qu'elle s'enfonçait dans les profondeurs du bâtiment.

Elle poussa une porte plus légère que la première et se retrouva dans une sorte de patio au toit translucide qui révélait un peu du ciel nocturne entre des murs d'immeubles aveugles. C'était là le seul contact qui lui restait avec le monde extérieur. Une fois ses yeux un peu habitués à la pénombre du lieu, elle distingua un bar dont les bouteilles scintillaient à la lueur de bougies parfumées posées à intervalles réguliers sur le comptoir. Plus loin, quelques fauteuils de velours sur lesquels des silhouettes étaient assises. Personne ne parlait à voix haute. Une ou deux formes mouvantes projetaient des ombres changeantes sur les murs de vieilles pierres percés d'arches qui faisaient comme des trouées noires.

Elle sursauta quand une jeune femme se matérialisa derrière elle et lui suggéra de lui remettre sa veste, son étole et son sac pour qu'elle les garde en lieu sûr. Voilà qui lui rappelait l'antichambre du dîner dans le noir. Était-ce donc de bon augure? Olivia obtempéra et lui dit, presque timidement:

– Bonsoir. C'est la première fois que je viens ici.

– Bienvenue au Nouveau Monde, poursuivit l'hôtesse après avoir déposé ses affaires dans un meuble jouxtant le comptoir. Ici tout est mis à votre service. Voulez-vous boire quelque chose?

Elle opta pour du champagne. La jeune femme lui tendit

une coupe et tandis qu'Olivia l'effleurait de ses lèvres pour se donner une contenance, elle eut la surprise de sentir la main de l'hôtesse se porter à sa joue et la caresser du bout des doigts.

– Vous êtes ravissante, dit-elle. Vraiment, c'est un plaisir de vous avoir parmi nous ce soir. Profitez-en, les consommations sont gratuites pour les femmes.

Olivia, qui se laissait peu à peu envahir par l'atmosphère étrange du lieu, fut à peine étonnée de son geste. Elle ne répondit pas, adoptant la loi du silence ouaté qui semblait régner ici, accentué par la musique perlée qui descendait comme par magie du plafond de verre et commençait à anesthésier ses sens. Portant ses regards tout autour d'elle, Olivia découvrit que le quadrilatère où elle se tenait, sa coupe à la main, était entouré de galeries anciennes sur chaque côté. Elles dessinaient comme un promenoir et Olivia en conclut qu'il devait s'agir d'un ancien couvent recyclé en lieu de plaisir.

– Comme vous le voyez, continua l'hôtesse, chaque galerie mène à l'un de nos points cardinaux. C'est ainsi au Nouveau Monde : vous avez le choix. Chaque point cardinal ouvre sur un escalier de quinze marches, aussi soyez prudente. En bas, de toute façon, les salles communiquent entre elles. Vous y trouverez forcément ce que vous cherchez.

– Je cherche quelqu'un en particulier, glissa Olivia.

Elle nourrissait l'espoir que Pygmalion ait eu la même idée qu'elle et qu'il fût là ce soir.

– Bien sûr. Il s'y trouve forcément, dit l'hôtesse en souriant.

Et, dans un frôlement de sa tunique de soie, elle prit Olivia par la main pour la conduire sous l'une des arches, la délestant au passage de sa coupe vide.

– Vous trouverez du champagne à volonté en bas, soyez tranquille.

Intriguée, Olivia parcourut la galerie à petits pas, en se remémorant une visite qu'elle avait faite, enfant, du cloître de Moissac où les figures diaboliques des chapiteaux l'avaient effrayée. Ici, ses pas ne résonnaient plus. Ils étaient absorbés par le chemin que dessinait un profond tapis rouge sang. Il régnait une agréable chaleur qui contrastait avec l'allure médiévale des lieux. À chaque angle du quadrilatère s'ouvrait en effet un escalier.

Olivia ne savait plus bien qui elle était – Olympia ? Nastassja ? Deux hommes la dépassèrent pour s'engouffrer dans l'escalier. L'un d'eux se retourna vers elle, un sourire aux lèvres. Olivia se reprit. Elle était là pour autre chose. Sans doute était-elle la seule, avec le chauffeur de taxi et quelques autres, à savoir ce qui s'était passé en ces lieux. Or la vie avait repris, dans ce petit monde clos, précisément comme si de rien n'était.

Que savait-elle d'ailleurs au juste ? Peu de choses. Tout au plus que si la ministre avait bien trouvé la mort ici, tout avait été fait pour l'étouffer. Les équipes de police accompagnées du photographe qu'elle avait observées une semaine plus tôt depuis le café d'en face pouvaient très bien n'être qu'une descente de la brigade des mœurs, chose certainement fréquente. Rien d'improbable dans ce club secret, qui avait retrouvé ce soir sa délicate ambiance feutrée.

Quoi qu'il en soit, lors du dîner de la mi-septembre, Olivia avait bien perçu le lien qui unissait Vincent Sasportas et la ministre. Il fallait qu'elle lui parle. Il savait forcément quelque chose.

*

Elle descendit précautionneusement les marches devant elle. De sa main elle s'appuyait dans la pénombre à la paroi rugueuse de vieilles pierres qui sentait un peu le salpêtre, malgré les vapeurs mentholées diffusées par les aérateurs. Une fraîcheur qui ne cadrait pas tout à fait avec cette sensation de descendre aux Enfers. Parvenue tout en bas, elle dut d'abord laisser ses yeux s'habituer à l'obscurité. Des bruits de voix, des cris et des gémissements mêlés lui parvinrent. Elle distingua alors des corps à moitié nus enchevêtrés sur des sofas de toutes tailles. Elle avança, un peu gênée, dans la profondeur des galeries. Tout n'était que variations sur le même thème. Elle passa devant des salles de bains parfumées où certains se livraient à des jeux d'eau ; devant des couches où les victimes offertes étaient attachées par les poignets à des anneaux d'acier scellés dans le mur ; devant des cabinets particuliers molletonnés où elle n'osa pas passer la tête, alors que d'autres avaient l'œil rivé à des fentes ménagées dans le mur et n'en perdaient pas une miette. Elle fut frôlée et agrippée par des mains dont elle parvint à se défaire parfois avec peine.

Ayant parcouru le quadrilatère souterrain, elle se retrouva au pied de l'escalier par où elle était descendue. Il lui tardait de remonter à la surface. Personne ici ne serait disposé à lui faire la conversation ou à répondre à ses questions. Découragée, elle gravit les marches et alla se poser sur un divan près du bar. Mécaniquement, l'hôtesse lui tendit une nouvelle coupe et lui demanda en souriant :

– Alors, ça vous a plu ?

– Je n'ai fait qu'un petit tour, répondit Olivia dans un soupir.

– Vous n'osez pas ?

– Ce n'est pas exactement ce que je cherche.

– Sait-on vraiment ce qu'on cherche ? Vous devriez peut-être y retourner ?

Elle continuait à arborer son large sourire d'encouragement. Olivia vit soudain en elle un sergent-chef qui recrutait de la chair à canon.

Au même instant, le bruit d'une petite commotion lui parvint depuis les galeries. Deux hommes avançaient à grands pas, tenant chacun par un bras une jeune femme qui s'ébrouait. Ses pieds nus chaussés d'escarpins battaient l'air, ses clameurs se faisaient de plus en plus vives :

– Mais lâchez-moi, bordel ! Vous vous prenez pour qui ?

– Tais-toi, siffla l'un des hommes qui serrait son bras comme dans une tenaille. Tu sais bien qu'ici, on veut pas d'histoires. Tu connais la règle.

– Arrêtez, vous lui faites mal ! lança Olivia, qui s'était levée d'un bond.

Le trio la bouscula comme si elle était invisible. L'hôtesse avait posé sa main sur son avant-bras pour l'empêcher d'intervenir.

Alors que le couple de vigiles se rapprochait de la porte avec l'intention évidente de jeter dehors l'indésirable, elle perçut des bruits sourds, tout d'abord étouffés par le tapis des galeries, puis ce qu'elle reconnut comme des pas précipités claquant sur les dalles du hall d'entrée, en même temps qu'apparaissait dans la pénombre un homme débraillé, la chemise mal boutonnée sortie de son pantalon. Un grand brun. Vincent Sasportas.

– Laissez-la, cria-t-il à l'attention des gardiens.

– Doucement, s'il vous plaît ! ne put s'empêcher de lâcher la barmaid, le sourire brusquement crispé.

Elle craignait pour le calme feutré de l'établissement. Des silhouettes s'étaient raidies et dressaient l'oreille depuis les canapés proches du bar.

– Allez, Joyce, fais pas ta mauvaise tête ! Ce n'est qu'un jeu !

Le photographe avait à son tour agrippé le bras de la jeune femme qui continuait de se débattre. Ses longues mèches brunes voletaient, comme folles, autour de son joli visage d'Eurasienne.

– Salaud ! Fous-moi la paix ! Dégage !

Elle se pencha vers l'avant et se tint en équilibre sur un pied pour ajuster la chaussure qui pendait au bout de son autre pied. Les deux vigiles avaient lâché leur prise et reculé de quelques pas, comme si la présence de Sasportas les intimidait. Olivia vit la barmaid tendre un manteau à la jeune femme. Celle-ci refusa l'aide du photographe qui dégageait une manche afin de lui en faciliter l'enfilage.

– Écoute, ça suffit, ton cirque ! grinça-t-il. Tu te calmes et tu te barres, OK ?

La jeune femme releva brusquement la tête et le défia du regard.

– Ah ouais ? Tu crois que tu vas me faire taire comme ça ?

Olivia vit Sasportas blêmir.

– Fais gaffe, Joyce… Tu sais ce qu'on a dit. Commence pas à faire la maligne.

Elle continuait de le narguer, à présent droite sur ses hauts talons, enroulant avec art une écharpe mousseuse autour de son cou.

– Allez, bichette, fit-il, cette fois implorant. Tu ne peux pas me faire ça ! On est quand même bien ensemble, toi et moi !

Joyce gardait le silence. Elle s'engagea sans se retourner dans le couloir sombre de l'entrée et aboya un ordre à l'homme qui gardait la porte. Olivia entendit le lourd battant claquer derrière elle. Elle se tourna vers l'hôtesse et lui indiqua d'un signe qu'elle voulait récupérer ses affaires. Derrière le bar, un éphèbe était apparu. Il servit un shot de vodka à Sasportas, affalé sur un tabouret, qui semblait ruminer en traçant des ronds sur le zinc où la lumière éparse dessinait des flaques.

Son boléro enfilé, emmitouflée dans son étole, Olivia emprunta à son tour le chemin de la sortie, dans le sillage de Joyce. Dehors, le froid la mordit au visage.

## 5.
## LES INSECTES

Olivia se mit à courir tant bien que mal avec ses talons, menaçant de tomber à chaque irrégularité du trottoir. Elle avait parcouru environ trois cents mètres quand elle l'aperçut, blottie dans une encoignure de porte. Joyce était enroulée dans son écharpe de laine vaporeuse. Olivia s'accroupit :

– Ça ne va pas ? Vous avez besoin d'aide ?

Le visage qui se leva vers elle était maculé de traînées noires. Joyce avait frotté son mascara et, à la lueur diffuse des lampadaires orangés, son petit minois évoquait celui d'un raton laveur. Olivia lut dans ses yeux quelque chose d'hébété.

– Foutez-moi la paix !

– Mais vous ne pouvez pas rester comme ça ! Il faut vous lever !

Joyce posa sur elle un regard noir, trop déterminé pour être celui d'une toxico.

– Je resterai là si je veux !

– Écoutez, j'ai tout vu, je suis sortie du club juste après vous. Je sais comment Sasportas vous a traitée.

– Vous le connaissez, cette ordure ?

Cette fois les yeux en amande fixaient Olivia, intenses, brûlants de rage.

– Je l'ai juste reconnu. C'est un personnage public, si on veut. Un photographe en vue.

– Ah ouais, pour ça oui, il aime le public ! Vous n'avez pas idée des saloperies qu'il voulait me faire faire !

– Dans ce genre d'endroit, ça vous étonne ? demanda doucement Olivia.

– Mais je n'avais pas demandé à y aller, moi ! Je lui avais déjà dit, la première fois, que je voulais pas y retourner !

Olivia aida Joyce à se relever.

– Ça va aller ? Vous pouvez marcher ?

– Oui, mais me touchez pas le bras, ils m'ont fait mal, ces abrutis.

Olivia la lâcha. Joyce tremblait de tous ses membres.

– Ne restez pas là, ce n'est pas raisonnable. Vous habitez loin ?

Joyce eut un geste évasif. Olivia se décida alors :

– Si vous voulez, venez chez moi, le temps de vous réchauffer. Ce n'est pas loin. Ensuite vous verrez ce que vous voulez faire.

Elle pensait déjà à un dépôt de plainte, à tout le moins à une main courante. Puis elle se ravisa : les flics ne prendraient jamais au sérieux une fille qui sortait d'un club de rencontres.

– OK, fit Joyce d'une voix lasse. C'est d'accord.

Et elle se laissa guider par Olivia, s'appuyant sur elle de tout son poids, toutes deux cahotant sur leurs talons, serrant leur manteau contre leur poitrine. Le dernier métro venait de partir. Il leur fallut quarante minutes pour rejoindre vaille que vaille l'appartement d'Olivia, boulevard Voltaire.

*

Olivia sentit qu'il fallait à Joyce un peu de chaleur et de douceur. Elle lui proposa un chocolat chaud, régressif à souhait, et un plaid pour se blottir sur le canapé. Avant de s'installer, Joyce demanda à prendre une douche.

– Bien sûr, lavez-vous, ça vous fera du bien, dit Olivia en lui indiquant le chemin de la salle de bains. Vous trouverez des serviettes propres dans le placard.

Elle s'employa à chauffer le lait en l'attendant. Quand la jeune femme revint, un peu rassérénée, elle sentait bon le savon parfumé et essuyait sa chevelure. Elle se laissa tomber sur le canapé, démêlant ses longues mèches de ses doigts, puis s'empara de la couverture qu'elle enroula autour de ses jambes repliées. Olivia déposa les deux tasses fumantes sur la table basse et s'assit dans un fauteuil en face d'elle.

– Buvez ça, ça vous réchauffera.

– Tu peux me tutoyer, lui jeta Joyce.

La glace était brisée. La nuit bien avancée faisait tomber les barrières.

– Tu veux me raconter ce qui s'est passé ? demanda Olivia.

– Non. Faut juste que j'oublie.

– Ce Sasportas, il y a longtemps que tu le connais ?

– Non, pas très. Je l'ai rencontré dans un bar. On s'est vus quelques jours. Après ça, il est parti en voyage pour son boulot. Et puis il m'a rappelée pour cette soirée, il y a dix jours.

– La soirée au Nouveau Monde ?

– Oui.

– Et là, c'était comme ce soir ?

– Non. Ce soir, c'était pire.

– Pourquoi tu l'as fait, alors ?

– Je sais pas. Il me plaisait bien.

Un profond soupir, presque un hoquet, souleva la poitrine de Joyce.

– Tu pensais lui plaire en le suivant dans ce club ?

– C'est ça.

– Et il t'a forcée. Il s'est servi de toi.

– Au début, pas trop. Après, oui.

– Tu as peur de lui ?

– Un peu... Il peut faire des trucs dingues.

Une ombre passa sur son visage. Elle se recroquevilla un peu plus.

– Pourtant, glissa Olivia, consciente de prendre un risque, au moment où tu as quitté le club, c'est lui qui semblait avoir peur de toi... Qui te demandait de te taire.

Joyce lui jeta un regard apeuré.

– Je peux pas t'expliquer.

– Tu as vu quelque chose, c'est ça ? Quelque chose que tu ne devais pas voir ?

Olivia sentait qu'elle touchait au but.

– Je peux rien dire.

Joyce se renfrogna. Son air buté signalait la limite à ne pas franchir.

– D'accord, dit Olivia. Ce n'est pas moi qui vais te forcer, sois tranquille. Je suis là, si tu as besoin de moi. Et maintenant, on pourrait peut-être se reposer un peu, non ? Quelques heures de sommeil, ça nous ferait du bien !

Joyce acquiesça et se leva. À elles deux, elles déplièrent le canapé qui se transforma en lit. Olivia lui apporta un drap et une couverture supplémentaire.

– Tu peux prendre les coussins comme oreillers. Ça va aller ? Tu crois que tu pourras dormir ?

– Oui, merci, fit Joyce. Ça va déjà beaucoup mieux. Au fait, c'est quoi ton nom ?

Olivia eut un temps d'hésitation.

– Hier soir, c'était Olympia. Mais en réalité, je m'appelle Olivia.

– C'est joli, fit Joyce. Les deux sont jolis.

Puis Olivia gagna sa chambre. Elle se démaquilla devant sa coiffeuse et ôta sa perruque blond platine. Une fois couchée, elle ne parvint pas à trouver le sommeil. Quand, vingt minutes plus tard, elle passa la tête par sa porte entrebâillée, Joyce dormait à poings fermés.

*

Vers 10 heures du matin, Olivia entendit de l'agitation dans le salon. Puisqu'elle se réveillait, c'était donc qu'elle avait fini par s'endormir, se dit-elle, encore embrumée. Elle attendit un peu avant de se lever. Quand elle ouvrit la porte, Joyce était déjà habillée.

– Oh ! fit-elle en voyant Olivia. Tu es bien aussi sans ta perruque ! Je ne pensais pas que tu avais les cheveux si longs !

Le canapé était déjà replié, les drap et couvertures soigneusement empilés.

– Je vais filer, ajouta Joyce.

– Tu es sûre que ça va aller ? Tu veux au moins petit-déjeuner ? Je te sers un café ?

– Non, non, j'ai à faire.

Et, son sac à main jeté sur l'épaule, elle ouvrit la porte d'entrée.

– Merci, lâcha-t-elle en partant. Heureusement que tu étais là, hier soir.

Puis elle disparut.

Olivia alluma une cigarette, puis son téléphone portable qu'elle avait mis en charge la veille. Samedi 12 novembre. Bientôt neuf jours que la ministre avait été assassinée. Inévitablement, Thomas lui avait laissé quatre messages réclamant son papier de toute urgence. Elle aspira une bouffée voluptueuse, pesa une seconde le pour et le contre, puis tapa un bref SMS : « Papier pas prêt. Trouve rien à dire. Oublie-moi. » Elle savait qu'elle signait là son arrêt de mort auprès du journal. Curieusement, elle s'en fichait.

La radio ne parlait presque plus du crime. Peu à peu, les actualités déplaçaient leurs projecteurs vers d'autres champs : des émeutes à Montfermeil, un nouvel attentat meurtrier en Égypte, le kidnapping d'un garçon de cinq ans en Haute-Loire.

Un torrent de SMS assassins inonda soudain son portable. Thomas défoulait sur elle une colère et une frustration qui, pensait-elle, remontaient à beaucoup plus loin. Elle devait relativiser. Joyce elle-même s'était bien ressaisie après sa mésaventure nocturne. Curieuse apparition, pensa-t-elle. Partie aussi vite qu'arrivée. Cette rencontre n'avait pourtant pas été inutile. Elle remettait Olivia sur la piste de Vincent Sasportas d'une manière trop insistante pour qu'elle dût y voir le seul fait du hasard. Le photographe cachait quelque chose, dont Joyce avait eu vent. Et s'il avait peur que cela s'ébruite, c'était évidemment que ce quelque chose avait à voir avec le décès de Khadija Saïdi. Ni une ni deux, Olivia consulta son carnet d'adresses, y retrouva le numéro de téléphone portable du photographe et le composa.

– Oui, allô ?

La voix était traînante, lointaine. Sasportas venait sûrement tout juste de se coucher.

– Olivia Lespert à l'appareil. Désolée de vous déranger un samedi matin.

– On se connaît ?

– Je vous ai interviewé il y a quelques années. Je voudrais faire un nouveau papier sur vous. C'est le bon moment, avec la foire internationale de la photo qui ouvre à Genève en janvier.

– Vous êtes gonflée de m'appeler le week-end à une heure pareille ! Pour quel torchon vous travaillez, déjà ?

– *Art Globe.* On boucle un numéro spécial sur la photo et l'Asie, improvisa Olivia. Je sais que vous avez une actualité, cette expo itinérante, Séoul, Pékin, Shanghaï, Tokyo… Maintenant que vous avez une dimension internationale, vous êtes dur à joindre, toujours entre deux avions. J'ai tenté ma chance ce matin !

– Mouais… Bon… Mais alors vous venez tout de suite. Je n'arrive pas à dormir. Vous parler de moi, ça me réveillera.

On pouvait toujours compter sur la vanité des artistes. Elle se souvenait d'une adresse, une maison d'architecte à Belleville. Il la lui confirma et lui dicta le code de la grille d'entrée.

– Et que ça tienne en trente minutes, pas une de plus ! Je n'ai pas que ça à faire, beugla-t-il, soudain tout à fait réveillé.

– Bien entendu, répondit-elle. N'ayez crainte. J'ai l'habitude.

*

La grille de métal opaque s'ouvrit sur un improbable jardin exotique. Depuis la dernière visite d'Olivia, les plantes avaient poussé. L'allée dallée suivait le cours d'un petit ruisseau artificiel émaillé de fontaines qui serpentait parmi les plantes grasses. À l'abri derrière des arbres fournis se nichait un bâtiment tout en verre et en bois, qui s'élevait sur quatre étages. Un jeune homme glabre à l'allure féminine vint ouvrir la porte. Sa voix cristalline avait des inflexions italiennes.

– Bonjour. Vincent vous attend. Mais je vous préviens, il n'est pas de bonne humeur. Évitez de le contrarier. Vous le trouverez au premier étage.

Olivia ignora l'ascenseur qu'il lui désignait et emprunta l'escalier de métal. Elle trouva le photographe affalé dans un fauteuil coque des années cinquante, les jambes étendues loin devant lui. Il lui tournait le dos et faisait face à la baie vitrée qui donnait sur le jardin.

– Merci de me recevoir, Monsieur Sasportas, dit-elle à l'adresse du fauteuil.

Celui-ci pivota d'un coup et lui offrit la vision d'un homme visiblement très fatigué, dont le peignoir à motifs cachemire s'ouvrait négligemment sur un torse aux poils fournis.

– Ouais... Je sais pas ce qui m'a pris, bougonna-t-il. J'ai pas l'habitude de donner des interviews le samedi matin.

Il attrapa une cafetière italienne en métal poli posée sur une table de plexiglas et se versa une tasse fumante dans laquelle il mit deux sucres. Il n'en proposa pas à Olivia.

– J'en profite tant que Luciano est en bas. Pour lui, c'est un sacrilège de sucrer le café. De vrais maniaques, ces Ritals ! Mais là, j'en ai besoin, il me faut des calories.

Son commentaire l'avait déridé. Par cette transgression avouée, il semblait jouir d'une petite revanche personnelle.

– Bon... Je suppose que vous voulez parler business ?

Olivia était toujours debout. Sasportas s'extirpa avec difficulté du fauteuil, se tourna de trois quarts et lorsqu'il se trouva face à elle dans la lumière, elle fit de nouveau l'expérience du malaise qu'elle avait ressenti quelques années auparavant : le photographe avait les yeux vairons, le droit très noir, le gauche d'un bleu presque translucide. Certains journalistes avaient émis l'hypothèse que c'était là un artifice destiné à déstabiliser ses interlocuteurs, voire à mettre en abyme sa fonction – sur son site web, avant de dérouler sa propre hagiographie et la liste de ses expositions, il affichait en guise d'en-tête : « Vincent Sasportas, l'œil absolu ». Olivia ne savait dans quelle prunelle le regarder. Comme tout le monde, elle baissa les yeux.

– Venez, je vais vous montrer mon nouveau boulot, lâcha-t-il dans un soupir.

Il semblait pourtant en veine d'échanges. Il resserra la ceinture de son peignoir et entraîna Olivia vers le fond de la pièce. Un couloir étroit menait vers son atelier, dans les profondeurs de la demeure. Encore une fois, Olivia eut la curieuse impression de passer du jour à la nuit. Comme au Nouveau Monde, pensa-t-elle. Elle connaissait ce grand cabinet de travail aux murs peints en noir où l'artiste suspendait ses œuvres au moyen de pinces à linge à des fils tendus en travers de l'espace. La première qu'elle vit frappa Olivia de plein fouet : au format de deux mètres par un, un cloporte allongé sur le dos, suintant, en décomposition, ses pattes molles retombant de part et d'autre de sa carcasse. Elle eut un haut-le-cœur.

– Ça fouette, hein ? fit Sasportas non sans fierté.

– C'est peu de le dire, souffla-t-elle.

– Celui-là, je l'ai appelé *Kafka XXI*. À cause du cloporte.

– J'avais compris. Et XXI ? C'est pour quoi ?

– XXI comme vingt et unième siècle. Je fais une série sur les insectes comme métaphores du savoir traditionnel moribond. La mort de la culture classique et de la tradition, si vous voulez.

– Et vous croyez que ça va parler aux Chinois ?

– J'en sais rien, et à vrai dire je m'en fous. Mes voyages, mes séjours sont payés par les galeries. À elles de se démerder pour vendre. Si elles n'y arrivent pas, j'ai de toute façon une clientèle captive aux USA et en Angleterre. Là-bas, ça marche du tonnerre. Tout ce que je produis est prévendu. En fait, ce qui m'amuse, c'est de les mettre en compétition avec l'Asie. Chaque cliché est tiré à vingt exemplaires. C'est garanti parce que je les signe au dos. Comme le tirage est limité, si l'Asie s'y met, ça ne peut que faire monter mes prix.

– En effet, vu comme ça... dit Olivia.

Elle se demandait comment on pouvait se battre pour mettre de pareilles images sur ses murs. Quel que soit le discours pseudo-intellectuel qui leur servait d'alibi, ce n'étaient ni plus ni moins que des insectes crevés géants. Elle navigua entre des mouches en gros plan collées sur un ruban à glu – *Sartre XXI* – et des guêpes aplaties d'un coup de savate qui baignaient dans leur jus – *Aristophane XXI.* L'esthétique de la pourriture, encore une fois. Cela lui rappelait les clichés d'Andres Serrano, pris à la morgue. Elle se garda bien de l'évoquer à son hôte, qui comme tous les artistes supportait mal la comparaison avec ses rivaux.

Vers le fond de la pièce, collés sur les murs, des dizaines de clichés plus petits faisaient voisiner des colonies de fourmis et de termites avec des visions d'humains sortant par grappes du métro, courant en masse vers leurs bureaux sur l'esplanade de la Défense ou agglutinés sur la plage. Elle évita là aussi de citer le nom de Martin Parr. Voyant l'intérêt que semblait porter Olivia à ses œuvres, le photographe s'expliqua :

– Ça, c'est le début de ma réflexion, qui a commencé il y a deux ans. L'humain comme insecte. La densité des villes, la promiscuité... c'est un thème qui m'a toujours fasciné. Au moins en Asie, ils devraient pouvoir s'identifier à mes clichés. Je les fais mettre en parallèle, deux photos dans un seul cadre, les insectes et les humains, je colle un titre du genre *Human Insects* ou *Creeping Idiots*, et voilà, le tour est joué, y a plus qu'à mettre l'étiquette, 15 000 euros, boum ! Et en plus, l'acheteur se sent intelligent. Il comprend la démarche. Il a d'autant moins de mal à dépenser.

Olivia n'était même plus surprise par ce genre de cynisme.

– Je vois, c'est toute une entreprise, fit-elle.

Elle pensait gros sous, mais il se méprit et crut qu'elle louait son intellect.

– Oh, détrompez-vous, s'exclama-t-il. C'est surtout le fruit du hasard. Quand j'ai photographié le cloporte, c'est une amie qui l'a appelé « Kafka » par boutade. Après, on a cherché des noms pour les autres, en essayant de viser des emblèmes de la culture. Je suis d'ailleurs un peu emmerdé, il me reste ces limaces et ces scarabées, je ne sais pas à qui les associer.

– Pour les scarabées, les Beatles ? Ou Edgar Poe ?

– Mais c'est génial ! Vous êtes trop forte ! Les Beatles, bien sûr ! Ça parle à tout le monde !

– Les limaces, par contre, je ne vois pas. Je sèche.

– Mon amie non plus… Là-dessus, elle séchait aussi.

Vincent Sasportas avait parlé presque à voix basse, comme en aparté. Ses épaules s'étaient comme brutalement affaissées sous un fardeau trop lourd. Olivia tenta alors sa chance :

– Votre amie… Ce ne serait pas Khadija Saïdi ?

Il sembla émerger du fond d'un bocal.

– Oui, comment vous savez ça ?

Les sens soudain en alerte, il s'était crispé, les poings dans les poches de son peignoir.

– Je sais que vous étiez proches. Je suis désolée, dit Olivia.

– Qu'est-ce qui vous fait dire ça ? demanda-t-il, rugissant presque.

– Je vous ai aperçus ensemble, en septembre, au dîner des aveugles, pour l'Année du handicap. J'y étais aussi.

– Et alors ? Khadija était une amie. Juste une amie.

La dénégation était un peu trop appuyée. Soudain mal à l'aise, Olivia revit la mine effrayée de Joyce et son bras que tordait Sasportas, grimaçant de colère ; elle revit aussi son interlocuteur, quelques jours plus tôt, discrètement amené par les forces de l'ordre au Nouveau Monde.

Elle fit mine de se concentrer sur une série d'autoportraits en couleurs montés en triptyque qui lui évoquaient Bacon : seuls les yeux bicolores du modèle étaient nets. Tout le reste du visage était flou, front, oreilles et menton disparaissant dans des sortes de traînées centrifuges délavées.

– Comment obtenez-vous ces effets ? demanda-t-elle.

– Par de la retouche, forcément, répondit-il sur un ton agacé, en désignant l'un des ordinateurs qui occupaient le bureau, au loin.

Depuis le début de la visite un écran faisait de l'œil à Olivia, car il y tournait en boucle une série d'images en gros plan dont elle ne saisissait pas bien la teneur. Des pétales ; des plumes ; un ours en peluche ; des ballons de baudruche gonflés ; des clous et des vis métalliques.

Par la porte du studio passa soudain la tête de Luciano.

– Excusez-moi de vous déranger. Vincent, il faut que tu descendes. J'ai Tokyo au téléphone.

– Ah… enfin ! répondit Sasportas.

Puis il lança à l'adresse d'Olivia :

– Attendez-moi, je reviens.

Restée seule, Olivia se rapprocha de l'écran où tournaient les images en diaporama, seul îlot de lumière mouvante dans cette pièce obscure. Aucune cohérence apparente entre tous ces objets, sauf peut-être leur environnement. Oui, c'était cela : ils étaient tous saisis par l'objectif dans le même décor. Les plumes, petites, blanches, comme issues d'un édredon éventré, jonchaient une étoffe noire à travers laquelle se distinguait ce qui ressemblait à de la peau. L'œil de verre d'un ours en peluche et la moitié de sa bouille lunaire, occupant tout le cadre, reposaient sur ce qu'Olivia comprit être la rondeur d'un sein. Un ballon de baudruche gonflé, transparent et jaune, effleurait un bras abandonné, de teinte olivâtre. Des fleurs satinées aux pétales de couleur rouge, blanche et violette étaient éparpillées sur l'étoffe noire – Olivia en était sûre à présent, elles dessinaient, à travers l'étoffe, les contours d'un ventre et le vallon d'un pubis. Des clous et des vis dorés, comme brusquement échappés d'une main ouverte, parsemaient les interstices entre les longs doigts déployés : ceux d'une femme, à en juger par la bague en diamants qui ornait son annulaire.

Il y avait là quelque chose de morbide. Ce corps fragmenté, sans visage, bardé de ses petits accessoires absurdes : Vincent Sasportas essayait de rivaliser avec Andres Serrano tout en y apportant sa propre touche fétichiste. Elle imagina le malaise que susciteraient ces images lorsqu'elles seraient imprimées au format affiche dans une exposition. Plus du tout la même chose. La peau, au contact de ces différentes textures, était le seul dénominateur commun entre les clichés. Un invariant dont les objets épars semblaient souligner la fragilité et la douceur, avant d'annoncer sa possible crucifixion de manière décalée. Une métonymie, pensa Olivia, retrouvant de vieux réflexes critiques. Il lui prenait l'envie d'écrire sur ces visions dérangeantes bien plus que sur les insectes géants ou les agglomérats d'humains ou de termites.

Quelqu'un remontait l'escalier quatre à quatre. Sasportas apparut, un peu essoufflé. En apercevant Olivia penchée vers l'écran, il l'interpella :

– Qu'est-ce que vous faites ? Je ne vous ai pas permis !

– C'était allumé. Ça tournait... J'ai cru...

– Vous avez cru quoi ? Vous ne savez rien et vous croyez tout savoir !

Et il appuya brusquement sur le bouton qui éteignait l'écran.

– Pourquoi êtes-vous si agressif ? lança-t-elle, froissée.

Toute la zone se retrouva plongée dans l'ombre. Seuls, ici et là, quelques points lumineux clignotaient sur les postes informatiques en veille. Vincent les passa rapidement en revue comme pour s'assurer qu'Olivia n'avait rien endommagé. On aurait dit un pilote à son poste de commande.

– C'est bon, ça suffit comme ça, la demi-heure est passée, annonça-t-il.

– Très bien, dit Olivia. Et elle se dirigea à sa suite vers la sortie, serrant au fond de sa poche la clé USB qu'elle venait d'arracher à l'ordinateur posé sur le bureau.

## 6.
## LE REVENANT

Si Thomas la virait, elle serait bien embêtée. Elle ne savait rien faire d'autre, et les places étaient chères. Aussi, quand elle reçut en milieu d'après-midi un appel de sa collègue Marion, de la rubrique « potins », elle se tint sur ses gardes. Très vite, sa vieille copine, qu'elle avait connue sur les bancs de l'école de journalisme, lui annonça la couleur :

– J'ai croisé Thomas… Il était furieux. Paraît que tu l'as planté ?

– Il voulait que je ponde un papier sur ma dernière rencontre avec la ministre, expliqua Olivia. Un dîner où je n'ai fait que la croiser ! Qu'est-ce que tu voulais que je raconte ? C'est plus ton rayon que le mien !

– Je ne sais pas, moi… Tu brodes un peu, tu décris l'ambiance, avec qui elle était… D'ailleurs, tiens, oui, avec qui ? Tu t'en souviens ?

Olivia eut une intuition soudaine : Marion était téléguidée par Thomas.

– C'est à toi qu'il l'a filé, le papier ? fit-elle en pouffant.

Le stratagème était grossier mais elle n'allait pas se fâcher avec Marion pour si peu. Celle-ci garda un silence gêné.

– C'est très bien, va. Tu le feras mieux que personne, poursuivit Olivia.

– Je suis vraiment désolée, dit Marion. Il veut que j'écrive une sorte de nécro avec des anecdotes fraîches… Il m'a dit de t'appeler. Tu le connais, il va pas me lâcher jusqu'à ce qu'il l'ait.

– On ne sait même pas de quoi elle est morte, la ministre ! Ni qui a fait ça !

– Oh, y a des bruits qui courent… C'était pas une sainte, la Khadija.

– Ah oui, tu sais quelque chose ?

– Je te dis ce que je sais si tu me dis ce que tu as vu au dîner, ça te va ?

– OK. Mais va pas croire que j'aie vu grand-chose. C'était un dîner dans le noir, je te rappelle. Un truc de com' organisé pour l'Année du handicap.

– Sous l'égide du ministère de la Santé, donc ?

– Oui. Et de la Culture. Mais la ministre de la Santé n'y était pas. J'ai juste vu son secrétaire d'État, Hugues Bachelier. Et puis Khadija est arrivée, et elle l'a éclipsé.

– PVC n'y était pas, tu dis ? Ça ne te paraît pas bizarre ?

Pétunia Verschueren-Cellier, dite PVC, était une superbe femme blonde de quarante-trois ans, l'autre bombe du gouvernement, énarque comme Khadija. Le Président avait toujours eu la réputation de savoir s'entourer.

– Maintenant que tu le dis… Peut-être que ce dîner dans le noir manquait de spotlights à son goût ?

PVC avait la réputation d'aimer qu'on la voie. Personne n'avait compris pourquoi elle était assise au deuxième rang, juste derrière Khadija, à la dernière remise des Molières. C'est seulement plus tard que l'on avait appris sa liaison avec un acteur de la Comédie-Française – qui n'avait même pas été récompensé. Elle avait d'ailleurs rompu rapidement.

La rivalité entre les deux femmes était palpable. Rien d'étonnant à ce qu'elles ne puissent cohabiter lors d'une même soirée. Sur le perron de l'Élysée, lors des photos officielles, elles se tenaient aux antipodes l'une de l'autre, au mépris du protocole que le chef de l'étiquette essayait désespérément de faire respecter.

– C'est surtout qu'il n'y avait pas de place pour elles deux, je pense, avança Olivia. Deux bêtes de scène... On ne peut avoir qu'un monstre sacré à la fois.

– Et quand tu l'as vue, Khadija, ce soir-là, elle était avec qui ?

– Difficile à dire avec certitude. Juste une impression que j'ai eue... Rien de probant.

– Là, ma chérie, tu en as trop dit, ou pas assez ! Précise ta pensée !

– Eh bien, si tu veux savoir, j'ai eu la sensation qu'il y avait quelque chose entre elle et ce photographe célèbre, tu sais, celui qui fait des fruits et des animaux en décomposition... Vincent Sasportas. Je ne sais pas pourquoi il était invité. Il ne risquait pas de faire des photos dans le noir. Quelle ironie de l'inviter à un dîner d'aveugles, tu ne trouves pas, quand on y pense ?

– Aucun hasard là-dedans, rétorqua Marion. C'était un secret de polichinelle, leur histoire.

– Tu sais un peu à quoi ressemblait sa vie amoureuse, sinon ? s'enquit Olivia.

– C'est toi qui me cuisines, maintenant ? Tu as l'art d'inverser la situation, c'est un comble !

– Cette rumeur à propos d'un rugbyman... Tu es au courant ?

– Andy Etchebarne ? De l'histoire ancienne !

– Ah, c'était lui ?

– Ben oui, tu suis pas l'actu, ou quoi ? Tout le monde à part toi était au courant !

Olivia eut la vision d'un monstre haut de deux mètres, l'ancien capitaine de l'équipe de France. Lui, en couple avec la belle Tunisienne ? C'était une vision improbable.

– On dit qu'elle était un peu allumeuse sur les bords… lança-t-elle.

– Ça oui, et pas que sur les bords ! Un chanteur, un directeur de festival, quatre ou cinq acteurs dont un Américain, un présentateur de JT… Deux ministres au moins, et pas les plus moches… On dit même que le Président… Enfin, non, ça, je n'y crois pas. Il semble bien casé.

– Tu crois qu'elle aurait pu avoir des pratiques, disons, bizarres ?

– Bizarres comment ? Sexuellement, tu veux dire ?

– Oui, enfin, tu vois. Y en a eu d'autres avant elle.

– Pourquoi ? Tu as eu vent de quelque chose ?

Marion avait soudain dressé l'oreille.

– Non, c'est juste une question en l'air. Personne ne sait qui l'a tuée, ni pourquoi. Il doit bien y avoir une raison. Il faut commencer par chercher dans son passé, dans sa vie.

– C'est toi qui es chargée de l'enquête, maintenant ?

Olivia offrit un démenti assorti d'un petit rire forcé. Pourtant c'était bien la sensation qu'elle avait : une sorte de mission lui incombait, qu'elle s'était imposée à elle-même. Et elle ne savait pas par où commencer.

– Non, c'est juste un jeu, ça m'amuse.

– C'est toi qui as des jeux bizarres, si tu veux mon avis, fit Marion.

Elle ne croyait pas si bien dire. Devant elle, sur son bureau, Olivia venait de voir son écran s'animer: Pygmalion la demandait.

– Écoute, je ne vois pas ce que je pourrais te dire de plus, conclut-elle. Comme je t'ai expliqué, c'était un dîner dans le noir. On n'y voyait rien. Bon, faut que je te laisse maintenant.

Et, sans plus prêter l'oreille à la vague protestation de Marion, elle raccrocha.

Pygmalion, devant elle, avait toujours les yeux bandés. Olivia saisit son code pour faire remonter son propre avatar des profondeurs de l'espace virtuel. Olympia apparut, nonchalamment étendue sur sa couche, altière, immaculée, comme si les mots de Pygmalion n'avaient jamais eu sur elle la moindre prise; comme s'ils n'avaient jamais entaché sa blancheur et sa chair délicate. Olivia sentit son cœur tressauter dans sa poitrine – allégresse ou appréhension? Elle n'aurait su le dire.

– Me voici, tapa-t-elle sur son clavier.

*

– Alors, chère amie, votre visite au Nouveau Monde a-t-elle été profitable?

– Pas vraiment.

– Comment? Vous n'avez pas goûté à toutes ces sensations qui vous étaient offertes?

– Pas trop, non.

Olivia revit le minois de Joyce, ravagé par l'effroi. Elle commençait à penser que Khadija Saïdi était tombée dans une sorte de guet-apens. Étranglée – quelqu'un avait-il serré autour de son cou un lacet comme celui que Pygmalion avait serré autour de celui de son avatar, Olympia? Un tressaillement la parcourut. Allons, ce n'était qu'un jeu. Du fantasme mis en mots. Cela ne faisait de mal à personne.

– Nommez-moi votre deuxième tableau préféré, reprit-il.

Oh, non, pas ça, pensa Olivia. Elle voyait déjà cette image qu'elle aimait tant profanée par le regard de Pygmalion et par ses mots. Pourtant elle s'exécuta.

– *Manao Tupapau*, de Gauguin, lâcha-t-elle.

– Je vois… L'envers d'*Olympia*, en somme.

Olivia fut frappée de la justesse de sa vision. Elle ne se l'était jamais formulé ainsi, mais il avait raison : la jeune Polynésienne, allongée à plat ventre sur le lit, vers la droite, jetait au spectateur un regard aussi lourd de sens que celui d'Olympia. Elle tenait ses deux mains près de sa tête, leurs longs doigts déroulés, prenant appui sur ses paumes, tel un jeune fauve prêt à bondir. Comme Olympia, elle était étendue sur une moelleuse couche blanche posée sur un paréo chamarré à motifs violets et or. Une mèche d'un noir de jais s'était échappée de sa chevelure et dessinait une arabesque sur l'oreiller. Derrière elle, sur le fond pourpre, de petites formes blanches hirsutes frémissaient, légères comme des plumes ou des touffes de pissenlits qu'un souffle agitait. Des fleurs de corossol, prêtes à se détacher de la branche à laquelle elles ne tenaient plus que par un fil.

– Vous avez bon goût, Olympia. C'est la plus jolie paire de fesses de toute l'histoire de l'art.

Olivia sentit son cœur se serrer. Il venait sûrement d'en trouver une image sur internet et allait maintenant souiller cette beauté si parfaite aux formes lisses, fermes et brunes, pareille à une sculpture taillée dans un bois exotique dense, amoureusement polie par son créateur.

– C'est donc là votre avatar tropical, chère Olympia. Un beau cadeau que vous me faites, reprit Pygmalion.

Olivia resta silencieuse. Elle sentait qu'il n'allait pas tarder à l'outrager et elle se demanda si au fond elle n'attendait pas que cela.

– Nous ne sommes pas seuls, Olympia. Voyez cette figure d'homme noir encapuchonné, au fond, vers la gauche, appuyé à ce mât sculpté. Il tend à peine les doigts vers vous. C'est un marionnettiste qui tient les ficelles ; le fantôme aveugle qui hante vos songes. Vous me dévisagez du coin de votre œil noir, la bouche entrouverte dans une moue qui gonfle votre lèvre inférieure et vous rend infiniment désirable. Vos pieds, comme négligemment croisés, laissent leurs orteils flotter dans le vide. Le pli délicat à l'arrière de votre genou, et celui que dessine la jointure de votre cuisse et de votre hanche m'excitent au plus haut point. L'envie me prend de faire jouer vos membres, de les plier et déplier à mon gré pour en admirer la mécanique perfectionnée. Quant à votre croupe, ce beau fruit ferme, je vous laisse imaginer les pensées qu'elle fait naître en moi ! Le coup de pinceau plus clair qui en a dessiné la délicieuse séparation achève de me rendre fou. Prenez garde, Olympia, je ne vais pas me contrôler très longtemps.

Olivia sentit la tension bien connue s'emparer d'elle.

– Je vous sens frémissante, ma chère, susurra-t-il avec sa prescience habituelle.

– Elle pense au revenant, osa-t-elle dire.

– Vraiment ? Et puis-je savoir le fond de votre pensée ?

– C'est le sens du titre : *Manao Tupapau*. « Elle pense au revenant. »

– Dans les deux sens, Olympia : il peut se lire dans les deux sens… Dans la langue locale, on entend aussi : « Le revenant pense à elle. »

Il avait raison, elle le savait. Le petit jeu recommençait, elle était sous son emprise.

– Le marionnettiste, imperceptiblement, tire les fils. Je n'ai rien d'autre à faire que vous regarder. Levant la main, lentement, comme dans une grave cérémonie, il commande votre pied droit, le hisse et le dépose à côté du pied gauche : les voilà dénoués. Puis il tire le fil relié au pied gauche et l'écarte délicatement à son tour. Vos jambes s'entrouvrent à peine. Jouant de ses deux mains dressées dans les airs, comme les ailes d'un oiseau qui battraient au ralenti, il prolonge son geste et, tirant un peu plus les fils invisibles, écarte vos jambes. Je me retiens de m'y ruer. Au contraire, avec une infinie douceur, je passe ma bouche sur l'arrière de vos mollets, l'un après l'autre. Je les lèche pour les polir un peu plus. Ils ont le goût du pain d'épices. J'arrive aux plis des genoux qui me bouleversent, j'y souligne du bout du doigt le tracé de vos veines fragiles, bleu clair sur votre peau brune. Vous tressaillez. Je perçois le mouvement des fils complaisants qui écartent un peu plus vos cuisses où ma bouche m'amène maintenant. Je m'en repais, plus vorace, mais je contiens encore ma gourmandise. Vos jarrets sont charnus et goûteux. Dans le noir, au plus profond du trésor qu'ils cachent encore à ma vue, je vois briller un peu de vos replis délicats. Les mains tendues très haut, dressé sur la pointe des pieds, le marionnettiste tire les fils au maximum et vous écartèle maintenant pour moi. Entendez l'océan qui gronde. Il est tout près de nous.

Olivia le sentait gronder en elle aussi. Elle se taisait mais Pygmalion ne s'en souciait plus.

– La pointe de ma langue descend le long du sillon de votre croupe qui s'offre à moi. Il est humide, à peine, mais je sens d'autres promesses qui m'attendent, luisantes sous mes yeux. Je m'y jette enfin. Affamé, je vous dévore. Mon front, têtu, bute contre vos fesses, comme pour les forcer à s'écarter un peu plus, et vous m'obligez sans broncher. D'un geste auguste, le magicien qui tient les fils vous soulève et cambre vos reins. Je vois tout. Vos fesses divines se raidissent sous chacune de mes mains qui les tiennent fermement. Vous gémissez, timidement d'abord, puis de plus en plus fort, à chaque assaut de ma langue. Votre corps gît disloqué sous le mien, il ne vous appartient plus. J'entends la mélopée qui sort de votre bouche mais qui vient de la fontaine dans votre ventre. Elle coule comme un flot qui m'emporte. À l'autre bout de moi, mon membre devenu de pierre n'attendait que l'appel des digues rompues. J'entre en vous comme un bateau rentre au port, poussé par un cyclone. Vous êtes jeune et élastique, vous m'entourez à la perfection. Je suis là où je dois être. Alors nous nous déchaînons tous les deux, sur un rythme lancinant, ça s'accélère, vos oscillations contrebalancent les miennes, vos fesses viennent heurter mon ventre en soubresauts réguliers, réclamant de moi les coups qui résonnent en vous, et vos cris sont si forts que je vous ferme la bouche de ma main. Vous me mordez mais je ne ressens pas la douleur car au même instant, cela m'échappe, j'explose en vous, je suffoque, étouffé par ma propre force.

Un atoll irradié par le feu nucléaire. Ce fut la vision qui envahit Olivia.

– Je pourrais aller plus loin encore, Olympia… Songez que l'homme en noir nous observe en silence, et qu'il n'y a pas que ses mains qui se sont dressées tandis qu'il vous offrait complaisamment à moi. Il ne marche jamais sur mes platebandes, aussi, quand je vous abandonnerai à lui, trouvera-t-il, sans même vous retourner, une autre voie rien qu'à lui, où se satisfaire. Nous ne sommes pas rivaux, lui et moi. Il est mon frère jumeau, plus sombre, plus expérimenté. Un autre moi-même. Et pendant qu'il en fera avec vous à sa guise, c'est moi qui, pour lui être secourable, nouerai mes mains en un bâillon étroit afin d'étouffer les cris de votre bouche, car ils dépasseront cette fois, et de loin, ceux que je vous ai moi-même arrachés par le choc répété de mes reins. Voilà, belle Olympia, ce que vous provoquez chez ceux à qui vous offrez innocemment votre image. En avez-vous seulement conscience ?

Olivia ne répondit pas. Elle devait admettre que c'était elle, par son regard aguicheur, qui les avait invités. C'était elle aussi qui pesait en cet instant comme du plomb sur sa couche profanée, incapable de faire un geste, attendant, tremblante, dans le silence, qu'ils la retournent et qu'ils recommencent, en la regardant cette fois au fond des yeux, et en n'étouffant pas les cris de sa bouche. Elle voulait à son tour voir dans leurs yeux hagards, alors que la même vague les emportait, la folie qu'elle venait de goûter et qui l'avait arrachée à elle-même.

## 7.
## INNOCENCE ET EXPÉRIENCE

Tout, en ce bas monde, était-il donc fondé sur la dialectique du maître et de l'esclave ? Plus précisément, sur l'oppression de la femme par l'homme ? Olivia commençait à se le demander. Un magazine radiophonique en fond sonore lui relatait les actions menées par l'association anti-voile que la ministre assassinée avait présidée. Elle en avait quitté la direction lorsque, trois ans plus tôt, elle avait été appelée au gouvernement. À sa place, une de ses proches avait repris le flambeau – une intellectuelle iranienne qui avait vu sa famille massacrée sous Khomeiny. Une femme courageuse dont Olivia écoutait en ce moment la voix vibrante s'élever contre toutes les violences commises sur ses semblables, qui induisaient, disait-elle, des frustrations infinies, de génération en génération. Et pas seulement pour les femmes.

Soudain, Olivia comprit qu'un consensus occulte planait sur cette affaire. Après les indignations d'usage à la tête de l'exécutif et les obsèques en grande pompe, on s'était empressé de passer à autre chose. Manière de minimiser : non, ce n'était pas une affaire d'État. Mais dans ce cas, qu'était-ce donc ? Pas un suicide, la cause n'était ici pas défendable. On ne s'étranglait pas soi-même. Il ne restait en toute logique qu'une banale affaire de mœurs.

Elle repensa alors à Joyce. Comment la petite Eurasienne avait-elle pu se laisser embarquer dans les jeux sordides de Vincent Sasportas ? Par faiblesse ou par fascination ? Olivia elle-même ne pouvait oublier les mots qu'avait instillés en elle ce démon de Pygmalion. Par lâcheté, mais aussi parce qu'elle devait s'avouer emportée par le flux, elle n'avait pas coupé court à son monologue. Et c'était désormais son propre corps qu'elle voyait, sur le dos, sur le ventre, tourné, retourné en tous sens, offert à ses fantasmes les plus abjects.

Il fallait qu'elle retrouve Joyce et qu'elle la fasse parler. La jeune femme savait forcément quelque chose. Pour cela, Olivia ne voyait qu'une solution : obtenir de Vincent Sasportas lui-même le moyen de la localiser. Cela risquait d'être difficile. Elle ne voulait pas prendre le risque de le déranger de nouveau. Il ne la recevrait pas. Et surtout, elle ne voulait pas se rappeler à son souvenir. Qui sait, il ne s'était peut-être pas rendu compte que l'une de ses clés USB avait disparu ?

Olivia en avait visionné le contenu plusieurs fois. Il la laissait perplexe, toujours avec cette petite gêne comme devant un spectacle auquel elle n'était pas invitée. Ces gros plans qu'elle avait vus tourner en boucle dans le studio du photographe dégageaient quelque chose de plus puissant, de plus intime, que les corps emmêlés aperçus au Nouveau Monde. Eux faisaient l'effet d'une performance, théâtrale ou acrobatique, ils s'exhibaient devant des yeux complaisants. Leurs efforts démesurés pour parvenir à la jouissance étaient tout à la fois pathétiques et drôles. Ils ne l'avaient pas vraiment choquée, sans doute du moins parce qu'elle n'avait pas été sollicitée pour y participer.

Devant son écran, au contraire, elle avait la sensation de regarder des images volées. Et ces images la dérangeaient.

Si Vincent Sasportas ne lui était pas accessible, son homme à tout faire, lui, l'était. Elle reprit donc le chemin de la villa de Belleville.

*

Une fois encore, elle se mit en planque de l'autre côté de la rue. On était lundi 14 novembre. En début de semaine, il y avait une meilleure chance pour que des allées et venues se produisent et qu'une porte s'ouvre. Ce qui, après une demi-heure d'attente, en cette fin de matinée froide mais ensoleillée, finit par arriver : le bruit de la grille se fit entendre, et Luciano sortit, tirant après lui un chariot à provisions en plastique rose pâle. Elle suivit à distance la silhouette gracile vêtue d'un blouson de cuir sur un pull blanc à col roulé et d'un jean moulant dont le bas des jambes était retroussé, dévoilant la cheville. Dans ses mocassins en daim clair, Luciano avançait en sautillant presque. Un chevreuil qui a recouvré la liberté, pensa Olivia. Entre les murs, sa vie chez son mentor tenait de la servitude volontaire. À l'extérieur, il serait sûrement d'un abord plus facile.

Elle l'escorta à son insu jusqu'au supermarché le plus proche. Pendant un bon moment, elle observa les choix qu'opérait le jeune homme dans les rayons et les étals, puis osa enfin se présenter à lui :

– Ah bonjour ! Quelle surprise ! Vous allez bien, Monsieur Luciano ?

– Oui ? fit-il en se retournant.

– Vous vous souvenez ? Je suis Olivia Lespert. J'ai interviewé Vincent Sasportas samedi dernier.

– Ah ! Ne m'en parlez pas ! Je ne sais pas quelles questions vous lui avez posées, mais il a été d'une humeur massacrante tout le week-end !

Luciano se dirigea vers la caisse qui se libérait et déposa une à une ses emplettes sur le tapis roulant. Olivia le suivit, attrapant au vol trois paquets de chewing-gums sous cellophane pour justifier sa présence en ces lieux.

– J'essaie d'arrêter de fumer, dit-elle, en désignant les tablettes qu'elle tenait à la main. C'est dur.

Luciano soupira. Il souleva son chariot grand ouvert pour que la caissière puisse constater qu'il était vide, et entreprit de le remplir de nouveau au fur et à mesure que les produits étaient enregistrés par la machine.

– Oui, c'est dur, lâcha-t-il à mi-voix.

Toujours ces intonations charmantes qui ne le rendaient pas tout à fait crédible. Il avait pourtant l'air réellement abattu.

– C'est Vincent qui vous mène la vie dure ? risqua Olivia.

Luciano releva la tête. Sans doute avait-il détecté une compassion sincère dans la voix de son interlocutrice.

– Oui… Vous n'avez pas idée.

Olivia crut voir un voile humecter ses beaux yeux noirs aux longs cils ourlés. Une biche apeurée, voilà ce qu'il était à présent.

– J'imagine assez bien. Vous connaissez Joyce, sûrement ?

Le visage de Luciano se rembrunit.

– Non. Je ne connais personne de ce nom-là.

Il mentait. Olivia sortit du supermarché à sa suite. Luciano attaqua alors :

– Et d'abord, qu'est-ce que vous faites là, après moi ? Vous me suivez ?

Non seulement il mentait, mais en plus il était sur la défensive. Olivia sentit se décupler son envie de savoir.

– Écoutez, j'ai besoin de retrouver cette jeune femme. Une Eurasienne, très jolie, la vingtaine, un mètre soixante environ. Ça doit bien vous dire quelque chose ?

Tirant plus fort sur son lourd caddie, Luciano pressa le pas.

– Rien du tout. Laissez-moi, ça suffit maintenant !

Il ne restait plus que trois cents mètres à parcourir. La rue était en pente ascendante, bientôt ils tourneraient dans une petite impasse pavée encore plus raide, et la villa serait en vue. Avec elle s'évanouiraient tous les espoirs d'Olivia. Luciano sonnerait au portail, appelant Vincent à la rescousse, et elle serait grillée.

Elle avisa un recoin sombre entre deux immeubles où étaient entreposés de grands conteneurs à déchets gris. Encore quelques pas, et ils l'auraient dépassé. Sans réfléchir, elle poussa Luciano et le plaqua contre le mur. Il lâcha son caddie dont le contenu se répandit entre les poubelles. Une bouteille de whisky se cassa. En un éclair, tenant toujours Luciano par le col, écrasé contre le mur lépreux, elle attrapa la bouteille et la tint retournée contre sa joue, menaçant de le taillader.

– Nom de Dieu, tu vas me dire où je peux la trouver, Joyce ?

Elle ne reconnaissait pas sa propre voix qui grinçait. Une joie sourde pulsait dans ses entrailles. Elle resserra un peu sa prise au col de Luciano. Le jeune homme fluet ne cherchait même pas à se défendre. Les yeux exorbités par la peur, il gémit :

– Arrêtez… Je vais vous dire…

– Vas-y, crache !

– Elle travaille dans un salon de massage, rue Cardinet. Le Zen Paradise.

Électrisée par la sensation de puissance que lui causait la faiblesse du jeune homme, Olivia eut du mal à relâcher la torsion qu'elle exerçait. La scène n'avait pas duré trente secondes. Mais elle lui avait donné une ivresse sans borne.

– C'est bon, fit-elle en abaissant la bouteille.

Luciano porta la main à son cou en grimaçant tandis qu'elle reculait d'un pas. Puis il se baissa et sans un mot, un genou dans la flaque de whisky, il tenta de rassembler les denrées éparpillées au sol.

– Tu vois… Ça aurait été plus simple de me le dire tout de suite !

Il ne répondit pas. Elle s'éloigna d'un pas rapide mais il ne songea pas à la poursuivre.

– *Stronza !* lâcha-t-il à mi-voix.

Elle jeta ce qui restait de la bouteille dans le caniveau puis se mit à courir. Un passant étonné la dévisagea. Quand elle s'engouffra dans la station de métro, ses jambes flageolaient. Arrivée chez elle, soudain dégrisée, elle tremblait de tous ses membres.

*

L'après-midi même, elle partit à la recherche de Joyce. La rue Cardinet était longue, émaillée de friches en voie de réhabilitation et de petits jardins. Elle enjambait les voies de chemin de fer partant de Saint-Lazare. Pour le reste, ce n'étaient qu'immeubles cossus, restaurants et boutiques sages. Accoté à un pressing bio, le salon de massage Zen Paradise arborait en lettres roses maladroitement collées sur la vitre les tarifs des différentes prestations : « massage chinois complet 50 euros / 1 heure », « massage thaï 60 euros / 1 heure », « massage des pieds 40 euros / 1 heure », « massage de la nuque 25 euros / 30 minutes ». Olivia se demanda comment on pouvait se faire masser les pieds pendant une heure. Elle se demanda aussi quelle différence justifiait cet écart de 10 euros entre les massages thaï et chinois. Elle poussa la porte. Un parfum d'encens et d'huiles fleuries l'assaillit.

La jeune Asiatique en blouse blanche qui la reçut lui décocha un sourire figé.

– Bonjour Madame, je peux vous aider ?

Les syllabes étaient un peu hachées, la voix douce et le sourire inaltérable.

– Certainement, dit Olivia. Je cherche une amie, Joyce. Elle travaille chez vous.

– C'est-à-dire... fit la réceptionniste dont l'expression vira au rictus, nous ne pouvons pas déranger nos collaboratrices dans leur travail.

– Eh bien, ce n'est pas grave, je vais l'attendre, répondit Olivia en s'asseyant sur l'un des fauteuils de l'entrée recouverts de fausse fourrure rouge.

– Mais Madame, ce n'est pas possible... La clientèle...

Cette fois le sourire avait laissé place à une mimique effarée où Olivia lut de l'angoisse. Un rideau de velours rouge frémit dans le dos de la jeune femme. Un homme d'âge mûr apparut et se dirigea sans un mot vers la sortie. La porte se referma sur lui avec une petite tonalité aigrelette. Quelques secondes plus tard, le rideau s'agita de nouveau et laissa apparaître une jeune Chinoise. Elle se campa près du bureau, cambrée, se tenant les reins à deux mains, sa blouse largement dégrafée, émit un grand bâillement et jeta quelques mots à la réceptionniste qui lui glissa le livre ouvert sur le bureau sans lâcher Olivia des yeux. Sûrement le carnet de rendez-vous.

La réceptionniste chuchota alors quelques syllabes à la nouvelle venue, qui releva la tête pour dévisager Olivia. Un instant, elle sembla évaluer le danger. Puis elle écarta le rideau et disparut de nouveau dans les entrailles du salon. Quelque temps après, elle était de retour, accompagnée de Joyce. La jeune Eurasienne avait l'air contrariée.

– Qu'est-ce que tu fous là ? souffla-t-elle à Olivia, qui s'était levée. Comment tu m'as trouvée ?

– Ce serait un peu long à expliquer. Il faut que je te parle. C'est possible ?

– Ça ne peut pas attendre ? demanda Joyce. J'ai du travail, là.

– Écoute, c'est urgent, sinon je ne serais pas venue. Tu peux m'accorder quelques minutes ?

– OK, soupira Joyce.

Puis elle jeta à l'adresse de la réceptionniste :

– Je reviens dans une demi-heure. Décompte ce temps de ma pause.

Elle attrapa un manteau accroché à une patère et l'enfila sur sa blouse. Olivia la suivit dans la rue.

– Tu es chinoise ? Thaïlandaise ?

– Mon père est né au Laos.

Elles allèrent s'installer à une table dans un café voisin. Après avoir commandé deux expressos, Olivia voulut rompre le froid qu'elle sentait presque physiquement envahir l'espace entre elles deux :

– Tu sais, je ne veux pas t'embêter. Et je ne te juge pas, tu fais ce que tu veux.

– Manquerait plus que ça, ironisa Joyce.

– J'ai besoin de ton aide. Et sois tranquille, ça restera discret.

Mieux valait jouer cartes sur table. Olivia extirpa sa tablette de son sac à main. Elle l'alluma et lança le diaporama des photos dérobées à Vincent Sasportas qu'elle y avait copiées.

– Tu sais ce que c'est ? demanda-t-elle en observant la réaction de Joyce.

Le visage de la jeune femme se décomposa un instant puis se ressaisit. Olivia avait donc visé juste. Elle était au courant de quelque chose.

– Non, c'est quoi ?

Son air renfrogné trahissait son inconfort.

– Des photos faites par ton ami Vincent. Elles m'intriguent. Je me demande si elles n'ont pas quelque chose à nous dire au sujet du meurtre de la ministre de la Culture.

– Tu rigoles ? s'écria Joyce, visiblement apeurée. Vincent déconne, mais il n'a rien à voir là-dedans !

– Comment peux-tu en être si sûre ? Il a eu l'air très mal à l'aise quand j'ai essayé de l'interroger sur Khadija Saïdi. Il m'a presque fichue à la porte.

– Tu es allée chez lui ?

– Oui, il y a deux jours. Pour te dire la vérité, il ne sait pas que je lui ai piqué ces photos.

Un sourire passa comme un léger nuage sur le visage de Joyce tandis qu'elle portait sa tasse à ses lèvres.

– Bien fait pour lui. Pour une fois, c'est lui qui se fait avoir.

– C'est un manipulateur, pas vrai ? C'est lui qui contrôle tout ?

– Oui, c'est ça. Et pas un tendre.

Joyce semblait s'amadouer. L'aveu d'Olivia avait créé entre les deux femmes une sorte de complicité.

– Tu sais ce que ces photos signifient ?

Joyce se pencha de nouveau sur l'écran et scruta les clichés qui défilaient.

– C'est pris au Nouveau Monde, je pense. Ça fait partie de ses petites mises en scène.

Olivia se raidit dans l'attente. Elle touchait au but.

– Vas-y, continue, tu veux bien ?

– Je ne sais pas qui c'est. Sans doute moi.

– Dans vos ébats, tu veux dire ?

– Oui. Il a un salon privé, en bas, loué à l'année.

La teinte dorée de la peau du modèle corroborait les dires de Joyce. Mise en confiance, ou avide de se soulager, elle poursuivit :

– C'est un projet qu'il appelle « Innocence et Expérience ». Il a toujours besoin de filles jeunes, un peu typées. C'est son truc. D'abord, il nous fait poser en baby dolls, avec des socquettes, petite jupe et chemisier. Si on a les cheveux longs et qu'on peut faire des couettes, c'est encore mieux. Et là, il nous met un ours en peluche dans les bras, il nous fait prendre des poses, sucer notre pouce, ce genre de truc. Ce qui lui plaît, c'est qu'on relève la jupe. Parce qu'on n'a pas de culotte.

Je vois, pensa Olivia. Le fétichiste de base. Joyce continuait sur sa lancée comme si plus rien ne pouvait l'arrêter :

– Les ballons de baudruche, c'est pareil. Pour le côté femme-enfant. Il en a plein, de toutes les couleurs. Au début, on trouve ça marrant, c'est rigolo, c'est léger, ça rebondit. Mais après, il t'en fourre un… Tu vois où.

Olivia écoutait, sidérée.

– Les plumes, les pétales, c'est aussi pour la douceur. Tu es nue, allongée, il t'en recouvre, il te photographie, ça chatouille, ça sent bon, alors tu le laisses faire un peu n'importe quoi. Ça, c'est pas trop grave.

Olivia sentit que le pire était à venir.

– Après, par contre, tu le vois pas venir, il sort les clous et les épingles. Une fois même, il avait une agrafeuse.

Sa voix se brisa. Elle continua, presque inaudible :

– Il a agrafé le sein d'une fille.

Un silence se fit, qu'Olivia mit un certain temps à briser. Elle avait posé sa main sur celle de Joyce.

– C'est horrible, risqua-t-elle. C'est pour ça que tu t'enfuyais, l'autre soir ?

Joyce avait baissé les yeux et fixait sa tasse.

– Oui. Il avait sorti les clous et les épingles. Il faisait sombre, je sais pas, j'ai cru qu'il avait un marteau. Je me suis tirée.

– Ces séances, tu y as participé plusieurs fois ? demanda doucement Olivia.

– Deux ou trois fois. Mais c'est fini, je veux plus le voir, jamais.

– Je comprends.

Sa main se resserra sur celle de la jeune femme. Elle posa alors la question qui la taraudait :

– Et la ministre, son amie ? Elle en était aussi ?

– Elle regardait, fit Joyce.

*

Elles avaient échangé leurs numéros de téléphone et s'étaient promis de rester en contact. Ce soir-là, Olivia, recroquevillée sur son canapé, triturait, perturbée, la perruque blond platine qui l'avait transformée en Olympia Vesper. Quelque chose en elle avait irrémédiablement changé. Et dans « irrémédiable », il y avait « diable ». C'était bien à lui que ce pauvre Luciano avait cru avoir affaire, écrasé contre le mur, entre les poubelles, alors qu'elle appuyait la bouteille cassée contre son visage. Elle en ressentait une honte indicible. Ce n'était pas possible, ce n'était pas elle. Docteur Jekyll et Mister Hyde, une explication trop facile. Elle aussi était manipulée par Pygmalion, qui lui avait mis de sales idées en tête. Au moment même où elle faisait le vœu de ne plus jamais se connecter au site maudit, une petite sonnerie tintinnabula dans son téléphone. Elle s'arracha à ses pensées pour lire l'e-mail qui venait d'arriver.

Un sonnet. Encore.

*Archétypale amphore du beau féminin*
*En sa conque érigée sous le vent du logos*
*Alacre acétabule au teint adiamantin*
*Anacamptique telle le rai de Paros*

*Phare sombre pourtant que l'anadyomène*
*Vers qui fulmine un vol – aquilons amphistères –*
*De pétales gagnant en guise d'anathème*
*Jusqu'aux bois alentour – ô troncs, mortels amers*

*Ces apocrisiaires, messagers zélés*
*Secondés à leurs jeux par l'avenante Hygie*
*Soufflent, zéphyr fatal, le nom d'apostasie*

*Vers la belle amphitrite à l'anamartésie*
*Appelant la pudeur du voile – ignominie*
*Lui valant dans l'accul d'être sacrifiée.*

Le message avançait, en guise d'intitulé, cette seule question : « Saurez-vous retrouver le tableau ? »

## 8.
## SARDANAPALE

Rien à dire, elle était ferrée comme un poisson. Il la mettait au défi, il lui posait une énigme, bref, elle ne pouvait plus faire semblant de ne pas l'avoir lu, ce satané poème.

Des mots rares commençant par la lettre A, dont certains lui demandaient d'avoir recours au dictionnaire.

« Acétabule » : un récipient. « Petit vase ou burette rempli de vinaigre, que les Romains mettaient sur la table. »

« Anacamptique » : « Qui réfléchit la lumière. »

Un amphistère était un dragon ailé. Un apocrisiaire, un émissaire (ce qui rendait d'ailleurs le mot « messager » pléonastique). L'anamartésie, terme de dogmatique, désignait l'absence de péché (ainsi la pureté du Christ).

Le premier vers décrivait une figure de perfection féminine. Le dernier la vouait au sacrifice, « acculée », en raison de son « ignominie ». Quels crimes avait-elle donc pu commettre, cette inconnue ?

Et qui était donc « l'avenante Hygie » ? Qui étaient ces émissaires ?

Olivia mit en œuvre toutes les ressources de son raisonnement pour analyser le poème. Vieille résurgence de ses lointaines études de lettres, deux champs lexicaux semblaient se dessiner : celui de la beauté du corps féminin associé à l'eau (« archétypale amphore du beau féminin », « teint adiamantin », « anadyomène », « belle amphitrite ») et celui de l'impureté associée à la mort (« sombre », « anathème », « mortels », « fatal », « ignominie », « sacrifiée »).

Tout cela était très allégorique. L'image n'était toujours pas visible. Il lui fallait se raccrocher à un signe plus tangible pour parvenir à ses fins. Le mot de « conque » était le seul qui lui évoquât une réalité concrète. Un coquillage, en somme. Tout bien considéré, d'autres mots précis reflétaient le réel : « pétales », « bois », « voile ».

C'est alors que l'image lui apparut : la femme à la beauté parfaite, debout dans sa coquille, sur l'eau ; à sa gauche deux anges respectivement féminin et masculin qui soufflent des fleurs dans sa direction ; sur sa droite, une autre femme debout, porteuse d'un voile déployé. Le tout à l'orée d'un bois qui part hors-champ, débordant du cadre vers la droite.

Botticelli. *La Naissance de Vénus.*

Le cœur battant, elle se reconnecta au site. *Avancez Masqués.* C'était un jeu, mais cette fois, elle l'avait démasqué.

– Bravo, chère Olympia. Je n'en attendais pas moins de vous.

– C'était facile, répondit-elle, bravache.

– Et quelle conclusion en tirez-vous, ma douce amie ?

– Que vous êtes professeur d'histoire de l'art ? Et poète à vos heures ?

Elle se sentait d'humeur badine.

– Pas du tout. Vous ne voyez rien ?

Une appréhension l'envahit. Cette image, il allait sûrement elle aussi la profaner. Évidemment, elle s'y prêtait.

– Écoutez, je vois bien où vous voulez en venir. Je commence à vous connaître, répondit-elle. Ce n'est pas la peine !

– Croyez-vous ? Rien n'est moins sûr. Songez à vos préoccupations du moment.

– Qu'en savez-vous ?

Un petit signal d'alarme s'était déclenché en elle.

– Beaucoup plus que vous ne pensez. Vous n'avez pas tout vu.

Et pour une fois, ce fut lui qui coupa court à la conversation.

*

Qu'est-ce que ce monstre pervers avait voulu lui signifier ? Comment pouvait-il être au courant de ses préoccupations du moment ? Elle ne lui avait jamais laissé entendre qu'elle cherchait des indices sur le meurtre de Khadija Saïdi. Elle ne savait même pas au fond pourquoi elle s'était lancée dans cette entreprise. Vincent Sasportas et Joyce s'étaient trouvés sur sa route. Ils avaient confirmé leurs propres penchants pervers, et pour ce qu'elle savait maintenant, la ministre les partageait joyeusement avec eux. Point barre. On en restait là. Olivia laissait aux enquêteurs le soin de pousser les investigations plus avant. Ils avaient déjà mis la main sur le photographe. Il ne leur faudrait pas longtemps pour lui tirer les vers du nez et découvrir ses photos malsaines. Il en avait forcément gardé une copie sur son disque dur. Trop narcissique, le bonhomme, trop conscient de son importance et de celle de son œuvre pour que ce ne soit pas le cas. La suite en découlerait d'elle-même.

Elle relut néanmoins le sonnet. *Vous n'avez pas tout vu.* Quelque chose lui avait-il échappé ? À présent qu'elle avait le tableau en tête, les figures dessinaient un petit ballet plus précis. Les anges clairement sexués, à gauche, avaient naturellement des *plumes*. Ils soufflaient des *pétales*. À droite, le bois, les troncs, « mortels amers » – ce « sacrifice » invoqué, n'était-ce pas au fond l'annonce d'une crucifixion ? Les clous ne figuraient pas sur la toile, mais Olivia en sentait la présence. Pygmalion la forçait à une lecture, non seulement anachronique, mais totalement orientée du tableau.

Ce qui commençait à émerger la dépassait : ces deux « aquilons amphistères » qui fulminaient contre Vénus, que lui reprochaient-ils ? Son « apostasie », le crime du renégat. Vénus était la lumière même, mais « phare sombre pourtant ». C'était par antiphrase que le poème évoquait son « absence de péché ». En réalité, elle était l'incarnation vivante de la pécheresse, sur laquelle l'autre femme jetait un voile pudique. Et c'étaient ses péchés mêmes qui l'avaient conduite à être sacrifiée.

Olivia entendait presque le cliquetis des rouages actifs dans son cerveau. Ils s'emballaient, machine chauffée à blanc. *Pygmalion savait.* Vénus était une image de la ministre disparue. Les deux dieux ailés et souffleurs pouvaient-ils alors représenter – elle osait à peine se le formuler – Vincent Sasportas et Joyce, qui avaient entraîné la défunte dans leurs ébats ? Mais dans ce cas, la question se posait de plus belle : qui était « l'avenante Hygie » ?

Une nouvelle visite au dictionnaire lui apprit qu'Hygie, « fille d'Asclépios (dieu de la médecine) et d'Épione », n'était autre que « la déesse de la santé, de la propreté et de l'hygiène. » En d'autres termes : Pétunia Verschueren-Cellier, alias PVC, la ministre de la Santé et des Affaires sociales, la rivale de Khadija Saïdi.

*

Cela devait arriver. Une fois passées les commémorations, une fois l'émotion redescendue et les larmes séchées, les médias avaient de nouveau besoin de grain à moudre. L'affaire explosa. « Rebondissement dans l'affaire Saïdi », annonça gravement le présentateur de BFM, l'œil brillant, ce mardi 15 novembre au soir.

– … Peut-être donc une banale affaire de mœurs, si l'on en juge par les circonstances ? lança-t-il à l'adresse du journaliste qui faisait le pied de grue devant une porte qu'Olivia reconnut aussitôt, celle du Nouveau Monde.

– Banale, sans doute pas, si l'on considère la notoriété et l'importance de la victime, dit tout aussi sérieusement l'homme cravaté qui parlait dans son micro. Car l'on ne sait encore rien du drame qui s'est joué ici, jeudi 3 novembre, tard dans la nuit. Selon nos informations, la ministre était une habituée de cet endroit, un club que l'on doit bien qualifier de libertin.

Comment l'information s'était-elle ébruitée ? Elle eut la réponse de la bouche même du présentateur : « Un homme a été mis à la disposition de la justice. » En voyant la grande silhouette brune poussée manu militari dans une voiture de police, Olivia comprit. « Il est apparemment le dernier à avoir vu la ministre vivante. Toujours selon nos informations, il s'agit du célèbre photographe Vincent Sasportas, connu pour son esthétique du morbide et de la décomposition. » Les yeux vairons la dévisageaient en plan fixe sur la moitié droite de l'écran, tandis que le présentateur était relégué à l'autre moitié. S'ensuivit un défilé d'images d'archives montrant Sasportas devant ses œuvres, dans diverses manifestations culturelles. Le dernier extrait enfonçait le clou :

le photographe inaugurait son exposition de l'été précédent aux Rencontres d'Arles, en compagnie de la ministre de la Culture en personne. Et à en juger par un fou rire complice qui n'avait pas échappé aux caméras, ces deux-là se connaissaient intimement.

Sasportas avait dû être suffisamment cuisiné, et son studio perquisitionné, pour que des preuves l'incriminent de façon définitive. Les enquêteurs n'avaient jamais lâché sa piste depuis le premier jour, celui où Olivia l'avait vu discrètement revenir en compagnie des flics au Nouveau Monde. BFM continuait son entreprise de sape. Un bandeau rouge au bas de l'écran titrait : « Exclusif ». Des experts en plateau décortiquaient l'œuvre de Vincent Sasportas. Certains encensaient son génie : « Il nous montre la mort à l'œuvre dans la vie » ; « Le gigantisme est le choix formel du vrai voyant » ; « Photographier la foule, c'est questionner la horde ». Par esprit d'antithèse – et surtout pour alimenter la polémique – le présentateur passa alors la parole à un personnage dont la vue réveilla chez Olivia des souvenirs désagréables :

– Marc Bettendorff, vous représentez le collectif RAGE, dont je rappelle qu'il œuvre pour le Retour à l'Art, au Goût et à l'Esthétique…

– À l'Élégance, jeta l'invité du bout des lèvres avec mépris. Le retour à l'Élégance.

– Très bien, oui, bredouilla le journaliste en regardant ses fiches. On vous sait activiste dans le domaine de l'art, et vous vous êtes souvent élevé avec virulence contre les œuvres de Vincent Sasportas. Pensez-vous que l'on doive chercher dans celles-ci des éléments en relation avec le meurtre de la ministre ? Encore que, je le souligne car c'est important, Vincent Sasportas ne soit à ce stade entendu que comme témoin.

Bettendorff, sanglé dans un costume trois-pièces gris sombre et cravaté de noir, se redressa sur son siège.

– Naturellement ! On ne peut pas impunément montrer tout et n'importe quoi. Mettre en scène l'immondice conduit à l'immondice. Le nivellement des valeurs est la fin de la civilisation. Sasportas, photographe de la pourriture, n'a rien d'autre à dire. Il ne traduit que son vide spirituel intérieur. Au format affiche, qui plus est.

– Tout de même, relança le présentateur, son crayon levé, dans un geste professoral. Ne pensez-vous pas que cette œuvre nous dise quelque chose de notre société ? Que c'est là une des fonctions de l'art ? Nous donner à réfléchir sur ce que nous sommes, en tant que groupe humain ?

– L'art sans esprit est nul et non avenu. L'art a toujours eu à voir avec le beau, l'élévation, le sublime. Le choix de la pourriture n'est que le signe de sa décadence et de sa corruption. Et cela s'est amorcé il y a déjà cent ans, avec le refus du sujet, l'abstraction, la parodie, la déconstruction. Le système est à bout de souffle. Car vous voyez bien où il mène : aux backrooms d'un club à scandale, à la perversion et au meurtre. Que vous faut-il de plus ?

À ce moment, le portable d'Olivia sonna. Joyce. Sa voix chevrotait étrangement.

– Allo ? Olivia ? Tu es chez toi ?

– Oui, je suis devant la télé. Ils ont arrêté Sasportas.

– C'est pour ça que je t'appelle. J'ai la trouille qu'ils remontent jusqu'à moi. Je sais pas quoi faire, ni où aller. J'te jure, j'suis en panique !

Olivia ne fit ni une ni deux :

– Rapplique, dit-elle. Je t'attends.

*

Par une sorte d'accord tacite, Joyce arriva munie d'un gros sac de voyage. Elle venait s'installer pour quelque temps. Olivia ne lui posa pas de question. Ce fut la jeune femme qui expliqua :

– J'avais peur qu'ils viennent à mon appartement.

– Où habites-tu, d'ailleurs ?

– Au-dessus du salon. Je te dis pas, avec tout ça, je vais perdre mon job. Je peux plus m'y pointer, et s'ils font une descente là-bas, ça va être chaud. Toutes les filles à part moi sont des clandées.

– Ici, personne ne viendra te chercher. Et pour le job, tu en trouveras un autre.

Joyce se mura dans le silence. Pendant qu'elle s'accoutumait au lieu, Olivia surfa sur internet en quête d'informations qui lui auraient échappé. Parfois les médias étrangers détenaient des scoops. Tout ce qu'elle put constater, c'était que les Anglo-Saxons faisaient des gorges chaudes de cette nouvelle affaire. Sans respect pour la défunte, ils titraient à tort et à travers : « French Elite Rocked by New Sex Scandal », « French Sex Mania, an Engrained Evil », « How to Get Rid of Your French Foes – Treat Them to Rough Sex ».

Joyce s'était endormie, la bouche ouverte, sur le canapé. Olivia sourit à cette vision. Elle dégageait quelque chose de frais et d'enfantin – parfaite proie pour Vincent Sasportas. Les jeux auxquels elle se prêtait étaient la part sombre d'elle-même. Qu'est-ce que Pygmalion savait de la petite association éphémère entre Joyce et le photographe ? Il avait bien donné la preuve à Olivia qu'il était connu de la faune du Nouveau Monde. Comme le loup blanc, sans doute, puisque son nom servait tout bonnement de sésame. De là à penser qu'il avait été le témoin des ébats de Vincent et de Joyce, il n'y avait qu'un pas à franchir.

Olivia avait cru jusqu'à cette heure qu'elle avait une longueur d'avance sur les enquêteurs. En arrêtant le photographe, ils étaient parvenus au même point qu'elle. Et pourtant… il y avait autre chose. De nouveaux indices cryptés lui avaient été fournis par Pygmalion. Elle devait prendre le jeu au sérieux. Il cherchait à lui dire quelque chose. Qui était-il ? Le mystère commençait à sérieusement l'exaspérer. Son image masquée ne disait rien : il pouvait être n'importe qui. Lui savait qui elle était. Elle ne savait rien de lui.

Joyce s'agita dans son sommeil, gémit et fit tomber la télécommande de l'accoudoir. Le bruit la réveilla en sursaut. Olivia la laissa émerger, lui proposa de manger un bout et alla s'activer dans la cuisine. Tout en leur concoctant deux plateaux-repas, elle résolut de taire l'existence de Pygmalion.

*

Durant les jours qui suivirent, Olivia fit un grand ménage dans son appartement. Elle vida un petit cagibi de quelques mètres carrés, indirectement éclairé par une étroite fenêtre au ras du plafond qui donnait sur le couloir de la salle de bains, et le transforma en une chambre d'appoint acceptable pour Joyce.

Entre elles deux, rien n'avait été clairement énoncé : la durée du séjour de Joyce n'avait pas été mentionnée. La jeune femme n'avait aucune famille à Paris. Olivia restait son seul recours. À chaque porte qui claquait, à chaque coup de klaxon dans la rue, Joyce sursautait. Elle semblait en permanence aux aguets. Sasportas l'avait vraiment traumatisée, se dit Olivia, se souvenant de leur première rencontre à la sortie du club. Elle avait bien essayé d'en savoir plus sur les pratiques de la ministre, mais Joyce ne put rien lui révéler de probant : Khadija rejoignait Vincent au club de temps à autre, tard le soir, et se fondait avec lui dans la foule souterraine. Là-dedans, dit Joyce, il y avait quelques têtes connues dont Olivia n'avait même pas idée.

Une fois l'aménagement de sa chambre d'appoint terminé, Joyce retourna chercher quelques affaires à son appartement sous les toits, rue Cardinet. Elle en revint effondrée, portant deux grands sacs en plastique. La patronne chinoise, après sa désertion, avait vidé la studette et balancé toutes ses affaires sur le palier. Il en manquait bien évidemment la moitié car les voisins, des types un peu glauques qui vivotaient dans les chambres de bonne adjacentes, s'étaient largement servis. Joyce avait rassemblé tant bien que mal les vêtements et les chaussures éparpillés dans le couloir.

– Tu es repassée au salon de massage ? demanda Olivia.

– Oui, je voulais récupérer l'argent qu'elle me devait, cette vieille peau. La moitié du mois, ça fait 400 euros, tu te rends compte ? Eh ben, y a rien eu à faire. Elle m'a incendiée et foutue à la porte.

– Écoute, je te l'ai déjà dit, tu vaux mieux que ce truc sordide. Tu trouveras autre chose. Il y a plein de jobs de serveuse qui paient mieux que ça. Ça serait toujours un début…

– T'as raison. Heureusement que tu es là, tiens.

Et dans les jours qui suivirent, Joyce s'absenta parfois des journées entières pour chercher un travail.

– Rien de concluant, disait-elle, chaque soir un peu plus démoralisée à l'issue de ses longues marches dans la ville, de bistrot en bistrot.

– T'inquiète, ça va venir. Avec les fêtes, ils vont avoir besoin d'extras.

Pendant toute la semaine, Olivia se força quant à elle à résister. Elle ne se connecta pas au site. Elle voulait garder l'esprit clair, lavé de toute influence indésirable. Elle prit des nouvelles de son frère, avec le secret espoir qu'il aurait des informations inédites à lui communiquer, mais elle fit chou blanc. Les médias, au bout de quarante-huit heures, avaient offert une tribune à l'avocat médiatique que Vincent Sasportas s'était choisi : un ténor du barreau, fort en gueule, les cheveux gris ramassés dans un catogan de velours, spécialiste des causes perdues. Il éructait devant les caméras, réclamant que l'on fiche la paix à son client, lequel avait été relâché à l'issue de cette garde à vue « abusive », « injustifiable », et se terrait à présent dans sa villa de Belleville.

Pygmalion se tenait coi, lui aussi. Pas un e-mail ou une tentative pour la relancer.

*

Ce fut BFM qui cracha le morceau vers 18 heures : après une brève période de liberté retrouvée, Vincent Sasportas venait d'être placé en détention provisoire. Les enquêteurs avaient fouillé ses ordinateurs et trouvé des éléments qui l'incriminaient suffisamment pour faire machine arrière et finalement le coincer derrière les barreaux. Tout ce va-et-vient – Olivia n'en revenait pas. Une heure plus tard, la chaîne d'informations lâcha une autre bombe, aussitôt reprise en chœur par ses concurrentes : Vincent avait été piégé par ses propres photos. Il avait capturé les images sordides d'une mise en scène. Celle du meurtre. Un tour de vis venait d'être donné au garrot qui enserrait son propre cou.

Car, toutes digues rompues, les médias se délectaient à présent des circonstances dans lesquelles la ministre avait trouvé la mort. Jusqu'alors, la consigne avait été donnée en haut lieu de taire les détails. Mais de façon prévisible, la vérité finissait aujourd'hui par éclater. Selon une source proche de l'enquête – comme toujours anonyme, mais bien informée – Khadija Saïdi n'avait pas seulement été étranglée. Son assassinat avait fait l'objet d'une sorte d'installation rituelle : sur son corps à terre on avait retrouvé des indices parfaitement fétichistes tels que des plumes, un ours en peluche, des ballons de baudruche, des pétales de fleurs, des clous et des vis. Une expertise ADN était en cours, mais elle risquait de donner peu de résultats. Dans ces lieux de rencontre, n'importe qui pouvait laisser son empreinte sur les ustensiles et les objets de plaisir divers, qui passaient de main en main.

Un expert psychiatre analysait déjà doctement la psyché du photographe : « Il y a bien évidemment quelque chose de fétichiste à vouloir découper le réel, à le cadrer selon son bon vouloir. Souvenez-vous : une récente exposition de Sasportas nous montrait les clichés gigantesques de ses propres organes. Elle relevait d'une même névrose narcissique et perverse. Ici, cette névrose s'est attaquée à autrui, et a joui, certainement plus que du meurtre en lui-même, de toute cette mise en scène. »

Olivia frissonna. Elle avait passé de longues minutes en tête-à-tête avec Vincent Sasportas. En emportant sa clé USB, elle n'imaginait pas un instant qu'elle emportait aussi les preuves de sa culpabilité. Elle tenta en vain de joindre Joyce à plusieurs reprises sur son portable. La jeune femme ne décrochait pas. Olivia se servit un whisky pour faire taire son agitation. Avant même d'en avaler une goutte, déjà, il lui semblait que la tête lui tournait.

Elle resta ainsi près de deux heures, hébétée, le verre à la main, les yeux rivés sur l'écran, descendant lentement la bouteille tout en jouant de la télécommande et en sautant d'une chaîne à l'autre. Quand elle entendit la clé tourner dans la serrure, elle avait presque oublié l'existence de sa colocataire. Elle trébucha en se levant du canapé, tenta de se ressaisir et s'exclama :

– Tu étais où ? J'ai essayé de t'appeler vingt fois.

– Pas vingt fois. Cinq.

– T'as vu la dernière ? Sasportas s'est fait coffrer pour de bon.

– C'est quoi cette histoire ?

– Les photos... Elles ont parlé. C'est lui qui l'a tuée.

Et Olivia se laissa retomber dans le canapé. Elle n'avait pas lâché son verre.

– Pouah ! Tu pues l'alcool ! fit Joyce en lui décochant un regard en biais.

Puis elle s'affala à côté d'elle et s'empara de la bouteille. N'ayant pas de verre à portée de main, elle but une rasade au goulot.

– Ça va pas la tête ? s'écria Olivia. Tu te crois où ? Dans un western ?

– De toute façon, elle était finie, constata Joyce en la retournant.

Une unique goutte tomba sur le tapis. La jeune femme avait les traits tirés et la mine sombre. Elle se déchaussa et envoya valser ses baskets au loin dans la pièce.

– J'en ai ma claque... J'en peux plus.

– T'y crois, toi, à cette histoire ? demanda Olivia.

Elle essayait de rassembler ses pensées à travers le brouillard.

– Que c'est Vincent ? Non, sûrement pas.

– Quand même... Ces photos... On les a vues, toi et moi. Ça correspond exactement à ce qu'ils racontent du meurtre !

– Remontre-les-moi, ordonna Joyce.

Olivia alluma sa tablette et fit défiler les images. Joyce, soudain concentrée, les observait une à une avec soin, au ralenti, le doigt sur la touche pause.

– Là, tu vois, fit-elle. C'est pas elle, c'est moi.

Elle désignait la photo où la moitié de la tête d'un ours en peluche reposait sur un sein galbé.

– Comment tu peux dire ça ?

– Sous l'oreille de l'ours, là, regarde.

Olivia scruta l'écran, accentua les contrastes en pianotant sur le clavier, et constata qu'à l'emplacement indiqué par Joyce, sur la peau du modèle, un petit point sombre en relief se dessinait. Joyce souleva brusquement son pull et son tee-shirt pour révéler à Olivia une poitrine dorée dont la perfection l'éblouit. Sur le sein gauche, juste au-dessus du mamelon, un grain de beauté rond comme une perle noire. Triomphante, Joyce s'exclama :

– Tu vois bien ! Ce ne peut pas être elle, sur ces photos ! De toute façon, je t'ai déjà dit, elle faisait que regarder. Elle se serait pas laissé faire. C'était pas son trip.

À la télévision, l'expert psychiatre tournait en boucle : « Le photographe est un voyeur qui sublime… ou pas. » Olivia sentit les vapeurs de l'alcool se dissiper instantanément et une sueur froide couler comme un petit serpent dans son dos. Khadija était une voyeuse. En ce sens, complice du photographe et de ses petites mises en scène sadiques. Comment avait-elle pu alors finir à son tour dans la posture de la victime rituelle et sacrifiée pour de bon ? Vincent avait-il fini par se débarrasser de sa vieille alliée ? Avait-il cédé à la tentation de la faire passer de l'autre côté du miroir ? Ou bien était-il en passe de devenir la victime d'une retentissante erreur judiciaire dont Joyce et elle étaient les seules à détenir la clé ? Qui avait jeté sur le corps, après l'avoir étranglé, les plumes, les fleurs et tout le reste de l'attirail ?

*

Le sommeil tardant à venir, et Joyce s'étant enfermée dans son petit réduit sans même faire un détour par la cuisine, Olivia se reconnecta au site. Sous le masque d'Olympia, il lui était plus facile d'assumer ses désirs.

– Bonsoir, ma douce amie, susurra son interlocuteur. Comment allez-vous ?

– Je n'en sais trop rien… Les choses sont un peu emmêlées.

– Puis-je vous venir en aide ? Expliquez-moi votre difficulté.

– Je ne crois pas que vous puissiez grand-chose pour moi. Je suis face à une énigme, et tout ce que vous faites, c'est d'en rajouter encore.

– La vie est une énigme, chère Olympia.

– Épargnez-moi vos sentences !

Il commençait à l'agacer. Où était passé l'homme mystérieux qui l'avait tant fait vibrer, deux mois plus tôt ? Son corps oubliait peu à peu les caresses de ses mains. Plus le temps passait, plus il lui semblait que ce dîner n'avait jamais eu lieu.

– On dirait que vous avez peur… risqua-t-elle. Vous n'osez pas provoquer la vraie rencontre. N'est-ce pourtant pas le but de ce genre de site ?

Elle attaquait franco. Elle n'avait plus rien à perdre.

– Voyons, Olympia, vous savez que l'érotisme passe avant tout par le cerveau.

– Je ne sais même pas de quoi vous avez l'air, c'est insupportable, à la fin ! Ça rime à quoi, de parler à un fantôme ?

– Attendez un instant, je vais vous montrer qui je suis.

Sur son écran, après le déroulé du fil de leur conversation, Olivia vit soudain apparaître une image. Rouge, noir et or. Une débauche de courbes et de mouvements. Dramatique, exotique, tourbillonnant. Un tableau qu'elle connaissait bien. Delacroix. *La Mort de Sardanapale.*

Elle réfléchit un moment. Que voulait-il lui dire ? Sûrement qu'il se prenait pour ce roi assyrien, nonchalamment étendu sur sa couche, comme un grand frère de l'Olympia de Manet, moins hiératique, plus las, les yeux perdus dans le vague tandis qu'autour de lui on égorge, on poignarde, on massacre. Lui, seul, indifférent dans la tornade. Voilà qui résonnait étrangement en elle, à l'heure où tout son être était tendu vers le mystère du Nouveau Monde, le meurtre qui y avait été perpétré sur la personne de Khadija – autre belle courtisane. Elle n'allait pas lui faire ce plaisir.

– Vous voulez dire que vous êtes cet homme en bas, à droite, qu'on dirait échappé du *Radeau de la Méduse*, emporté par le courant hors du cadre ?

– Mais non, voyons, regardez plutôt son regard affolé qui m'implore. C'est vers moi qu'il lève les yeux une dernière fois avant de disparaître. Je suis le maître, vous le savez. Celui qui a droit de vie et de mort sur ses créatures. Le feu brûle au loin, j'y ai plongé mon tison et je vous ai marquées au fer rouge, avant de vous consommer.

Les chairs blanches ne le montraient pas, mais Olivia imagina très bien la marque inscrite dans les replis des ventres, à l'aine ou entre les seins. Elle pouvait presque sentir l'odeur de la peau brûlée, entendre le grésillement. Le S du propriétaire. La marque de Sardanapale.

– Et vous, belle Myrrha, autre Olympia, ma favorite, vous voilà abandonnée, les bras en croix, le buste nu appuyé sur mes draps, après que vos lèvres ont baisé mes pieds une dernière fois. Votre robe couleur d'or fait écho aux éléphants endormis qui ornent le cadre de ma couche profonde et rouge comme le sang. Leur trompe est repliée, leurs défenses sont cisaillées, à l'image de mon désir repu. Car je vous ai toutes eues, je vous ai pénétrées, encore et encore, par toutes les voies que Dieu a faites, jusqu'à vous entendre crier grâce. Vous plus encore que toute autre. Je vous ai fait désirer la mort comme un repos. Mon cheval fougueux doit encore être bridé, mon esclave le retient, l'homme est noir et luisant dans l'effort, il tire sur les rênes rouge sang qui sont sur le point de céder. Rien ne m'arrête. Au loin, une esclave se contorsionne, attachée par les poignets à un pieu, sa blanche poitrine dénudée, le voile qui ceint ses reins glissant doucement. Elle espère encore échapper à ma puissance mais elle a tort, tout son être se sait déjà condamné à me connaître bientôt. Sa sœur à ses pieds tend vers elle un bras qui ne la sauvera pas. Ses jambes s'affaissent sous elle. Elles sont deux, je vais dégainer mon sabre, l'outil a la dureté du fer, et me régaler de leurs membres fermes, en visiter tour à tour tous les recoins, naviguant de l'une à l'autre, obscène, insatiable, faisant jaillir le sang à chaque coup porté sur leurs rondeurs jumelles. À ma droite, une servante emporte l'aiguière, la coupe et le bassin de vermeil qui contenaient les breuvages parfumés, la myrrhe et le benjoin dont j'ai enduit longuement le corps de la plus belle, celle qui, courbée comme un arc, se tient devant moi, encore chaude de mes doigts qui ont parcouru sa chair sans fin. Elle est à bout de forces, à bout d'elle-même, car je me suis introduit à son insu dans ses replis les plus secrets et j'en ai goûté la texture jusqu'à plus soif, aussi est-elle bienheureuse qu'un autre moi-même, enfin, plonge sa dague dans sa gorge, épuisée, vidée de tous les cris qu'elle a poussés lorsqu'elle était à ma merci.

Olivia avala péniblement sa salive comme si c'était elle qui avait trop crié et qui avait soif.

– Je vous reconnais bien là, finit-elle par dire.

– N'est-ce pas ? répondit-il, badin. L'art des classiques a tout à nous apprendre sur nous-mêmes. Pourquoi chercher ailleurs ?

– C'est sûr que vous ne parviendriez pas aux mêmes effets avec le carré de Malevitch, commenta-t-elle, caustique. Mais qui êtes-vous ? Pourquoi vous cachez-vous ainsi ?

– Je ne me cache pas. Vous m'avez déjà vu, Olympia.

## 9.
## LE HANDICAP

En ce 23 novembre, elle se réveilla tard, avec la gueule de bois et en tête un nom qui flottait : « Hygie ». Elle avait laissé tomber cette piste. L'indice lui en avait été donné, à peine dissimulé, par Pygmalion lui-même, dans son dernier sonnet. Pourquoi l'envoyait-il fouiller du côté de la ministre de la Santé ?

Elle fit quelques recherches sur internet et trouva précisément ce qu'elle escomptait. Puis elle alla secouer Joyce qui dormait toujours.

– Mmmmm… Fous-moi la paix…

– Debout, il est 10 h 30 !

Olivia s'activa, faisant s'entrechoquer volontairement les tasses et les couverts pour forcer Joyce à émerger. Puis elle lui apporta une tasse de café fort et s'assit sur son lit au ras du sol, finissant sa propre tasse fumante. Joyce s'était redressée contre l'oreiller appuyé au mur. Ses cheveux épars retombaient sur ses épaules en mèches filasses.

– T'as vraiment une mine de déterrée, lui dit Olivia. Quelque chose qui ne va pas ?

– Non… ça va, répondit Joyce sans conviction. Aouh, ça brûle, ton truc !

Elle était soudain parfaitement réveillée et se mordait le bout de la langue en grimaçant.

– Je voulais te demander une chose. Tu vois qui c'est, la ministre de la Santé ?

– Pétunia quelque chose, ouais, je vois, maugréa Joyce. Une grande blondasse.

– Pétunia Verschueren-Cellier. Tout le monde l'appelle PVC.

– Et alors, quoi ? T'as un tuyau pour me faire rentrer au ministère ?

– Non, je me demandais juste si tu l'avais croisée au Nouveau Monde, un soir ou un autre.

– Pourquoi ? Tu crois qu'on y trouve tout le gouvernement ? lança Joyce. J'ai jamais croisé cette bonne femme de ma vie.

Elle était sincère, cela se voyait. Olivia alla se doucher, perplexe. Pourquoi alors Pygmalion l'associait-il dans son poème aux jeux libertins de Sasportas et de Joyce ? L'eau tiède coulant sur son corps nu fluidifia sa pensée et lui donna l'idée de la stratégie à adopter. Elle enturbanna ses cheveux dans une serviette, enfila son peignoir en éponge et cria :

– Joyce ! Viens, j'ai un truc à te dire !

Joyce arriva dans la salle de bains en traînant les pieds. Elle ôta le tee-shirt Snoopy qui lui servait de chemise de nuit et grimpa dans la baignoire à la suite d'Olivia, occupée à se brosser les cheveux devant le lavabo.

– Vas-y, je t'écoute, lança-t-elle, les yeux fermés et la tête renversée sous le jet.

– Je vais avoir besoin de ton aide. Je voudrais que tu ailles rencontrer quelqu'un pour moi.

– Ah, c'est ça ? Je croyais que tu voulais que je débarrasse le plancher… Que t'en avais marre de moi.

– Mais t'es pas bien ? Si j'ai un truc à te dire, je te le dirai, t'inquiète. Non, ce que je voudrais, c'est que tu t'arranges pour faire parler un type.

– Un type ? Qui ça ?

– Un mec haut placé au ministère de la Santé. Le secrétaire d'État au Handicap. Il s'appelle Hugues Bachelier.

– Tu veux que je lui fasse un numéro de charme, c'est ça ?

Les yeux de Joyce pétillaient. Sa mauvaise humeur s'était envolée. Elle se retrouvait en terrain connu.

– Exactement, tu as tout compris. Tu vas lui tirer les vers du nez.

– Ah ouais ! s'écria Joyce, ravie. Toi tu enquêtes, comme Sherlock Holmes, et moi je suis l'autre, son pote, là, comment il s'appelle déjà ?

– Watson. Le docteur Watson.

Puis Joyce sortit de la douche et tout en s'essuyant, un pied sur le rebord de la baignoire, elle écouta avec attention les consignes d'Olivia.

*

Avant de partir, Joyce s'enferma quelque temps dans sa chambre miniature, pour en ressortir métamorphosée. Elle avait ramassé ses cheveux noirs de jais en un chignon serré, chaussé de grandes lunettes rondes et enfilé une jupe et un chemisier. Là-dessus, pour casser l'image, elle avait endossé son vieux blouson de cuir et jeté une besace sur son épaule. La parfaite étudiante.

– Ça te convient ? demanda-t-elle en minaudant.

Elle tourna sur elle-même comme un mannequin au défilé, ravie de constater la satisfaction évidente d'Olivia.

– C'est génial, souffla cette dernière. Tu en as beaucoup, des accessoires comme ceux-là ?

– J'en ai sauvé quelques-uns, oui ! Ça fait partie de ma panoplie… Les besoins du métier !

Et elle fila sans demander son reste.

Une fois seule, Olivia se remit à ses recherches en ligne. Elle parcourut tous les sites contestataires et provocateurs où le nom de Khadija Saïdi apparaissait, omettant toutes les mentions de son décès aux circonstances plus que troubles. Non, ce qu'elle traquait était un autre type d'information qui remontait plus loin, avant le sinistre 3 novembre, jour du meurtre. Les pétitions contre la fermeture programmée d'établissements culturels, signées par des milliers d'internautes ; les levées de boucliers des intellectuels contre l'indigence des moyens alloués à la culture ; les protestations contre les nominations abusives de gestionnaires incompétents à la tête des musées et des théâtres ; les moqueries dirigées contre Khadija, qui un jour, dans un discours malheureux improvisé en hommage à Léonard de Vinci, à Amboise, avait confondu le Clos Lucé avec le grand cru Clos Vougeot ; la guerre que lui avait déclarée l'audiovisuel privé depuis l'aggravation des sanctions en cas de diffusion insuffisante de chansons françaises – les amendes pleuvaient sur les chaînes.

Les plus actifs étaient les ultraconservateurs du collectif RAGE qui tempêtaient régulièrement sur les ondes. Une large place leur y était faite chaque fois qu'ils tournaient en dérision les installations d'artistes contemporains aux châteaux de Versailles, de Fontainebleau ou de Chambord. Récemment, ils avaient bloqué l'autoroute A1 pour protester contre la fermeture du musée de la Renaissance à Écouen, jugé trop peu rentable. Il y avait aussi des doléances de particuliers : un châtelain se lamentait de voir les musées refuser des œuvres majeures en dation pour paiement de ses droits de succession – il devait donc aligner la somme illico presto, ce qui le condamnait à vendre son château ancestral ; des galeristes s'élevaient contre l'application d'une nouvelle taxe obscure dite « de valorisation culturelle », qui venait grignoter un peu plus leur chiffre d'affaires ; les habitants de Maubeuge furieux se battaient bec et ongles pour la préservation de leur petit musée du Corps de Garde créé par Vauban, que le ministère voulait raser pour y installer une Cité du Rap ; le directeur du Festival des Humoristes de Bayonne invectivait la ministre qui envisageait d'interdire sa manifestation, au motif « qu'on ne pouvait pas rire de tout, ainsi que l'actualité l'avait prouvé ».

C'était une véritable avalanche. Il s'en dégageait un portrait peu flatteur de Khadija, jugée, selon les cas, « hautaine », « versatile », « inconséquente », « opportuniste », « ignare », « pimbêche », « grippe-sou », « à la solde du ministre des Finances ». Mises bout à bout, les charges auraient suffi à déclencher le procès du siècle. Au lieu de cela, Khadija Saïdi avait continué de naviguer placidement, dans ses robes de soie et ses manteaux de fourrure, de vernissages en cocktails chics, sans se préoccuper de l'agitation qui grondait. Vincent Sasportas faisait un coupable idéal. Mais au fond, la ministre ne manquait pas d'ennemis.

Il était 13 h 09 quand elle reçut l'appel de Joyce :

– T'avais raison ! Il vient de rentrer dans une brasserie, juste à côté du théâtre.

– Il est seul ? demanda Olivia.

– Ouais, il a l'air. Donc, j'y vais, souhaite-moi bonne chance !

– Je te rejoins, j'y serai dans vingt minutes.

Le plan d'Olivia semblait fonctionner à merveille : Hugues Bachelier traînait une réputation de bon vivant, qui ne pouvait se passer de son déjeuner. Lorsqu'elle avait vu sur le site du ministère de la Santé et des Affaires sociales que, le matin même, à 11 h 30, les obligations de son agenda l'amenaient au théâtre du Châtelet, elle avait fait le pari qu'il en sortirait à l'heure du déjeuner. Par conséquent, l'appel du ventre l'amènerait à faire halte au Zimmer. Elle sourit : elle ne s'était pas trompée.

Elle se précipita dans sa chambre, se posta devant sa coiffeuse, mit un peu de rouge à lèvres, ramassa en vitesse sa chevelure qu'elle fit tenir par des épingles et la recouvrit de la perruque blond platine. Ce fut donc en Olympia qu'elle claqua la porte de son appartement et se dirigea vers le Châtelet.

*

La brasserie était bondée et bruyante. Ses dorures, ses velours rouges et ses plafonds peints étaient comme un prolongement du théâtre où le secrétaire d'État venait de passer une heure et demie à écouter des architectes lui exposer les modifications à venir – l'accessibilité était devenue une obligation légale en tout lieu public. Ascenseurs de verre, rampes, portes coulissantes et couloirs élargis : ce devait être un vaste chantier qui débuterait quelques mois plus tard et entraînerait la fermeture prolongée du théâtre.

Elle localisa la table d'Hugues Bachelier dans un recoin tranquille. Il avait dû arguer de sa fonction pour obtenir un tel privilège. Non sans une certaine admiration, elle constata que Joyce avait réussi à s'asseoir en face de lui. L'étudiante modèle était en pleine conversation avec le petit homme replet et presque chauve. Olivia avisa un serveur, lui glissa un billet de 20 euros dans la main et avant qu'il ait eu le temps de sourciller, lui asséna :

– Cette table, là, il me la faut.

– Bien, Madame, répondit-il dans une courbette un peu servile, les yeux baissés vers la manne qui venait de se glisser entre ses doigts.

Et Olivia s'installa à une petite table carrée, toute proche de celle du secrétaire d'État et de sa convive. Joyce la vit mais ne broncha pas. Sous sa perruque platine, Olivia ne craignait pas que l'homme la reconnût. Il y avait de toute façon peu de chances qu'il l'ait remarquée, parmi toute la gent féminine qui se pressait dans l'antichambre du dîner de septembre. Elle se plongea dans la carte que lui tendit le serveur empressé. Elle commanda, puis se rencogna dans son siège et tendit l'oreille. La conversation de la table voisine était parfaitement audible, et très animée.

– Oui, un master de droit social, c'est ce que je vise, affirma Joyce avec le plus grand sérieux.

– C'est très bien, ça, Mademoiselle, il faut avoir de l'ambition dans la vie.

– Vous devriez savoir qu'il ne faut plus dire « Mademoiselle » ! Vous êtes bien placé, non ? C'est de la discrimination pure et simple !

– Mille excuses, vous avez raison, ça m'a échappé, concéda Bachelier en rougissant. C'est un comble, car figurez-vous que c'est moi qui ai œuvré pour l'application de cette circulaire au sein de la fonction publique !

Joyce adopta une posture boudeuse qu'Olivia commençait à bien connaître. Devant son silence, Bachelier, timidement, l'implora :

– Voyons, comment dois-je vous appeler, alors ? Pas « Madame », tout de même.

– Je m'appelle Joyce, fit-elle en lui décochant un sourire ravageur.

Puis elle reprit son petit air de chien battu :

– Il faut bien que je me bouge pour faire mon trou dans la vie. Ça tombera pas tout cuit, pour moi. Ma mère est morte quand j'avais dix ans, et j'ai dû élever mon petit frère handicapé. Il est en fauteuil. Il n'a jamais marché et ne marchera jamais.

– Ma pauvre enfant ! s'exclama Bachelier. Je comprends mieux cette vocation dont vous me parliez tout à l'heure.

– Oui, le handicap, c'est ma mission, vous comprenez maintenant ? Une sorte de revanche, si vous voulez.

– Écoutez, Joyce, fit le secrétaire d'État après un petit temps de réflexion. Vous permettez que je vous appelle Joyce, n'est-ce pas ? Je dois vous avouer que lorsque vous m'avez abordé, tout à l'heure, je ne vous ai pas prise au sérieux. Des demandes de stage, on en reçoit, bien sûr, mais il faut faire un courrier, passer par la voie hiérarchique…

De nouveau, la petite moue triste sur le visage de Joyce. Dans son regard, une lueur accusatrice qui fit plier son interlocuteur.

– Mais bon… poursuivit-il, dans votre cas, c'est un peu différent. Vu votre motivation, votre situation familiale, et le culot qu'il vous a fallu pour m'aborder ainsi, à la sortie du théâtre… Vous comprenez, je n'y suis pas habitué. C'est plutôt ma ministre de tutelle que l'on sollicite de la sorte.

– Monsieur Bachelier, vous me croyez quand je vous dis que je suis votre agenda quasiment jour après jour ?

Joyce s'était penchée en avant et dévisageait intensément le petit homme.

– C'est bien simple, je suis votre plus grande fan, ajouta-t-elle avec aplomb. Plus tard, je veux faire ce que vous faites.

– Vous allez finir par me gêner, jeune fille. Croyez-moi, tout n'est pas si rose, dans un ministère. Il y a beaucoup de contraintes, de paperasse. On ne sauve pas le monde tous les jours.

– Mais moi, si, j'y crois ! Sans ça, on n'arrivera jamais à rien.

– Votre enthousiasme et votre candeur vous honorent.

Il reprit une gorgée de vin, ayant laissé retomber sa fourchette dans son assiette encore à moitié pleine. Ses yeux fixes semblaient dévorer le frais minois de Joyce, qui avait ôté ses lunettes. Elle le regardait en souriant. Pas une seule fois son regard ne dériva vers Olivia. La conversation continua à rouler sur des sujets d'ordre médical et prophylactique. Joyce jouait la comédie de la groupie à la perfection. Quand ils partagèrent une assiette de profiteroles et que Bachelier invita sa convive à lécher sa cuillère, Olivia sut que l'affaire était dans le sac.

*

Elle attendit des nouvelles de Joyce tout l'après-midi. Son téléphone restait silencieux. Quand enfin il sonna, peu après 18 heures, la nuit était déjà tombée. Olivia décrocha aussitôt. Sa voix devait trahir son attente car sa correspondante le remarqua :

– Tu as couru ? On dirait que tu es essoufflée.

C'était sa collègue Marion.

– Non, je suis chez moi, tranquille, répondit Olivia.

– Tu as bien de la chance ! Moi, je peux pas en dire autant, avec Thomas qui me lâche pas. Toujours cette histoire du meurtre de la ministre. Un sacré catalyseur, cette affaire.

Maintenant, il a fait basculer la revue dans le trash pur et dur, il ne s'en cache même plus. Figure-toi qu'il m'a demandé un article sur les détails du crime. Faut que ça sorte demain matin dans le supplément en ligne.

– Et c'est pour ça que tu m'appelles ?

– Oui et non. C'est aussi parce que j'ai besoin d'un service.

– Non, vraiment ?

Une fois de plus, Marion venait pomper sa matière grise.

– Allez, fais pas ta mauvaise tête… Si tu savais comment je t'ai défendue auprès de Thomas, tu me filerais direct une copie de tous tes contacts en remerciement !

– De quoi tu as besoin, cette fois ?

– Il me faudrait le numéro de téléphone ou l'adresse mail de Xavier Demorice. Je sais que tu l'as, puisque tu l'avais interviewé lors de l'installation d'Anish Kapoor à Versailles.

– Pardon ? Xavier Demorice ? Tu veux te reconvertir dans *Maisons et Jardins* ?

– Mais non ! Fous-toi de moi, tiens ! Je suis sérieuse. C'est pour une histoire de fleurs.

Le jardinier en chef du château était l'un des hommes les plus cultivés qu'il lui avait été donné de rencontrer, et un vrai passionné. Quand Olivia avait voulu connaître sa position sur les actes de vandalisme qui avaient défiguré la sculpture géante de Kapoor, il lui avait surtout parlé de la rare tortue serpentine qui venait d'être trouvée dans l'une des pièces d'eau. Un animal dangereux, capable de vous sectionner un doigt. Sur la trompe d'acier de l'artiste, le *Dirty Corner* surnommé par des plaisantins « Le Vagin de la reine » puis défiguré par des graffitis, il avait fait peu de commentaires, si ce n'est que la sculpture géante lui évoquait la courbe délicate du liseron, une fleur passant au Moyen Âge pour un puissant purgatif. Olivia, sous le charme de son savoir, l'avait largement cité dans son article, donnant à l'œuvre de Kapoor une dimension botanique incongrue. Thomas l'en avait d'ailleurs félicitée : « Bravo, c'est un angle de vue inédit, une conflagration surréaliste, ton papier ! » En matière de fleurs et d'art, donc, Demorice était apparemment devenu incontournable.

– De fleurs ? Quelles fleurs ? Les couronnes mortuaires qu'on a fait livrer aux obsèques de Khadija ?

– Mais non, bécasse. Les fleurs du crime. Celles qu'on a trouvées sur le corps. Je ne suis pas sûre de les identifier.

– Tu veux dire que tu as réussi à obtenir les photos judiciaires ?

– Oui, rétorqua Marion non sans une pointe de fierté. J'ai un copain à la Crim'.

– Tu ne vas quand même pas les diffuser ? Tu vois bien qu'il y a des consignes ! Personne ne les a montrées, ces photos !

– Bien sûr que non, je tiens pas à finir en taule ! Mais ça ne m'empêche pas d'écrire dessus. Je suis sûre que Demorice a des tas de trucs à dire, sur ces fleurs. Leur symbolique, leurs usages... Enfin, tu vois, au moins ça fera un peu de remplissage, et ça aura l'air sérieux.

– D'accord, soupira Olivia. Je vais te filer son numéro.

Marion la remercia avec effusion. Quand elle eut raccroché, Olivia ralluma sa tablette et fit de nouveau défiler les images de Sasportas. Toujours le même sentiment de malaise. Joyce, d'accord, mais combien d'autres encore ? Avait-il eu le désir de les sacrifier toutes, en incarnation vivante de Sardanapale ? Olivia était prise dans une étrange spirale : chez Sasportas, le réel devenait œuvre d'art, transfiguré et recadré par les photographies morbides. Et Pygmalion, en lui assénant l'image du tableau de Delacroix, la renvoyait au réel. Elle repensa à ces dessins d'Escher qu'elle affectionnait et dont elle avait une reproduction au mur de sa chambre. Ils abolissaient eux aussi les plans et les frontières. On ne savait plus si on montait ou si on descendait l'escalier. Vertige. Elle ne savait plus de quel côté du miroir elle se trouvait.

Elle se demanda ce que Demorice pourrait bien trouver à dire sur ces vulgaires pétales. Marion devait vraiment être à court d'inspiration pour le déranger ainsi. Mais l'homme avait de la ressource, on pouvait lui faire confiance. Quant aux autres éléments de la mise en scène, ils ne lui inspiraient pas grand-chose. Les clous de la crucifixion, soit. Joyce lui avait déjà tout expliqué de ce symbolisme malsain – douceur et violence, un classique du manichéisme sadique.

À tourner ces éléments symboliques dans sa tête, il lui sembla soudain qu'un détail lui échappait. Du symbolique. Il devait y en avoir encore ailleurs, dans cette histoire tordue. Elle feuilleta son agenda et s'arrêta sur la date du meurtre. Venant juste après la Toussaint et le jour des défunts. Le 3 novembre. Sorte de point culminant de cette triade saisonnière morbide : la Saint-Hubert. Le saint patron des chasseurs. Khadija Saïdi avait-elle donc fait office de gibier dans une traque obscure ?

Joyce, elle, ne rentrait toujours pas.

## 10.
## LES FLEURS BLEUES

Il était 3 heures du matin quand la porte de l'appartement claqua. Olivia se leva. Joyce n'avait pas allumé la lumière dans le sas d'entrée.

– Je suis réveillée, dit Olivia en appuyant sur l'interrupteur.

Elle resta sans voix. Joyce avait la lèvre boursouflée et un œil au beurre noir. Ses cheveux étaient emmêlés comme si elle s'était retrouvée au cœur d'une tornade. Elle serrait contre elle les pans de son manteau, l'air hagard. Olivia se précipita vers elle :

– C'est pas vrai ! Mais qu'est-ce qui s'est passé ?

Elle prit la jeune femme par l'épaule et l'aida à ôter son manteau, ce qui lui arracha un gémissement. Puis elle l'entraîna vers la salle de bains et la fit s'asseoir sur un tabouret. Elle sortit de la ouate, du désinfectant, un tube d'Arnican, une serviette propre. Joyce ne disait toujours rien. Olivia n'osait pas lui poser de questions. Elle entreprit de repousser délicatement les mèches de son visage et de le nettoyer à l'eau tiède. Joyce fixait le miroir comme s'il était vide. Puis Olivia tamponna sa lèvre avec de l'antiseptique et obtint une grimace pour toute réponse.

– Ce n'est pas trop méchant, va. Juste une coupure. Les lèvres, ça gonfle vite mais ça dégonfle aussi vite. Tu vas y mettre des glaçons.

Sur le pourtour de l'œil tuméfié, elle appliqua la pommade du bout des doigts.

– Ça, par contre, ça va être un peu plus long.

Elle tâta l'arcade sourcilière, qui lui sembla intacte. Puis elle poursuivit l'examen du cou et des épaules, qu'elle baigna d'eau tiède. Elle déboutonna le chemisier de Joyce, le lui ôta avec précaution et le jeta dans le panier à linge. Des traces violettes sur le bras gauche, en lignes parallèles, comme si des doigts l'avaient serrée trop fort. La jeune femme se retrouvait assise devant elle, en soutien-gorge de dentelle noire, vulnérable et incapable de mouvement, pareille à un oiseau qui vient de tomber du nid. Sous les caresses et les soins que lui prodiguait Olivia, elle se détendit peu à peu. Une larme vint à rouler sur sa joue.

– Tu veux me raconter ? demanda Olivia à voix basse.

Elle commença à lui peigner doucement les cheveux à la brosse, vérifiant au passage que le cuir chevelu ne portait pas de signe d'entaille.

– Tu pourrais me remplacer au salon de massage ! lâcha Joyce, mi-riant, mi-pleurant.

La note de dérision apporta un petit souffle de légèreté bienvenu.

– Je vais te faire couler un bain chaud, dit Olivia.

Elle tourna le robinet et s'assit sur le rebord de la baignoire, face à Joyce.

– Ne me dis pas que tu es retournée au Nouveau Monde ! murmura-t-elle, incrédule.

– Bien sûr que non ! se récria Joyce.

– Alors il faut que tu m'expliques avec quoi tu es rentrée en collision.

Olivia s'agenouilla devant la jeune femme qui reprenait quelques couleurs. Elle lui ôta ses bottines. Joyce, mal assurée, se leva comme un automate rouillé et Olivia fit glisser son collant et sa jupe. Elle vit avec soulagement que les jambes et le ventre n'avaient rien.

Joyce finit de se déshabiller et se glissa dans la baignoire à demi remplie d'où montait de la vapeur d'eau. Le miroir s'embuait doucement. Olivia ne put s'empêcher de contempler la perfection de ses formes graciles, que les coups n'avaient pas réussi à altérer.

– C'étaient deux mecs, en bas, près du square... Ils ont voulu m'embarquer.

– Quoi ? Mais il faut aller porter plainte tout de suite !

– Tu sais, j'ai l'habitude... J'en ai vu d'autres, avec le salon. J'ai sorti ma bombe lacrymo et je les ai aspergés. Ça s'est arrêté là.

– Quand même... C'était qui, ces types ? Des mecs du quartier ?

– Oh, deux mecs bourrés, qui devaient sortir de boîte. Il faisait nuit, je pourrais même pas les reconnaître.

– Mais qu'est-ce que tu faisais dehors, à une heure pareille ?

Sans répondre, Joyce s'enfonça dans la baignoire, les yeux clos, ne laissant émerger que la moitié supérieure de son visage. Sa respiration faisait sur l'eau un petit friselis calme et régulier. Olivia était ébranlée : comment pouvait-on s'en prendre à cette frimousse délicate, à cette silhouette de gamine ? Elle décida de la laisser tranquille.

Quand Joyce sortit de la salle de bains, enroulée dans sa serviette de toilette, Olivia lui tendit un petit sac plastique dans lequel elle avait enfermé des glaçons, protégé par un chiffon doux.

– Mets ça sur ton œil et va te coucher, on parlera demain.

Joyce obtempéra en silence. Olivia eut l'impression que sa porte se refermait sur d'insondables mystères.

*

Au matin, elle laissa Joyce dormir tout son soûl et en profita pour examiner son compte en banque. Pas brillant. L'idée de devoir faire son mea-culpa auprès de Thomas n'avait rien de réjouissant. Elle se rendit sur le site de la revue *Art Globe*. Marion venait d'y publier son article intitulé « Autopsie d'un meurtre rituel ». Elle n'avait pas perdu de temps. En faisant défiler le curseur, Olivia constata qu'elle avait dû déranger Xavier Demorice à une heure indue, la veille au soir, puis écrire son article dans la nuit.

Sur la page enrichie de nombreuses photos en vignettes, il y avait aussi deux encadrés qui apportaient des compléments ou des points de vue différents. Marion était une bonne élève. « Donnez à picorer au lecteur ! », disait Thomas dans leurs réunions éditoriales, martelant qu'il fallait fragmenter l'info, y incorporer des images, casser le rythme. « Fini la lecture cursive ! Le site web, ça se parcourt comme un paysage, on s'arrête où on veut, là où le point de vue ou l'image nous plaît. » Et ça marchait. Olivia s'arrêta sur le premier encart, intitulé « Fleurs mortuaires ». Marion y annonçait en préambule avoir pris ses informations auprès du « plus célèbre jardinier de France », Xavier Demorice, qui avait bien voulu répondre à ses questions. Sous son autorité, en le citant abondamment, elle exposait les conclusions de l'expert. Olivia vit alors ce qu'elle n'avait pas perçu immédiatement, noyée par le déluge d'informations fragmentées sur la page : les fleurs qui servaient d'illustrations étaient bleues. Rien à voir avec les roses rouges, blanches et violettes dont les pétales parsemaient le morceau de corps photographié par Vincent Sasportas sur les clichés qu'elle avait en sa possession.

Intriguée, elle lut plus avant et découvrit que le corps de Khadija avait été parsemé de pétales de fleurs bleues. Xavier Demorice revenait sur le sens de l'expression « fleur bleue ». Marion en tirait la conclusion que c'était là une antiphrase : « romantisme », « naïveté » – était-ce par ironie que le meurtrier les avait associées à Khadija, dans ce lieu sulfureux ? « Offrir une fleur bleue revient à souligner la pureté de la destinataire, mais aussi son inaccessibilité », expliquait Demorice. Ce dernier point était assez approprié pour une ministre. Ce qu'elle lut ensuite la sidéra : les fleurs en question n'étaient autres que des pétunias. « Les pétunias ont un parfum plus vif la nuit. C'est le moment où ils donnent toute la puissance de leur fragrance », poursuivait le spécialiste. Khadija aussi, pensa Olivia. « Dans le langage des fleurs, ils symbolisent un obstacle. Par exemple, dans les échanges épistolaires d'autrefois, envoyer un pétunia bleu signifiait que votre correspondance avait été interceptée. C'était un code, dans les petits trafics des lettres d'amour clandestines… Avant les téléphones portables et les smileys, si vous préférez. » Khadija avait-elle quelque chose de ce genre à cacher ? Elle n'avait pourtant jamais cherché à dissimuler ses nombreuses relations, dont les journaux avaient fait leurs choux gras. Ce n'était pas le genre de subtilité dont elle avait semblé s'embarrasser.

Le dernier paragraphe était encore plus éloquent. « Le pétunia renvoie à la colère. Envoyer des pétunias signifie "Je suis furieux" ou "Pourquoi cette colère?". Ce n'est peut-être pas sans lien avec le meurtre », concluait de lui-même Demorice. Marion avait fait un solide boulot. Son intuition était la bonne. Les symboles faisaient de cet assassinat un meurtre codé. Ce que sa consœur avait curieusement oublié de voir, c'était que la principale rivale de Khadija s'appelait justement Pétunia.

*

Elle en était là, confuse, quand la porte de la chambre de Joyce s'ouvrit. Elle mit de côté ses pensées – Pygmalion… il l'avait orientée sur Hygie-Pétunia… Qu'est-ce que cela avait à voir? Que voulait-il lui dire au juste? – et se tourna pour accueillir la jeune femme. Sa lèvre avait dégonflé et pratiquement retrouvé sa forme normale. Le tour de son œil, de violet, virait au brun verdâtre.

– Comment ça va? Tu as réussi à dormir?

– Oui, à peu près.

Joyce, un pull sans forme passé sur son tee-shirt, s'affala sur le canapé, replia ses jambes sous elle en grimaçant et se servit une tasse de café. Olivia vint s'asseoir en face d'elle dans un fauteuil et se resservit à son tour.

– Alors, faut que tu me racontes… Comment ça s'est passé avec Bachelier?

– Oh, très bien! Rien de très compliqué.

– Tu as réussi à le faire parler?

– Oui, évidemment. Il m'a amenée dans son bureau au ministère. On y a passé un moment. Il a même annulé ses rendez-vous pour être seul avec moi.

– Tu veux dire que…?

– Non, quand même pas, mais c'était pas loin!

Olivia était ébahie, presque admirative. Joyce, avec une sorte d'innocence, et sans la moindre mauvaise conscience, n'hésitait pas à mettre ses atouts au service du but qu'elle visait. La jeune femme poursuivit avec sérieux, presque avec application, tout en serrant la tasse entre ses mains :

– Au début, il a été timide. On a parlé de handicap, de mise en conformité pour le public, de normes européennes, bref, de son boulot, quoi. Comme ça commençait à me gonfler, je l'ai orienté sur sa ministre, Pétunia, comme tu me l'avais demandé. On peut pas dire qu'il la porte dans son cœur. Ça a l'air d'être une sacrée garce.

– Elle a la réputation de ne pas être très commode, en effet.

– C'est un vrai dictateur, à ce qu'il dit. Super speed, il lui faut toujours les dossiers pour la veille, elle gueule tout le temps… Il la supporte pas.

Olivia avait en tête la Vénus de Botticelli. La belle Hygie vue de profil avait l'air austère. Mais cela ne faisait pas d'elle une harpie. Pourquoi donc Pygmalion avait-il réuni les deux femmes dans son image cryptée ?

– Tu as réussi à le sonder sur Khadija ?

– Bien sûr, c'était facile d'aborder le sujet. Tout le monde ne parle que du meurtre. Il avait l'air réellement affecté. En même temps, j'ai eu le sentiment qu'il était mal à l'aise. Qu'il ne me disait pas tout. Parce que tu trouves pas ça bizarre… ?

– Quoi, bizarre ?

Joyce réfléchit un instant avant de reprendre :

– Eh ben, ce petit mec… Il est secrétaire d'État au ministère de la Santé… Pas très sexy… Pas très déluré, non plus. Il m'a d'ailleurs laissé tout faire ! Et quand je lui parle de Khadija, il me balance, texto : « Ah, ça oui, je la connaissais ! » Alors qu'elle est l'ennemie de sa supérieure directe, et que son ministère se trouve à l'autre bout de Paris ! On peut quand même pas imaginer qu'il y avait quelque chose entre eux, tu es d'accord ?

– Ça, non, on ne le voit pas en séducteur, surtout de Khadija, concéda Olivia. Ils étaient peut-être juste amis ? Ils se connaissaient d'avant ? Du temps de leurs études, peut-être ?

– Non, c'est pas ça. Je suis sûre qu'il voulait dire autre chose. Chaque fois que j'ai essayé de lui reparler de Khadija, il a évité le sujet. Et surtout, il me regardait pas en face. Je me méfie toujours des gens qui baissent les yeux ou regardent à côté. C'est une règle de base.

Olivia repensa à Sasportas et à son regard bicolore.

– Tout ce que j'ai appris, expliqua Joyce, c'est que PVC et elle pouvaient pas se blairer.

– C'est pas un scoop ! C'était de notoriété publique.

Joyce, mutine, leva un doigt professoral.

– Oui, mais moi, maintenant, je connais l'origine ! Je sais pourquoi elles se détestaient !

– Vas-y, raconte ! Il t'a quand même appris quelque chose ?

– Apparemment, elles ont toutes les deux couru après le Premier ministre. Bachelier n'est pas sûr, mais selon lui ça s'est terminé par un match nul : un partout, la balle au centre.

– Tu veux dire quoi, au juste ?

– Qu'il se les est tapées toutes les deux. Peut-être même les deux en même temps, pendant un moment. En tout cas, il n'a pas tranché.

Le Premier ministre, beau quadragénaire d'origine italienne, alimentait régulièrement les ragots et les fantasmes de la gent féminine. Même en haut lieu, donc.

– N'empêche, j'ai l'impression qu'il y a un truc… Faudra que j'y retourne, dit Joyce pensive.

– Où ça ?

– Chez Bachelier, tiens ! J'aime pas rester sur une sensation d'inachevé, ni qu'on me cache des choses. Il faut que je le cuisine encore un peu. De toute façon, il veut me revoir. Il doit m'appeler.

– Avant ça, il faudra que tu te soignes un peu… Que tu te refasses une beauté !

Olivia se réjouissait intérieurement de la sentir aussi motivée. Avec cette petite assistante improbable, elle se sentait moins seule. Elle ne put cependant empêcher une vague angoisse de s'insinuer en elle : et si les agresseurs nocturnes de Joyce avaient été téléguidés ? Envoyés en mission avec un contrat sur sa tête ?

– Vraiment, lâcha-t-elle d'une voix sourde en prenant la main de Joyce, il faut que tu fasses attention à toi, après ce qu'il t'est arrivé.

*

En début d'après-midi, la jolie Eurasienne chaussa de larges lunettes de soleil griffées, enfila un bonnet de laine grise qu'elle enfonça jusqu'aux oreilles et s'emmitoufla dans une grosse écharpe, puis elle sortit une fois de plus, bredouillant quelque chose au sujet de sa tournée des bars et des restaurants dans un nouveau quartier encore inexploré. Olivia lui décocha un sourire qui se voulait encourageant. Pourtant elle commençait à douter du succès de sa protégée.

Olivia apprécia de se retrouver seule. Les émotions de la nuit l'avaient secouée. Elle devait aussi s'avouer qu'il lui tardait de se reconnecter.

– Dois-je toujours vous appeler Pygmalion ? Ou bien Sardanapale ? risqua-t-elle quand le contact fut établi.

– Comme il vous plaira. Je ne suis que l'objet de vos fantasmes.

– Vous plaisantez ? Vous qui ne rêvez que de torturer et soumettre les femmes à vos caprices ?

– Vous avez bien été ma lectrice complaisante, chère Olympia à la blancheur de lait. Êtes-vous vraiment plus innocente que votre fidèle serviteur ?

Olivia se demandait en cet instant ce qu'il serait advenu d'elle si l'inconnu ne s'était pas volatilisé à l'issue du dîner dans le noir. Jusqu'où seraient-ils allés ? Où auraient-ils atterri ? Tout bien réfléchi, elle avait peut-être eu de la chance.

– Vous, vous êtes du genre à disculper le meurtrier de la ministre… À lui trouver des excuses.

Elle jouait son va-tout. Il allait bien devoir tomber le masque.

– Mais que savez-vous au juste de ce meurtre ? Ce que les médias en disent, je suppose. Avez-vous jamais songé que la belle Khadija a peut-être connu la jouissance ultime, au moment où l'assassin serrait la corde autour de son cou ? Ce n'est pas à vous, belle Olympia, qui portez ce petit ruban tentateur noué autour de votre gorge, que je vais l'apprendre. Et si la défunte, comme vous, avait supplié son partenaire, non pas de l'épargner, mais de resserrer son étreinte ? Divine hypoxie, stade suprême du jeu, décuplant vos sensations… Votre corps vous abandonne, votre tête se vide, des fourmis prennent possession de vos membres, seul votre ventre est encore vivant, concentré de plaisir qui fuse et qui explose, soudain, alors que je serre le nœud, volcan en fusion, torrent de lave dans vos entrailles, et vous vibrez à en réveiller les morts…

– Qu'est-ce qui vous dit que c'est ce qui s'est passé ? rétorqua Olivia. Vous y étiez ?

– J'ai le secours de mon imagination, comme vous, Olympia, hiératique déesse. Je suis un amoureux de la beauté.

Luxe, calme et volupté. Rien d'autre ne saurait m'émouvoir. J'en veux pour preuve ceci.

Et il fit apparaître sur l'écran d'Olivia une image qu'elle reconnut aussitôt. Encadrées d'une théâtrale tenture rouge sang, deux femmes nues, à mi-corps, la brune et la blonde, réunies dans une baignoire tendue d'un drap de lin, celle de gauche avançant délicatement la main pour pincer entre le pouce et l'index le téton de sa voisine, qui tient quant à elle entre ses doigts recourbés une bague qu'elle semble offrir au spectateur.

– *Gabrielle d'Estrées et sa sœur.* Vous voulez encore me faire un cours d'histoire de l'art à votre sauce, c'est ça ? Ou vérifier que je connais mes classiques ?

– Les connaissez-vous seulement, divine Olympia ? Celui-ci n'a-t-il pas quelque chose à vous dire ? Une petite musique secrète qui ne joue que pour vous ?

Olivia était déstabilisée. Sans doute un effet du manque de sommeil. Elle se revoyait dans la salle de bains, au milieu de la nuit, Joyce nue, assise auprès d'elle, immobile et souffrante sous ses doigts, puis étendue dans la baignoire. Comment ce démon avait-il pu viser aussi juste ? Oui, prodiguer des soins apaisants au corps de la jeune femme avait été une expérience étrange. Elle ressentait pour elle une tendresse maternelle, mais il aurait suffi d'un infime basculement pour que les caresses changent de registre. Un simple glissement naturel, devant un corps constitué comme le sien, dont elle savait d'évidence quel plaisir il pouvait attendre. Le même que celui qu'avait fait surgir en elle Pygmalion des semaines plus tôt dans le noir, mais suscité ici par un corps de femme, le jumeau du sien, juste plus lisse, plus jeune, plus doux, où elle pouvait se voir comme en un miroir. Un autre elle-même : l'étreinte aurait été facile.

Sans doute avait-elle été freinée par les contusions qui faisaient gémir Joyce.

– Que voulez-vous dire ? C'est encore un de vos messages secrets ? riposta-t-elle.

– Deux femmes... La brune et la blonde... Ne vous évoquent-elles rien ?

Joyce était brune, elle-même avait les cheveux châtain clair. Il ne pouvait pas avoir lu dans ses dernières pensées. Pourtant le doute s'insinua une nouvelle fois en elle. Sur cette image se surimposa soudain une autre vision. Pygmalion poursuivait sa logique. Il lui parlait encore du meurtre. Les deux femmes ne pouvaient figurer que Khadija et sa rivale, Pétunia. La brune et la blonde. Voilà où il voulait en venir. Le tableau en lui-même était sibyllin, il avait fait l'objet de gloses infinies depuis quatre siècles. Il était d'autant plus aisé pour Pygmalion de le doter d'un sens détourné.

– Les deux ministres, vous voulez dire ? La blonde, adoubée par le prince dont elle tient la bague, serait Pétunia Verschueren-Cellier ? La brune qui lui pince le téton, Khadija Saïdi ? C'est là votre message ?

– À vous de me dire ce que vous y voyez, douce Olympia, susurra-t-il.

– Ce que j'y vois... Si je vous suis, c'est proprement monstrueux.

Elle réfléchissait à toute allure, essayant d'aller au bout du raisonnement. La blonde étant l'élue, avait-elle tout bonnement supprimé sa rivale ? Si elle y rapportait cet élément nouveau révélé par l'article de Marion, les pétunias bleus qui jonchaient le corps, dans ce sacrifice rituel, cela se tenait. Par vanité, l'assassin y avait peut-être tout simplement laissé sa marque, comme une signature : « Je suis Pétunia... et je suis furieuse. » Ou bien

– elle osait à peine se formuler la nouvelle possibilité qui se faisait jour – se pouvait-il que le commanditaire fût cet homme lui-même ? L'objet de leur querelle ? Le Premier ministre en personne ? Avait-on affaire à un crime d'État, maquillé en sordide affaire sexuelle ?

– Je ne sais plus quoi penser, avoua Olivia. Je suis perdue.

– Regardez mieux, fit Pygmalion. Que voyez-vous ?

– Deux femmes dans un bain. Qui nous regardent.

– C'est cela. Elles sont dans le même bain, tendu du même drap. Leur blancheur souligne leur noblesse sur ce fond rouge sang. Pendant telles des gouttes d'eau jumelles à chacune de leurs oreilles, ces perles m'attirent et attisent ma soif. Il me prend l'envie d'y porter ma bouche, d'introduire la pointe de ma langue avide dans ces lobes délicats, d'y tourner jusqu'à les rendre folles. Alors je descends le long de ces cous d'albâtre qui ploient et s'offrent à moi. Entre leurs seins parfaits ma bouche s'égare, ces quatre boutons dressés appellent mes dents, je m'y perds, une main me rappelle et me dirige vers celui de sa sœur que la brune tient du bout des doigts, elle veut la voir se pâmer sous mes caresses, pourtant elle les attend tout autant et son corps de reine se cambre, impatient de me sentir à son tour. Je suis une hydre bicéphale qui les cajole l'une et l'autre, divine alternance, je ne sais plus quelle chair j'embrasse et je fouaille, leurs doigts affolés s'emmêlent et me repoussent, dans l'eau tiède qui nous baigne nos corps se confondent et s'enchevêtrent. Je suis dans l'une et dans l'autre à la fois, leurs cris se répondent et montent crescendo vers la volupté que je leur destine.

– Vous êtes si prévisible… Et si vaniteux ! Êtes-vous donc si sûr de vos prouesses ? ironisa Olivia, un peu lassée.

– Ne les avez-vous donc pas goûtées, ma belle amie ? La mémoire vous fait-elle défaut ?

– Cessez de jouer. Vous me fatiguez. Si vous savez quelque chose du meurtre, vous feriez mieux de le rendre public. Pourquoi vous adresser à moi de la sorte ?

– Parce que je vous sais réceptive, chère Olympia. Et parce que la beauté est dangereuse. J'essaie de vous amener à percer la surface. Toute vraie création vous ramène à vous-même, elle vous fait plonger en votre être profond, là où le corps vibre… Le reste n'est que vide inutile.

## 11.
## LE BLOC DE GRANIT

Olivia se sentait engluée dans un magma visqueux et nauséabond. Une diversion bienvenue, pareille à la perche que lui aurait tendue un sauveteur, arriva sous la forme d'un e-mail envoyé depuis Marseille. Une vieille connaissance, conservateur au Mucem et responsable du pôle art contemporain, lui faisait une demande pressante :

« Hello bichette,

Il y a longtemps que nous ne nous sommes vus. J'espère que tout baigne pour toi. Je te fais ce petit mot car j'ai besoin de ton concours. Tu sais que nous avons en ce moment au musée une exposition d'art contemporain, *Sculptura Massilia*, qui a eu de très bons échos dans la presse. Elle réunit trente jeunes sculpteurs français et trente autres du Maghreb. Ce week-end, nous décernons un prix, doté de 5 000 euros, et nous passons une commande au lauréat dont la réalisation ira orner un espace public de la ville. Le jury est composé de six membres, dont voici la liste : le directeur des affaires culturelles de Marseille, Thierry Faucheux ; un conservateur du Mucem, différent chaque année

– pour cette édition, c'est Elvire Parisot, spécialiste d'art islamique, une collègue très sympa et marrante (on dirait toi il y a quinze ans !) ; le grand marchand d'art spécialiste de sculpture contemporaine, Wilfrid Landsberg (par ailleurs, un de nos mécènes pour ce projet) ; la directrice de l'École nationale des beaux-arts de Paris, Fabienne Dobin-Martel (une bonne copine du précédent) ; un sculpteur contemporain, et cette année, je te le donne en mille, c'est… Schönglitz ! Cela faisait cinq ans qu'il nous refusait sa participation à un quelconque événement, il a finalement accepté et je n'en suis pas peu fier ; un critique d'art ou un journaliste spécialisé, et c'est là que nous avons un problème : Séverine Courcelles, de *Beaux Arts Magazine*, qui avait été choisie, vient d'être hospitalisée en urgence. Un AVC, malheureusement. Son mari vient de m'appeler pour décommander. Je dois lui trouver une remplaçante avant ce soir, une femme forcément, pour que la parité soit respectée, et de la même trempe qu'elle. J'ai aussitôt pensé à toi. Ça te dirait, une petite virée à Marseille, tous frais payés, bien sûr, avec un dédommagement de 1 000 euros net en prime ?

Appelle-moi dès que tu as lu ce message. Je t'en dirai plus. J'espère que tu seras dispo.

Bises,

Karim »

Il y avait au moins deux ans qu'elle n'avait pas revu Karim. Ils s'étaient connus autrefois dans une résidence étudiante, où il était son voisin de chambre. Puis il s'était improvisé son chaperon dans la nuit parisienne. Ensemble, ils avaient fait les quatre cents coups. Ils échangeaient encore de loin en loin par e-mail. Tous les six mois, comme une éruption soudaine, Karim la recontactait, en veine de conversation légère, et lui assénait une série de blagues ou de potins, auxquels elle répondait avec entrain. Puis le silence retombait, jusqu'à la fois suivante.

Olivia décrocha son téléphone, le cœur battant. Elle avait toujours eu un faible pour Karim, qui la faisait rire.

– Salut, Karim ! Ça fait un bail…

– Olivia ! Rapide comme l'éclair ! Je t'ai envoyé ce mail il y a douze minutes !

– Alors, tu es dans la panade ? Faut que je vienne à ta rescousse, comme cette fois, à Auteuil – la soirée psychédélique, tu te souviens ?

– Arrête, ne remets pas ça sur le tapis ! J'étais pas dans mon état normal, tu sais bien.

– En tout cas, ta fidélité t'honore. Tu crois vraiment que je ferais une bonne recrue pour ton jury ?

– Évidemment ! Tu es parfaite ! Et je fais ce que je veux ! Je n'ai de comptes à rendre à personne, le directeur du musée m'a à la bonne.

– Si tu es sûr, alors… Pourquoi pas ?

Karim poussa un cri de joie. Olivia prit quelques notes en l'écoutant lui exposer les modalités pratiques : voyage, hôtel, rendez-vous au musée le lendemain, règlement du concours, lauréats pressentis… Quand elle raccrocha, il lui restait trois heures vingt pour faire son sac et se rendre à la gare de Lyon. Elle réalisa alors qu'elle ne pouvait pas laisser Joyce seule. Qui sait ce qui pourrait encore lui arriver ? Elle composa son numéro. Miracle : Joyce répondit aussitôt. Olivia la somma de rappliquer pour rassembler quelques affaires. Elle ne lui laissait pas le choix, elle ne voulait pas voyager seule, et elle lui offrait le billet de train. Joyce, d'abord hésitante, finit par accepter.

*

Elles somnolèrent l'une contre l'autre pendant presque tout le trajet. Parvenues à la gare Saint-Charles, à la nuit tombée, elles se sentirent parfaitement dépaysées. L'air était différent. Leur sac sur l'épaule, elles marchèrent le long des rues aux trottoirs étroits jusqu'au Vieux Port où Karim leur avait réservé une chambre au Grand Hôtel Beauvau – « deux lits simples, s'il te plaît, je viens avec une amie », avait précisé Olivia. À leur arrivée, elles trouvèrent un lit king-size, composé de deux matelas accolés. Elles ne prirent même pas la peine de les séparer. Elles avaient partagé suffisamment d'intimité pour ne plus se formaliser de si peu de chose. De leur balcon au troisième étage, en ce vendredi soir, elles découvrirent les scintillements des lumières réverbérées sur la mer, le doux balancement des voiliers sagement rangés côte à côte et l'animation des quais alentour d'où montaient les cris et les rires des noctambules.

Le lendemain matin, le soleil brillait, accentuant les couleurs du Vieux Port. De sa fenêtre, Olivia admira les toits rouges, les murs jaunes, les volets verts et bruns qui déclinaient, avec le bleu de la mer et les coques blanches des bateaux, une palette chatoyante. Paris était à des années-lumière. Elle commanda le petit déjeuner en chambre et elles le dégustèrent sur le balcon, chacune emmitouflée dans un peignoir en éponge pour se protéger du mistral qui soufflait, assez vif, et chassait les nuages. Les cheveux de Joyce volaient, pareils à de fines lanières noires. Olivia refoula l'idée incongrue du ruban au cou d'Olympia et des zébrures qu'avait dessinées Pygmalion dans son esprit. Elle fila se préparer.

– En route ! dit-elle, enjouée, quand Joyce sortit à son tour de la salle de bains.

La jeune femme avait réussi à dissimuler ses ecchymoses sous un maquillage presque imperceptible. Du grand art, constata Olivia.

– Tu sais, moi, en général, les musées, ça m'emmerde toujours un peu, fit Joyce en chaussant ses lunettes noires.

– T'inquiète, celui-ci est différent. Et puis il s'agit d'art d'aujourd'hui. Des sculptures. Ça devrait te parler.

*

La passerelle dessinait un fil parfait sur le bleu du ciel. En quittant la vieille ville et le fort Saint-Jean, Olivia eut l'impression qu'elle changeait de monde. Suspendue au-dessus de l'eau, elle regardait le cube noir qui s'approchait. Un tombeau, pensa-t-elle. Pourtant, de près, il révéla sa structure de dentelle qui lui évoqua un bas résille.

– Mais c'est quoi, cette toile d'araignée ? s'exclama Joyce, interloquée.

Avec les quelques autres touristes, en ce samedi matin, elles se retrouvaient sur le toit-terrasse, comme prises dans une barrière de corail sombre dont le soleil se jouait en projetant les découpures dentelées sur le sol et sur leurs personnes.

– C'est une prouesse technique… Un nouveau type de béton très résistant et malléable, lui expliqua Olivia.

– J'aime pas… J'ai l'impression d'être en cage !

– Mais non, au contraire, on voit le ciel et la mer. Regarde un peu l'horizon !

À travers les mailles du filet de béton, la mer scintillait à perte de vue, frangée de petites vagues à crête blanche. Autour d'elles, sur le toit-terrasse, quelques assemblages insolites et colorés dont certains évoquaient vaguement des formes humaines étaient posés comme des sentinelles. L'un d'eux s'avéra fabriqué à partir de petites et grandes cuillères, de fourchettes et de couteaux. Les têtes étaient figurées par des casseroles et des poêles.

– « *Descente de croix* », lut Joyce à haute voix. « Anne-Lise Rambert, n° 26 ».

– C'est l'une des œuvres de l'exposition, je suppose, fit Olivia.

– Ça veut dire quoi, « descente de croix » ?

Olivia la regarda, étonnée. Bien sûr, pour Joyce, cela n'avait rien d'évident. L'œuvre aurait pu aussi bien s'intituler *Descente d'organes* ou *Pluie de météorites*. Il lui manquait le référent. Olivia tenta de lui fournir une réponse. Joyce écouta d'une oreille distraite puis s'exclama :

– En tout cas, c'est marrant ! Elle y a mis toute sa batterie de cuisine, la nana !

Joyce avait au moins perçu la dérision. Olivia voyait surtout dans la sculpture un habile amusement, plus qu'une volonté farouche de désacraliser une représentation iconique. Vu et archirevu. Elles suivirent les panneaux et se dirigèrent vers l'intérieur du musée où Karim les attendait au deuxième étage, dans les salles d'exposition temporaire. Quelques mobiles, dont l'un était composé de dix drones superposés, pendaient du plafond. Des constructions de métal, de carton bouilli ou de plâtre, des assemblages de verre coloré, de bois flotté ou de céramique, des blocs de marbre taillés voisinaient avec des fabrications de toutes sortes et des matériaux divers. Au pied de chacune, un numéro, un nom avec une date et un lieu de naissance, accompagnés d'un titre et de quelques explications techniques. La fine fleur des sculpteurs de moins de 35 ans, venus de chaque côté de la Méditerranée.

Derrière une sorte de totem haut de trois mètres, taillé

dans un tronc d'arbre et finement ciselé de motifs moucharabieh (« n° 33, Kader Tarhouni, né à Sousse en 1992, *Arbre des ancêtres* », suivi d'une traduction en arabe qu'Olivia ne pouvait pas lire), apparut soudain la silhouette qu'elle attendait. Il la vit aussi et s'avança vers elle à grandes enjambées, un large sourire illuminant son visage.

– Olivia ! Ça fait plaisir de te voir !

Il la tint un moment serrée dans ses bras. N'importe quel observateur extérieur aurait juré qu'il s'agissait des retrouvailles d'un vieux couple. Et c'est avec cette idée en tête que Joyce lui serra la main à son tour.

– Bonjour, vous devez être Joyce ? demanda Karim.

– C'est bien ça, répondit-elle sans ôter ses lunettes.

– Bienvenue ! Vous connaissez déjà notre musée ?

– Non, c'est la première fois.

Karim était mince, élégant, il portait le cheveu bouclé un peu long et arborait un petit bouc finement taillé, comme une virgule esquissée entre sa lèvre inférieure et son menton. Ses yeux étaient noirs et brillants. Il dégageait toujours cette irradiation solaire qui subjuguait Olivia.

– Tu as l'air en forme, fit-elle.

– Ma foi, tout va bien, oui. La vie est plus cool ici qu'à Paris. Et je ne t'ai pas dit, mais Charlotte est enceinte !

– C'est vrai ? De combien ?

– Cinq mois et demi. Elle est déjà arrêtée. Figure-toi qu'on attend des jumeaux !

– C'est génial ! commenta Olivia, absorbant le choc.

Karim papa. Le plus gros fêtard de la terre, celui avec qui elle avait fait la bringue des nuits entières et dont elle avait vite cessé de compter les conquêtes.

– Des garçons ? ajouta-t-elle.

– Oui ! répondit Karim, rayonnant de fierté.

– Eh bien… deux comme toi ! Va falloir vous accrocher !

– C'est ce que dit Charlotte. Mais tu ne me reconnaîtrais pas, j'ai beaucoup changé.

Là-dessus, il entraîna les deux femmes à travers l'exposition, slalomant entre les sculptures, jetant ses commentaires à la volée, tantôt enthousiaste, tantôt critique.

– Enfin, observa-t-il à l'adresse d'Olivia, je ne devrais pas t'influencer. Les autres membres du jury se sont fait leur opinion. J'attends juste encore Schönglitz, qui doit arriver en milieu de journée. Il aura à peine une heure ou deux avant les délibérations pour se faire une idée. La cérémonie aura lieu à l'auditorium, au sous-sol, à 19 h 30. Elle sera suivie d'un cocktail. Vous êtes évidemment invitée, dit-il en se tournant vers Joyce et en lui tendant un carton au format carte postale.

– Merci, dit Joyce en le pliant pour le glisser dans la poche de sa veste.

– Et maintenant, fit Karim, je vais devoir vous laisser. J'ai encore quelques détails à régler. Le jury se retrouve à 17 h 30 pour délibérer, dans l'auditorium, au niveau -1. En général, chacun expose ses préférences et il y a deux tours de scrutin. La plupart des artistes seront présents à la remise du prix, on a voulu leur réserver la surprise. Personne ne sait le nom du lauréat à l'avance.

– Comme à Cannes, quoi ! dit Joyce.

– C'est ça. Comme à Cannes, acquiesça Karim, avant d'ajouter : Ah, j'oubliais ! Olivia, voici pour toi. C'est le dossier de l'exposition, avec les biographies des artistes et les photos des œuvres en compétition.

Olivia prit le document relié qu'il lui tendait. Elle regarda la couverture et lut à haute voix :

– « Sous le haut patronage de Madame la Ministre de la Culture, Khadija Saïdi. »

– Oui, on n'a rien voulu changer, commenta Karim. Mais on a dû réimprimer la couverture pour ajouter une petite croix après le nom de la ministre. Elle serait peut-être même venue à la remise du prix. Elle avait des liens très étroits avec certains membres de notre musée.

– Sacrée histoire !

– En effet, dit Karim. Je n'ai rien contre le fait de s'amuser, je serais mal placé, mais là, elle est allée un peu loin…

Et il s'éloigna en esquissant un petit salut.

– Il est sympa, ce mec, fit Joyce, un peu rêveuse. Et mignon, en plus.

*

Olivia se devait d'examiner les œuvres sous toutes les coutures. Cela allait lui prendre du temps. Joyce, elle, ne tint pas trois minutes et retourna au centre-ville faire du shopping. Elles se donnèrent rendez-vous le soir au cocktail. Olivia, restée seule, la brochure en main, se demanda pourquoi elle avait accepté l'invitation de Karim. Comment faire un choix ? Elle errait, perdue comme un enfant dans un grand magasin, écrasée par la variété des sculptures. Elles allaient de l'hyperréalisme à la Ron Mueck (un trio d'hommes barbus patibulaires brandissant des armes et un Coran) à l'art pop et toc inspiré de Jeff Koons (des animaux de basse-cour en baudruche, des singes en paille ou en lego, des chevaux en plumes roses). Olivia n'aimait pas ces tentatives maladroites et ces allégeances serviles aux modèles. Ceux-là ne risquaient pas d'avoir son suffrage. D'autres compositions, légères ou aériennes comme des Calder, lui paraissaient pleines de poésie, d'autres encore, compactes et lisses comme des Brancusi, attiraient sa main – décorations idéales pour chambres d'enfants ou dessus de cheminées bourgeoises. Mais était-ce bien là ce qu'elle attendait ?

Malgré la légitimité que ses articles lui avaient acquise, Olivia avait toujours eu du mal à écrire sur l'art contemporain. Après quelques découvertes marquantes qu'elle avait su porter aux yeux de ses lecteurs, elle avait fini par se lasser de ce grand cirque où tous semblaient rivaliser pour une seule chose : l'éclairage médiatique qui allait enfin les placer sur un piédestal, dans le faisceau cru de la gloire, de la reconnaissance et de l'argent. Ici aussi, semblait-il, peu de jeunes plasticiens – il y avait longtemps que l'on ne devait plus dire artistes – sortaient du moule. Un comble pour des sculpteurs. Elle sentait bien une différence entre les jeunes Arabes et les jeunes Français. Les premiers vivaient souvent sous le régime de fatwas interdisant la représentation de toute figure idolâtre et se rabattaient sur d'autres stratégies – assemblages de matériaux divers, compositions abstraites. Les seconds vivaient au royaume de l'image et produisaient en série des bimbos, des personnages de bandes dessinées et des lapins en plastique. Aucune de ces créations ne la faisait vraiment vibrer.

Rien en tout cas qui réveillât en elle les émotions que Pygmalion avait su susciter. Lui au moins avait réussi à redonner à ses envois – des tableaux si connus qu'ils en étaient aux yeux de la plupart devenus fades et comme invisibles – un sens nouveau, noir et trouble qui remuait ses tripes. Elle s'arrêta perplexe, presque en colère, devant un agrégat de sex-toys multicolores qui composaient un phallus géant particulièrement en forme. « N° 14, Maxime Vernet, né à Grenoble en 1987, *Man Power*, assemblage d'accessoires érotiques en plastique ».

Blague de potache ? Vanité mal placée de mâle dominateur ? Si l'œuvre avait été réalisée par une femme, aurait-elle pris un autre sens ? Elle aborda le dernier coude de la dernière salle et tomba en arrêt devant un bloc de granit noir.

Il était immense et cubique. D'emblée, par la façon dont l'outil l'avait travaillé, il lui évoqua Rodin. Non pas la main de Dieu, mais celle du diable cette fois. L'ombre de Pygmalion rôdait ici aussi. De la masse de pierre sombre et dure semblait s'extraire une figure fluide aux drapés souples. Elle était mal définie, féminine à coup sûr, à en juger par ses rondeurs, mais son visage disparaissait sous un linge qui prolongeait celui de la robe. La figure avait les pieds pris dans le socle de pierre, elle élevait un bras frêle qui émergeait de la matière à hauteur du coude, sa main esquissait un geste comme pour saisir l'air, son buste dont on devinait la poitrine superbe se détachait de la roche. Ou plutôt, se dit Olivia, il était comme repris, happé par elle. C'était une femme qui retournait à la pierre. En évoluant autour du bloc, elle découvrit, saisie, d'autres figures amoncelées, toujours les mêmes, des Niobés qui peu à peu perdaient la vie et se fondaient dans la roche, y abandonnant tout caractère humain. Le mouvement passait de la verticalité de la première figure, pathétiquement dressée dans sa tentative d'arrachement, à l'horizontalité finale de la dernière, comme enroulée dans un linceul et rendue à son tombeau qui l'engloutissait. Jamais on ne voyait les visages. Olivia, pourtant, savait qu'il s'agissait de femmes. Des silhouettes fantomatiques sorties de la dureté minérale et tout aussitôt recapturées par elle. Enfin, devant cette œuvre, elle se sentit bouleversée. Prête à se mettre à genoux, en communion avec ces femmes, sans même comprendre pourquoi. Sa gorge se serrait devant l'effort qui se dégageait de ce bloc de pierre. Celui des figures, tendues, contorsionnées, écrasées, mais aussi celui du sculpteur qui les avait patiemment, à coups de marteau et de burin, fait émerger de la matière. C'était là une prouesse, et la vision qu'elle attendait sans le savoir. Elle l'avait trouvée, celle qui mériterait son vote. Elle ne pouvait se lasser de tourner autour, captivée par cette valse funèbre. Alors seulement elle baissa les yeux et lut : « N° 3, Mariam Abdelaziz, née à Assouan en 1985, *Danse du voile, ou La femme vouée à la pierre*, granit noir d'Égypte. »

Une sorte de Camille Claudel arabe, pensa Olivia. « L'art est là pour donner à voir ce que l'on n'ose pas regarder. Il n'a pas d'autre fonction. » Elle avait lu cela quelque part et en avait fait le fil directeur d'un de ses articles sur la Fiac deux ans auparavant. Cette Mariam était comme l'envers sombre de Pygmalion : elle montrait ce qu'il advenait des femmes sous le voile, emmurées vivantes, ramenées à un néant de pierre. Pygmalion, lui, aimait à les mettre dans la lumière, à leur faire subir les derniers outrages pour affirmer sa puissance virile. Mais au fond, cela revenait sûrement au même. S'il existait quelque part un entre-deux paisible, c'était dans le secret des alcôves, dans les amours consenties – ou bien, parfois, dans les caresses prodiguées au cours d'un dîner dans le noir, qui entraînaient le réveil inopiné des sens trop longtemps endormis. Olivia en eut soudain brutalement assez : la plupart des créations qui l'entouraient n'étaient que jouets pour enfants mal grandis, œuvres de gros bébés au cerveau surdéveloppé qui ne jouissaient que de leur intellect, de leurs propres blagues, de leurs rapprochements incongrus et de leurs jeux de mots. Mais où se trouvait leur corps ?

L'œuvre taillée dans le granit par ces mains féminines rachetait tout le reste. Elle disait assez la souffrance du corps écrasé, nié, banni. Olivia décida de sortir prendre l'air. Il lui restait quelques heures à tuer avant les délibérations du jury. Elle se dirigeait vers la sortie quand elle fut bousculée par une horde vêtue de noir. Elle dut s'appuyer au mur pour ne pas tomber. Les individus, au nombre de six ou sept, coururent vers la salle qu'elle venait de quitter. Elle se retourna pour regarder. Ils se ruèrent vers la sculpture *Man Power* et commencèrent à asperger le phallus géant de peinture rouge. Ils étaient tous cagoulés. Parmi eux, des femmes, dont les cris suraigus se détachaient sur les mugissements de leurs acolytes : « À bas l'obscénité ! » ; « Mort à l'art immonde ! » ; « Le sexe, ça suffit ! » L'un des individus se fit faire la courte échelle et grimpa sur le dos du phallus géant comme sur un animal qu'il fallait dompter. Armé d'une scie, il entreprit d'en couper la tête avec l'énergie du désespoir. Les rares visiteurs étaient tétanisés. Des gardiens s'étaient précipités pour tenter de juguler les vandales. L'un d'eux avait saisi une activiste à bras-le-corps et la ceinturait mais il la lâcha aussitôt que deux des énergumènes se mirent à le frapper à coups de pinceaux et de seaux de peinture, le maculant de rouge de la tête aux pieds.

Olivia regardait la scène, mi-horrifiée, mi-amusée. Autour d'elle, un attroupement se faisait. Les curieux n'osaient pas s'approcher trop près. Certains filmaient la scène avec leur téléphone portable derrière lequel ils semblaient se cacher. De loin, Olivia vit alors que sur leurs vêtements noirs, les activistes portaient, inscrit en lettres grises, le mot « RAGE ». Soudain, le cavalier se jeta à bas de sa monture, ses camarades le relevèrent, et tous détalèrent vers les autres salles où ils s'égayèrent en criant. En passant, quelqu'un creva un lapin géant en baudruche rose. Un autre tapa du poing dans le mobile composé de drones. Les éléments se mirent à s'agiter en tous sens, selon des mouvements de balancier rapides et dans un tintamarre de ferraille. Olivia fut alors de nouveau bousculée, cette fois par deux agents de sécurité en uniforme qui couraient sur les traces des agresseurs. Ceux-ci s'étaient enfuis par les escaliers et les coursives du musée. Quand Olivia retourna dans la dernière salle, en compagnie des visiteurs interloqués, elle vit le lapin qui finissait de s'affaisser sur lui-même dans une sorte de frémissement, exhalant, souffreteux, ce qui semblait être son dernier soupir. Les fils de métal souple qui retenaient les drones s'étaient entortillés de manière inextricable à mesure que leur danse folle se calmait. Ils composaient à présent une tout autre sculpture beaucoup plus compacte, et pas moins intéressante. Au centre de la dernière salle trônait le membre viril vandalisé, à demi étêté, dégoulinant de peinture. Olivia eut envie de rire devant les mines scandalisées des visiteurs qui s'étaient assemblés autour de lui telles des pleureuses. Elle entendit coulisser les portes d'un ascenseur et vit en sortir en trombe, le visage sombre, son ami Karim, suivi d'une jeune femme et de deux hommes plus âgés au pas lent. L'un d'eux, grand quoique voûté, s'appuyait sur une canne. Il jeta autour de lui un regard bleu perçant qui sembla prendre en un instant la mesure de l'espace. Olivia reconnut Schönglitz.

## 12.
## DURA LEX

– Olivia ! Tu as été témoin de ce massacre ?

Karim, désemparé, se tenait les bras ballants au milieu de la dernière salle.

– Oui, répondit-elle. Tout s'est passé très vite. Apparemment, ils n'en voulaient qu'à cette œuvre-là.

Elle désignait le phallus mal en point. Schönglitz s'était approché à petits pas mesurés et examinait les taches de peinture rouge sur le sol.

– *Pollock dripping*, lâcha-t-il, amusé. *Nicht schlecht.*

Puis il leva les yeux vers l'assemblage de sex-toys multicolores et dit quelque chose en allemand à la jeune femme qui lui servait d'interprète. Elle rougit.

Karim parlementait à voix basse avec l'autre homme, un peu en retrait. Après quelques minutes, il sembla se souvenir de la présence d'Olivia et la héla d'une voix un peu lasse :

– Approche, que je te présente, quand même ! Monsieur le directeur, voici Olivia Lespert, critique d'art, qui a eu la gentillesse de venir de Paris pour remplacer au pied levé le membre du jury défaillant. Olivia, je te présente Simon Bièvre, notre directeur.

L'homme, vêtu d'un costume anthracite éclairé par une cravate rose foncé, avait beaucoup de prestance. Il lui serra la main en silence. Sa poigne était ferme. Son regard survola Olivia qui se sentit transparente.

– Je suppose que vous avez appelé les équipes de nettoyage ? demanda-t-il à Karim.

– Oui, bien sûr, mais la police nous demande de ne toucher à rien tant qu'ils n'ont pas procédé aux constats.

– Et dire qu'il faut que Schönglitz tombe là-dedans, soupira Bièvre. Pour une fois qu'il se déplace, on est vernis.

L'artiste allemand poursuivait son petit périple dans les salles d'exposition, s'arrêtant de temps à autre, songeur, devant certaines œuvres. Puis il leur tournait méticuleusement autour, tendant parfois la main pour les toucher. La traductrice le suivait, en retrait de quelques pas. De temps en temps, elle griffonnait dans un carnet les phrases lapidaires qu'il lui jetait, et se penchait à sa demande pour lui lire le nom du sculpteur concerné.

Le téléphone de Karim sonna.

– Voilà justement le commissaire de police, dit-il à mi-voix à l'attention du directeur. Il est en bas, il monte.

– Veillez à ce qu'il fasse vite, répondit Bièvre. Et que personne ne dérange Schönglitz.

Il jeta un regard à l'artiste qui continuait au loin son parcours.

– Les Allemands pourront encore dire que la France est le pays du chaos, murmura-t-il dans une grimace.

Karim accueillit le policier à la sortie de l'ascenseur. Il était accompagné d'un collègue moins gradé muni d'un appareil photo. Tous deux, guidés par Karim, circulèrent, légèrement mal à l'aise, entre les œuvres, puis se plantèrent devant la sculpture défigurée et la contemplèrent avec un air dubitatif. Le plus jeune fit crépiter son flash tandis que le commissaire interrogeait les agents de sécurité revenus bredouilles de leur course-poursuite.

– Ça va être vite plié, fit le commissaire. Ces gars-là, on sait qui c'est. Ils n'en sont pas à leur coup d'essai. Vous allez voir, avant une heure, leur exploit sera sur tous les réseaux sociaux.

– Vous parlez d'une pub pour le musée ! grinça le directeur.

– C'est un fait que votre filtrage à l'accueil laisse à désirer, lâcha le flic, glacial. Je ne sais pas combien de pots de peinture ils trimballaient avec eux.

Les agents de sécurité échangèrent un regard gêné. Karim fit diversion en invitant le commissaire à venir finir son rapport dans son bureau.

– Je vous laisse, monsieur le directeur, glissa-t-il à Bièvre en lui désignant Schönglitz du menton. Appelez-moi si vous avez besoin de quelque chose, vous ou lui.

Olivia quitta la salle à leur suite en évitant soigneusement les taches de peinture au sol. Bièvre ne lui jeta ni un mot ni un regard.

*

Tenaillée par la faim, Olivia retrouva le chemin du toit-terrasse qui hébergeait une brasserie. Elle s'assit à l'extérieur pour profiter du soleil de la mi-journée à l'abri du vent et passa commande. Elle se renversa dans sa chaise, profitant de la vue fragmentée de la mer à travers les subtils entrelacs de béton, et composa le numéro de Joyce pour lui raconter les derniers événements. La jeune femme lui répondit depuis les tréfonds d'une cabine d'essayage où elle choisissait de la lingerie. Sa voix lui parvenait lointaine et hachée, aussi Olivia écourta-t-elle rapidement la conversation.

Elle tapota ensuite sur son portable en quête des derniers e-mails reçus. Son mystérieux correspondant venait de lui envoyer un nouveau sonnet.

*Phocéenne rôdant, Euménide perplexe,*
*Héroïque pourtant, réservant la sentence*
*Qui prononcée fera de l'élu* – dura lex –
*Le vain triomphateur d'un royaume où le sens*

*S'égare, anéanti, ou concave ou convexe,*
*Entre la forme molle et l'étrange substance*
*Votre sourcil haussé en accent circonflexe*
*Interrogeant en vain la nature et l'essence*

*Dédaigneusement vous négligez le latex*
*Et affable agréez le jouet de faïence*
*Tout en conjecturant un sceptre de silex*

*Qui se tiendrait enfin à l'orée du narthex*
*De votre cathédrale – à moi dans l'allégeance*
*Que ferez à défaut, vaincue, à mon index*

Elle le relut plusieurs fois. Était-elle bien sûre de comprendre ? Un sonnet en -ex. Une provocation, où une seule rime, un seul mot étaient manquants – mais présents partout à la fois. Il se moquait d'elle. Une légère angoisse l'étreignit : comment pouvait-il savoir où elle se trouvait et ce qu'elle y faisait ? Car à n'en pas douter, c'était d'elle qu'il parlait. « L'Euménide phocéenne », « réservant sa sentence » n'était autre qu'une représentation d'elle-même, figure de la justice ou du châtiment, cherchant l'élu qui mériterait son suffrage, au cœur d'un magma informe et dépourvu de sens, peuplé de formes de latex ou de faïence – sorte de vision des Enfers où elle « rôdait » telle une âme errante. Elle commençait aussi à le connaître et savait que la chute adoptait chaque fois une tonalité différente : Pygmalion l'imaginait rêvant à un « sceptre de silex », métaphore de son membre viril, qu'il plaçait « à l'orée du narthex », à l'entrée de sa grotte, en somme, certain qu'elle, pauvre Olivia, « vaincue », s'abandonnerait à défaut au moins à ses caresses.

Pygmalion tel qu'en lui-même : obscène. Elle jeta autour d'elle des regards inquiets. Seuls quelques badauds déambulaient. Certains profitaient du tiède soleil marseillais, allongés dans les chaises longues disposées sur le toit-terrasse. Peut-être l'un d'eux ne dormait-il que d'un œil. Elle se sentait observée par un dieu invisible. Elle n'avait nulle part où se cacher, toujours il la retrouvait. Comment la chose était-elle possible ? Elle n'avait dit à personne où elle allait. Seule Joyce était dans la confidence.

*

Elle sortit marcher en bord de mer pendant plus d'une heure. Sur l'esplanade du musée, des amoureux adolescents s'embrassaient, deux filles se battaient en riant à coups de sacs à dos d'où leurs livres de classe s'échappèrent soudain dans un grand envol de papier, tandis que trois garçons apparemment indifférents à leur crêpage de chignon s'essayaient à des figures de skate qu'ils répétaient infiniment à l'identique. Ses bottines à talons interdisaient à Olivia de faire de grands pas. Elle avançait avec précaution, comme sur des œufs, insouciante des bouffées de vent qui la décoiffaient. Elle décida de ne pas relancer Pygmalion qui n'attendait que cela. Son silence devait être pour lui la pire des punitions. À elle de reprendre la main. Sur la promenade qui longeait la mer, elle trouva un camion décoré de motifs psychédéliques qui vendait des gaufres et des crêpes. Elle commanda un café et resta un long moment assise sur un banc, à contempler les flots, bercée par les cris et les rires des adolescents. Puis elle reprit le chemin du musée. L'heure du rendez-vous approchait pour les membres du jury. Sur place, l'agitation semblait avoir cessé. Elle remonta par curiosité au niveau où étaient exposées les sculptures. Les œuvres saccagées étaient toujours en place, à présent entourées de poteaux de métal à sangles rétractables qui délimitaient l'espace autour d'elles. « Interdiction d'approcher ». Sur le sol, les taches de peinture avaient disparu. Olivia eut l'impression que l'assemblage de sex-toys cabossé se retrouvait ainsi magnifié, qu'il prenait un sens inédit et presque artistique. Un nouveau visiteur n'y verrait que du feu.

Elle descendit au niveau -1 par les coursives extérieures qu'elle suivit lentement, savourant leurs trouées de lumière bleutées qui lui donnaient l'impression d'être à la fois dedans et dehors, tel un poisson perdu dans un étrange aquarium labyrinthique. En attendant l'ouverture de l'auditorium, elle se laissa tomber sur l'un des fauteuils de mousse bleu dur répartis dans le hall et salua de la tête les trois autres personnes présentes. L'une d'elles, une trentenaire ronde, frisée et souriante, devait être la conservatrice Elvire Parisot. L'homme en costume, qui parlait très fort en anglais dans le micro accroché au revers de sa veste, une oreillette vissée à l'intérieur de son oreille, était sûrement le marchand Wilfrid Landsberg. À ses côtés, une femme d'une petite cinquantaine d'années, d'une grande élégance, en qui elle reconnut Fabienne Dobin-Martel, la directrice de l'École des beaux-arts, lui rendit son hochement de tête. Olivia lut dans ses yeux qu'elle cherchait mentalement où elles avaient bien pu se croiser. « Aux vœux du magazine *Art Globe*, rappelle-toi ! Thomas avait privatisé la chapelle de ton école pour un petit déjeuner gothique... Un fiasco, on s'était tous pelés. Et le traiteur n'était franchement pas à la hauteur... » Mais ces pensées qu'Olivia, tout sourire, tentait de lui transmettre par télépathie ne trouvèrent manifestement pas d'écho dans celles de la directrice, qui se tourna vers son voisin, l'air agacé. Sa conversation téléphonique n'en finissait pas.

Heureusement, Karim apparut, avec dans son sillage le directeur du musée, Schönglitz et son assistante. Devant ce petit groupe, tout le monde se leva. Olivia suivit le mouvement. On se congratula, on échangea quelques politesses, et ce fut l'occasion pour chacun de se présenter. Une lueur de reconnaissance se fit jour dans les yeux de Fabienne Dobin-Martel quand elle entendit Olivia se nommer.

– Bien, fit Karim, je vous invite à vous rendre sur la scène de l'auditorium où une table est installée pour nos débats.

Il regarda sa montre et ajouta :

– Nous n'attendons plus que notre directeur des affaires culturelles, Thierry Faucheux. Il ne devrait plus tarder.

Sa moue trahissait toutefois son scepticisme. Un bon quart d'heure s'écoula en effet avant que le retardataire daigne venir se joindre au reste du jury. Schönglitz, impérieux, sa traductrice à sa gauche, pianotait du bout des doigts sur le plateau de la table en acajou. Assis à sa droite, le directeur du musée semblait souffrir le martyre. Il soupira de soulagement quand Thierry Faucheux entra dans l'auditorium. Vêtu d'un pull à col roulé noir sous une veste noire, d'un pantalon noir et de chaussures noires pointues, l'homme fit à Olivia l'effet d'un croque-mort branché. Jeune et sportif, il monta au pas de course les marches qui menaient à la scène et s'assit sans même proférer une excuse, abattant devant lui avec fracas un paquet de dossiers qui disait toute son importance. Il leur faisait l'aumône de sa présence, le message était clair.

Le directeur du musée ouvrit la séance en prononçant un petit discours. Il y était question de culture et de sculpture, jeu de mots dont il semblait se délecter. Il arbora la mine grave de circonstance en évoquant la disparition de la ministre, sous les auspices de laquelle aurait dû se dérouler ce concours. La traductrice murmurait en cadence à l'oreille de Schönglitz, toujours impassible. Simon Bièvre remercia chacun pour sa présence, particulièrement le grand artiste allemand que le musée et la Ville de Marseille étaient si honorés de recevoir, et souhaita au petit groupe de paisibles délibérations. Karim prit alors la parole et remercia à son tour Olivia d'avoir bien voulu remplacer Madame Courcelles, de *Beaux Arts*, à qui l'on envoyait bien sûr des vœux chaleureux de prompt rétablissement. Puis il distribua à chacun des bulletins et des crayons.

Les débats furent animés. Le marchand Landsberg tenta très vite d'imposer son point de vue : pour lui, seule comptait la sculpture vandalisée, un monument de modernité et d'humour, avec ses 4 500 sex-toys assemblés, qui méritait d'autant plus les honneurs que ce groupuscule réactionnaire l'avait attaquée – preuve s'il en était qu'elle dérangeait les bien-pensants. La directrice des Beaux-Arts acquiesçait, manifestement tout acquise à la cause. Elvire Parisot se pencha vers Olivia et lui glissa à l'oreille :

– Tu m'étonnes… Il monte une exposition de l'artiste, Maxime Vernet, en janvier !

Puis elle coupa effrontément la parole au marchand :

– Les contingences de cette agression ne doivent pas influencer notre réflexion ! L'œuvre était là avant, c'est ainsi qu'elle doit être jugée. Pour ma part, j'avoue ne pas être sensible au gadget. Je ne voterai donc pas pour elle, pas plus que pour celles qui pastichent les créateurs bien connus de notre époque. Je cherche l'œuvre qui me parle de nous, de notre société. Qui fait montre de réflexion, de personnalité, de puissance. Qui me touche par son savoir-faire et par son savoir-dire. Et il n'y en a pas beaucoup.

– Voilà un discours bien abstrait, lâcha Landsberg avec un petit ricanement méprisant.

Fabienne Dobin-Martel lui jeta un regard de connivence. Schönglitz se taisait. Thierry Faucheux compulsait frénétiquement ses dossiers comme si la réponse s'y trouvait. Puis il leva la tête pour dire :

– Quand même... Ce ne sont pas les œuvres intéressantes qui manquent... Les services culturels ont été très impliqués, conjointement avec le musée. Nous avons choisi les jeunes artistes les plus en vue sur les deux rives de la Méditerranée. Chacun a son langage propre, son mode d'expression, ses sujets de prédilection. La variété a été notre fil directeur. Le talent notre maître mot.

Il semblait débiter un discours appris par cœur.

– Je pense que Madame Parisot a raison, risqua Olivia. Dans tout cet ensemble, je n'ai pour ma part vu qu'une seule œuvre qui m'interpelle.

Et elle tenta d'exposer pourquoi la *Danse du voile* taillée dans le granit noir lui paraissait mériter le prix :

– Cette œuvre nous parle de la femme. Elle a été réalisée par une femme, peut-être est-ce aussi en cela qu'elle me touche.

L'artiste s'est attaquée à la matière, et la plus dure qui soit, pour en extraire une forme, complexe, mouvante. Elle est la digne héritière de Rodin. Une sorte de Camille Claudel égyptienne, en somme. Qui exprime l'oppression de la femme dans notre civilisation de moins en moins éclairée. Qui, sans montrer le voile, ni mettre en scène la burka, rend la sensation d'écrasement, de retour à l'âge de pierre. Ces corps fantômes qui sortent du bloc de granit deviennent de plus en plus indistincts, à mesure qu'on tourne autour. Ils jouent sur le vertical, l'oblique, puis l'horizontal. Ils traduisent l'effondrement, la négation. Au fond, ils sont l'envers exact de ce *Man Power* que vous défendez, Monsieur Landsberg. En cela, vous n'avez pas tort : nous parlons de la même chose. Le phallus ludique dressé dans la lumière, multicolore, omniprésent, sûr de sa puissance, et qui en joue, c'est le versant clair et occidental de ce qui se trame ailleurs, de façon sournoise ou violente – l'assujettissement du féminin à son pouvoir. Il est curieux, d'ailleurs, que ces deux œuvres soient finalement les seules qui aient capté notre attention. Comme si toutes les autres, si habiles soient-elles, n'étaient que bricolage et décoration.

Wilfrid Landsberg affichait une moue ostensiblement dubitative. Le directeur du musée, quant à lui, guettait les réactions de Schönglitz, qui restait impassible, comme absent. Celui-ci lâcha alors quelques mots, comme pour lui-même. La traductrice ânonna :

– Rien de nouveau depuis Milan, en novembre 1970, quand Tinguely a dévoilé son phallus géant doré devant la cathédrale… Mais lui au moins a eu le courage de le détruire dans les flammes.

Personne n'osa rien ajouter. Simon Bièvre émit un toussotement et reprit la parole pour annoncer le premier tour de scrutin. Chacun fut prié d'inscrire de façon anonyme le numéro et le nom de la sculpture qu'il retenait. Puis Karim passa avec une corbeille et recueillit les votes. Il eut tôt fait de les dépouiller et de proclamer les résultats :

– N° 27, Léonce Savikas, *Métal mouvant*, une voix ; n° 14, Maxime Vernet, *Man Power*, deux voix ; n° 3, Mariam Abdelaziz, *Danse du voile*, trois voix.

Tout le monde regarda Schönglitz. Olivia se souvenait qu'il avait tourné assez longuement autour d'un bassin empli d'un liquide dans lequel de petits pylônes aimantés se hérissaient de piquants aléatoires et changeants, en fonction de l'intensité magnétique. Un gracieux ballet de hérissons mouillés. Le principe du ferrofluide, des nanoparticules de métal dans un solvant, ainsi qu'elle l'avait lu sur la notice explicative. Le sculpteur allemand ne pouvait avoir voté que pour cette œuvre, ou pour la *Danse du voile*.

– Bien, poursuivit Karim en s'éclaircissant la voix. Vous savez que selon le règlement, nous allons conserver les deux artistes qui ont récolté le plus grand nombre de voix. Cela se jouera donc au deuxième tour entre *Man Power* et *Danse du voile*. Et s'il y a égalité, c'est notre directeur qui les départagera en ajoutant son vote.

Des bulletins vierges circulèrent de nouveau. Landsberg jeta quelques mots enjoués en allemand à l'adresse de Schönglitz, qui releva lentement la tête et le toisa en silence. Le directeur des affaires culturelles, les yeux dans le vide, suçotait le bout de son stylo tel un cancre qui sèche. Puis Karim fit repasser la corbeille. Le dépouillement fut sans appel : quatre voix pour *Danse du voile*, deux pour *Man Power*. Landsberg déposa bruyamment son stylo sur la table d'un air mécontent. Fabienne Dobin-Martel, le visage contracté, se tourna vers lui et posa sa main sur son avant-bras dans un geste d'apaisement. Schönglitz sembla se détendre et il s'autorisa un sourire.

– *Es ist entschieden*, dit-il doucement en décochant un regard d'acier à Landsberg.

Ce dernier se leva et quitta la scène de l'auditorium sans un mot, Fabienne Dobin-Martel trottinant après lui. Thierry Faucheux les suivit de près, son paquet de dossiers sous le bras. Simon Bièvre tenta vainement de se faire entendre, appelant le jury à se retrouver un peu plus tard autour du verre de l'amitié qui suivrait la cérémonie de remise du prix.

*

Des techniciens surgirent des coulisses et envahirent le plateau. Ils emportèrent la table et les chaises, installèrent au centre un pupitre et un micro, puis vers la gauche de la scène un fût de colonne sur lequel ils déposèrent un énorme bouquet de lis odorants et de pivoines. Il était 18 h 45. Olivia sortit de la salle pour se dégourdir les jambes. Dans le vaste hall, à l'extérieur de l'auditorium, les journalistes et le public se pressaient. Des hôtesses filtraient les entrées en relevant les cartons d'invitation avec un sourire exagéré. L'auditorium commençait à se remplir : la plupart des sculpteurs en lice avaient répondu présent. Certains espéraient sans doute se faire connaître de Schönglitz ou s'attirer l'intérêt des médias. Tous espéraient surtout recevoir le prix.

Une grappe humaine hérissée de micros, de caméras et d'appareils photo s'était formée autour des fauteuils de mousse bleus et jaunes. La traductrice devait avoir fort à faire, se dit Olivia. Schönglitz ne sortait pas si souvent de sa tanière. Une aubaine pour les médias. C'est alors qu'elle aperçut le sculpteur allemand qui lui tournait le dos, appuyé à une baie vitrée, perdu dans ses contemplations, la jeune interprète à ses côtés. Qui donc, se demanda-t-elle, pouvait être l'objet de toute l'attention des journalistes ? Elle s'approcha, se hissa sur la pointe des pieds, se tordit le cou, et reconnut Landsberg, trônant assis au centre, le bras passé, en une posture paternaliste, autour de l'épaule d'un jeune homme blond et hirsute qui ne savait plus où donner de la tête. Bien sûr : Maxime Vernet. Il arborait un tee-shirt noir sur lequel se détachait l'image très identifiable d'un sex-toy de couleur arc-en-ciel. Il était assorti des simples mots : « *I am Gode* ». Le jeune sculpteur, pressé de toutes parts, jetait des bribes de phrases aux micros qui se tendaient sous ses lèvres : « L'art n'est que l'éjaculation du génie, et en cela il fait peur » ; « Je suis plus intégriste que les intégristes » ; « Oui, 4 500 godemichés, et tous différents ! » ; « Le plasticien de l'extrême, c'est moi ! »

Olivia gageait que les médias diffusaient déjà partout l'image de la sculpture vandalisée. Les vidéos amateur de l'agression devaient abondamment illustrer les reportages, faisant à parts égales la promotion du collectif RAGE et celle de l'artiste. Pour l'heure, c'était surtout le marchand Landsberg qui tirait les marrons du feu. Un large sourire illuminait sa face bronzée. Quand une voix doucereuse diffusée par haut-parleur annonça le début imminent de la cérémonie, il se leva à contrecœur en époussetant d'un geste théâtral le revers de sa veste. Il poussa devant lui, à travers la foule, Maxime Vernet encore tout étourdi. Fabienne Dobin-Martel leur emboîta le pas comme une ombre. Tous trois franchirent les portes de l'auditorium et allèrent s'asseoir au premier rang. Olivia les suivit. Elle invita d'un signe de la main la jeune conservatrice Elvire Parisot à s'asseoir à côté d'elle. Celle-ci lui glissa à voix basse, en désignant Landsberg, quelques sièges plus loin :

– Ouf! On les a eus!

– Pas si sûr, répondit Olivia, un brin amère.

Puis le silence se fit peu à peu dans la salle bruissante. Thierry Faucheux, qui s'était changé comme un acteur dans les coulisses pour revêtir un costume Armani impeccablement coupé, venait de monter sur la scène et de s'approcher du micro. Derrière lui, sur un écran géant, s'affichaient les mots « Sculptura Massilia 3e édition » suivis des logos des sponsors. Le directeur des affaires culturelles, piètre orateur, bredouilla quelques phrases monocordes en guise de bienvenue et n'oublia pas de remercier sa municipalité, le musée et les membres du jury, parmi lesquels on comptait en invité d'honneur le grand artiste international Schönglitz. Olivia nota qu'il butait sur le nom. Elle nota aussi qu'il ne disait pas un mot des jeunes sculpteurs participant au concours.

Il fut ensuite remplacé sur la scène par le directeur du musée. Simon Bièvre, plus à l'aise devant le micro que son prédécesseur, délivra un petit discours plein d'esprit. Il actionna une télécommande qui fit défiler sur l'écran en arrière-plan les images des soixante œuvres sélectionnées. La tension devint palpable dans la salle. Des murmures fusaient – approbation? critique? – à chaque nouvelle image. Simon Bièvre invita alors Schönglitz en personne à monter sur la scène pour décerner le prix au lauréat. L'artiste s'exécuta, déployant sa longue carcasse pour s'extraire du fauteuil qu'il occupait au premier rang, puis, appuyé sur sa canne, il monta les quelques marches avec précaution, secondé par sa traductrice. Il resta un instant debout devant le micro, l'air grave, pendant que s'élevait une ovation spontanée en son honneur. Simon Bièvre s'était reculé de quelques pas. Il tenait à la main l'enveloppe cachetée contenant le résultat. Schönglitz rompit alors ce qui semblait être son vœu de silence et improvisa d'un ton pénétré un petit exposé en allemand, que son assistante, munie d'un second micro apporté depuis les coulisses, rendit mot pour mot dans un français limpide :

– Le seul privilège que vous donne l'âge, c'est d'aller à l'essentiel. On revisite sa vie, ses souvenirs, on essaie de lutter contre l'oubli qui guette, à mesure que la mort et que l'informe se rapprochent. Pour ma part, cela veut dire reprendre mes œuvres anciennes, les triturer, les revisiter, sans chercher le beau et sans avoir peur du laid. J'essaie de retravailler mes vieilles figures pour leur donner un sens encore plus abrupt. Il y a urgence. Vous êtes tous jeunes, mais vous verrez. L'autre privilège que vous donne l'âge, c'est celui de parler vrai. *Cut the crap.* La sculpture est l'œuvre de l'esprit, mais elle n'est rien sans l'outil. Canif, tronçonneuse, hache, burin et maillet, fourchette si vous voulez, tout est bon, du moment que vous n'oubliez pas la matière. Si vous choisissez le bronze, vous n'êtes rien sans le fondeur. Votre art reste un artisanat. Dans votre exposition, j'ai vu beaucoup d'esprit. Il y en a partout à revendre, et admirable. Mais je n'ai pas toujours vu la main. Or le sculpteur n'est rien sans ses mains. Voilà, à mon avis, ce qui a présidé au choix de notre jury. Voilà, jeunes gens, ce que le vieux a à vous dire.

Là-dessus, il fit une pause durant laquelle déferla une vague d'applaudissements pleins de déférence. Une crainte palpable s'était emparée de l'assistance. Certains devaient se savoir condamnés. En se penchant, Olivia aperçut dans la pénombre la mine renfrognée de Maxime Vernet, ratatiné sur son fauteuil. Landsberg lui avait sûrement déjà fait part des résultats du vote. Simon Bièvre s'avança vers le micro et tendit l'enveloppe à Schönglitz. Celui-ci lui fit signe de l'ouvrir pour lui. Bièvre s'exécuta et lui tendit le carton. Schönglitz se redressa alors pour proclamer en anglais :

– *And the prize goes to Mariam Abdelaziz for her* Danse du voile *!*

Puis il tendit sa canne à son assistante et resta un instant en équilibre instable sur ses jambes afin de pouvoir lui-même applaudir la jeune femme brune et fluette, visiblement bouleversée de surprise, qui se leva pour monter les marches.

## 13.
## LES CAVES NORD

Olivia cherchait Joyce du regard dans la foule qui remplissait le grand hall du rez-de-chaussée. Les invités continuaient d'arriver en flux continu depuis l'auditorium situé à l'étage inférieur. Dans un coin de la salle, Schönglitz, accompagné de sa traductrice, s'appuyait sur sa canne de la main gauche et de la droite tâtait l'un des piliers de béton fibré, la tête levée vers le plafond. Pour la première fois de la journée, il souriait. L'artiste envisageait peut-être l'usage de ce nouveau matériau pour son propre compte. Olivia aperçut au loin Simon Bièvre. Visiblement plus détendu à présent que le concours était passé, il discutait avec quelques femmes endimanchées. Olivia lui trouvait beaucoup d'allure. Près du buffet, de toute évidence embarrassée par la flûte qu'elle tenait à la main sans jamais la porter à ses lèvres, la lauréate Mariam Abdelaziz répondait aux questions des journalistes. Elle semblait timide et réfléchie. L'exact opposé de Maxime Vernet, qui avait quant à lui disparu. Olivia ne voyait pas non plus trace du marchand Landsberg ni de la directrice des Beaux-Arts.

– Alors, contente du vote du jury ?

La voix à l'oreille d'Olivia venait de la faire sursauter. Karim. Elle se retourna tout sourire et lui fit part de sa satisfaction et de l'émotion que Schönglitz avait suscitée en elle par son petit discours.

– En tout cas, toi, ma belle, tu as été très bien. À part toi et Schönglitz, personne n'avait rien à dire. Quant à Landsberg et sa poule, leurs votes étaient connus d'avance. Quelle mascarade ! Il nous dote de 15 000 euros par an, je pouvais pas le zapper, tu comprends. Mais là, je crois qu'on va pouvoir faire une croix sur sa prochaine dotation.

– C'est ton directeur qui va être content !

– Oh, il n'est pas comme ça. Et il n'aime rien tant que repartir à la chasse aux mécènes auprès des grandes entreprises. Ça va plutôt le motiver : un de perdu… Tu connais la suite.

Il l'entraîna auprès du buffet qui se dégarnissait à vive allure sous les assauts de la foule. Il s'empara de la flûte d'Olivia pour la remplir de nouveau puis trinqua avec elle.

– On en dit quoi, à Paris, du meurtre de la ministre ? demanda-t-il.

Instinctivement, Olivia se dit qu'elle ne pouvait révéler à Karim combien elle baignait dans cette énigme, au point presque de s'y noyer. Aussi lui renvoya-t-elle la question en souriant candidement :

– Je ne sais pas trop. Et à Marseille, on en dit quoi, de cette affaire ?

– Ma foi, ici au musée, ça a fait du ramdam. Notre administrateur général, Clément Toledano, était très proche de la ministre. Tu ne le verras pas ce soir, il est justement en voyage en Tunisie, le pays de Khadija Saïdi. Il a été très affecté. Je me suis toujours demandé s'il n'y avait pas une histoire entre eux. Maintenant, on comprend un peu mieux de quoi il pouvait en retourner. Quel bordel, quand même. Je ne suis pas vraiment un saint, tu le sais bien, mais là, elle me bluffe, la garce !

– Ne parle pas des femmes comme ça ! le réprimanda Olivia, en colère.

– C'est vrai, toi la féministe, rien ne te choque ! Je peux te dire qu'ici, il y a deux types de réaction : ceux qui sont choqués de l'image qu'elle offre de la France, et ceux qui sont choqués de l'image qu'elle offre de la femme maghrébine.

– Mais on ne sait même pas ce qui s'est passé, ni ce qu'elle faisait dans ce club !

– D'après toi, elle enfilait des perles ?

Olivia faillit lui avouer qu'elle-même s'y était rendue, le 11 novembre au soir, huit jours après le meurtre, à seule fin d'observation. Mais elle se retint. Son regard fut soudain attiré, comme celui de Karim, par une sorte de vague qui se creusait dans la foule. La mer Rouge s'ouvrit pour laisser apparaître une créature brune qui ondulait comme une sirène rescapée des flots. Un instant, la vision de Vénus posée sur son coquillage s'imposa à Olivia. Mais il lui fallut se rendre à l'évidence : la jeune femme qui suspendait les conversations et les verres dans leurs mouvements, qui chaloupait comme si elle était seule au monde, avec une nonchalance étudiée de mannequin sur le *catwalk*, dans une robe moulante en lamé, perchée sur des talons de douze centimètres, n'était autre que sa compagne de voyage, Joyce. La jeune Eurasienne vint se planter devant elle.

– Mais où as-tu trouvé cette tenue ? lâcha Olivia dans un hoquet incrédule.

– Quoi, ça ne te plaît pas ? Tu m'avais bien dit que c'était une soirée chic ?

Elle jeta un regard autour d'elle, autant pour jauger le degré d'élégance de la foule que pour évaluer l'impression qu'elle faisait. Toujours sa mine boudeuse qu'Olivia connaissait bien, à présent. Elle rit, soulagée. La jeune femme apeurée et meurtrie par sa récente mauvaise rencontre nocturne semblait avoir disparu comme par miracle pour laisser place à cette créature.

– Bon alors, cette soirée, ça se passe comment ? demanda-t-elle.

Non loin de là, quelques sculpteurs maghrébins se poussaient du coude en désignant sans ambiguïté Joyce du menton. Olivia lui raconta en quelques mots les délibérations du jury et l'attaque contre la sculpture phallique.

– Oh, faudra que je voie ça ! fit Joyce.

– Quand vous voulez, Mademoiselle. Un seul mot de vous, et je vous y emmène.

Thierry Faucheux avait laissé tomber ses dossiers pour de bon. Il osait en cet instant ce dont tous les hommes de l'assemblée rêvaient : se rapprocher de Joyce.

– Vous me faites penser à Marilyn, susurra-t-il, lui offrant une flûte de champagne en guise de cadeau propitiatoire.

– Marilyn qui ? demanda Joyce, ouvrant des yeux de biche agrandis par les faux cils, et acceptant le présent en même temps que l'hommage.

– Monroe, évidemment ! Sa robe aussi avait été cousue directement sur elle, à ce qu'on raconte. Mais je dois dire qu'elle rend bien mieux sur vous.

Et pour appuyer sa démonstration, il fit glisser son index dans l'échancrure que dessinait le fourreau doré jusqu'au nombril de la jeune femme, qu'on devinait orné d'un piercing. Elle renversa la tête en riant, faisant voler sa longue chevelure et cliqueter les pendeloques à ses oreilles. Olivia ne perdait pas une miette du spectacle qu'offraient ces deux beaux animaux. Elle combattait une petite jalousie qui lui pinçait l'estomac, sans trop savoir si elle enviait la place de Joyce ou celle de Thierry Faucheux. L'homme prit alors sa compagne par le bras comme si la propriété lui en était acquise et l'entraîna vers les ascenseurs, sous prétexte de lui faire visiter l'exposition. Ni l'un ni l'autre n'avait lâché sa flûte de champagne.

La soirée sembla soudain s'étirer en longueur. Karim, pressé de retourner auprès de sa femme enceinte, vint faire ses adieux à Olivia.

– Je vous souhaite tout le bonheur du monde ! s'exclama-t-elle, regrettant aussitôt la grandiloquence maladroite de la formule.

Mais Karim lui décocha un sourire radieux.

– Merci ! J'espère que tu trouveras une excuse pour revenir à Marseille dans quatre mois, quand ils seront là.

Et il l'embrassa sur la joue avec la tendresse d'un frère. Étrangement, Olivia n'en ressentit que plus violemment sa propre solitude au sein de la foule. Joyce devait à cette heure batifoler dans les étages. Elle songeait à rentrer à l'hôtel quand depuis les tréfonds du petit sac en cuir qu'elle tenait à son poignet lui parvint un tintement aigrelet. Un message venait d'arriver sur son téléphone. Joyce. « Ne m'attends pas ce soir, on va faire un tour en boîte. » Et plus si affinités, pensa Olivia.

– Vous avez l'air contrariée… Quelque chose ne va pas ?

Olivia releva la tête. Simon Bièvre. Lui qui l'avait superbement ignorée à leur première rencontre, dans l'après-midi, voilà qu'il venait de se matérialiser à ses côtés. Incrédule, elle jeta un coup d'œil furtif autour d'elle. Pas de doute : c'était à elle qu'il s'adressait. Grand, le cheveu poivre et sel, l'homme avait la beauté du diable. Il la dévisageait, un petit sourire aux lèvres, dans les yeux une lueur qu'elle attribua aux verres d'alcool qu'il avait ingurgités. Il avait dû trinquer avec toutes les huiles de Marseille et des alentours présentes ce soir.

– Je vous vois dédaigneuse… Comme égarée dans cette foule phocéenne… Perplexe.

– Pas du tout, rétorqua Olivia.

Sous le regard que dardait sur elle Simon Bièvre, elle se sentait soudain étrangement rapetisser.

– Je ne regrette pas l'idée qu'a eue Karim de vous inviter au pied levé.

Faisait-il allusion à son monologue passionné juste avant le vote, ou bien à autre chose ?

– Vous êtes une femme de tempérament, ajouta-t-il en faisant tinter sa flûte contre celle, presque vide, qu'Olivia tenait en l'air depuis un moment.

*Dédaigneuse. Phocéenne. Perplexe.* Ses mots résonnaient aux oreilles d'Olivia. Ils produisirent soudain comme une onde douloureuse qui gagna son cerveau, l'envahissant petit à petit, en cercles concentriques de plus en plus précis et inquiétants. Le poème. Les mots étaient les mêmes. Elle le dévisagea, incapable d'émettre un son.

– Ma parole, vous en faites une tête !

Ses jambes flageolaient. Elle avait froid, ou bien chaud, elle ne savait plus. Simon Bièvre posa sa main sur son bras. Elle frissonna. Il continuait à parler, sur un rythme posé. La voix de l'homme l'anesthésiait. Elle était grave et profonde. Le parfum qui se dégageait de sa personne était frais et musqué à la fois.

– Vous devriez manger quelque chose… On dirait que vous allez défaillir.

Ce n'était pas possible. Il se moquait d'elle.

– Juste un petit coup de fatigue, parvint-elle à articuler. La journée a été longue.

Il fallait qu'elle se ressaisisse. Qu'elle reprenne le contrôle de la situation. Le directeur du musée l'avait imperceptiblement attirée vers un coin de la salle où les lumières étaient plus tamisées. Ils se retrouvaient face à face, presque dans l'ombre. Elle comprit alors en un éclair fulgurant ce qu'il voulait rejouer. Pendant quelques secondes, elle ne l'écouta plus.

– … pu être catastrophique. Schönglitz est tellement difficile à déplacer ! Mais bon, il semblait content du résultat du vote. À l'heure qu'il est, il est rentré à son hôtel. Je ne pensais même pas qu'il resterait au cocktail. Mission accomplie, je peux souffler.

Olivia n'avait pas remarqué le départ du sculpteur allemand. Simon Bièvre, qui dominait son interlocutrice d'une bonne tête, s'était encore rapproché d'elle. Il avait appuyé sa main négligemment contre le mur, et son bras dessinait un arc de cercle au-dessus de l'épaule d'Olivia. Elle se sentait acculée. Prise au piège. Les images obscènes que lui avaient assénées Pygmalion lui revenaient par bribes, comme un bombardement. Puisqu'il voulait jouer, elle devait lui montrer qu'elle avait compris. Le forcer à se dévoiler. Sa raison se débattait avec cette évidence : il se tenait enfin devant elle. Pourquoi avait-il en septembre jeté son dévolu sur elle, comment avait-il réussi à la retrouver, à l'appâter sur internet et à la capturer dans ses filets ? Elle ne savait l'expliquer. Elle s'était simplement laissé faire, en victime consentante. Elle rassembla tout son sang-froid et lui lança :

– Vous savez que je suis journaliste.

Simon Bièvre leva un sourcil interrogateur.

– Bien sûr. Pour *Art Globe*, si je me souviens bien ?

Elle ne démentit pas.

– J'enquête sur la mort de la ministre de la Culture.

Il fallait frapper fort. Le prendre par surprise.

– Vous la connaissiez, je suppose ? poursuivit-elle.

– Je l'ai rencontrée un certain nombre de fois, oui…

– Vous n'étiez pas à Paris, à la mi-septembre, pour ce dîner un peu spécial ?

– Que voulez-vous dire ?

Le pousser dans ses retranchements.

– Ce dîner dans le noir, organisé pour sensibiliser à la cause des aveugles, dans le cadre de la mission « Culture et handicap ». Tout un tas de personnalités de la culture étaient invitées.

– Non, ici nous sommes parfaitement aux normes. Le bâtiment est tout neuf.

Il éludait la question. Olivia se sentait reprendre des forces. Mais elle était sonnée. Après plusieurs semaines d'échanges torrides, elle touchait enfin au but. Une partie d'elle-même restait toutefois incrédule, presque déçue de ce retour à la réalité. Elle l'avait imaginé, elle avait bu ses paroles, plongée dans un bain érotique sauvage. Elle avait vécu dans le souvenir étrange de ses caresses et de son parfum. Elle avait désiré et craint ses messages, elle avait attendu leurs rendez-vous clandestins et masqués. Et voilà que le beau directeur du musée, qui quelques heures plus tôt avait feint de l'ignorer, lui lâchait quelques mots cryptés en signe de reconnaissance. Il ne lui en fallait pas plus. Elle reconnaissait bien là sa tactique.

Laisser planer le doute ; refuser d'évoquer leur toute première rencontre : la stratégie qu'il adoptait exacerbait le désir d'Olivia. Elle ressentait une attirance physique profonde et immédiate pour cet homme ténébreux penché sur elle de toute sa hauteur. Quelle chance, pensa-t-elle. Il aurait pu être affreux et difforme. Après tout, dans le noir, elle n'avait pas vu ses traits. Si seulement elle pouvait lever ses ambiguïtés, percer le secret contenu dans ses énigmes ! Elle s'efforçait de ne rien laisser paraître de son agitation. Entre eux c'était une lutte de pouvoir – à qui céderait le premier et tomberait le masque.

– Vous enquêtez, dites-vous ? Mais sur quoi ? demanda-t-il en reculant d'un pas.

Il semblait réellement intrigué.

– Eh bien, sur tous ceux qui ont pu vouloir la mort de Khadija Saïdi. Le coupable doit bien se trouver parmi eux, vous ne croyez pas ?

– Elle avait quelques casseroles et donc quelques ennemis, à ce qu'on dit, en effet.

– Vous pensez à qui ?

– Chez une belle femme, il faut commencer par chercher sa rivale… Parfois, c'est sa propre sœur.

*Gabrielle d'Estrées et sa sœur.* Encore un signe de connivence.

– Un peu comme vous, avec votre jeune amie si aguicheuse, poursuivit-il. J'ai senti comme une tension entre vous. Vous en êtes un peu jalouse. Et pourtant, vous vous sentez responsable d'elle, vous voulez la protéger.

Ainsi donc, il les avait observées de loin. Il n'avait pas perdu une miette du départ de Joyce. Et il s'avérait fin analyste.

– Mais je vous assure, vous n'avez rien à lui envier, souffla-t-il à son oreille, en se rapprochant de nouveau.

Elle fit mine de se dégager.

– Khadija Saïdi aussi était une très jolie femme, poursuivit-il. Et pas trop farouche.

– Pourquoi dites-vous ça ? Vous l'avez pratiquée ?

Elle regretta aussitôt cette apostrophe.

– Voyons, ne soyez pas vulgaire, chère Olivia. J'ai eu, figurez-vous, plusieurs fois affaire à elle. Sur un plan strictement professionnel, s'entend.

– Bien sûr, votre musée, ses liens avec la Méditerranée… Cela devait lui parler.

– C'est même elle qui est à l'origine de ce concours de

sculptures. L'idée lui en est venue il y a six ans, alors qu'elle était encore à la tête de la DRAC de notre région PACA. Puis elle est arrivée à la Culture, et elle me l'a ressortie lors de l'inauguration du Mucem. J'avoue que je n'ai pas osé mentionner la chose dans mon discours, tout à l'heure. Je craignais que son nom ne heurte certaines sensibilités. L'affaire est quand même un peu sulfureuse. J'ai préféré occulter.

– Ne me dites pas que vous êtes choqué! Pas vous!

Il la dévisagea, l'air interrogateur.

– Je vais vous dire : ce n'est pas ce qui m'a le plus choqué chez elle, avoua-t-il. Ce qu'elle faisait de ses nuits, je m'en contrefiche. Par contre, ce dans quoi elle voulait m'embarquer... Ça, c'est une autre histoire.

– Vous faites allusion à quoi ?

Il lui jeta un regard soupçonneux.

– Karim ne vous a vraiment rien dit ?

Olivia se sentait patauger dans la vase. Elle s'embourbait à vue d'œil.

– Non, je vous assure.

Elle avait beau rassembler ses souvenirs récents des conversations qu'elle avait eues avec Karim, elle ne voyait pas. Tout avait tourné autour du concours, de leur jeunesse, des futurs enfants de Karim.

– Clément Toledano. Notre administrateur général, fit-il, brusquement rembruni.

– Celui qui est actuellement en Tunisie ?

– Oui. Il est sous le coup d'une procédure disciplinaire. En fait, j'ai été obligé de le virer. Et c'est effectif à compter du mois prochain.

– Qu'est-ce qu'il a donc fait ? C'est si grave que ça ?

Simon Bièvre porta sa flûte de champagne à ses lèvres, la

renversa pour en happer les dernières gouttes, puis l'abaissa et se perdit dans la contemplation du verre vide.

– Cette Khadija... murmura-t-il comme pour lui-même.

*

C'est alors qu'un gardien vint se poster à la droite du directeur pour lui glisser quelques mots à l'oreille. Simon Bièvre se redressa de toute sa stature et retrouva son air glacial. Il réfléchit un instant en silence. Le gardien attendait ses consignes comme un soldat au garde-à-vous.

– Venez, fit soudain le directeur sur un ton qui n'admettait pas la réplique, en prenant le bras d'Olivia. Je vais avoir besoin de vous.

Elle n'osa pas souffler qu'il lui faisait mal. Une peur sourde s'empara d'elle. Que lui voulait-il ? Elle revoyait les outrages subis par Olympia, par les femmes de Sardanapale, par la jeune Tahitienne de Gauguin.

Le gardien les suivit vers les ascenseurs, un mètre en arrière. En quelques instants, ils se retrouvèrent tous les trois dans le bureau du directeur, un cube feutré dont la paroi de verre donnait sur la mer. Simon Bièvre alluma un téléviseur vissé au mur d'une pression sur la télécommande.

– Essayez BFM, fit le gardien.

Le directeur s'exécuta. En pied de l'image un titre disait : « Scandale au Mucem ». L'écran était divisé en deux : à gauche figurait le phallus géant de Maxime Vernet barbouillé de peinture et semi-étêté ; à droite, la caméra fixait en gros plan le leader du collectif RAGE, Marc Bettendorff, qui éructait une fois de plus contre l'art décadent et la pornographie. Une satisfaction évidente se lisait sur son visage.

– Vous le connaissez, ce type ? grinça Simon Bièvre à l'adresse d'Olivia.

– Non, pas plus que vous.

Apparut alors sur l'écran le visage de Maxime Vernet qui joua naturellement le rôle de la victime, déplorant, l'air hypocrite, le manque de sécurité dans un lieu public d'une telle importance. Facile et mesquin, pensa Olivia. Le directeur serrait les mâchoires, blême, visiblement très en colère. Vernet avait été filmé une ou deux heures plus tôt devant le musée dont la résille brillait d'un éclat subtil et bleuté dans la nuit. On se croyait sous l'eau. La caméra se déplaça alors vers un autre visage connu.

– Merde, fit Simon Bièvre. Fallait qu'il soit là, lui aussi.

Le marchand Landsberg débitait des platitudes sur l'art comme provocation, l'artiste comme révélateur des obsessions d'une société. Simon Bièvre poussa un nouveau juron en l'entendant dénoncer un concours de sculptures bien-pensant, où tout était joué d'avance et dont le prix avait été attribué sur des bases idéologiques et féministes, pour flatter en outre les partenaires musulmans du musée.

– N'importe quoi ! fit Olivia.

– Ces deux-là se servent de nous pour leur promotion, rugit Simon Bièvre. Franchement, entre ces opportunistes et ce réac de Bettendorff, je ne sais pas qui me débecte le plus.

Il éteignit d'un geste sec le téléviseur et jeta la télécommande sur son bureau. Puis il se tourna vers le gardien qui se tenait devant la porte, impassible.

– Merci, lui dit-il, vous pouvez disposer.

Le gardien sortit sans un bruit et referma la porte doucement derrière lui. Olivia se retrouva seule avec Simon Bièvre. Où voulait-il en venir ? L'homme s'affala lourdement dans son fauteuil en cuir tout en désignant un autre siège à sa visiteuse.

Il semblait à présent très éloigné de toute entreprise de séduction, comme subitement dégrisé. Olivia ne le reconnaissait plus. Après quelques longues secondes de silence, il fixa son regard sur Olivia et lui demanda :

– Vous feriez quoi, à ma place ?

– À propos de ce battage médiatique ? Ma foi, pas grand-chose. Dans le fond, l'œuvre de Vernet vous amènera une cohorte de visiteurs qui sans elle n'auraient jamais mis les pieds chez vous, au musée. Et puis, très vite, tout cela va retomber comme un soufflé. Les activistes trouveront rapidement un autre cheval de bataille.

– Vous avez sans doute raison. Ce Bettendorff a l'air de les manipuler comme des pantins. Une vraie petite armée. Qui sait où on les retrouvera demain. Dans une autre expo, à un festival de BD ou à un concert de rock… Ce qui les intéresse, c'est de faire le buzz. Et les médias sont parfaitement complices. Ils offrent un tremplin en or massif à leurs valeurs du Moyen Âge.

– Le retour de l'obscurantisme. Vous vous souvenez du discours de Khadija Saïdi, son plus célèbre, celui qu'elle a prononcé après la série d'attentats ? J'ai souvent trouvé que c'était une piètre oratrice, qu'elle faisait le jeu des lobbys comme une girouette, mais là, pour une fois, ça venait des tripes. « Le siècle noir de l'obscurantisme. » Ça a marqué les esprits.

– Parlons-en, de Khadija. C'est aussi pour ça que je voulais vous voir. Avant que cette affaire-là nous pète à la figure, elle aussi.

– Quelle affaire ? De quoi parlez-vous ?

– Je vais avoir besoin que vous écriviez un papier. Ce que je vais vous révéler, c'est un scoop. Aussi, en attendant que ça sorte, discrétion absolue, inutile de vous le dire.

– Pourquoi moi ? fit Olivia, interloquée.

– Parce que vous êtes une femme d'engagement. Et que j'ai confiance en vous.

*

Le masque que tomba Simon Bièvre, ce soir-là, ne fut pas vraiment celui qu'attendait Olivia. Elle crut au début à une nouvelle stratégie de son interlocuteur, qui cherchait à la déstabiliser en l'amenant sur un terrain imprévu. Puis peu à peu, elle se laissa captiver par la gravité de ses intonations et le sérieux de son attitude. Rien ici qui eût pu trahir un jeu quelconque. Elle s'était fourvoyée. Simon Bièvre se livra avec une candeur presque touchante. Olivia perçut en lui l'embarras du petit garçon pris dans un piège dont l'ampleur le dépassait.

Elle l'écouta donc avec attention, interrompant parfois son monologue par quelques questions courtes afin de s'assurer qu'elle comprenait bien tout. D'instinct, elle jeta des notes sur un petit carnet qu'elle avait sorti de son sac à main. Il y avait longtemps qu'elle n'avait plus publié un article digne de ce nom. Elle n'écrivait pratiquement plus que sur commande. Mais cette fois-ci, la matière était abondante, provenant en droite ligne de la source. Le sujet allait faire l'effet d'une bombe. Elle n'en croyait pas ses oreilles.

Tout avait commencé trois ans plus tôt, lors de l'inauguration en grande pompe que Khadija était venue faire du musée. Elle avait usé et abusé de son charme, impressionnant les édiles locaux, roucoulant des propos flatteurs à l'oreille de Simon Bièvre, qui s'était laissé fléchir. Il se retrouvait fraîchement catapulté directeur, au vu de ses bons et loyaux services pendant plus de vingt ans dans divers organes culturels. Tandis qu'accompagné de l'architecte il lui vantait la modernité du bâtiment dont il lui faisait visiter les moindres recoins sous l'œil avide des caméras, Khadija lui avait fait comprendre que sa nomination devait beaucoup à l'influence qu'elle avait mise en œuvre. En contrepartie, il lui devait bien quelque chose. C'est ainsi qu'il avait cédé et accepté qu'en lieu et place de l'énarque bon teint pressenti pour le poste d'administrateur du musée, soit avancée une autre candidature, celle de Clément Toledano. Le conseil d'administration avait suivi la recommandation du directeur et voté comme un seul homme. Le ministère de la Culture avait applaudi à ce choix judicieux.

Clément Toledano était peut-être l'amant de la ministre, ou peut-être pas. En tous les cas, depuis trois ans, il travaillait en silence et efficacement. Sous ses ordres, les équipes ne se plaignaient pas, chacun vaquait à ses activités avec l'enthousiasme fédérateur que générait un aussi beau projet : un musée de traditions populaires, qui faisait le pont entre les deux rives de la Méditerranée. Où mieux qu'à Marseille aurait-on pu l'imaginer ? Le Centre de Conservation et de Ressources, un cube blanc destiné à recevoir les collections, explosait déjà. Des milliers d'ouvrages occupaient les rayonnages de sa bibliothèque, et en sous-sol, il fallait pousser les murs pour recevoir les objets et les œuvres rapatriés du Musée de l'Homme, du Musée des arts et traditions populaires, et de quantité d'autres fonds moins connus, voire de donations privées qui cherchaient depuis longtemps un hébergement.

Ce qui aurait dû lui mettre la puce à l'oreille, expliqua le directeur, en s'enfonçant toujours plus dans son fauteuil, c'est le fait que Khadija, chaque fois qu'elle descendait à Marseille, insistait pour obtenir une visite privée de ces collections, pourtant stockées dans le quartier peu glamour de la Belle de Mai, le long des voies ferroviaires. Une visite que s'empressait de lui offrir avec obligeance Clément Toledano. Ils s'étaient ainsi retrouvés au moins sept fois en tête-à-tête dans les réserves du Centre de Conservation, au milieu d'une noria de camions d'où les manutentionnaires extirpaient des montagnes d'objets soigneusement emballés. Souvent, à la faveur d'une exposition ou de prêts extérieurs, les camions repartaient tout aussi lourdement chargés vers le Mucem en bord de mer ou vers d'autres destinations inconnues. Clément Toledano avait les coudées franches. Il gérait cette petite armada sans bruit. Simon Bièvre aimait sa discrétion. Sa seule passion semblait être la Tunisie, où il se rendait plusieurs fois par an. Sans doute y retrouvait-il aussi parfois Khadija. Un jour, en veine de confidences, Toledano avait même laissé entendre au directeur qu'il connaissait les frères, les cousins et certains amis de la ministre. Bien qu'il fût natif de Montauban, il disait se rendre « au bled », comme s'il rentrait chez lui.

Quelques semaines après chacun de ses retours de voyage, les camions arrivaient toujours plus nombreux. Des bruits avaient commencé à courir. Des débarquements clandestins sur le port. Des dockers non déclarés qui conduisaient les trente-huit tonnes jusqu'aux entrepôts de la Belle de Mai, où ils les vidaient sous la surveillance de Toledano. De plus en plus insistante, la rumeur enflait : les caves du Centre de Conservation servaient de réserves occultes où étaient entreposés les fruits des pillages du Moyen-Orient. Les œuvres, bas-reliefs, sculptures, mosaïques, émaux, fibules en or massif, broches ornées de saphirs, provenaient de Syrie et d'Irak, transitant par la Libye et la Tunisie. Après quoi, elles n'avaient plus qu'à traverser cette grande mer fermée qui les séparait de Marseille.

Simon Bièvre se sentait coupable d'avoir laissé la bride sur le cou à son administrateur. Celui-ci, fort de l'autorité dont l'avait investi la ministre, avait intimidé et circonvenu les conservateurs du musée, qui ne mettaient pas le nez dans ses petits trafics. Les rayonnages nord des sous-sols étaient sa chasse gardée. Aux autres tout le reste, et ils avaient déjà assez à faire en matière d'inventaire. Le directeur avait découvert le pot aux roses un matin où, passant inspecter impromptu le fonctionnement du Centre de Conservation, il avait appris que Toledano s'y était alloué un bureau, alors qu'il en avait déjà un au Mucem. Simon Bièvre avait trouvé son administrateur à quatre pattes sur la moquette neuve, occupé à emballer lui-même dans une caisse remplie de petits morceaux de polystyrène une magnifique tête assyrienne sculptée dont les grands yeux vides semblaient l'implorer avant que le couvercle ne se referme sur elle. Cette même tête que, deux jours plus tôt, Simon Bièvre avait vu apparaître sur l'écran de son ordinateur où il recevait les alertes centralisées de l'OCBC, la brigade chargée de la répression du trafic d'œuvres d'art.

L'après-midi même, le directeur avait convoqué Toledano en entretien privé. Entre-temps, il s'était rendu en compagnie de deux conservateurs dignes de confiance dans l'aile nord de la réserve du Centre de Conservation. Leurs coups de sonde avaient été probants, et accablants pour Toledano. Le musée, sans le savoir, servait de couverture et d'hébergeur à un trafic d'œuvres pillées dans les zones de guerre. Sous le choc, les conservateurs et Simon lui-même s'étaient juré de ne rien ébruiter. Cela se passait un mois plus tôt, fin octobre. Toledano avait pris toute l'accusation de très haut, avançant pour sa défense qu'il agissait sur les ordres directs de la ministre et que rien ne pouvait lui être reproché. Puis Khadija Saïdi était morte assassinée.

Cela risquait de compliquer toute l'affaire. Il fallait agir pour que le scandale des trafics, s'il arrivait sur la place publique, n'éclabousse pas le musée tout entier, et par là même son directeur, que l'on accuserait probablement de complicité, ou à tout le moins de laxisme. Simon Bièvre avait signifié à Toledano sa mise à pied, et celui-ci était parti en Tunisie. Les œuvres litigieuses dormaient pour l'heure encore sur les étagères. Après la mort de Khadija Saïdi et le départ de l'administrateur, le ballet des estafettes et des camions avait cessé. Mais privé de son gagne-pain, Toledano devenait hargneux. Depuis peu, il envoyait à son supérieur des messages de menaces à peine voilées : « Plus dure sera la chute » ; « Tel est pris qui croyait prendre »… Bièvre était persuadé que l'homme allait bientôt lâcher sa bombe par vengeance et accuser publiquement le directeur de ses propres malversations.

– Aujourd'hui, fit Simon Bièvre dans un soupir, j'ai pris les devants. Je n'avais plus d'autre solution. J'ai appelé le patron de l'OCBC et je lui ai tout raconté.

– Vraiment ? dit Olivia. Vous avez du cran.

– Il envoie dès lundi une équipe sur place depuis Nanterre pour procéder aux premiers recensements. D'abord les caves de l'aile nord, où Toledano entreposait son stock. Mais il y a fort à parier que toutes les collections du musée vont y passer. Ça va prendre des mois. Et ça va faire jaser. C'est ici que vous intervenez : il faut crever l'abcès et faire sortir l'affaire au grand jour.

– Vous voulez que je publie ce que vous venez de me raconter ?

Olivia en avait le souffle coupé.

– Oui, fit le directeur. C'est le deal que j'ai passé avec l'OCBC. Dès qu'ils ont entendu le nom de Khadija Saïdi, ils en ont référé à leurs collègues de la Crim' chargés de l'enquête. Dans l'heure, on m'a rappelé : ils sont en train de traquer Toledano, mais réfugié en Tunisie, il est intouchable. Car même avec un mandat d'arrêt international lancé contre lui, s'il se planque dans le désert, on peut toujours courir. Alors les flics ont décidé de jouer leur va-tout : faire exploser toute l'affaire dans la presse, lui faire porter toute la responsabilité, bref, l'amener à se trahir. Par contre, ils ont été formels : le nom de Khadija Saïdi ne doit pas être mentionné. Inutile de rajouter de l'huile sur le feu.

– Je vois, dit doucement Olivia. Faire sortir le loup du bois. Le forcer à découvert. Ainsi, pour tenter de sauver sa peau, il donnera ses complices.

– Exactement. C'est un vaniteux, il ne supportera jamais d'être cloué tout seul au pilori. Et ce que la Crim' espère, c'est que s'il balance tout le réseau, on comprendra peut-être qui a voulu faire taire Khadija, et pourquoi. Dans tout trafic de cette envergure, il y a des enjeux complexes et des querelles intestines... Une parole non tenue, une commission non versée, un service non rendu – certains ont la rancune tenace et la gâchette facile. Khadija en a sans doute fait les frais.

– Pourtant... ce club libertin où on l'a retrouvée... Cette mise en scène macabre, ce rituel à base d'objets, de fleurs... Cela semble assez éloigné d'un règlement de comptes, non ? Et c'est bien vous qui tout à l'heure m'avez suggéré l'idée d'une autre femme ?

– Oui. Mais c'était surtout une façon d'attirer votre attention.

Un petit silence se fit. Puis il demanda :

– Alors vous voulez bien ?

– Je veux bien quoi ?

– Écrire cet article !

Olivia était taraudée par les scrupules : jamais elle n'avait écrit un article de commande qui ait de telles implications.

Cela relevait en réalité du journalisme d'investigation. Mais ici, elle n'avait même pas le temps de mener sa propre enquête, d'interroger des témoins ou des contradicteurs. Elle allait être l'instrument du lynchage en règle d'un homme qu'elle n'avait jamais rencontré. Pas un saint, certainement – mais comme tout un chacun, il avait droit à sa défense. Elle exposa ces arguments à Simon Bièvre.

– Votre conscience vous honore. Je sais bien que je vous force un peu la main en vous demandant ça, répondit-il. Mais je n'ai personne d'autre que vous vers qui me tourner. Je suis moi-même pris au piège.

Olivia commençait à fléchir. L'homme avait une expression intense, il la dévisageait comme si elle détenait la clé de sa survie. Sous son regard qui la transperçait, elle sentit que ses réticences étaient en train de s'évanouir malgré elle.

– Vous me demandez de m'asseoir sur ma déontologie… Il faudra que vous me donniez quelques éléments matériels, des détails ou des photos. Que vous acceptiez de relire l'article, aussi, avant publication. C'est un sujet sensible. Il faut voir où on met les pieds. Mais après tout, lâcha-t-elle, vaincue, je n'ai plus grand-chose à prouver, et pas beaucoup à perdre.

Simon Bièvre eut un large sourire de soulagement qui acheva de la faire fondre intérieurement. Elle se sentit vaciller.

– Parfait, répondit-il, l'œil brillant. Je n'en attendais pas moins de vous. Merci, Olivia.

Il se leva, et contournant le bureau, se rapprocha d'elle puis l'enlaça.

## 14.
## LE CHAOS

Les heures qui suivirent devaient rester dans la mémoire d'Olivia comme une expérience presque métaphysique du chaos. La nuit qu'elle passa à l'hôtel avec Simon Bièvre, âpre, intense, exacerbation totale des sens, faite de cris et de suppliques (était-ce bien elle qui avait réclamé qu'il l'attache aux montants du lit avec la ceinture du peignoir ? Elle n'en était plus sûre, tant leurs désirs avaient paru interchangeables et complémentaires) ; le parfum de son corps viril mêlé au sien dans les draps en fouillis ; la poigne avec laquelle il l'avait tournée et retournée, pour ensuite la dissoudre sous ses caresses et la surprendre par ses intrusions en elle, répétées, sauvages, inlassables, au point qu'elle ne savait plus quelle partie de son corps vibrait car toutes semblaient se confondre ; ses tremblements à lui, et le son rauque de mourant émis par sa gorge, à l'instant crucial ; sa lourde carcasse abattue contre elle, pantelante, leur sueur se combinant pour former une fine rigole qu'elle sentait couler doucement entre ses seins, le temps d'un petit somme avant qu'il ne reparte à l'assaut – la nuit avait paru à la fois trop courte et sans fin.

Le chaos, encore, comme si l'univers s'était brusquement déréglé à l'unisson de ses sens – la veille, au milieu de la nuit, Joyce lui avait envoyé ce message : « Ne m'attends pas. On poursuit chez Thierry », suivi d'un smiley qui lui tirait la langue, comme si elle lui laissait volontairement le champ libre pour ses ébats avec Simon ; Joyce encore, l'heure du train du retour approchant, qu'elle vit débarquer échevelée dans la chambre d'hôtel en fin de matinée pour y récupérer ses affaires, tandis que de son côté Olivia venait de laisser partir Simon à regret, après une étreinte dont elle craignait bien que ce ne fût la dernière. Joyce enfin, qui, sur le chemin de la gare, se rendit compte qu'elle avait oublié sa trousse de toilette dans la salle de bains de l'hôtel où elle n'avait pas dormi, et courut la chercher, laissant Olivia monter dans le train avec leurs deux valises, anxieuse à l'idée de ne pas la voir revenir à temps. Joyce qui débarqua dans le wagon au moment où les portes se fermaient, pestant et claudiquant parce qu'elle venait de casser un de ses talons. Puis le voyage durant lequel elle dormit comme une bienheureuse pour compenser ses folies nocturnes.

Le chaos, enfin, lorsque sur le palier de son appartement, traînant ses bagages, elle découvrit avec effroi que la porte était entrebâillée, la serrure fracturée. Elle poussa le battant, ravagée d'appréhension, et constata qu'un ouragan avait tout dévasté : meubles bousculés ou renversés, tiroirs vidés, papiers et vêtements éparpillés, jusqu'aux placards de la cuisine et de la salle de bains dont le contenu se trouvait répandu à même le sol. Dans le cagibi transformé en chambre pour Joyce, le futon avait été retourné et fendu d'un coup de lame de haut en bas. La mousse en sortait en gros blocs floconneux. Olivia, accablée, s'effondra sur son canapé après avoir repoussé les papiers épars qui le jonchaient. Joyce, qui avait ôté machinalement ses chaussures au talon cassé, se tenait debout au milieu du salon, blême. Elle finit par aller se poster à la fenêtre sans un mot. Ce fut Olivia qui rompit le silence en lâchant dans un souffle :

– Je vais devoir aller déposer plainte à la police. Et appeler un serrurier.

– La police ? T'es pas sérieuse ? fit Joyce en se retournant, le visage crispé.

– Pourquoi ? demanda Olivia, interloquée.

– Tu as regardé si on t'avait volé quelque chose ? Quelque chose d'important ?

– Je ne sais pas… fit Olivia, parcourant l'espace des yeux.

Elle ne parvenait pas à absorber l'étendue du désastre. L'image restait comme floue, son esprit comme obscurci. Peu à peu, pourtant, elle parvint à distinguer quelques détails : l'ordinateur portable, sur la table basse, sorti de sa housse, mais apparemment indemne ; la télévision, qu'elle alluma pour en vérifier le fonctionnement, puis éteignit aussitôt. Elle se leva, se rendit dans sa chambre et avisa la boîte à bijoux, sur sa table de chevet : ouverte, mais étrangement toujours pleine. Pas un bracelet ou une bague en or ne manquait. Au sol, retournée contre le mur, elle trouva la lithographie rouge, noire et jaune de Miró qu'elle avait un jour achetée à la galerie Maeght. Seule œuvre d'un peu de valeur dans son intérieur. On l'avait décrochée et on avait regardé au dos du cadre. Rien de plus. Olivia la remit à sa place sur le mur, face à son lit. Elle redressa son matelas, que l'on avait aussi retourné, par bonheur sans l'éventrer. Elle revint au salon, un peu rassérénée mais plus perplexe encore :

– Tu as raison, on n'a rien pris. Et toi, il te manque quelque chose ? lança-t-elle à l'adresse de Joyce qui était à quatre pattes dans sa chambre miniature, occupée à rassembler ses affaires.

– À part un matelas digne de ce nom, rien, je crois.

– Mais qui a pu faire ça ? Je ne comprends pas.

– Je ne sais pas... Tu crois que c'est lié à ton enquête sur la mort de Khadija ?

Olivia sentit son cœur faire un soubresaut. Bien sûr. La clé USB. Elle attrapa son sac à main là où elle l'avait jeté, sur la table basse, et ouvrit une petite poche intérieure fermée par un scratch : la clé s'y trouvait toujours.

– Vincent Sasportas... murmura-t-elle. Il a dû organiser cette petite expédition punitive depuis sa prison.

Non, après tout ce n'était qu'une clé. Il existait forcément d'autres copies des images. C'était plutôt un coup de Luciano. Elle avait de la chance qu'il n'ait pas détruit l'appartement de fond en comble, arraché les rideaux, réduit la vaisselle en miettes, pour se venger de leur dernière entrevue où elle l'avait molesté.

– En effet, dit-elle. Ce n'est sans doute pas une bonne idée d'aller voir les flics.

Joyce se redressa, lui décocha un sourire encourageant et répondit :

– Dans ce cas, tu vas t'occuper d'appeler un serrurier. Moi, je vais ranger l'appartement. Allez, on y croit ! Ce soir on n'y verra plus que du feu.

*

En fin d'après-midi, la porte, équipée d'une nouvelle serrure, fermait à clé sans difficulté, et Olivia se retrouvait délestée de 250 euros. Épuisée, elle n'essaya même pas de protester, encore moins de négocier. Joyce n'avait pas cessé de trimer pendant l'intervention de l'artisan. À son départ, les lieux avaient pratiquement retrouvé leur forme initiale.

Les deux femmes se retrouvèrent ensuite dans l'étroite cuisine dont l'unique fenêtre à carreaux translucides donnait sur un puits sombre entre les deux immeubles.

– Ouvre une bouteille, fit Joyce. Ça sera pas du luxe.

– On va vraiment devenir alcooliques, murmura Olivia comme pour elle-même.

– Il nous faut bien un remontant, après tout ça.

Olivia réalisa qu'elles n'avaient pour ainsi dire pas échangé un mot depuis la veille. Chacune gardait pour elle le souvenir de la nuit qu'elle avait passée. Olivia était encore sous le choc. Quitter les bras de Simon avait été difficile, comme passer soudain du tout au rien. Le voyage de retour avait été irréel, et l'arrivée dans son appartement avait achevé de la bouleverser. C'était seulement maintenant, dans cette petite cuisine, en tête-à-tête avec sa protégée, qu'elle commençait doucement à se recomposer, comme on rassemble avec peine les morceaux d'un puzzle qui a volé à travers la pièce.

– C'était bien, toi ? s'entendit-elle demander à Joyce.

Celle-ci, absorbée dans son verre, releva la tête et lui décocha un coup d'œil malicieux.

– Pas mal, oui. On s'est bien marrés, on est allés danser dans un club ultrachic, et on a fini chez lui à 4 heures du mat'.

Olivia n'osa pas lui en demander plus. Ce fut Joyce qui poursuivit en se rengorgeant :

– Il m'a déjà envoyé huit SMS ! Il ne voulait pas que je parte. Il veut que je revienne le week-end prochain. Pour le moment, je ne réponds pas, je le laisse mijoter.

– C'est cool, fit Olivia.

– Et toi ? la relança Joyce. Tu m'as rien raconté !

Olivia ne savait que répondre. Les mots lui manquaient. Et elle n'était pas sûre de vouloir faire partager à Joyce le récit de ces ébats qui avaient dépassé tout ce qu'elle avait connu jusqu'alors.

– C'était… incroyable, dit-elle seulement.

Elle enviait sa jeune compagne dont le téléphone venait encore de lancer par deux fois son petit tintement annonçant l'arrivée d'un nouveau message. Joyce prit l'appareil posé sur la table et regarda l'écran. Le premier SMS émanait forcément de Thierry Faucheux, à en juger par le sourire ravi qui vint éclairer son visage. Le second lui arracha une grimace.

– Merde, Bachelier. Je l'avais oublié, dis donc. Il veut me revoir demain.

– Ne te sens obligée à rien, s'exclama Olivia.

Sa mauvaise conscience refaisait surface. Elle avait instrumentalisé Joyce, la manipulant comme Pygmalion l'avait manipulée elle-même. Elle se sentit le devoir de mettre cartes sur table. Aussi entreprit-elle de relater à son amie sa rencontre avec le mystérieux inconnu, lors de ce dîner dans le noir de la mi-septembre, puis la façon dont ils avaient renoué le contact. Elle passa sous silence la teneur érotique de leurs échanges.

– Il semble en savoir beaucoup sur le meurtre de Khadija, expliqua-t-elle. Il veut m'orienter sur la ministre de la Santé, PVC, comme s'il savait qu'elle était coupable, ou au moins impliquée dans l'affaire. On dirait qu'il veut se servir de moi pour que je mette la chose sur la place publique. Il sait que je suis journaliste.

– Mais c'est qui, ce mec ? C'est complètement malsain, ton histoire !

– En fait, je n'en sais rien. Je ne sais plus quoi penser… avoua Olivia.

Ce soir, Pygmalion restait silencieux. De Simon, elle n'avait pas plus de nouvelles. Elle expliqua encore à Joyce que le directeur du Mucem l'avait investie d'une mission : écrire cet article qui révélerait les malversations de Toledano au musée, avec en toile de fond le pillage des pays en guerre du Moyen-Orient. « Encore une bombe qui va exploser », résuma-t-elle. Joyce affichait une mine perplexe.

*

Olivia se rendit compte avec stupeur qu'elle n'avait même pas le numéro de portable de son amant d'un soir. Elle n'avait pas pensé à le lui demander, ni lui à le lui donner. Elle passa la moitié de la nuit à relire les notes qu'elle avait prises sous la dictée du directeur, la veille au soir, dans son bureau vitré face à la Méditerranée. Incroyable comme il avait alors l'air d'un petit garçon soucieux. Rien à voir avec l'amant passionné qu'il s'était révélé être quelques heures plus tard. Dans la foulée, alors que les premières lueurs de l'aube n'allaient pas tarder à paraître, elle tapa sur son ordinateur, d'un seul jet et sans retouches, le texte de son article qu'elle intitula « Recel au Mucem ». Puis elle eut l'idée de chercher l'adresse e-mail professionnelle de Simon, la trouva sur le site du musée, et lui envoya sa prose accompagnée de son numéro de téléphone et d'un petit mot très neutre, en le vouvoyant, pour le cas où une secrétaire fût chargée de sa correspondance :

« Je vous prie de trouver ci-joint le texte provisoire de l'article que vous m'avez demandé. Je l'ai écrit à chaud, après nos récents échanges. »

Elle espérait qu'il percevrait au moins le double sens de cette dernière phrase. Sur ce, elle sombra dans un profond sommeil. C'est à peine si elle entendit la porte claquer, en fin de matinée, quand Joyce sortit de l'appartement.

Elle se réveilla en début d'après-midi, avec la sensation d'être en plein décalage horaire. Après six ou sept heures de sommeil, ses membres étaient engourdis et tout endoloris. Elle payait le prix de la nuit précédente. En s'examinant sous la douche, elle découvrit çà et là sur sa peau de légers hématomes, traces des doigts trop appuyés de Simon, ou d'un choc malencontreux contre un montant du lit. Elle repensa à Gabrielle d'Estrées et à sa sœur ; au corps délicat de Joyce abîmé par les coups et à l'envie troublante qu'elle avait eue d'y passer partout un baume réparateur pour effacer toute trace de violence.

Elle sortit de la douche, se sécha sommairement et enfila les vêtements qui lui tombaient sous la main. Puis elle chercha son téléphone portable, le trouva dans un repli de sa housse de couette, et composa le numéro de Thomas Tranchard. Elle se sentait dans ses petits souliers.

– Ouais, allô ! T'as du bol que je sois dans un bon jour et que je te réponde, j'ai failli effacer ton numéro ! beugla Thomas.

– Écoute, fais pas l'idiot, et vois plutôt ton intérêt. J'ai un scoop pour toi dont t'as même pas idée, lui asséna Olivia, misant sur son avidité.

– Mouais... Vas-y, balance !

La voix de Thomas s'était radoucie. Il semblait s'être rapproché du combiné.

– Non, fit-elle, soudain prise d'une inspiration. Avant ça, je veux des garanties.

– Comment ça, des garanties ?

– Un mail de toi m'assurant que pour mes trois feuillets de 1 500 signes, je toucherai 6 000 euros, payables immédiatement.

Son interlocuteur s'étrangla au bout du fil.

– Mais t'es malade ? C'est vingt fois le tarif syndical !

– Ça vaut bien ça, crois-moi. Je peux même sans problème demander le double à la concurrence.

Elle le savait pris à la gorge. Le lendemain, mardi, avant midi, il devait boucler le numéro qui sortait jeudi. Les rotatives tourneraient toute la nuit. Thomas était capable de réfléchir vite et il le prouva une fois de plus :

– Ça parle de quoi, ton truc ? Des révélations ?

– On peut dire ça.

– Sur quoi ? Sur qui ?

– Devine.

Elle prenait un malin plaisir à le faire mijoter. Soudain, en position de force, elle se sentait devenir une sorte de Pygmalion à son tour.

– C'est quand même pas ce que je t'ai demandé il y a trois semaines ? Ta dernière entrevue avec la ministre ? Parce que si c'est ça, ma petite, tu peux te le garder et te le fourrer où je pense ! Le sujet est carrément éventé, plus du tout dans l'actu. Et y a belle lurette que j'en ai trouvé d'autres que toi pour témoigner !

– Oh, oui, je te fais confiance. Et tu as tiré les larmes de tes lectrices avec des petits détails croustillants… Du genre, « sa maquilleuse se souvient de Khadija », ou « le bijoutier de la place Vendôme qui était son meilleur fournisseur la pleure encore » ! T'inquiète, je sais que Marion m'a remplacée avantageusement. N'empêche que c'est moi qui lui ai filé les coordonnées de Demorice pour son article sur le meurtre rituel.

– Vous vous êtes parlé ? Elle m'a rien dit, la salope.

– Fous-lui la paix. Et arrête de traiter les nanas comme des paillassons, t'as besoin de nous, faut bien t'y faire, alors écrase-toi.

Elle sentait au silence qui régnait entre eux que Thomas ravalait sa rage. Il allait bientôt abdiquer. Tous les deux se connaissaient par cœur. Elle le savait grande gueule et pusillanime, âpre au gain et redoutablement efficace. Il la savait tenace, droite, précise, mais aussi éternellement en manque d'argent.

– Bon, lâcha-t-il comme s'il mettait un terme au jeu. Je t'envoie ça sous une heure. Et je veux ton papier par retour de mail.

– Tu m'envoies le fric tout de suite. Pour le papier, ça sera dès que je pourrai. Mais ça ne dépend pas que de moi.

Alors, comme s'il se ravisait, Thomas demanda :

– Tu me garantis que c'est bien une exclu, ton truc ? Que personne d'autre n'est au courant ?

– Oui, dit-elle d'une voix ferme.

Et elle raccrocha.

## 15.
## LA PETITE CLÉ

En cette fin novembre, la nuit tombait vite. Olivia, ragaillardie par l'apparition promise des 6 000 euros sur son compte en banque, s'employa à faire quelques courses alimentaires pour remplir le réfrigérateur. Traînant ses sacs à bout de bras sur le trottoir humide et froid, elle éprouva l'envie subite de faire une halte chez sa coiffeuse, à quelques pâtés de maisons de chez elle.

Teresa était occupée à plier des serviettes éponge, le nez levé vers l'écran de la télévision, quand Olivia poussa la porte. Elle fut reçue à bras ouverts. Sous des casques chauffants, deux vieilles femmes faisaient cuire leurs mises en plis, bleu-gris pour l'une, rose argenté pour l'autre. Olivia déposa ses sacs dans un coin et ôta son manteau à l'invitation de Teresa.

– Tu as mauvaise mine, fit celle-ci, l'air soucieux, en passant sa main sur la joue d'Olivia avec douceur et en soupesant machinalement quelques-unes de ses mèches de cheveux du bout des doigts.

– Oui, sans doute… Je viens de faire un aller-retour fatigant à Marseille.

– Une petite coupe te fera du bien. Tu as de la chance, il me reste deux heures avant la fermeture, et j'ai de la place. Le lundi, c'est toujours calme.

Olivia était déjà gagnée par la moiteur et les parfums entêtants du lieu. Elle se posa sur le siège que lui désignait Teresa, dont les mains vinrent triturer sa chevelure en artiste anticipant son geste et la forme qu'il va imprimer à la matière.

– On va te changer un peu de tête, tiens.

Olivia ne répondit pas, déjà abandonnée au bon vouloir de la coiffeuse. Elle était happée par l'écran qui débitait les nouvelles peu réjouissantes du monde. Les micros étaient à cette heure tous tendus vers un visage encore inconnu : celui d'Henriette Danjou, l'ancienne directrice de cabinet du ministère de la Culture, qui venait d'être promue au rang de ministre, en remplacement de la défunte Khadija, dont elle avait assuré l'intérim depuis trois semaines. La nouvelle ministre n'avait rien à voir avec la figure flamboyante qui l'avait précédée. Elle semblait au contraire son exact opposé : petite et boulotte, vêtue d'un tailleur gris et triste, tout juste éclairé d'un foulard rose, elle avait l'air austère et concentré de celle qui a passé sa vie dans l'ombre à parapher des dossiers. Martial Saint-Hilaire savait ce qu'il faisait. Après le scandale du meurtre encore non élucidé, il devait envoyer au peuple des gages de sérieux et de moralité.

Tandis que la jeune assistante du salon de coiffure l'installait au bac pour le shampoing, Olivia attrapa quelques magazines dans le présentoir à roulettes. C'était à son instigation que Teresa s'était abonnée à *Art Globe*. L'hebdomadaire se démarquait de moins en moins de *Closer*, dont il semblait singer les couvertures. L'exemplaire de juin qu'elle tenait en main titrait sur « Les dessous de l'affaire Picasso », en référence aux vols attribués à divers artisans qui avaient servi le maître. On y voyait Picasso en maillot rayé, de dos, le pinceau à la main, devant une toile à peine entamée. En vignettes tout autour de lui, des personnages, hommes à la mine patibulaire ou femmes aguicheuses, figés par le technicolor ou des polaroïds des années soixante-dix, dont on comprenait qu'ils étaient les protagonistes d'une malversation ou d'un crime tournant autour du monstre sacré. Sans lâcher la revue, Olivia laissa sa tête basculer en arrière. Elle ferma les yeux et savoura le ruissellement de l'eau chaude sur son cuir chevelu et les massages parfumés que lui prodiguait la jeune fille aux longs doigts habiles. Dans sa tête s'affichaient la prochaine couverture du magazine et le titre, d'un réemploi facile : « Les dessous de l'affaire Saïdi ». Autour d'une photographie en gros plan de la ministre au sourire éclatant étaient disséminées des vignettes représentant Vincent Sasportas, Pétunia Verschueren-Cellier, Clément Toledano, le Premier ministre et quelques autres figures de la politique et du show-biz.

La tête enveloppée dans une serviette éponge, elle fut ensuite dirigée vers le siège derrière lequel Teresa l'attendait, les ciseaux à la main. Sa chevelure déployée, encore humide, fut confiée à l'outil qui la parcourut prestement en cliquetant, tandis que de l'autre main la coiffeuse y passait un peigne qui étirait sur leur longueur les mèches à couper. De temps en temps, levant un œil vers l'écran de télévision d'où leur parvenait un murmure en sourdine, Teresa faisait de petits commentaires auxquels Olivia répondait par quelques mots pour la forme. Elle aimait ces moments de conversation légère où Teresa laissait percer sa colère contre la société, le pouvoir, l'argent, et la méchanceté du monde en général. Quand le visage de Khadija apparut, figé par la photographie, Olivia eut la sensation étrange que cette fois la jolie femme était bien morte. À présent, c'était sa remplaçante que la caméra suivrait partout où elle se trouvait, dans ses nouvelles fonctions – serrant des mains, coupant un cordon de soie devant un monument ou encore discourant avec véhémence à la tribune de l'Assemblée nationale.

Olivia en était là de ses réflexions – la photographie comme fixation morbide du temps qui passe, théorie que Sasportas avait développée avec ses insectes putréfiés ; l'image en mouvement comme illusion de la vie et mimétique de sa vaine effervescence – quand Teresa, lâchant ses outils, agita de ses deux mains les cheveux qu'elle avait raccourcis pour leur donner un flou naturel. Avec cette coupe au carré déstructuré, Olivia se trouva dans le miroir un air de jeune garçon. Cela ne lui déplaisait pas trop. Le souffle du sèche-cheveux paracheva l'œuvre. Avant qu'Olivia se lève, la coiffeuse fit passer sur son cou, sa nuque et ses épaules un pinceau au poil soyeux afin de disperser le petit crin irréductible qui la chatouillait. Olivia, débarrassée de l'attirail de la blouse et de la serviette éponge qui protégeaient ses vêtements, rangea le magazine dans le présentoir, et Picasso, lui aussi le pinceau à la main, disparut dans le logement en métal où il était attendu. Olivia sourit et remercia Teresa :

– Comme toujours, un vrai travail d'artiste, ma chère !

*

À peine Olivia venait-elle de refermer derrière elle la porte de son appartement, qu'elle entendit Joyce qui rentrait à son tour. Elle avait le rose aux joues et un air un peu exalté qui ne lui ressemblait pas mais la rendait encore plus séduisante, d'autant plus qu'elle s'était de nouveau déguisée en étudiante modèle. Sa longue chevelure ramassée en une longue tresse qui lui arrivait au milieu du dos accentuait la finesse de ses traits.

– Figure-toi que j'ai travaillé pour toi, aujourd'hui ! lui lança-t-elle fièrement en sortant de sa besace d'écolière une liasse de documents qu'elle jeta négligemment sur la table basse.

– Qu'est-ce que c'est ? fit Olivia, interloquée.

– Des papiers que j'ai piqués chez Bachelier.

– Tu es allée le voir ?

– Oui, je t'avais dit qu'il me lâchait pas. J'ai bien dû accepter son rendez-vous. Je suis allée lui rendre une petite visite à son bureau.

– Et qu'est-ce que tu as dû faire pour ça ? demanda Olivia en désignant le dossier sur la table. La même chose que la dernière fois ?

– Oui, en gros... Rien de bien méchant, ne t'inquiète pas.

Olivia attrapa le dossier et commença à en tourner les pages. Il était surtout composé d'échanges de mails que quelqu'un avait pris la peine de soigneusement imprimer et numéroter pour les conserver dans leur ordre chronologique.

– Mais dis donc, tu t'es coupé les cheveux ? lança Joyce en revenant de la cuisine, un verre de coca à la main. Ça te va bien, ça te fait vraiment une nouvelle tête, tu as l'air plus jeune.

– Merci, fit Olivia distraitement, sans lever les yeux des papiers.

Les informations qu'ils distillaient commençaient à s'assembler devant elle. Elle continua à tourner les feuilles, revenant parfois en arrière, pendant de longues minutes durant lesquelles Joyce sirotait son coca, debout contre la fenêtre – son poste d'observation préféré.

– Mais où as-tu trouvé ça ? finit par demander Olivia d'une voix blanche, en laissant retomber la pile de feuilles sur ses genoux.

Joyce se retourna, heureuse de lui voir cet air médusé.

– Ah, il m'a fallu un peu d'habileté ! Figure-toi que je l'ai trouvé par hasard… enfin, presque. À un moment, Bachelier a dû s'absenter et là, j'ai pas pu résister, j'ai un peu fouillé dans son bureau. Il faut dire que juste avant, il m'avait bien pelotée. J'en ai profité pour lui faire un peu les poches. Et là, je suis tombée sur une petite clé. Alors forcément, j'ai cherché la serrure ! C'était celle du dernier tiroir de son bureau. Dedans, sous une pile de papiers, il y avait cette chemise rouge. J'ai regardé à l'intérieur et quand j'ai vu que sur la première page il y avait un mail de Khadija à Bachelier, puis que tout le reste continuait dans la même veine, je me suis dit que c'était louche. J'ai vite fourré les papiers dans mon sac, je les ai remplacés par des feuilles que j'ai ramassées dans la poubelle, pour faire une liasse de la même épaisseur ou à peu près, et j'ai tout remis en place, ni vu ni connu.

– Tu réalises que tu as piqué du lourd, là ? S'il se rend compte que tu as embarqué ce dossier, ça risque de mal tourner.

– Tu parles, il ferait pas de mal à une mouche ! Et puis, comment il saurait que c'est moi ? Il pensera d'abord à la femme de ménage, ou à n'importe lequel de ses collaborateurs.

Olivia tenait entre ses mains la preuve que Khadija s'était servie du secrétaire d'État au Handicap, le débonnaire Hugues Bachelier, dont le seul vice apparent semblait être un faible pour les jolies Eurasiennes, pour piéger sa rivale la ministre de la Santé Pétunia Verschueren-Cellier. Voilà qui la ramenait aux messages cryptés de Pygmalion, décidément très bien informé. La guerre Khadija-Pétunia était une réalité. En juin dernier, Khadija écrivait un premier mail à Hugues Bachelier pour lui demander une entrevue. Elle l'envoyait de sa boîte personnelle, sans recourir à son secrétariat officiel. Bachelier lui répondait à son tour en secret, quelques jours plus tard, manifestement sous le charme de la séductrice, qui avait su l'ensorceler lors d'un déjeuner en tête-à-tête au Grand Véfour. « Bien sûr, chère amie, vous me voyez trop heureux de vous servir d'antenne ; vous savez que vous pouvez compter sur moi... » Suivaient d'autres indices d'une servilité onctueuse. Puis les messages devenaient plus factuels : Khadija s'intéressait à des marchés que passait la ministre de la Santé. Il était question de diverses campagnes de santé publique, et aussi d'appels d'offres pour la fourniture de préservatifs dans les établissements d'enseignement secondaire du pays – plus de deux millions de lycéens, une manne pour les marchands de latex. Rien d'irrégulier, la ministre avait fait jouer la concurrence. Bachelier le prouvait à Khadija en lui transmettant des documents confidentiels qui n'auraient jamais dû sortir de son propre ministère.

Mais qu'est-ce que la ministre de la Culture pouvait bien chercher dans la gestion de sa rivale ? Elle n'avait pas qualité à la contrôler, et cette curiosité que servait complaisamment la taupe Bachelier semblait vaine. Jusqu'à ce que, à la mi-octobre, un message qu'il adressait à sa correspondante finisse par lui fournir ce qu'elle cherchait : la révélation d'une collusion entre la ministre de la Santé et un laboratoire pharmaceutique. PVC avait décidé d'accorder les faveurs de son ministère à une seule et unique firme, le laboratoire suisse Sanivax, à qui elle commandait soixante-dix millions de vaccins contre une nouvelle souche de grippe aviaire qui venait d'être isolée et s'annonçait très virulente. Arguant de l'urgence, du risque de pandémie, de la nécessité d'une pharmacovigilance accrue, la ministre s'apprêtait à confier cette production au seul groupe Sanivax, sans engager d'appel d'offres, et Bachelier déclarait détenir la preuve de la corruption et de l'enrichissement personnel de PVC dans cette opération.

Deux semaines à peine avant sa mort, ainsi que le découvrait Olivia, presque effrayée de tenir ces documents entre ses mains, Khadija Saïdi avait percé à jour les petites combines de sa rivale. Elle n'était pas elle-même blanche comme neige, ainsi que les récentes révélations de Simon le lui avaient appris, mais la ministre de la Culture avait certainement eu là de quoi intimider, voire faire chanter, sa sœur ennemie, la ministre de la Santé. Tout cela donnait à Olivia une profonde sensation d'écœurement. Était-ce vraiment là la vie du gouvernement, une ribambelle de petites magouilles individuelles, de tractations illicites, une course effrénée de chacun et chacune vers le profit personnel ? Mais où donc était passé le sens de l'État et du bien public ?

– Tu sais, dit-elle à Joyce, après un temps de réflexion, Bachelier n'est pas si idiot qu'il en a l'air. S'il a gardé ces documents, en prenant la peine d'en faire des copies, de les classer par dates et de les planquer dans le fond de son tiroir, c'est qu'il envisageait peut-être de s'en servir un jour contre l'une ou l'autre des deux ministres. Ils lui servaient d'assurance-vie, en somme. Avec ça, et un peu de jugeote, il les tenait toutes les deux. Sa ministre de tutelle, parce que cette petite négociation privée et lucrative avec Sanivax pouvait bien lui exploser à la figure s'il s'amusait à la révéler ; et la ministre de la Culture, parce qu'elle avait outrepassé ses prérogatives et été fouiner dans les comptes de sa rivale à son insu.

– D'accord, mais c'est quand même lui qui a fait l'espion et qui lui a fourni les documents ! rétorqua Joyce.

– Oh, si Khadija avait eu le temps de nuire à PVC, on lui aurait bien sûr demandé ses sources. Mais Bachelier se serait alors certainement érigé en chevalier blanc, en défenseur de la probité, en garant de l'État de droit. Il aurait admis être la taupe, et de bon cœur. Il aurait défendu l'idée qu'il agissait pour la bonne cause. Crois-moi, on aurait fini par l'encenser en bienfaiteur de la nation. De toute façon, ce n'était pas lui qui risquait de sauter, mais PVC.

– C'est donc ça, selon toi, que visait Khadija ? Dégommer Pétunia ?

– Sans doute… Mais j'en viens à me demander si ce n'est pas plutôt Pétunia qui l'a dégommée avant qu'elle parle, justement.

## 16.
## LA CHUTE

« Chère Olivia, ton article est formidable. Je ne regrette pas de t'avoir confié cette mission. Excuse-moi de n'avoir pu te répondre plus tôt mais j'attendais le feu vert de la police. C'est chose faite : le patron de la brigade de l'OCBC pour le grand Sud-Est l'a relu lui aussi et valide la publication. Le plus tôt sera le mieux. Confirme-moi STP la date de parution dans ton journal. Souhaitons que Toledano, puisqu'il est clairement mis en cause, balance quelques complices pour se défausser. Je vais sûrement devoir me consacrer à ma propre défense, car on ne va pas manquer de m'attaquer. Pardonne-moi si je reste donc un peu silencieux dans les jours prochains. Mais j'espère te revoir bientôt pour te prouver ma gratitude. »

Olivia exultait. Ce message de Simon gommait d'un seul coup les traces d'une nuit qu'elle avait passée à se réveiller sans cesse, se demandant pourquoi il ne donnait pas signe de vie. Elle envoya immédiatement son article au rédacteur en chef d'*Art Globe*. Avant qu'une heure se fût écoulée, Thomas l'appela :

– Putain, c'est dingue, ton truc ! T'es vraiment sûre de ton coup ? T'as vérifié tes sources ?

– Si je te disais que ma source, c'est le directeur du musée lui-même ?

– Quoi ? Mais il est taré, ce mec ? Il veut vraiment se tirer une balle dans le pied ?

Olivia lui expliqua alors la stratégie mise en place conjointement avec l'Office central de lutte contre le trafic de biens culturels et la brigade chargée de l'enquête sur le meurtre de Khadija Saïdi. Par ces révélations publiques, Toledano, seul survivant de leur petit binôme, serait en quelque sorte forcé à découvert. Elle donna ensuite à Thomas l'adresse e-mail de Simon, qui avait proposé de fournir les photographies nécessaires pour illustrer l'article.

– OK, je le contacte tout de suite, faut que ça parte sous presse dans l'après-midi ! Nom de Dieu, t'avais raison, c'est du lourd ! Cette Khadija, quelle garce, quand même ! Abuser de sa position comme ça, c'est du jamais vu !

– Je te préviens, Thomas, susurra Olivia. Tu ne changes pas un mot de l'article. Tu ne rajoutes aucun commentaire ou petit détail trash sur Khadija. Le texte a été visé par les autorités. Il doit sortir tel quel, pas une virgule en plus ou en moins, sinon tu auras des ennuis. Tu fais désormais partie du stratagème. Le journal prête ses colonnes, c'est tout.

À peine avait-elle raccroché que Joyce débarqua dans le salon.

– Je viens d'être recontactée par Bachelier, lui dit-elle. Il veut que je l'accompagne à une visite qu'il fait cet après-midi. La Fondation Vuitton, tu connais ? Il paraît qu'ils sont à la pointe en matière de handicap. Bachelier organise une présentation aux journalistes. Dans quelques jours, le 3 décembre, c'est la journée internationale des personnes handicapées. Il veut que ce jour-là toute la presse en parle, c'est pour ça qu'il prend les devants.

Olivia pensa à part elle que d'ici là, un autre article risquait fort d'éclipser tous ceux que Bachelier aurait décrochés. Mais dans l'immédiat, elle avait surtout des scrupules envers son amie. Le secrétaire d'État devenait vraiment trop collant. Aussi décréta-t-elle, d'un ton qui n'admettait pas la réplique :

– Hors de question que je te laisse y aller toute seule. Démerde-toi, fais-moi entrer, après tout, j'ai ma carte de journaliste.

*

Quand elles sortirent du taxi, peu avant 15 heures, il y avait déjà un petit attroupement devant le bâtiment. Visiblement, certains faisaient le pied de grue depuis un bon moment, fumant cigarette sur cigarette, sacoches et appareils en bandoulière, perches à la main prêtes à se dresser pour boire les paroles du secrétaire d'État.

– Mon Dieu, c'est vraiment le dernier endroit où il faut être, on dirait ! lâcha Olivia.

Elle avait revêtu sa perruque blond platine. Elle commençait à y prendre goût. Avec ses cheveux courts, il lui était encore plus facile de se grimer, sans risque qu'une mèche dépasse. Vêtue d'un manteau long à col de fourrure, perchée sur de hauts talons, elle pouvait presque passer pour une star de cinéma en visite. Olivia retrouvait au fond d'elle l'énergie d'Olympia Vesper, qui lui permettait d'affronter les situations délicates. Rien de très compliqué, ici. En tout cas, rien à voir avec la soirée qu'elle avait passée seule au Nouveau Monde, trois semaines plus tôt. Elle se sentait plus que jamais responsable de Joyce.

– Ton Bachelier, je te préviens, je l'aurai à l'œil ! lança-t-elle.

– Arrête, t'es pas ma mère ! Et puis, j'en ai vu d'autres, qu'est-ce que tu crois !

Les deux femmes s'avancèrent vers la Fondation et se mêlèrent aux journalistes et aux invités officiels dont une partie était en fauteuil roulant. Comme au Mucem, Joyce, les yeux levés vers la structure, esquissa une grimace.

– On dirait un vaisseau spatial qui vient de se crasher… Y a des morceaux partout.

Puis elle afficha un sourire radieux en apercevant Bachelier qui lui faisait signe depuis l'entrée.

– Allez, je te laisse, le devoir m'appelle, souffla-elle.

Sans se départir de son sourire, elle fendit la horde des journalistes, cheveux au vent, pour se diriger vers le seul homme qui semblait mériter son attention. De loin, Olivia vit Bachelier rosir et frétiller dans son costume gris anthracite. Pour se donner une contenance, il resserra le nœud de sa cravate violette avant de laisser Joyce fondre sur lui et lui tendre une main décidée, qu'il serra un peu trop longuement entre ses paumes réunies tout en la dévorant des yeux. Puis il l'entraîna à l'intérieur du bâtiment, escorté de la petite troupe. Olivia les suivit de loin, anonyme parmi la foule, après avoir montré sa carte de presse à l'entrée et accroché au revers de son manteau le badge d'accréditation qui lui fut obligeamment fourni.

Dans le hall, le responsable de la communication n'attendait que l'occasion de placer son petit discours. Derrière lui se tenait en rangs d'oignons une batterie de jeunes filles souriantes en uniforme bleu roi. Une fois les invités rassemblés autour du secrétaire d'État, en demi-cercle face à lui, l'homme commença par exposer les dispositifs visuels et tactiles de pointe à l'usage des malentendants et des malvoyants. Olivia sortit son petit carnet et fit semblant de prendre des notes sans cesser d'observer Bachelier, qui semblait quant à lui peu concentré sur le sujet et n'avait d'yeux que pour Joyce. Pour les personnes à motricité réduite, poursuivait le communicant, tout était prévu. Même les bassins extérieurs, au niveau du sol, étaient équipés de margelles de cinq centimètres de haut sur tout leur pourtour, qui faisaient office de chasse-roues.

Tout était parfaitement pensé. Un vrai chef-d'œuvre du genre. Ainsi, un descriptif complet des expositions temporaires et des collections permanentes dressait la liste des obstacles et difficultés posés par les diverses installations. Et tout était mis en œuvre pour éviter l'accident.

Le responsable de la communication proposa alors au petit groupe de s'égayer à l'intérieur du musée, pour juger de la pertinence de ces applications. Les fauteuils roulants furent poussés vers l'avant et s'engouffrèrent dans les larges ascenseurs, tandis que les valides leur donnaient rendez-vous plus haut dans les étages. Bachelier, toujours accompagné de Joyce, mit un point d'honneur à emprunter l'escalier. Il échangeait avec le directeur de la communication, qui, placé à sa gauche, avançait à son rythme, complaisamment penché vers lui. Les journalistes gravissaient les marches à leur suite. Olivia avançait en queue de cortège.

Partout autour d'eux, la structure de verre et d'acier dessinait des formes improbables. Parvenu dans une vaste salle, Hugues Bachelier fut placé devant un panneau aux rayures arc-en-ciel verticales, pour annoncer à son tour avec pénétration, sous le crépitement des flashes, les quelques nouvelles mesures que son ministère entendait prendre en faveur du handicap.

Puis le groupe continua de s'éparpiller dans les étages. Olivia ne s'attarda pas dans les salles d'exposition permanente qu'elle avait déjà vues plusieurs fois. Warhol et consorts n'avaient plus grand-chose à lui révéler. Sur les terrasses, tout en haut du bâtiment, valides et invalides s'extasiaient devant les vues sur la tour Eiffel ou sur les tours de La Défense qui s'offraient à l'horizon, par-delà le bois de Boulogne. Puis, à l'invitation du responsable de la communication qui dépêcha ses accortes hôtesses, tout le monde fut invité à se rassembler dans l'une des galeries temporaires où se jouait dans le noir une vidéo annoncée comme révolutionnaire. Des vibrations transmises par le sol, grâce à des machines sophistiquées, devaient permettre à ceux qui étaient privés d'une partie de leurs sens de ressentir la force de l'art comme un ébranlement tellurique passant à travers tout leur corps à la façon d'un courant.

Olivia, intriguée, participa à l'expérience. Avant d'entrer dans la salle, elle aperçut Joyce en grande conversation avec deux journalistes. Bachelier avait donc fini, Dieu merci, par la lâcher. L'œuvre se déployait sur les quatre murs, gigantesque image animée qui lui agressait la rétine et lui vrillait les tympans, en même temps que des tremblements la parcouraient. Soudain, une sorte de bousculade la fit sortir de la transe dans laquelle elle était prise : à travers le vacarme, elle perçut des cris et une agitation anormale. Une des chargées de communication du musée, paniquée, appelait les secours par le truchement de son téléphone portable. Une terreur vague et sans objet s'empara des visiteurs dont certains se précipitèrent vers la sortie, abandonnant leurs vêtements au vestiaire. La phobie des attentats n'était jamais loin. Olivia prit quant à elle la peine de récupérer son manteau et finit par suivre le mouvement en adressant de loin à Joyce un petit signe auquel la jeune femme répondit par un geste vague de la main, comme pour la rassurer.

Elle était dehors, à quelques mètres à peine du bâtiment, quand la rumeur enfla et ramena les journalistes, tels des chiens de chasse appâtés par l'odeur du sang, à l'intérieur du musée, créant des courants de circulation contradictoires, pour le coup franchement dangereux. Les mouvements erratiques de la foule se moquaient bien des individus qui se trouvaient ralentis, en fauteuil roulant ou privés de la vue. On les bousculait sans ménagement. Il fallut quelque temps encore pour que l'information parvienne à Olivia, lui assénant un coup de massue : Hugues Bachelier venait d'être retrouvé mort, disloqué, après avoir basculé par-dessus la rambarde d'un puits de métal, là-haut dans les étages. Il avait fait une chute de près de trente mètres. Elle voyait très bien où cela avait pu se passer. Elle se souvenait s'être elle-même penchée, fascinée, par-dessus le garde-corps, avec la sensation de se tenir au-dessus du vide, regardant vers les tréfonds d'une fosse sans fin, tube de métal froid aux reliefs d'acier – dont la blancheur se trouvait à cette heure maculée par le sang du secrétaire d'État qui avait rebondi sur ses parois et gisait tout en bas, pareil à un pantin désarticulé.

*

En état de choc, Olivia n'avait qu'une idée en tête : déguerpir. Elle retourna dans le hall, se précipita vers Joyce qui n'avait encore rien perçu de la nouvelle, l'arracha à ses courtisans et la força à lui emboîter le pas.

– Mais ça va pas la tête ? cria la jeune femme. Putain, lâche-moi, tu me fais mal !

Olivia courut en lui tenant fermement le bras pendant quelques centaines de mètres à travers le Bois. Déjà des sirènes se faisaient entendre. Une, puis deux, puis trois voitures de police les dépassèrent, lancées à toute allure vers la Fondation. Parvenues sur le boulevard Maillot, les deux amies reprirent leur souffle. Olivia héla un taxi providentiel et poussa Joyce à l'intérieur sans ménagement.

– Tu vas m'expliquer ce qui se passe, bordel ? vociféra la jeune Eurasienne.

– Tais-toi, on rentre d'abord ! lui rétorqua Olivia, pour rester hors de portée des oreilles du chauffeur.

Une fois la course réglée et le taxi à bonne distance, elle attendit d'être dans l'ascenseur pour tout expliquer à Joyce, qui ouvrit des yeux exorbités.

– Mais c'est pas possible… C'est pas possible ! parvint-elle seulement à articuler.

Elle s'effondra sur le canapé du salon, la tête entre les mains. Olivia, après avoir retiré sa perruque et secoué ses cheveux, alla lui servir un petit fond de whisky dans la cuisine.

– Tiens, bois ça pour te remettre. Et maintenant, il va falloir réfléchir, et vite.

– Mais qui a pu faire ça ? gémit Joyce. Tu crois que c'est un acte terroriste, ou quelque chose comme ça ?

– Je ne crois pas, non. Par contre, ce que je crains, c'est qu'on remonte jusqu'à nous deux et qu'on nous cherche des histoires. Imagine : on a tous été filmés sur place, et il y a les listes des invités. On va bien voir que Bachelier était toujours avec toi. Il y a des témoins. Il y en aura aussi pour raconter qu'avant ça, tu l'as rejoint par deux fois à son cabinet. Un sacré coup de bol que ces deux types aient été en train de te draguer au moment où on l'a tué. Mais ça n'empêche : tu peux être reliée à Sasportas, qui est pour le moment soupçonné du meurtre de Khadija. La police ne t'a pas encore recherchée, mais si l'idée leur vient, ou si Sasportas parle trop, ils sauront te trouver, même ici. Et maintenant, voilà que tu es aussi sur place au moment où Bachelier se fait éliminer. Tu trouves pas que ça sent mauvais, cette histoire ?

Joyce resta silencieuse, comme effarée.

– Mais j'ai rien à voir avec tout ça, murmura-t-elle, au bord des larmes.

– Je le sais bien ! J'essaie juste de réfléchir et de te protéger ! Et moi avec !

Car Olivia savait qu'elle risquait d'être elle aussi inquiétée. Sa petite visite chez Sasportas était peut-être déjà parvenue aux oreilles de la police. Et sa présence à la Fondation Vuitton, au moment du meurtre de Bachelier, était elle aussi indéniable. Un seul constat s'imposait :

– On est vraiment dans la mouise, là, déclara-t-elle.

Elles restèrent un long moment blotties l'une contre l'autre sur le canapé, incapables de réagir, les idées s'entrechoquant dans leurs têtes.

– Tu es consciente, j'espère, de l'importance des documents que tu as dérobés chez Bachelier ? finit par demander Olivia. On est peut-être les seules à détenir le mobile du crime.

– Tu veux dire… Ce serait un coup de la ministre de la Santé ? Pour le faire taire ?

– C'est une possibilité… Imagine qu'elle se soit rendu compte que Bachelier l'espionnait et avait filé des infos à Khadija. Elle élimine sa rivale pour la faire taire… puis elle fait disparaître l'espion. Ainsi, plus personne ne sait rien de ses petites affaires, et son honneur est sauf. Elle est tranquille.

*

Durant le reste de la soirée, elles n'osèrent pas sortir de l'appartement. Joyce allait régulièrement soulever un coin des rideaux et jeter un œil inquiet au-dehors.

– Arrête avec cette manie ! Tu vas finir par te faire remarquer ! explosa Olivia.

Pour se calmer, elle mit en marche la télévision qu'elle n'avait pas encore osé allumer. La nouvelle de la mort de Bachelier était partout. Des images de la civière emportée par l'ambulance tournaient en boucle, les journalistes exultaient, filmés en direct et en gros plan devant le musée, trop heureux de s'être trouvés sur place par un hasard inespéré. Beaucoup portaient sur leur visage, derrière la mine grave de circonstance, le regret inavoué, à peine dissimulé, de n'avoir pu filmer l'assassinat en direct. Quant au responsable de la communication, il répondait évasivement, hagard, à leurs questions. Non, il n'avait rien vu. Non, il ne savait rien. Il ne comprenait pas ce qui s'était passé. Puis on le vit disparaître dans une voiture de police, sans doute pour être questionné au calme, plus longuement.

Les chaînes s'en donnaient à cœur joie. Elles titraient « Terreur sur la République » ou « L'appareil d'État en danger ». Des débats oiseux rassemblaient quelques experts improvisés, qui rivalisaient d'acrobaties oratoires pour relier le meurtre de la ministre de la Culture à celui du secrétaire d'État au Handicap. Bien sûr, tout le monde fait le lien, pensa Olivia.

Les deux femmes passèrent de longues heures devant l'écran, comme anesthésiées. Elles avalèrent tous les débats, l'intervention exceptionnelle que fit à 20 heures le Président Martial Saint-Hilaire, l'air plus soucieux que jamais, et les éructations de tous bords qui appelaient au sursaut et au retour des valeurs de force et d'autorité devant ces attaques ignobles et lâches visant les représentants de la République. Tard dans la nuit, quand apparut une nouvelle fois le dirigeant du collectif RAGE, Marc Bettendorff, enflammé tel un prophète de l'ancien temps, Olivia eut presque le sentiment d'une diversion déplacée, foutraque et bienvenue : il vilipendait pêle-mêle la Fondation Vuitton, l'art contemporain, les mécènes incultes voués au capital, le pouvoir décadent, la perte de sens, la mort de la gouvernance et de la culture. En songeant à l'article dont elle était l'auteur et qui allait sortir deux jours plus tard dans *Art Globe*, Olivia imagina la tête qu'il ferait. Il n'avait encore rien vu. Face à cette agitation frénétique qui s'emparait de toute la nation, elle se dit qu'elle avait peut-être eu tort. Peut-être ne fallait-il pas chercher à réveiller les morts. Leur retour constituait toujours un péril pour les vivants.

## 17.
## LA FUITE

– Il faut qu'on se sépare. Tu dois te mettre à l'abri, y a pas d'autre solution, fit Olivia en sortant du grille-pain les tartines du petit déjeuner.

Toutes les deux s'étaient levées tôt en ce mercredi matin. Les événements de la veille leur trottaient encore dans la tête. Joyce surtout paraissait très affectée. Elle tournait sans fin sa cuillère dans son café sans parvenir à le boire.

– Quand même, il n'était pas méchant, ce mec…

Soudain, son téléphone émit une tonalité. La jeune femme regarda le message et un sourire vint éclairer son visage.

– Thierry Faucheux ? demanda Olivia en levant le nez de sa tasse de thé. Voilà la solution. Va le rejoindre pour quelques jours. Prends du champ, ça te fera le plus grand bien.

– Tu crois ? fit Joyce, une lueur d'espoir allumée dans les yeux.

– Mais oui ! Je te paie le billet, t'inquiète.

– Merci ! Tu sais, je te rembourserai tout quand j'aurai trouvé un job.

Elle se retira dans sa chambre. De loin, Olivia entendit la conversation, ponctuée par des rires. Son idée était la bonne.

Mais elle était lucide sur ses motivations : envoyer Joyce à Marseille, c'était aussi s'y rendre un peu elle-même, et se rapprocher de Simon par procuration. De lui, pas un mot. Olivia n'osait pas le relancer. Il devait lui aussi digérer la nouvelle du meurtre commis la veille.

Joyce revint dans la cuisine et annonça fièrement :

– Tu ne vas rien avoir à débourser ! Thierry me prend le billet, je n'ai plus qu'à l'imprimer. J'ai un train en début d'après-midi.

Olivia fut soulagée. Elle pressa son amie d'aller faire ses bagages. Quant à elle, elle se dit qu'elle ferait bien de déguerpir aussi pour quelque temps. La sortie de son article, le lendemain, allait jeter un sacré pavé dans une mare déjà nauséabonde. Autant filer se mettre au vert pour éviter les éclaboussures. Quand Joyce fut partie en direction de la gare, après des effusions dignes d'adieux définitifs, Olivia entreprit de rassembler quelques affaires à son tour. Elle avait les clés d'un petit appartement familial à Dieppe où elle entendait se réfugier loin du monde. Tout en sortant les vêtements de ses placards et en les pliant sur son lit, elle écoutait de loin le bruit en provenance de la télévision qu'elle n'avait pu s'empêcher de rallumer. Il lui fallait cette compagnie illusoire car soudain, elle avait peur de se retrouver seule. À l'annonce d'une intervention de la ministre de la Santé, elle se précipita dans le salon. Pétunia Verschueren-Cellier était tout de noir vêtue, et l'austérité de son allure faisait ressortir sa blondeur et ses traits pulpeux. Son personnage avait quelque chose de déplacé. Non, plus que cela : elle avait l'air machiavélique. Sous couvert de rendre hommage à son secrétaire d'État dont elle vantait la loyauté, le dévouement et la discrétion, c'était elle-même qu'elle mettait en avant. Plus le discours avançait, plus son naturel revenait au galop : les sourires tristes, les mimiques prétendument éplorées qu'elle arborait avec art, essuyant même une larme furtive et déjà sèche, disaient surtout qu'elle se savait à présent le seul centre d'attention des caméras. Khadija disparue, la place était enfin libre. Et Bachelier lui offrait une occasion en or de revenir seule sur le devant de la scène. Peut-être était-elle donc parfaitement sincère quand elle termina son discours sur la gratitude qu'elle lui devait par-delà la mort cruelle qui l'avait frappé.

Olivia avisa alors en un éclair la chemise rouge cartonnée que Joyce avait abandonnée sur la table basse du salon. L'angoisse l'étreignit : elle ne pouvait pas la garder ; elle ne pouvait pas non plus la rendre à son propriétaire. L'idée lui vint d'y mettre le feu et de la laisser se consumer dans l'évier de la cuisine. Elle sortit son briquet de son sac à main, puis reposa le dossier. À la place, elle alluma une cigarette et inspira profondément. Ses neurones électrisés par la première bouffée de nicotine lui dictèrent la seule réponse possible : elle reprit le dossier, retourna dans sa chambre, décrocha le tableau d'Escher et entreprit de coller la chemise rouge au dos du cadre par quelques morceaux de scotch. Puis, ni vu ni connu, elle replaça le tableau sur le mur et se replongea dans son sac de voyage, légèrement tranquillisée. C'est alors que la sonnette de la porte d'entrée retentit. Elle eut un nouveau coup au cœur. Joyce avait-elle oublié quelque chose ? Si c'était le cas, elle avait aussi raté son train, parti depuis une demi-heure.

Olivia regarda par l'œilleton, discerna deux silhouettes masculines et se décida à ouvrir en laissant l'entrebâilleur. L'un des hommes était asiatique et l'autre de type maghrébin. Ils étaient vêtus de jeans et de blousons de cuir élimés.

– Oui ? fit-elle d'une voix qui se voulait forte et détachée.

– Nous recherchons Joyce Truarong. Nous savons qu'elle est ici.

– Certainement pas ! s'écria Olivia, regrettant aussitôt son emportement et son ton péremptoire qui trahissaient sa panique. Elle vient de partir !

– Et vous savez où elle est allée ?

– Pourquoi est-ce que je devrais vous le dire ? Vous êtes de la police ? Elle a un problème ?

– On peut dire ça, oui, fit l'un des visiteurs en ricanant. Vous feriez mieux d'ouvrir.

Il avait glissé son pied contre l'ouverture, comme s'il voulait la forcer.

– Pas question ! riposta Olivia. Soit vous me montrez vos cartes, soit vous dégagez.

Les deux hommes firent semblant de se tâter les poches, puis ils tinrent un court conciliabule à voix basse. Son instinct poussa Olivia à crier :

– Tirez-vous, ou j'appelle les flics !

Et elle claqua la porte puis se barricada à double tour. La nouvelle serrure était inviolable, lui avait assuré l'artisan. Elle pria mentalement pour qu'il ait dit vrai.

– T'inquiète, salope, on va revenir ! dit l'un des deux hommes en donnant un grand coup de pied dans la porte qui trembla.

Longtemps après leur départ, Olivia croyait encore sentir les murs de l'appartement vibrer. Ou peut-être était-ce elle qui tremblait.

*

Elle décida de ne rien dire à Joyce. Cela n'aurait servi à rien. À cette heure, sa jeune protégée se trouvait en lieu sûr, sur les rails. Olivia ne comprenait pas ce qui se passait. Mais elle était certaine d'une chose : il y avait danger. Son appartement mis à sac, quelques jours plus tôt, et maintenant cette visite. Elle ne parvenait pas à replacer les événements dans un ordre cohérent : le saccage des lieux s'était produit peu avant leur retour de Marseille. C'était seulement le lendemain que Joyce avait rapporté le dossier compromettant de chez Bachelier. Ou bien lui avait-elle menti ? Le détenait-elle depuis plus longtemps ? Ces hommes étaient-ils envoyés par la ministre de la Santé pour le récupérer et effacer toute trace de ses petites malversations ? Les idées tournaient dans la tête d'Olivia en une ronde malsaine, sans fin et de plus en plus écœurante. Même les cigarettes allumées à la chaîne ne parvenaient plus à contenir l'angoisse qui la tenaillait. Son sac de voyage était bouclé, mais elle n'osait pas se risquer seule hors de chez elle. Peut-être les deux hommes l'attendaient-ils au détour de l'escalier ou dans un recoin du palier.

Elle s'assit sur un accoudoir de son canapé et sortit son téléphone de sa poche.

– Allô, Gabin ? Dis, j'ai besoin d'aide, tu crois que tu peux rappliquer chez moi vite fait ? Je t'expliquerai. Mais je t'en prie, ne traîne pas.

Par bonheur, son frère faisait relâche en ce mercredi. Imaginant sans doute une grave fuite d'eau ou un début d'incendie, il répondit qu'il accourait au plus vite. Quinze minutes plus tard, la pétarade de son scooter sous ses fenêtres annonçait à Olivia qu'il avait grillé tous les feux rouges et qu'il arrivait en sauveur. Elle sentit de nouveau l'air investir ses poumons.

Elle l'entendit grimper les escaliers quatre à quatre, sans attendre l'ascenseur. Puis il tambourina contre sa porte.

– Olivia ! Ouvre, c'est moi !

Cette fois, elle ouvrit sans crainte et tomba dans les bras de son frère.

– Oh, merci d'être venu ! Je ne sais pas ce que j'aurais fait sans toi.

Puis elle referma soigneusement la porte à clé. Gabin la dévisagea.

– C'est vrai que ça n'a pas l'air d'aller fort. Tu es toute grise.

Olivia n'avait pas pris la peine de se maquiller.

– Il faut que je t'explique, dit-elle dans un soupir.

Elle lui raconta donc ce qu'elle pouvait lui raconter : sa rencontre avec Joyce, qu'elle hébergeait depuis maintenant quelques semaines ; leur voyage à Marseille, où elle en avait appris de belles sur la ministre de la Culture défunte ; son appartement retrouvé sens dessus dessous à leur retour ; leur présence à la Fondation Vuitton, la veille, lors du meurtre de Bachelier ; le départ précipité de Joyce, deux heures plus tôt ; et enfin, cette visite qui l'avait glacée.

– On aurait vraiment dit deux hommes de main, lui dit-elle. Là-dessus, je ne pense pas me tromper.

– Mais tu es complètement folle ! explosa son frère. Tu ramasses cette fille dans la rue, tu ne sais rien d'elle, et après tu t'étonnes d'avoir des ennuis ?

– C'est pas si simple, murmura Olivia, penaude.

Elle n'osait lui relater jusqu'où son enquête sur la mort de Khadija Saïdi l'avait menée ; comment grâce à Joyce elle pouvait à présent établir un lien entre l'assassinat de la ministre et celui du secrétaire d'État. Moins Gabin en saurait, mieux il se porterait. En revanche, elle lui expliqua que le lendemain jeudi devait sortir sous sa plume un article qui allait mettre un peu plus le feu aux poudres.

– Mais tu t'es fait complètement manipuler ! Par ce type, le directeur du musée, par les flics… Et toi, pendant ce temps, tu crois que tu joues les braves petits lanceurs d'alerte ?

Olivia fut ébranlée. Elle ne pouvait pas non plus lui avouer que depuis des semaines, elle entretenait une relation virtuelle à teneur érotique avec un inconnu qui lui fournissait des éléments cryptés sur le meurtre de Khadija ; et que cet inconnu aussi la manipulait.

– Tu crois que j'ai fait une connerie ? lâcha-t-elle.

Un sourire de compassion vint adoucir le visage crispé de son frère. Ses grands yeux bleus avaient toujours sur elle un pouvoir apaisant.

– Tu comprends, reprit Olivia, c'est pour ça que je dois partir quelque temps, je crois. Je compte aller me réfugier à Dieppe, puisque l'appartement est libre en ce moment.

– Bon... Toi à Dieppe, ta copine à Marseille : cela rendra les choses plus difficiles si on veut vous retrouver. C'est pas une mauvaise idée. En tout cas, cela te fera gagner du temps. Le mieux, c'est que tu viennes avec moi et que je te passe ma voiture. Et puis je vais te filer du cash. Pas de carte bleue.

– Mais... risqua Olivia, à la fois embarrassée et soulagée de le sentir prendre la situation en main.

– Tu me rembourseras plus tard. Évidemment, tu coupes ton téléphone et tu n'envoies pas d'e-mails.

– D'accord, dit-elle. C'est toi qui as raison.

Puis ils quittèrent les lieux. Tendue, Olivia serrait la poignée de son sac de voyage comme s'il risquait de lui échapper. Le palier, l'escalier et le hall d'entrée de l'immeuble étaient vides. Arrivé sur le trottoir, Gabin sortit un second casque du coffre de son scooter. Olivia l'enfila, Gabin l'aida à le sangler sous son menton. Elle se sentit mieux, certaine d'être méconnaissable ainsi harnachée. Puis elle grimpa sur le scooter derrière son frère, qui avait pris son sac de voyage en bandoulière, et s'accrocha fermement à lui.

*

Le jour déclinait déjà doucement quand elle prit la route dans la petite Golf bleue de son frère. Gabin lui avait bien recommandé d'éviter les péages, aussi elle emprunta l'itinéraire qui passait par des nationales. Le GPS lui annonçait un temps de parcours d'un peu moins de trois heures. À hauteur de Gisors, une petite pluie désagréable se mit à tomber. Elle se cala dans son siège et alluma la radio, dont le bruit de fond vint se mêler au va-et-vient lancinant des essuie-glaces. France Info ne parlait bien sûr que des récents événements. La marche du monde semblait s'être arrêtée avec la mort de Bachelier. La Fondation Vuitton resterait fermée pour une durée indéterminée, le temps que les enquêteurs procèdent aux relevés nécessaires. Le ministre de l'Intérieur venait de prendre des mesures drastiques : chaque membre du gouvernement, ministre comme secrétaire d'État, se verrait allouer un garde du corps qui ne le lâcherait pas d'une semelle. L'opposition poussait bien sûr des cris d'orfraie devant ces dépenses somptuaires, selon elle injustifiées. Certains, toutefois, visiblement peu rassurés, réclamaient timidement que la même protection leur soit octroyée. Sans doute avaient-ils quelque chose à se reprocher. Olivia commençait à se demander si quelqu'un ne s'était pas mis en tête de nettoyer la République à sa façon.

Demain, son article aggraverait la crise. Son frère avait instillé le doute en elle. Peut-être aurait-elle mieux fait de se taire et de laisser Simon gérer la situation, seul à la tête de son musée. Après tout, si les autorités voulaient l'interroger, Clément Toledano, sous le coup d'un mandat d'arrêt international, pouvait être arrêté puis extradé de Tunisie vers la France. Inutile de faire sortir toute l'affaire dans la presse. Mais il était trop tard. Et il fallait bien qu'elle se l'avoue, une part d'elle-même était mal à l'aise à l'idée de contribuer à accroître la défiance générale envers le pouvoir.

Il était près de 20 heures quand elle gara sa voiture sur le front de mer, devant le grand bâtiment en brique rouge muni de deux tourelles, qui avait autrefois appartenu tout entier à ses arrière-grands-parents. Aujourd'hui, la famille n'y possédait plus qu'un petit appartement qu'elle se partageait à tour de rôle pendant les vacances. Pas une seule fenêtre n'était éclairée. L'immeuble, en cette saison, semblait inhabité. Olivia trouva la clé principale dans son trousseau et la fit tourner avec peine dans la serrure rouillée. Elle poussa la lourde porte et grimpa les escaliers de pierre froids et humides jusqu'au quatrième et dernier étage. Une fois réfugiée dans l'appartement, son premier geste fut d'allumer le ballon d'eau chaude qui alimentait les radiateurs. Puis elle posa son sac sur le canapé du salon et se demanda ce qu'elle faisait là. Elle ne tenta pas d'ouvrir la porte-fenêtre qui donnait sur le balcon-terrasse. Dehors, il soufflait un vent de tempête et la pluie venait cingler les vitres comme si elle entendait les lapider. Au loin, sur l'horizon, déformées par l'eau ruisselant sur la fenêtre, les lumières des phares, des balises et des rares bateaux qui s'étaient risqués en mer faisaient des traînées floues et tremblotantes. Olivia pensa à Joyce qui se trouvait à cette heure à l'autre bout de la France, sous des cieux plus cléments, et en bonne compagnie. Elle ne pouvait même pas l'appeler.

L'appartement se réchauffait peu à peu. Olivia ôta son manteau. Elle parcourut les placards et dénicha quelques conserves. Pour ce soir, cela ferait l'affaire. Dans la cuisine ouverte où elle se tenait perchée sur un tabouret de bar, accoudée au comptoir carrelé de blanc, elle parcourut des yeux, dans un sens puis dans l'autre, la rangée de petites cabines de bain en bois peint fixées au mur, de tailles décroissantes telles des poupées russes, qui faisaient usage de boîtes à sucre, farine, poivre, sel et autres condiments. Depuis l'enfance, Olivia leur avait toujours trouvé une fonction apaisante. Cette fois-ci encore, la magie opérait : elles offraient, comme tout l'appartement, une image d'ordre, de cohérence et de logique. Face au déchaînement des éléments extérieurs, malgré les hurlements du vent dans le pignon, les petites cabines solidement ancrées sous la hotte disaient que le monde réel avait un sens, que chaque chose y avait sa place propre et que l'univers était parfaitement contrôlable. Peut-être Olivia n'était-elle au fond venue ici que pour s'en assurer de nouveau. Et c'est un peu rassérénée qu'elle alla se coucher dans la petite chambre, se glissant sous la couette sans même la recouvrir d'une housse, puis se laissant bercer par les cris du vent qui ne pouvait l'atteindre.

*

Le lendemain, le vent s'était calmé, la pluie avait cessé. Devant ses fenêtres, la plage était déserte, la mer était haute et reflétait le ciel gris. Les vagues clapotaient sans conviction, parvenues au bout de leur course à l'issue de la marée montante, comme si elles ménageaient leurs forces avant d'entamer la redescente. Combien de jours tiendrai-je ainsi ? se demanda Olivia. Puis elle se souvint que l'on était jeudi. Elle alluma la télévision dissimulée dans un coin du salon. L'explosion tant redoutée venait de se produire. Partout, les chaînes d'information et les journaux du matin ne parlaient que de ça : « Nouvelles révélations sur le meurtre de la ministre de la Culture » ; « "Recel au Mucem", l'article qui mine un peu plus la République » ;

« Khadija Saïdi a-t-elle été tuée par son comparse, Clément Toledano ? »

Olivia n'en revenait pas. Jamais elle n'avait évoqué cette hypothèse. Son article portait sur l'organisation du trafic à l'intérieur du musée. Elle soulignait les innombrables voyages que Toledano avait faits en Tunisie, et les camions pleins d'antiquités syriennes, irakiennes ou libyennes qui venaient déverser leurs cargaisons dans les caves du musée. Comment les médias étaient-ils parvenus aussi vite à cette conclusion ? Il lui fallait trouver une maison de la presse où elle pourrait acheter le nouveau numéro d'*Art Globe*. Le doute s'était insinué en elle : malgré ses mises en garde, Thomas avait-il modifié son article ? Elle sortit, serrant le col de son manteau pour se protéger du froid humide. À une centaine de mètres, dans une petite rue perpendiculaire au front de mer, elle savait qu'elle trouverait ce qu'elle cherchait. Il était 8 heures du matin, et les premiers joueurs grattaient fébrilement leurs tickets au comptoir, dans l'espoir que la chance tournerait enfin pour eux. Elle s'empara du numéro d'*Art Globe* qui voisinait avec les autres revues d'art puis chercha la monnaie dans son sac.

– Ah, oui, vous m'y faites penser ! clama le marchand de journaux en faisant tinter son tiroir-caisse. Vous êtes déjà la troisième à l'acheter ce matin. Avec ce qui vient de sortir à la télé, il faut que je me réapprovisionne au plus vite. D'habitude, je n'en ai que dix exemplaires, et je ne les vends même pas. Sauf l'été, quand il y a les Parisiens et qu'ils veulent de la lecture pour la plage. Mais là, je vais être à court avant midi !

Olivia bredouilla un remerciement, baissa la tête comme si elle risquait d'être reconnue et courut se réfugier à l'appartement. Elle n'ouvrit pas le magazine dans la rue. Ce n'est qu'une fois à l'abri sous les toits, la bouilloire mise en route pour le thé, qu'elle s'assit et tourna les pages jusqu'à tomber sur son article. Il tenait là, sur deux pages, inaltéré, bien signé de son nom, sobre et sérieux. Comme souvent, une fois imprimé, son texte lui paraissait avoir été écrit par quelqu'un d'autre :

« C'est un acte de courage auquel s'est livré le directeur du Mucem, Simon Bièvre, en nous révélant l'existence, au sein de sa propre institution, d'un important trafic d'antiquités en provenance du Moyen-Orient, notamment des pays en guerre. Têtes sculptées, bijoux anciens, statuettes, soubassements et chapiteaux ouvragés arrachés à des temples aujourd'hui détruits, c'est une véritable caverne d'Ali Baba illicite qu'il a découverte dans les caves du musée. Aussitôt alertée, l'OCBC (Office central de lutte contre le trafic de biens culturels) a dépêché une équipe qui a constaté ses dires et évalué l'ampleur et l'habileté du stratagème.

“L'affaire était bien rodée, explique Simon Bièvre. Toute l'équipe du musée n'y a vu que du feu. Des camions allaient et venaient, en provenance du port de Marseille, et déchargeaient leurs cargaisons qui étaient ensuite stockées dans une partie des caves de nos réserves, sans jamais susciter d'interrogations. Nous avons en effet sans arrêt des allées et venues liées à notre fonctionnement propre, aux prêts que nous faisons à l'extérieur et aux œuvres que nous recevons nous-mêmes ponctuellement d'autres institutions, dans le cadre de nos expositions temporaires.”

C'est en effet par hasard que le directeur du musée a découvert le pot aux roses : les objets étaient conservés à part, dépourvus de numéros d'inventaire, dans l'aile nord des réserves. On les évalue à cette heure au nombre de cinq mille. Très vite, les soupçons se sont portés sur un membre du personnel, et non des moindres, puisqu'il s'agit de l'administrateur général, Clément Toledano. Apprécié en haut lieu, il avait précédemment occupé le poste d'attaché culturel à l'ambassade de France en Tunisie pendant six ans. Il connaissait parfaitement ce pays avec lequel il entretenait des liens privilégiés… »

Le reste de l'article expliquait le trajet des œuvres pillées, qui rentraient en Tunisie après avoir traversé l'Égypte et la Libye, pour finir dans les cales des bateaux partant de Tunis à destination de Marseille. Olivia avait pris soin de ne pas nommer Khadija. Tout juste pouvait-on apercevoir son ombre dans l'expression « apprécié en haut lieu » qu'elle avait malgré tout glissée dans son texte. Elle avait d'ailleurs corrigé son premier jet, qui disait trop crûment que Toledano bénéficiait « de solides appuis en haut lieu ». Peut-être aurait-elle dû éviter complètement cette allusion. Et elle aurait dû surtout se méfier de son rédacteur en chef, toujours à l'affût des ragots. Avec l'aide de Marion, Miss Potins, il avait bien entendu déterré le lien entre Toledano et la ministre de la Culture. Et tout le reste de la double page créait comme un discours parallèle qui remettait en question le contenu de son article. Car en définitive, c'était Khadija qui se retrouvait sous les feux de la rampe. Et Olivia n'y était pour rien.

Le texte était en effet environné de photographies qui en orientaient la lecture. Pas une seule photo d'objet d'art ou d'antiquité n'avait été retenue. Une image montrait le Mucem, de nuit, rutilant de mille feux. Il voisinait avec une photo de Khadija riant aux éclats, en robe de soirée, une impressionnante rivière de diamants au cou. À ses côtés, une main posée sur sa hanche, se tenait Clément Toledano qui dans son smoking avait de faux airs de George Clooney. Et en bas de page, à droite, un encart signé de son amie Marion venait définitivement ruiner la portée informative de son propre article ; intitulé « Petits trafics entre amis », il fonctionnait en quelque sorte comme un codicille invalidant le texte principal et retraçait les liens qui unissaient Toledano et la ministre, sans omettre de se terminer sur ces questions brûlantes : « La ministre de la Culture, qui se rendait si souvent au Mucem, a-t-elle fermé les yeux sur un trafic dont elle avait connaissance ? En a-t-elle même été complice ? Et en a-t-elle, par ricochet, payé le prix de sa vie ? »

La bouilloire se mit à pousser un cri strident comme un signal d'alarme. Olivia, atterrée, se leva pour l'éteindre et comprit que Thomas avait réussi une fois de plus à la manipuler. Elle craignait la réaction de Simon. Elle ralluma la télévision, loin encore de s'imaginer à quel point Thomas était en train de se servir d'elle.

## 18.
## LA VOIX DE SON MAÎTRE

Le bandeau, en bas de l'écran, annonçait son nom : « Thomas Tranchard, rédacteur en chef du magazine *Art Globe* ». Car c'était bien lui qui avait, contre toute attente, les honneurs des plateaux télé.

– Vos révélations, parues ce matin, jettent un nouveau pavé dans la mare, vous en êtes conscient, dit le journaliste. Et vous n'hésitez pas à faire le lien entre les malversations qui, rappelons-le, concernent le Mucem, ce grand musée marseillais, et le meurtre de la ministre de la Culture, il y a tout juste un mois. N'allez-vous pas un peu vite en besogne ? Avez-vous des preuves ?

– Nos sources sont tout à fait précises et documentées, puisqu'elles émanent du directeur du musée lui-même. Il a souhaité révéler au grand jour toute cette affaire de trafic qui s'est déroulée pendant des mois au sein de son établissement. Nous y avons envoyé une de nos journalistes, l'un de nos meilleurs éléments, qui a recueilli ses déclarations et visité les lieux en sa présence.

Nom de Dieu ! Quel culot il a, ce faux derche ! pensa Olivia, estomaquée. C'était quand même elle qui lui avait apporté l'article sur un plateau.

– Comment expliquez-vous que cette journaliste, justement, cette… Olivia Lespert, fit le présentateur en regardant ses notes, semble avoir disparu de la circulation ? Car nous souhaitions initialement l'avoir ici, sur ce plateau, à votre place. Mais elle ne répond à aucun message, son téléphone semble coupé. Est-ce bien là la réaction normale d'une personne qui a œuvré à la publication de tels éléments ?

Thomas adopta un air de conspirateur et regarda le présentateur par en dessous.

– Voyez-vous, nous avons le souci de protéger nos informateurs. Dans le contexte actuel – car vous venez d'évoquer la fin tragique de Khadija Saïdi –, nous l'avons encouragée à se mettre à l'abri, dans un lieu connu de nous seuls.

Incroyable ! Toujours plus fort ! s'exclama Olivia intérieurement, sidérée par l'aplomb du rédacteur en chef.

– À ce propos, justement, poursuivit le présentateur, soudain doucereux comme celui qui sait détenir l'argument qui va faire plier son adversaire, comment expliquez-vous encore que cette Olivia Lespert se soit trouvée précisément à la Fondation Vuitton, le jour du meurtre du secrétaire d'État Hugues Bachelier, et qu'elle soit la seule journaliste présente sur place que les autorités n'arrivent pas à localiser à cette heure ? Car nous avons nous aussi nos sources, voyez-vous, et elles nous ont confirmé ce point. Il semble qu'il y ait là une coïncidence troublante, ne pensez-vous pas ?

Sous les yeux ébahis d'Olivia se déroulait un véritable pugilat, un combat des chefs dont l'enjeu, ainsi qu'elle le découvrait avec effarement, n'était autre que sa propre personne. Thomas accusa le coup stoïquement.

– Nous sommes tout à fait disposés à collaborer avec la justice, déclara-t-il, sur la défensive. Comme je vous l'ai dit, il s'agit d'une mesure de sécurité à son égard.

Le présentateur porta alors l'estocade :

– Êtes-vous bien sûr de savoir où se trouve votre collaboratrice, monsieur Tranchard ? N'y a-t-il pas plutôt un risque qu'il lui soit arrivé malheur ? Car son silence est inexplicable, vous en conviendrez. Se peut-il qu'on ait voulu la faire taire, après ses révélations ? Ou au contraire, a-t-elle quelque chose à cacher, qui aurait à voir avec le meurtre d'Hugues Bachelier ?

Olivia n'en revenait pas. Voilà qu'elle devenait, sur tous les écrans du pays, ce personnage de fiction à qui l'on prêtait des intentions ou un sort qui n'étaient que purs fantasmes et élucubrations médiatiques. Il fallait faire du buzz, au besoin à son détriment. Elle n'était pas là pour se défendre. Elle ne pouvait même pas décrocher son téléphone pour rassurer ses proches qui devaient à cet instant précis être morts d'angoisse, suspendus à leurs téléviseurs. Elle se raccrochait à la promesse faite à son frère de disparaître pour un temps de la circulation et de rester invisible. Mais voilà où cela la menait. Elle était à présent la personne la plus recherchée de France. Peut-être pas encore l'ennemi public numéro un, mais qui pouvait dire jusqu'où ce petit scénario pouvait aller ? L'essentiel était de fournir du grain à moudre au spectateur, et à n'importe quel prix, fût-ce celui de sa réputation.

– Voyons, s'emporta soudain Thomas, avec toute la fougue d'un acteur surjouant la colère. Comment pouvez-vous insinuer de telles choses ? Quand notre collaboratrice est l'incarnation de tout ce qui fait l'esprit de notre maison ? Car notre règle, oui, c'est l'éthique, et la déontologie la plus stricte ! Nous sommes des lanceurs d'alerte, les défenseurs d'une certaine idée du bien commun ! Si nous dénonçons ces trafics qui vérolent le musée de Marseille, nous n'avons pas à nous en défendre ! Nous sommes fiers de mettre sur la place publique des pratiques qui ne concordent pas avec notre idée de la morale, car sachez-le, c'est pour elle que nous nous battons ! Ceux qui usent et abusent des institutions, à quelque poste que ce soit, doivent être dénoncés ! La République a été assez malmenée par leurs petites manigances : demandez-vous plutôt pour quelle raison on a assassiné la ministre de la Culture ! Et le secrétaire d'État, dans la foulée !

Ébranlé, le présentateur accusa le choc à son tour, puis se ressaisit :

– Avez-vous d'autres révélations à nous faire à ce sujet ? demanda-t-il presque timidement.

– Lisez notre magazine ! Tout est dans nos pages ! rétorqua Thomas, faussement courroucé. Je n'ai rien de plus à ajouter.

*

Thomas Tranchard en incarnation de la vertu outragée, elle aurait vraiment tout vu. Car elle ne connaissait personne qui soit plus âpre au gain, retors et de mauvaise foi. Qui plus est, il avait une légère propension aux blagues salaces et misogynes, quand ce n'était pas carrément au harcèlement sexuel – Olivia elle-même avait dû le recadrer, à sa première embauche, bien des années plus tôt. Depuis, elle avait vu nombre de jeunes stagiaires affolées ou en larmes après des rendez-vous dans son bureau. Alors, comme parangon de l'éthique et de la probité, ce crétin pouvait repasser.

Pour l'heure, elle était totalement désorientée. Fallait-il qu'elle continue de se terrer à Dieppe, à l'abri de la tempête sous les toits ? Ou devait-elle au contraire rentrer à Paris et faire taire les rumeurs sur sa personne, en prouvant aux médias qu'elle n'avait pas disparu et qu'elle était prête à les affronter ? Elle appréhendait la réaction de Simon, qui n'avait certainement pas imaginé que le scandale des œuvres pillées tournerait, non pas tant autour du coupable, Clément Toledano, qu'autour d'elle, Olivia. Tous les efforts pour faire rentrer l'administrateur général indélicat de Tunisie risquaient bien de rester vains. Et avec eux mourraient alors tous les espoirs qu'Olivia pouvait nourrir de revoir un jour son bel amant marseillais si fougueux.

Elle n'osait plus mettre le nez dehors. Pas même un pied sur le balcon face à la mer grise. Une crainte irraisonnée que des paparazzis puissent la guetter s'était emparée d'elle. Sa seule fenêtre sur le monde restait la télévision. Et elle n'était pas au bout de ses surprises. Car à présent, les reporters avides tendaient leur micro à Éric Kriegerman, le bouillonnant avocat de Vincent Sasportas. Il était filmé en contre-plongée, posté sur un escalier de marbre et encadré par deux colonnes cannelées, vêtu de sa robe noire, un doigt vengeur levé vers le ciel, des mèches grises s'échappant de son catogan, tribun échauffé dont la voix de stentor résonnait sous les voûtes du palais de justice :

– … car aujourd'hui même, je demande la libération immédiate de mon client ! Vincent Sasportas est maintenu depuis de longs jours en détention provisoire au mépris de toute règle du droit et de tout bon sens, coupable seulement de son amitié avec la ministre de la Culture assassinée ! Va-t-on aussi l'accuser du meurtre du secrétaire d'État au Handicap ? Et des sept plaies d'Égypte ? Je vous le dis, nous demanderons réparation pour cette décision abusive !

Le présentateur en studio reprit la main. Les sourcils froncés, l'air lugubre, il regardait la caméra avec une intensité nouvelle et un art consommé du suspense. Olivia avait l'impression que c'était à elle qu'il s'adressait.

– Je vous propose à présent de regarder un document exceptionnel, un reportage exclusif filmé par nos équipes au domicile de Vincent Sasportas, dans le 20e arrondissement de Paris. Sur les indications du célèbre photographe, nos équipes ont en effet été en mesure de retrouver un témoin-clé qui n'a jusqu'alors jamais été entendu.

Le petit film était soigneusement mis en scène. Une vue de la façade de la maison de Belleville, nichée dans son jardin exotique. Puis un plan rapproché d'une des fenêtres à l'étage. Et soudain, à l'intérieur, assis sur l'un des fauteuils coque de cuir blanc, devant la petite table en plexiglas sur laquelle reposaient, savamment disposés, des ouvrages de photographie, Olivia reconnut Luciano. Il était pomponné et rasé de près, vêtu d'une chemise violette impeccablement repassée et d'un pantalon noir au pli parfaitement marqué. On aurait dit qu'il avait, en son absence, investi la place de son patron.

– Monsieur Battisti, dit la voix de l'interviewer invisible, vous êtes l'assistant du photographe Vincent Sasportas, actuellement placé en détention provisoire dans le cadre de l'enquête sur le meurtre de la ministre de la Culture. Et à ce titre, vous avez souhaité porter à notre connaissance un événement qui, à la lumière des récents développements, vous a paru revêtir une importance toute particulière.

D'une voix fluette, forçant son accent italien, croisant et décroisant les doigts, comme torturé par un aveu indicible, Luciano se lança alors dans le discours suivant :

– Eh bien, voyez-vous, cela s'est passé le lundi 14 novembre. À l'époque, je n'ai pas cru que cela pouvait être important. Mais maintenant, je me dis que si. Ça a à voir avec cette femme, Olivia Lespert, la journaliste qui a disparu. Deux jours plus tôt, elle était venue poser des questions à Vincent. Apparemment sur son travail ou ses nouvelles expos. Et voilà que deux jours plus tard donc, le lundi, cette femme m'a suivi dans la rue. Elle m'a abordé… Et là, je n'ai rien vu venir, elle m'a plaqué contre un mur, dans un recoin, entre des poubelles, elle m'a agressé sauvagement, elle a failli m'étrangler, et pour finir, elle a cassé une bouteille et m'a pratiquement tailladé le visage. Ça s'est passé tellement vite, je n'ai même pas eu le temps de me défendre. Puis elle est partie, et je suis resté là, sans comprendre ce qui m'était arrivé, très secoué, vous imaginez.

– En effet, on vous comprend, fit l'interviewer, vaguement obséquieux. Mais vous n'avez pas porté plainte auprès de la police ?

– Non, je n'y ai pas pensé… À ce moment-là, Vincent était très perturbé par la mort de son amie la ministre. Je ne lui ai même pas raconté cette agression, je ne voulais pas lui causer d'autres soucis. Il fallait que je le protège. Et quand huit jours plus tard, il a été arrêté, j'avais franchement autre chose en tête. Toute la maison à gérer, des responsabilités… Sans lui, ce n'est plus pareil.

Olivia venait de recevoir un uppercut. Elle ne parvenait plus à respirer. Ses neurones affolés essayaient d'analyser la situation. Tout ce cinéma – l'avocat fulminant, Luciano pleurnichant – ressemblait fort à une petite stratégie de diversion. Et c'était sur elle, par malheur, qu'ils avaient décidé de braquer les projecteurs.

*

Elle se sentait impuissante, oscillant entre la colère et la consternation. Elle avait peur pour Joyce. Car si Luciano révélait ce qu'Olivia lui avait demandé – où elle pourrait trouver la jeune Eurasienne –, c'était elle qui serait inquiétée à son tour. Et on ne tarderait pas à découvrir le lien particulier qu'elle avait entretenu avec feu Hugues Bachelier. Olivia, tétanisée, ne parvenait plus à bouger de son canapé. Elle jeûna toute la journée, les yeux rivés sur l'écran, dans un sentiment de profonde solitude, incapable de démêler ce sac de nœuds. De temps en temps, sur chaque chaîne d'information, elle revoyait le visage de Thomas, qui semblait de plus en plus à l'aise dans le rôle de chevalier blanc qu'il avait adopté. On aurait dit qu'il commençait même à y croire : la défense des valeurs, de l'art, des institutions, c'était là le cheval de bataille qu'il venait de se trouver. Et par-dessus tout, il défendait, preux comme Roland à Roncevaux, l'intégrité de sa collaboratrice, Olivia Lespert, rouage indispensable à son équipe, et personne du plus grand sérieux. Interrogé sur les propos de Luciano Battisti, il les balaya d'un revers dc la main : tout cela était un coup monté, un tissu de mensonges. Jamais Olivia Lespert n'avait fait parler d'elle, jamais elle n'aurait fait de mal à une mouche. Elle était la professionnelle la plus irréprochable que la terre ait portée.

Écrasée dans son canapé, comme hypnotisée et incapable de plus rien ressentir, Olivia vit apparaître sa propre image en plein milieu de l'écran. Une photographie ingrate, datant de plusieurs années, qui avait servi à illustrer sa carte de presse. Il y avait fort à parier que c'était Thomas lui-même qui l'avait fournie aux chaînes de télévision. Avec son petit battage médiatique, il était assuré de voir les ventes du magazine exploser. Elle ne fut presque pas étonnée quand sur un plateau apparut sa collègue Marion, qui attesta elle aussi devant le pays tout entier qu'Olivia Lespert était une grande journaliste, et qui plus est une amie fidèle, dont elle n'avait jamais eu qu'à louer la discrétion et le bon esprit. La voix de son maître, pensa Olivia, définitivement écœurée. Marion était à la botte de Thomas. Comme Luciano avec Sasportas.

Alors que le jour tombait, elle se décida à sortir prendre l'air, indifférente au danger. Elle n'avait plus rien à perdre. Son téléphone dormait au fond de sa poche. Elle n'osait pas le rallumer, sachant que des dizaines de messages et d'appels l'attendaient. Une longue marche dans la pénombre et le vent, sur la plage déserte et glaciale, lui remit un peu les idées en place. Il ne servait à rien de faire l'autruche. Mieux valait affronter les attaques. Elle prit la décision de rentrer à Paris dès le lendemain matin.

De retour à l'appartement, elle ralluma la télévision et eut un nouveau coup au cœur : BFM avait réussi à obtenir un entretien avec Simon. Il était là, sur l'écran, l'air grave, d'une beauté ravageuse, dans son bureau de verre à l'autre bout de la France. Il exposait au journaliste ce qu'il avait exposé quelques jours plus tôt à Olivia : le trafic d'œuvres pillées dans les pays du Moyen-Orient, mis en place à son insu par son bras droit, Clément Toledano, à présent en fuite en Tunisie. À la question de savoir quels étaient ses rapports avec la ministre assassinée, le directeur du musée fit pour toute déclaration :

– Ça, c'est à lui de s'en expliquer. Je ne saurais parler à sa place. Il va devoir rendre des comptes pour ce trafic au sein du musée… Madame Saïdi lui rendait souvent visite et demandait à parcourir les réserves en sa compagnie. Voilà tout ce que je peux vous dire. Quant à savoir s'il est coupable d'un crime plus grave, lui seul a la réponse.

Le journaliste posa alors une autre question qui lui brûlait les lèvres :

– Et cette Olivia Lespert, à qui vous avez confié ces informations pour qu'elle les publie… Elle a récemment participé au jury d'un concours de sculpture, dans votre musée. Elle a la réputation d'être une critique d'art avertie. Pour quelle raison l'avez-vous choisie comme votre porte-parole dans la presse ?

– J'ai juste suivi mon instinct. Elle se trouvait là au bon moment, et elle avait fait preuve d'un jugement sain lors des délibérations du concours. Je lui ai simplement fait confiance. Il y avait urgence à révéler cette affaire avant que quelqu'un d'autre ne le fasse. Je ne regrette pas mon choix. C'est une personne de grande valeur.

À ces mots, le cœur d'Olivia se serra. Elle n'osait y entendre une déclaration d'amour.

Le journaliste, tenace, poursuivit sur sa lancée :

– La croyez-vous coupable des actes dont l'assistant de Vincent Sasportas l'accuse publiquement ? Et avez-vous une idée de la raison pour laquelle elle se cache ? N'êtes-vous pas surpris de sa présence sur le lieu où le secrétaire d'État Hugues Bachelier a trouvé la mort ?

– Si vous voulez mon avis, c'est de la foutaise. Qu'elle se soit trouvée sur place à la Fondation Vuitton est sûrement une pure coïncidence. Une grande partie de la presse s'y trouvait aussi, non ? Pour le reste, Olivia Lespert, ainsi que j'ai pu en juger, est une personne sensée, délicate et raffinée. Ce lynchage médiatique n'a aucun sens. Vous feriez mieux de vous pencher sur le cas de Toledano ! Si quelqu'un fuit ses responsabilités, c'est plutôt lui !

En quelques phrases, Simon avait d'autorité redressé la barre, disculpant Olivia et remettant Clément Toledano dans la ligne de mire. Elle éprouvait envers lui une reconnaissance éperdue. Durant toute la soirée et une bonne partie de la nuit, les médias continuèrent de brasser les faits qui leur avaient été jetés en pâture. Olivia constata avec soulagement que les mots de Simon avaient pesé de tout leur poids : les projecteurs étaient désormais braqués sur cet autre absent, Toledano. Ses rapports avec Khadija Saïdi étaient disséqués à l'envi, des photos et vidéos des deux acolytes surgissaient sur toutes les chaînes, qui rivalisaient de diligence et d'ingéniosité pour mettre en évidence l'étroitesse de leurs liens. Même Sasportas, son avocat et Luciano passaient tout à coup au second plan. Les médias avaient parfois la mémoire courte et l'enthousiasme versatile.

## 19.
## L'INQUIÉTANTE ÉTRANGETÉ

En fin de matinée, elle ferma l'appartement et reprit la route sous un soleil froid et pâle. Après quelques dizaines de kilomètres à peine, elle s'arrêta sur une aire d'autoroute pour acheter un sandwich, une salade et un café, qu'elle consomma debout, à une petite table ronde juchée sur un haut pied, parmi d'autres voyageurs solitaires qui regardaient leur portable. Au loin, l'écran de BFM suivait la marche du monde en temps réel : de nouveaux bombardements en Syrie ; des émeutes aux États-Unis ; l'avancée du pont géant qui se construisait entre la Crimée et la Russie ; un énième scandale de la pollution lié à la corruption en Chine. Ces événements sommairement évacués comme s'ils n'étaient que des faits divers sans intérêt, la présentatrice revint avec délectation sur la nouvelle de la matinée : la sortie de prison de Vincent Sasportas. Amaigri, les traits tirés, il montait avec son avocat dans un taxi pour échapper aux questions et aux caméras. Pendant les vingt minutes que dura son déjeuner, Olivia le vit effectuer six fois cette action, comme si le disque de l'histoire s'était subitement enrayé – le même geste de lassitude de la main à l'adresse des gêneurs, la même introduction de son grand corps plié en deux dans la voiture dont l'avocat lui tenait la porte ouverte, la même remontée de sa main vers son visage comme pour se cacher, assailli par les paparazzis agglutinés à la vitre. Les images tournaient en boucle, faute de commentaires ou de réponse définitive à la question : avait-il oui ou non tué Khadija Saïdi ?

Olivia se décida enfin à rallumer son portable. La voix de sa messagerie lui annonçait avoir la mémoire saturée. Elle avait soixante-dix-huit appels en absence et vingt-trois messages enregistrés. Elle n'eut pas le courage de les écouter. Il lui suffisait de constater que Thomas l'avait appelée douze fois, Marion cinq, Joyce trois. Même sa mère, avec qui elle n'entretenait que de lointains rapports, avait tenté de la joindre à deux reprises. Bizarrement, cela lui fit plaisir. Il fallait qu'elle disparaisse pour que le monde semble se soucier de son sort. Pas un seul signe de Simon, en revanche.

Parmi les numéros inconnus, un en particulier revenait régulièrement. Le même numéro lui avait finalement laissé un SMS : « Prière de rappeler au plus vite le commandant Agnès Prémontin à la Section Criminelle de la DRPJ, dans le cadre de l'enquête sur le meurtre du secrétaire d'État Bachelier. » Olivia se résolut à reprendre la route, une petite angoisse de nouveau logée au creux de son ventre comme un rongeur désormais familier. Elle réfléchirait durant le trajet à ce qu'elle allait bien pouvoir dire à la police.

*

Ce n'était pas très malin d'avoir fui la Fondation Vuitton comme elle l'avait fait, dans le feu de l'action, en entraînant Joyce manu militari puis en l'envoyant à l'autre bout de la

France, tandis qu'elle-même courait se planquer dans la direction opposée. Ce répit n'avait pas duré bien longtemps. Elle voulait disparaître, et le résultat avait été l'affichage de sa propre image sur tous les écrans. Belle réussite.

Elle laissa la voiture de son frère à sa place habituelle, dans le garage sous son immeuble, en se faufilant derrière un autre véhicule. Puis elle rentra chez elle, avec le sentiment intense du ridicule de son bref voyage – tel un Ulysse qui aurait fait demi-tour, par manque de vent ou de courage. Une fois dans son appartement, elle s'enferma à double tour, heureuse au fond de se retrouver chez elle. Cet autre moi qu'elle avait vu projeté sur l'écran, elle ne s'y reconnaissait pas. Il était temps qu'elle reprenne les rênes de sa propre histoire. Elle commença par envoyer des messages succincts à ses proches et à ses amis pour les rassurer sur son sort. Leur parler de vive voix lui aurait pris trop de temps. Il y en avait un, en revanche, qu'elle brûlait d'avoir au bout du fil :

– Salut, Thomas, alors, tu es content, tu t'es bien fait mousser ? On t'a recruté comme consultant, à ce que je vois ?

– Putain, Olivia, tu te fous de moi ? T'étais passée où ?

– Je suis allée me mettre un peu au vert… Et puis j'ai changé d'avis. Je suis revenue.

– Tu es à Paris ? Tu sais que tout le monde te cherche ? Même les flics, ils m'ont appelé, ces cons !

– Oui, difficile de rater votre petit numéro, à Marion et à toi… Enfin, je suppose que tu es content, les ventes explosent.

– Ouais, c'est dingue ! Du jamais vu ! On en est au troisième tirage. 600 000 vendus ! On va bientôt battre *Télérama* !

– Merci qui ?

– Oh, ça va, c'est pas ton petit reportage bien léché qui nous vaut ça ! Plutôt l'habillage qu'on a mis autour.

– Bravo, oui, en effet ! Heureusement que je t'avais dit de ne pas mentionner Khadija ! Et toi, bien sûr, ni une ni deux, tu la balances avec Toledano !

– Ben quoi, c'est le sel de l'affaire, non ? Quand même plus intéressant que ce petit trafic dont tout le monde se fout !

– Sauf que là, ça risque de faire peur à Toledano. L'idée était de l'amener à rentrer en France pour qu'il raconte sa version des faits. Et tu en as carrément fait le suspect numéro un dans le meurtre d'une ministre !

– Et alors, c'est pas le cas, peut-être ?

– Quel rapport entre ce mec et le fait qu'on ait retrouvé Khadija dans ce club, et dans cette posture, tu peux me le dire un peu ? Et à présent, Sasportas est dehors, lui aussi. Ça fait beaucoup de suspects en liberté.

– Ce qu'il faudrait maintenant, c'est qu'on ait *le* scoop. Je veux dire par là : le coupable. Je reconnais que tu nous as apporté du lourd, avec ces petits trafics marseillais. Et puis, il y a l'histoire du meurtre de Bachelier. D'accord, on ne voit pas le lien, mais il y en a peut-être un ?

Immédiatement, des images se bousculèrent dans la tête d'Olivia : les fleurs bleues du meurtre rituel, le dossier récupéré par Joyce. Ce lien, elle en possédait la preuve, mais elle se garda bien d'en révéler quoi que ce soit à Thomas.

*

Il lui fallait se rendre au rendez-vous que lui avait fixé pour 16 heures le commandant Prémontin, à la PJ. La policière était une grosse femme aux cheveux coiffés avec un pétard, vêtue d'un jean et d'un pull à col roulé.

– Dites-moi, vous n'êtes pas facile à joindre ! dit le commandant en guise de préambule.

Elle tapa quelques mots sur son clavier. L'entretien serait transcrit en direct.

– Je sais, s'excusa Olivia, assise de l'autre côté du bureau, en face d'elle, tandis que l'enquêtrice la dévisageait de ses yeux noirs. J'ai éprouvé le besoin d'aller m'isoler en dehors de Paris, parce que l'article qui allait paraître dans *Art Globe*, celui où je parle des trafics du Mucem, était sur le point de sortir, et que je craignais d'être tarabustée par tous les médias.

– C'est pas un peu bizarre, pour une journaliste ? demanda le commandant en haussant un sourcil. D'habitude, plus on en parle, plus vous êtes contents !

– À la base, je suis critique d'art, pas journaliste d'investigation. J'ai écrit cet article à la demande du directeur du Mucem, qui est un ami, et avec l'aval de vos collègues de l'OCBC. L'idée était d'amener l'auteur du trafic à s'expliquer depuis la Tunisie.

– Mouais, fit la policière, sceptique. Je sais, j'ai vérifié avec mes collègues. Drôle de démarche, si vous voulez mon avis. Pas vraiment dans les usages. Enfin, ils doivent avoir leurs raisons. Moi, de toute façon, ce qui m'intéresse c'est ce que vous avez vu à la Fondation Vuitton mardi dernier. D'abord, vous y étiez dans quel but ?

– Oh, fit Olivia, évasive. L'art contemporain… La Journée du handicap… Je me suis dit qu'il y avait peut-être là matière à un papier. Je suis freelance, il faut que je trouve des idées et que je les vende.

Puis aux questions du commandant, qui continuait à tapoter sur son clavier avec régularité, elle répondit sans ambages et sans rien dissimuler : le bruit et la fureur de la salle d'exposition où passait une vidéo expérimentale, œuvre d'art totale ; la bousculade et l'évacuation… De la chute de Bachelier, elle n'avait bien sûr rien vu. Olivia se détendit. Tout cela n'était au fond qu'une formalité. Elle avait eu tort de s'inquiéter.

– À plusieurs reprises, on voit le secrétaire d'État sur les bandes vidéo en compagnie d'une jeune femme d'allure asiatique, poursuivit le commandant. Il semble bien la connaître, et même entretenir avec elle une certaine intimité. Par recoupement avec les listes des invités, on sait qu'elle s'appelle Joyce Truarong. Mais comme vous, elle a disparu.

Les yeux noirs dardaient sur Olivia un faisceau d'une rare intensité. Elle commença à transpirer.

– Je n'ai pas disparu, puisque je suis ici ! dit-elle par boutade, d'une voix qui se voulait assurée et légère.

– Cette personne, vous la connaissez ?

– Non, ça ne me dit rien.

– Autre chose, on a eu beau chercher, on ne vous trouve pas sur les bandes vidéo. Tous vos collègues journalistes, on les a à peu près identifiés. Vous non. Vous avez une explication ?

Olivia resta interdite. Elle était pourtant bien sur place ce jour-là. Comment son image avait-elle pu s'effacer ? Soudain, cela lui revint : la perruque. Voilà qui allait être commode à expliquer.

– En fait, voilà, fit-elle, penaude. Parfois pour me donner du courage dans la foule, j'ai besoin de me déguiser. Question d'indépendance, pour le cas où je tomberais sur un scoop, j'aime mieux que certains confrères ne me reconnaissent pas. Mardi après-midi, donc, j'ai fait ce que je fais souvent dans ces cas-là : j'ai mis ma perruque blond platine. Vous voyez *Paris, Texas* ? L'héroïne jouée par Nastassja Kinski ? Eh bien, c'est à ça que je ressemble.

– De mieux en mieux, grommela le commandant en tapant plus nerveusement sur son clavier. Une journaliste comme vous, qui fuit les projecteurs à ce point, si vous voulez mon avis, c'est louche. J'espère pour vous qu'on va vous trouver sur les bandes vidéo en les réexaminant. Vous voyez quelque chose à ajouter?

Les yeux noirs transperçaient de nouveau Olivia.

– Non, fit celle-ci en baissant la tête comme un enfant prix en faute.

– Et ce que cet Italien a raconté dans les médias à votre sujet, l'agression qu'il aurait subie, ça vous inspire quoi?

– Oh, lâcha Olivia dans un soupir accablé. Tout ça est très exagéré. Et monté en épingle à cause des événements. Je l'ai juste un peu secoué pour obtenir une information.

– Et c'était quoi, cette information si importante?

Toujours les yeux noirs, profonds comme un lac de feu. Elle ne pouvait pas révéler qu'elle cherchait à l'époque à retrouver Joyce à tout prix. Pas après avoir à l'instant nié la connaître. Elle était coincée. Prise à son propre piège.

– Comme tout le monde… hasarda-t-elle. Je voulais des détails sur les liens entre Sasportas et la ministre de la Culture… Savoir ce qui se passait dans ce club où on l'a retrouvée.

– Et vous me dites que vous n'êtes pas journaliste d'investigation? Faudrait savoir, jeta le commandant, avec une moue qui ressemblait à un rictus.

Elle acheva de mettre en forme les notes qu'elle avait prises puis en tira deux exemplaires de son imprimante qui grinçait de façon sinistre. Olivia signa la déposition et se leva, légèrement flageolante. Elle promit de rester à la disposition de la police et de ne pas s'éloigner de Paris sans prévenir.

*

L'entrevue avec l'enquêtrice lui avait causé un électrochoc. Des questions abruptes qui amenaient des réponses directes et dévoilaient des faits réels. Le contraire de tout le petit manège dans lequel Pygmalion l'avait entraînée depuis des semaines. De fausses pistes en suppositions, elle avait tout imaginé. Qui avait pu tuer Khadija Saïdi ? Les coupables potentiels avaient tourné plaisamment dans sa tête. Elle avait ressenti une sorte d'excitation mentale à déchiffrer les énigmes de Pygmalion. Qui était-il ? Les possibles se succédaient. Il adoptait tous les visages. Demeurait insaisissable. Elle croyait le reconnaître et il fuyait, une identité chassant l'autre. Elle lui était liée par un fil invisible, qui l'agaçait. Il ne la laisserait jamais en paix. Toujours, il revenait la tourmenter. Elle perdait pied. Le réel se dérobait sous elle.

Mais confrontée au commandant Prémontin, elle avait vécu un atterrissage forcé et violent. Elle réalisait brusquement qu'elle pouvait très bien se retrouver elle aussi du mauvais côté de la barrière. Des éléments caricaturaux et parcellaires, mis bout à bout, dressaient d'elle un faux portrait. Cela suffisait aux médias, qui s'en repaissaient. Olivia se sentait en danger. Dans les interrogatoires policiers, il n'y avait pas de place pour les approximations. Bientôt, l'enquête la relierait à Joyce, et donc à Bachelier. Si son petit mensonge au sujet de sa jeune amie, pour l'heure réfugiée à Marseille, était percé à jour, elle risquait de passer un sale quart d'heure.

De retour chez elle, pour calmer l'inquiétude qui la rongeait, elle se rendit dans sa chambre et se tint un moment devant le cadre d'Escher. Il lui faisait toujours le même effet – inquiétante étrangeté : où était le faux, où était le vrai ? Le monde n'était-il qu'un labyrinthe de suppositions douloureusement enchevêtrées ? Elle se raccrocha aux faits avérés : les meurtres de Khadija et de Bachelier. La mort était la seule réalité concrète et indépassable.

## 20.
## SERPENTINA

Samedi 3 décembre devait être une journée particulière. Il y avait exactement un mois que Khadija Saïdi avait été assassinée. Et le soir même devait avoir lieu pour la première fois, dans tous les musées de France, un événement simultané dont la ministre défunte avait été l'instigatrice. Appelé *Serpentina*, il avait pour but de faire entrer l'art contemporain dans toutes les institutions du pays, même les plus poussiéreuses. La nouvelle représentante de la Culture, Henriette Danjou, fit une intervention au journal de 13 heures pour en expliquer la teneur : « *Serpentina* est un projet qui a été voulu par Khadija Saïdi et qui vise à ramener au musée le public qui le délaisse ou qui n'y est jamais allé. » Sanglée dans un tailleur bleu foncé, le visage sévère, la ministre semblait réciter un texte auquel elle ne croyait pas du tout. « Les musées vont en effet ouvrir leurs portes et laisser le champ libre aux plasticiens, aux acteurs et aux musiciens, ce soir entre 20 heures et minuit, partout en France. Des spectacles, des happenings, des expositions éphémères auront lieu, et nous remercions tous les personnels qui nous apportent leur concours dans cette entreprise. Je dois aussi préciser que, sur une suggestion du Président de la République, mon ministère a décidé de pérenniser cet événement, en hommage à ma prédécesseure, tragiquement disparue. Chaque premier samedi de décembre, désormais, ce projet *Serpentina* sera reconduit à travers le pays. »

Suivit un reportage sur les répétitions d'un ballet en costumes qui devait avoir lieu au Muséum national d'Histoire naturelle, qu'Olivia trouva parfaitement ridicule. Puis la parole fut donnée à un conservateur du musée de Cluny, grand spécialiste des émaux du Moyen Âge, qui venait d'annoncer publiquement sa démission avec emphase : « Je refuse cet asservissement à la bêtise et à l'inculture généralisée. On ne me forcera pas à cautionner ces âneries, encore moins à y participer. » La cour du musée de Cluny devait en effet être investie par des graffeurs improvisant sur le thème de *La Dame à la Licorne*. À l'issue de la performance, d'une durée de trois heures, l'œuvre élue par le public serait installée à demeure en face des six célèbres tapisseries du XVe siècle. Le vieux conservateur avait jeté l'éponge.

Olivia découvrit dans sa boîte mail un certain nombre d'invitations aux performances de la soirée. La médiatisation récente dont elle avait fait l'objet devait en être la cause. Le monde de l'art contemporain la réclamait. Elle ne fut donc pas surprise de recevoir un appel d'une chaîne d'information privée qui avait retrouvé sa trace :

– Madame Lespert, bonjour. Ici Valentine Royer, de la chaîne France TV News. J'ai eu votre numéro de téléphone par Monsieur Tranchard, qui m'a appris que vous étiez de retour à Paris.

– Oui ? Que me voulez-vous ?

Olivia se méfiait. Les télévisions avaient récemment assez

spéculé sur sa disparition et fait d'elle un bouc émissaire. Elle n'avait aucune intention de jouer leur jeu.

– Je pense que vous serez intéressée par ma proposition. Ce soir, à 20 heures, dans le cadre du projet *Serpentina*, le photographe Vincent Sasportas, que vous connaissez, interviendra au musée du Louvre, dans le grand hall sous la pyramide. Il exposera ses dernières réalisations, un projet photographique entrepris durant sa détention provisoire. Je vous propose de venir en faire le commentaire en direct pour notre chaîne.

Olivia n'en revenait pas. Tout juste sorti de l'ombre, Sasportas revenait sur le devant de la scène. Et en quelques jours à peine, le Louvre lui déroulait le tapis rouge.

– Vous ne manquez pas d'air ! Il y a deux jours, c'est tout juste si votre chaîne ne m'accusait pas du meurtre de Bachelier, et maintenant vous voulez me recruter comme consultante, moi aussi ?

– Vous connaissez le fonctionnement des médias… Ce qui nous intéresse, c'est l'exclusivité. Et avouez que vous confronter à Vincent Sasportas, dans ces circonstances, c'est plutôt intéressant. En outre, cela ne peut qu'être bon pour vous. Voyez ça comme une occasion de vous montrer en toute transparence et en pleine lumière. Ainsi vous tuerez dans l'œuf toutes ces attaques contre vous. Elles se dégonfleront toutes seules.

– Et vous ferez de l'audimat grâce à moi ! grinça Olivia.

– C'est la règle du jeu, non ? susurra la femme au bout du fil.

– Je vais réfléchir, dit-elle, glaciale. Donnez-moi une heure.

*

À 19 heures, après avoir longtemps hésité, Olivia se retrouva sous la pyramide du Louvre, entre les mains d'une maquilleuse pour qui une loge avait été improvisée à l'aide d'un paravent près des caisses. Renversée sur un fauteuil, le nez en l'air, tandis que la jeune femme lui poudrait le visage, elle se perdait dans les losanges de verre de la structure qui donnaient sur la nuit au dehors. Autour d'elle, à l'intérieur, elle percevait une agitation fébrile. Des cris fusaient, ceux des installateurs qui mettaient la dernière main à l'exposition éphémère. Valentine Royer répétait au loin quelques phrases devant la caméra. Elle avait accueilli Olivia avec un sourire factice et lui avait brièvement expliqué la teneur du projet artistique : « Pendant ses dix jours de détention, Sasportas a photographié trois fois par jour sa cellule, ce qui nous donne trente panneaux sur lesquels seront accrochés ses clichés ; ce sont eux que je vous demanderai de commenter en répondant à mes questions. » Puis elle s'était totalement désintéressée de son sort, pour s'absorber dans des conversations téléphoniques.

Quand Olivia fut prête, elle ne se reconnut pas dans le miroir que lui tendit la maquilleuse, visiblement ravie de son ouvrage. Les mèches de ses cheveux savamment ébouriffées et fixées par de la laque, les yeux trop maquillés, elle se trouvait la tête d'une actrice faisant la promotion de son dernier film. Avant l'ouverture au public, les invités VIP commençaient à arriver. Plusieurs chaînes de télévision avaient dépêché leurs caméras. Vincent Sasportas était la vedette du jour. On attendait aussi la ministre de la Culture, Henriette Danjou. Les panneaux de l'exposition étaient encore recouverts de draps blancs qui les cachaient à la vue du public. Il était prévu que, dans un geste cérémonieux et dramatique, le photographe les dévoile un à un.

Soudain, Olivia vit fondre sur elle celui qu'elle n'attendait pas.

– Bon, te voilà enfin ! J'ai cru pendant un moment que tu n'allais pas accepter la proposition de Valentine, dis donc !

Thomas, excité comme jamais.

– Et toi, tu bouffes à tous les râteliers, on dirait ? D'abord BFM, maintenant France TV News... Rien ne t'arrête ! lâcha-t-elle avec une froideur ironique.

– Je ne vais pas me priver de ce coup de projecteur ! C'est moi qui ai filé tes coordonnées à Valentine. Tout ça ne peut qu'être bon pour le journal et pour les ventes.

– Tu t'es demandé ce que ça me faisait, de me retrouver face à Sasportas ?

– On te demande juste de jouer le jeu. C'est ta chance, l'apothéose d'Olivia la critique d'art !

– Qu'est-ce que tu veux que je dise, devant des photos que je n'ai même pas encore vues ?

– Tu te débrouilleras toujours, tu connais son travail, tu l'as déjà interviewé par le passé. Et puis merde, improvise, quoi !

Olivia passa mentalement en revue ce qu'elle connaissait de l'œuvre du photographe : les insectes géants en décomposition ; les portraits de chefs d'État dans des postures incongrues ; le sexe et le nombril du photographe en gros plan ; les hommes-fourmis par grappes dans la ville. Quelque chose comme le proche et le lointain ; l'infiniment grand et l'infiniment petit ; le sordide et le sublime. Elle avait surtout en tête les photographies qu'elle avait dérobées à l'atelier de Belleville. Vincent Sasportas, quelles que fussent ses pratiques, était, elle devait l'admettre, un des grands photographes de ce siècle.

Un brouhaha se fit entendre au même moment sous la pyramide. Tous les regards se tournèrent vers les personnages qui descendaient l'escalier hélicoïdal avec nonchalance, apparemment inconscients du rôle qu'ils jouaient. Vincent Sasportas, tout de noir vêtu, était suivi de son homme à tout faire Luciano Battisti. Derrière eux, en manteau vert bronze, elle reconnut la nouvelle ministre de la Culture. Les caméras se précipitèrent à leur rencontre. Au-dehors, devant la pyramide, des hordes de curieux se pressaient à l'ouverture des portes. Le pari était réussi. La foule investissait le musée.

– En piste ! souffla Valentine Royer à l'oreille d'Olivia, qui sursauta.

Elle ne l'avait pas vue se matérialiser à ses côtés.

La présentatrice l'entraîna vers le centre du hall, où Henriette Danjou s'apprêtait à délivrer un discours. Olivia était morte de trac. Son regard croisa celui de Luciano. Elle y lut le défi de celui qui se savait en lieu sûr et bien entouré. De toute évidence, il exultait de lui avoir rendu publiquement la monnaie de sa pièce. Pendant ce temps, la ministre ânonnait :

– Nous voici réunis… la mémoire de Khadija Saïdi, ancienne détentrice du poste qui m'est aujourd'hui dévolu… *Serpentina*, c'est l'art contemporain qui se faufile dans les musées pour les réveiller… en la personne de Vincent Sasportas, photographe de renom international et ami personnel de la ministre disparue… projet d'inspiration récente et commentaire de l'artiste sur sa propre actualité et son vécu… intitulé *Anatomy of a Prison Cell*… remet en question le rapport entre l'art et le réel… honorés de l'offrir à votre regard…

Puis, parmi les applaudissements qui résonnaient sous la voûte, Vincent Sasportas s'approcha du premier panneau et fit signe à Luciano de le dévoiler. D'un geste ample, celui-ci s'exécuta et découvrit la première image. Sasportas restait figé et hiératique, pareil à la statue du commandeur. La photographie représentait en gros plan les mains d'un homme sortant d'une chemise bleu ciel bien repassée, effectuant l'action de tourner une clé imposante dans le gros bloc de métal usé qui constituait la serrure haute sécurité de la cellule. Au-dessous de cette photographie ultraréaliste, comme un sous-titre ou une référence, l'artiste avait placé un fragment au même format d'un tableau qu'Olivia identifia aussitôt : *Le Verrou* de Fragonard – gros plan sur le jeune homme empressé poussant du bout des doigts le loquet de la porte afin que rien ne vienne perturber les ébats qui s'annoncent. Le rapprochement des deux images créait un discours étrange où la froideur mécanique du réel était renforcée par la fièvre qui animait la toile.

L'image suivante montrait la faïence douteuse d'une cuvette de WC fissurée, ancrée dans un sol de linoléum vert foncé, au pied de laquelle traînait un rouleau de papier rose. En dessous, la fontaine de Duchamp signée R. Mutt, propre et blanche, adoptait en contrepoint la posture glorieuse d'objet élu depuis longtemps au rang d'œuvre d'art, ramenant encore une fois la cuvette réelle de la prison à sa sordide existence.

La troisième photographie représentait une cigarette à demi consumée, abandonnée sur le rebord d'un cendrier publicitaire ébréché débordant de mégots, posé sur une table en formica. Elle voisinait avec la *Pipe* de Magritte qui déclarait une fois de plus ne pas en être une. Cette fois, pensa Olivia, c'était l'œuvre d'art qui se trouvait dotée d'un statut bizarre, discoureur et un peu ridicule. Et cela continuait : l'assiette et les reliefs misérables d'un repas carcéral, assortis d'une opulente nature morte hollandaise ; l'œilleton circulaire par lequel s'apercevait l'intérieur de l'austère cellule aux lits de métal superposés et les barreaux d'une fenêtre qui ne donnait sur rien, avec en dessous – œil pour œil, sans doute –, la célèbre photo représentant Picasso, une main appuyée sur son front, maintenant dans l'ombre tout le côté droit de son visage, tandis que son unique œil noir brille intensément devant l'objectif d'Arnold Newman et semble occuper tout l'espace.

Voilà donc le discours, pensa Olivia. Même en prison, Sasportas s'est pris pour Picasso. Il s'est mesuré aux maîtres, il s'est décrété leur égal. Et, elle devait l'avouer, ses photographies, savamment juxtaposées de la sorte à d'illustres modèles qui paraissaient enfermés dans un passé lointain, désuet et absurde, acquéraient même une force de réalité supérieure. Le projet *Anatomy of a Prison Cell* était une réussite. Il parvenait à faire voler en éclats les pompeuses certitudes du Louvre et de ses chefs-d'œuvre. Olivia en était troublée. Valentine Royer avait pour sa part à peine jeté un regard aux photographies. Elle attendait le moment de se ruer sur leur auteur et de le forcer hors de sa réserve – ce qu'elle fit après le dévoilement de la trentième image.

– Vincent Sasportas, vous venez d'être libéré de la maison d'arrêt de Bois-d'Arcy, où vous avez été détenu pendant dix jours. Pouvez-vous nous faire part de vos impressions ?

– Mes impressions ? Elles sont là, sous vos yeux, lui asséna Sasportas avec un mépris non dissimulé, en désignant les panneaux où trônaient ses œuvres.

– Oui, mais quand même, cela a dû être une expérience éprouvante, d'autant que vous avez été incriminé dans le meurtre de la ministre Khadija Saïdi ?

– Je tiens à vous dire, chère Madame, que toute personne proférant une insinuation de ce genre se verra dorénavant attaquée en diffamation ! tonna le photographe, faisant reculer d'un pas la journaliste et son cameraman. La justice n'a pu réunir aucun élément contre moi ! Mon travail est celui d'un simple artiste qui s'exprime par les images qu'il compose !

Olivia comprit alors que c'était là l'argument établi par

Sasportas avec son avocat pour justifier la nature des images que la police avait saisies dans les ordinateurs de Belleville ; celles qui mettaient en scène ses rituels troubles autour des corps féminins sacrifiés. Si la justice avait cru tenir là une preuve de la culpabilité de l'auteur, l'avocat avait déboulonné ce raisonnement en arguant de la liberté de création de l'artiste. L'œuvre n'était pas le réel. Les photographies n'étaient en rien celles d'un médecin légiste, mais les mises en scène d'un esprit fécond qui assumait ses fascinations perverses – en rien un reportage sur le meurtre quant à lui bien réel de la ministre. Et le juge démuni avait dû autoriser la levée d'écrou.

Un silence de plomb était retombé après le coup de sang du photographe.

– Monsieur Sasportas, fit doucement Olivia, tandis que la caméra de France TV News se tournait machinalement vers elle, vous nous offrez ici votre commentaire, non pas tant sur votre récente expérience vécue, dont je ne doute pas qu'elle ait été difficile, que sur le rapport entre le réel et la fiction… entre l'art et ses modèles. C'est d'ailleurs la première fois dans votre œuvre que vous évoquez les sources qui vous ont précédé. Est-ce que je me trompe ?

– Non, fit Sasportas en dardant sur elle un œil à la fois méfiant et intrigué. C'est en effet la première fois. Le rapprochement entre mes images et les œuvres qui me revenaient en mémoire devant elles s'est imposé spontanément.

– Qu'est-ce que vos photographies ont à nous dire de l'art du passé ?

La caméra allait de l'un à l'autre comme s'ils étaient les seuls acteurs sur le plateau. Même Valentine Royer se tenait en retrait, l'air rogue, ne sachant comment intervenir après la rebuffade de l'artiste.

– Elles montrent le réel sans fard. Elles ne veulent rien démontrer d'autre. Elles ne tiennent pas de discours, comme l'art le fait trop souvent.

– Vous voulez dire qu'elles essaient de rendre vos émotions brutes, sans filtre ? Pourtant elles sont toujours le fruit d'un cadrage, du choix opéré par votre œil dans les plans, les matières, les couleurs. Ce que les maîtres anciens ont fait avant vous. Et jusqu'à présent, vos travaux sur les insectes en putréfaction ou sur la foule anonyme tenaient eux aussi des discours implicites – sur la mort, sur la disparition de l'individu…

– Ah ! Eh bien, je vais vous dire, rien de tel que la prison pour faire l'expérience de la mort et de la disparition de l'individu ! Et ça, ce n'est pas du discours, croyez-moi !

– Vous pensez que cette période de détention a modifié votre vision ?

– Comment voulez-vous qu'il en aille autrement ? Vous êtes accusé à tort, enfermé derrière les barreaux, privé de contact avec l'extérieur, laissé seul face à vous-même et à cet environnement abject !

Olivia, prenant son courage à deux mains, s'apprêtait à l'attaquer bille en tête au sujet des photos de ces jeunes corps fétichisés qui lui avaient valu des démêlés avec la justice quand un bruit sourd et diffus retentit au-dessus de toutes les têtes, qui se levèrent à l'unisson. À l'extérieur, la pyramide venait de faire l'objet d'une attaque en règle de la part d'une douzaine de drones : en une fraction de seconde, sans que les gardiens aient pu intervenir, les engins s'étaient écrasés simultanément contre les parois de verre, libérant leurs charges de peinture rouge carmin. Celles-ci s'écoulaient à présent comme des traînées de sang sur la structure, en longs filets dont les caméras et les téléphones brusquement dressés filmaient la lente descente hypnotique dans le faisceau des projecteurs qui éclairaient tout l'espace.

– C'est un happening ? C'est de l'art ? Vous croyez que ça fait partie du spectacle ? demandaient çà et là les spectateurs.

Les agents de sécurité le démentirent en faisant prestement évacuer le hall comme on chasse un troupeau, à grand renfort de cris et de sifflets stridents. La foule reflua à contrecœur, répartie vers diverses sorties latérales. La ministre, Sasportas et son acolyte furent les premiers mis à couvert. Olivia se vit poussée dans un coin, en compagnie du caméraman, tandis que Valentine Royer était entraînée ailleurs. Elle revécut aussitôt l'évacuation, quelques jours plus tôt, de la Fondation Vuitton. Pourquoi fallait-il encore une fois qu'elle se trouve associée à ce genre de situation paroxystique ? Quelle mauvaise étoile était donc la sienne ? La ministre, ainsi qu'elle le vérifia d'un coup d'œil, se trouvait maintenant au loin, en sécurité entre deux agents. Olivia repensa à l'agression dont elle avait aussi été témoin à l'encontre du phallus géant à Marseille. Décidément, les musées n'étaient plus des lieux sûrs. Elle leva de nouveau les yeux vers la pyramide dont la paroi extérieure dégoulinait de rouge, comme si on venait d'y empaler une victime. Elle comprit alors, avec soulagement, et non sans une certaine admiration amusée, que le collectif RAGE avait encore frappé.

*

Par les différentes sorties de secours, la foule s'éparpilla, pareille à ces cohortes de fourmis photographiées par Vincent Sasportas. Au-dehors, les sirènes hurlaient. Devant leurs camions garés sur l'esplanade, des pompiers se tenaient prêts, lances dressées, comme s'ils s'attendaient à ce que la pyramide s'embrase subitement. Olivia se réfugia dans un bar du Palais Royal. Elle en avait assez de toute cette agitation. Devant son verre de vin blanc, elle réfléchit à sa vie qu'elle trouvait navrante. Après un deuxième verre, elle eut même envie de pleurer. Ces courses incessantes, et la tension à laquelle Pygmalion l'avait soumise depuis des semaines, allaient finir par avoir raison de ses nerfs. C'est alors qu'un coup de fil la tira de sa morosité.

– Olivia ! Comment tu vas ?

– Joyce ! Enfin ! Tu avais disparu de la circulation…

– Tu n'as rien ? Je suppose qu'ils n'ont pas fait trop de casse ? Je viens de voir ce qui s'est passé au Louvre, ça tourne en boucle sur les réseaux sociaux.

– Tu parles, oui, j'étais aux premières loges. Mais non, bien sûr, je n'ai rien. Juste leur petite blague habituelle.

– Et en plus, tu faisais l'interview de Sasportas ! Ça m'a fait trop bizarre de le revoir. Il a pris un sale coup de vieux. Bien fait pour sa gueule, à ce connard.

– C'est sûr que la prison semble l'avoir marqué. Et pour toi, tout va bien ?

– Ici, à Marseille, c'est plus calme. Je suis au Mucem avec Thierry… Il m'a ramenée là parce qu'on doit participer au projet, le truc, là, qui se fait partout, *Serpentina*… Pour le moment, je m'emmerde plutôt, ils n'arrêtent pas de faire des discours, alors je me suis tirée.

– Ils ? Qui ça, ils ?

– Ben, tu sais comment c'est, ça cause à la chaîne. Le musée est plein à craquer, tu verrais ça ! Là, je suis sortie prendre l'air, t'as pas idée comme ça pulse, tous ces éclairages sur le bâtiment ! Ils ont mis des projecteurs de toutes les couleurs, ça change tout le temps, on dirait que la dentelle clignote. Ils ont fait appel à un artiste pour ça, et d'ici une demi-heure, on va avoir un concert de Jean-Michel Jarre. Je lui ai même fait la bise, c'est Thierry qui l'accueillait au musée, et il me l'a présenté. Toute la journée, ils ont installé le matos sur le toit, et avec les éclairages synchros, ça va carrément tout faire péter !

Voilà qui était loin de la récente visite de Schönglitz au Mucem. Olivia soupçonnait le directeur des affaires culturelles de Marseille d'avoir imposé son choix à Simon. Celui-ci, même s'il l'avait défendue devant les assauts du journaliste à la télévision, ne l'avait toujours pas recontactée. Il avait sûrement eu trop à faire depuis les révélations sur les trafics dans son institution.

– Au moins vous allez passer une bonne soirée, dit-elle en faisant tourner machinalement le vin dans son verre.

– Bon, va falloir que j'y retourne, fit Joyce. Les discours doivent être finis. Tu verrais la foule qu'il y a au-dehors ! On dirait que toute la ville est là ! Moi j'ai accès à l'estrade chauffée, les places VIP, de là on verra tout le spectacle.

– Allez, vas-y, file, cours retrouver ton chéri avant qu'il te cherche partout...

– Ah, au fait ! Avant que j'oublie : Simon Bièvre m'a demandé de tes nouvelles. Tu ferais bien de l'appeler. Il faut battre le fer quand il est chaud !

Olivia entendit tinter son petit rire cristallin longtemps après qu'elle eut coupé la communication. Elle resta en contemplation devant son téléphone, se disant qu'elle n'avait même pas le numéro de Simon.

## 21.
## LA PISCINE

– Ce n'est qu'un avatar, un amusement ! tenta d'expliquer Olivia au commandant Prémontin, qui l'avait sommée de se rendre de nouveau à la PJ, en ce dimanche matin, comme si les autorités ne connaissaient pas la trêve du week-end.

– Ce n'est pas ce que vous m'avez dit la dernière fois, jeta la policière, imperturbable. Au contraire, vous avez déclaré vouloir vous dissimuler aux yeux des autres journalistes. Mais ce qui m'intéresse ici, ce n'est pas tant votre perruque que les images révélées par les caméras de la Fondation : on vous voit attraper la dénommée Joyce Truarong par le bras et la faire sortir à toute vitesse des lieux, juste après le meurtre du secrétaire d'État Bachelier, comme si vous vouliez l'exfiltrer. Or vous m'avez déclaré que vous ne la connaissiez pas. Vous voyez où ça peut vous mener, une fausse déclaration de ce genre ?

Olivia voyait très bien : dans une cellule identique à celle de Vincent Sasportas, à Bois-d'Arcy ; et il n'était pas certain qu'elle parvienne pour sa part à sublimer cette sordide expérience par un quelconque talent artistique. Elle se mit à frémir intérieurement. Un policier en uniforme, dont la présence était sans doute requise par l'interrogatoire, croisait et décroisait les bras et les jambes en alternance, assis un peu en retrait, adipeux, débordant largement de son siège. Olivia lui jeta un regard qui implorait un peu de compassion, mais l'homme garda un air bovin. Elle allait devoir se débrouiller toute seule face au commandant Prémontin dont les yeux étaient plus noirs et inquisiteurs que jamais.

– Bon. Je vais tout vous dire, déclara Olivia après un bref temps de réflexion et en soutenant le regard qui la scrutait. Joyce, je l'ai rencontrée pour la première fois il y a trois semaines environ. C'était au club le Nouveau Monde, un soir, ou plutôt une nuit.

Le commandant haussa un sourcil. Une expression de surprise glissa sur son visage, mais elle s'empressa de la dissimuler. Sans doute ne parvenait-elle pas à croire à sa chance.

– Le Nouveau Monde ? Là même où on a retrouvé la ministre assassinée ? fit-elle.

– Oui, répondit Olivia, penaude, en baissant la tête. Et quand j'ai compris ce qui était arrivé à Bachelier, mardi soir, à la Fondation Vuitton, je n'ai pas réfléchi, j'ai voulu la sortir de là.

– Il va d'abord falloir m'en dire plus sur vos rapports avec cette demoiselle Truarong. Vous êtes amantes ?

– Non ! Pas du tout ! Qu'est-ce que vous allez imaginer !

– Simple supposition. Ce genre de rencontre dans un club, on sait ce que c'est.

– Ce n'est pas ce que vous croyez. J'ai récupéré Joyce en vrac à la sortie. Elle s'était fait molester.

– Ça, elle avait dû un peu le chercher... Vous-même, vous êtes une habituée de ce genre d'endroit ?

Olivia se sentait dépassée. Comment expliquer à l'enquêtrice qu'elle aussi menait sa petite enquête sur le meurtre de

Khadija Saïdi ? Qu'elle était partie sur les traces de Vincent Sasportas, et qu'elle avait trouvé Joyce sur sa route ? Que grâce à elle et à son intimité avec Bachelier, elle était devenue la détentrice exclusive d'informations compromettantes pour une autre ministre, Pétunia Verschueren-Cellier ? Elle se résolut à ne répondre qu'aux questions de la policière, sans rien anticiper.

– Non, répondit-elle. J'étais chargée par le rédacteur en chef du magazine *Art Globe* de faire un papier sur la mort de Khadija Saïdi. J'ai voulu m'imprégner de l'ambiance, si vous voulez. Je n'avais jamais mis les pieds dans un endroit pareil avant.

Elle préféra passer sous silence l'intervention occulte de Pygmalion, qui lui avait fourni le code d'entrée.

– Oui, il ne recule devant rien, ce Tranchard, grommela l'enquêtrice. Grâce à lui, tout le monde a été informé des circonstances du meurtre, qui auraient dû rester confidentielles. Bravo l'artiste.

– C'est sa politique. « Faire le buzz, c'est faire du chiffre », comme il dit toujours, expliqua Olivia.

Elle espérait, en se rangeant de son côté, rentrer dans les bonnes grâces du commandant. Peine perdue.

– Bien, reprit cette dernière en tapant du plat de la main sur la table. Maintenant, vous allez me dire où on peut trouver cette Joyce Truarong.

*

Olivia était consciente d'avoir échappé de peu à la garde à vue. Pour Joyce, en revanche, ce ne serait pas si simple. La jeune femme se trouvait actuellement dans un train pour Paris, encadrée par deux policiers qui l'avaient cueillie un peu avant midi au domicile de Thierry Faucheux sur les hauteurs de Marseille. Olivia se morfondait. Il lui était impossible de communiquer avec sa protégée. Quand le commandant avait appris qu'elle l'avait hébergée provisoirement chez elle, elle avait écarquillé ses grands yeux noirs et murmuré :

– Formidable… Naturellement, vous restez à disposition de la police tant que toute cette affaire n'est pas éclaircie.

Olivia n'osait plus faire un mail ou utiliser son téléphone. Elle se savait surveillée. Rentrer chez elle lui paraissait soudain tout aussi impossible. Depuis qu'il avait été mis à sac, son appartement lui paraissait différent, comme s'il ne lui appartenait plus tout à fait. Elle était dans un brouillard complet. Pas plus Vincent Sasportas que son assistant Luciano n'avait laissé paraître, la veille au soir, quelque signe que ce soit indiquant qu'ils aient pu être les auteurs ou les commanditaires de cette expédition punitive : ni un sourire en coin, ni une quelconque morgue ironique affichée dans le regard. Elle croyait en son instinct et avait juste eu le sentiment que Battisti lui en voulait et la craignait tout à la fois, et qu'il entendait la tenir à distance. Mais alors si ce n'était pas eux, qui cela pouvait-il être ? Peut-être s'agissait-il tout bonnement d'une équipe de flics clandestins ? Peut-être le commandant Prémontin en savait-elle en réalité beaucoup plus qu'elle ne voulait bien le montrer ? Peut-être cherchait-elle simplement à la piéger ? Olivia n'y comprenait plus rien. Elle décida de se réfugier au moins pour quelques heures dans le seul endroit où elle serait en sécurité : au grand hôtel où travaillait son frère. Là-bas, elle prendrait le temps de réfléchir à la situation.

La réceptionniste à laquelle elle s'adressa pour faire appeler son frère jaugea sa tenue d'un œil torve : en jean et baskets de couleur, Olivia détonnait. À sa gauche, sac à main Dior posé sur le comptoir, une cliente palabrait en anglais avec deux membres du personnel manifestement prêts à tout pour satisfaire ses quatre volontés. Gabin arriva dans sa livrée noire ornée d'un nœud papillon. Il entraîna sa sœur vers un salon un peu à l'écart.

– Comment vas-tu, frangine ? Tu n'es pas restée longtemps à Dieppe ! Et on dirait que les médias ont décidé que ce serait ta fête. D'abord ils te traquent, c'est tout juste s'ils ne t'accusent pas du meurtre de Bachelier, et puis hier soir, maman, complètement hystérique, me laisse un message pour me dire que tu passes sur France TV News, au Louvre… Tu aurais quand même pu m'avertir !

– Je suis désolée, ça s'est fait très vite, je n'ai eu le temps de prévenir personne.

– Et maintenant, tu fais quoi ? Tu as encore besoin de moi ?

Olivia lui raconta comment elle venait de se faire cuisiner par la brigade chargée de l'enquête sur les meurtres des deux membres du gouvernement.

– Je n'ose plus rentrer chez moi. Et j'ai peur pour Joyce. Elle va croire que je l'ai balancée. Je ne sais pas comment elle va s'en sortir.

Il lui semblait que tout son univers s'effondrait.

– Écoute, la rassura son frère. Je vais encore être pris quelques heures. L'hôtel héberge ce week-end plusieurs hommes d'affaires libanais et saoudiens. Ils ont tenu leur réunion ici hier tout l'après-midi. Maintenant, ils se retrouvent pour signer formellement leur contrat, dans une salle privée, et je dois y être, je n'ai pas le choix. Mais si tu veux, je te laisse mes clés et tu vas te mettre au chaud chez moi.

– Je préférerais t'attendre et rentrer avec toi, souffla Olivia. Je ne me sens pas très bien.

– Dans ce cas, si tu restes à l'hôtel, autant en profiter à fond. Je vais dire un mot au responsable du spa. Il te donnera accès à la piscine. Va nager un peu, offre-toi un soin, ça te fera le plus grand bien.

– Mais je n'ai pas de maillot !

– Tu en trouveras à la boutique, là-bas. Allez, haut les cœurs, je te retrouve dans le hall à 16 heures.

Il l'embrassa, puis disparut. Olivia alla se faire délester d'une somme insensée en échange d'un maillot une pièce griffé Chanel. Elle descendit vers les profondeurs de l'hôtel. Un ascenseur, puis un double escalier curviligne la menèrent jusqu'au bassin dont la pureté de turquoise liquide l'éblouit. Elle se changea et se laissa glisser dans l'eau tiède. La piscine était déserte. Tout juste quelques rares clients somnolaient-ils en peignoir dans des transats. En quelques brasses, elle atteignit l'autre bord, sous les yeux d'une nymphe de marbre qui semblait veiller aux ébats des nageurs. Tandis qu'Olivia se laissait porter par l'élément liquide, il lui semblait que nager dans cette eau tiède la lavait de tout ce qui l'avait jusqu'alors salie et abîmée, effaçait les flétrissures et les coups délivrés par Pygmalion, ses suggestions malsaines, et jusqu'aux photographies sordides de Vincent Sasportas. L'eau régénérait sa mémoire en y effaçant toutes les images. Elle plongea les yeux grands ouverts et alla effleurer du bout des doigts les sirènes de mosaïque qui effectuaient une gracieuse chorégraphie au fond du bassin. Elles aussi gommèrent l'image de Vénus dans sa conque. Olivia se laissa alors flotter sur le dos, l'esprit vide, dans cet espace clos ceint de solides colonnes de marbre, encadré de fresques joyeuses et colorées tout droit sorties d'un Olympe tranquille, sous un plafond peint qui figurait un ciel d'été. Elle aurait pu rester là pour l'éternité, sans crainte et sans besoin. Dans la tiédeur de l'élément liquide, son corps n'incarnait plus qu'un seul désir: celui de retrouver les bras de Simon, le seul autre lieu de délices qu'elle connût sur terre à cette heure.

Au bout d'un long moment, quand enfin elle se décida à sortir du bassin, Olivia alla se rhabiller puis s'assit à l'une des tables rondes installées un peu en retrait, sur une sorte de balcon qui surplombait la piscine. Un serveur vint aussitôt lui présenter la carte. La baignade prolongée l'avait affamée. Elle commanda un club sandwich et une eau pétillante.

– Bonjour, fit l'homme assis à la table voisine, en se penchant vers elle. Nous nous connaissons, je crois?

Oh non, pensa Olivia. Pas maintenant. Pas ça. Elle leva la tête avec réticence, prête à réclamer qu'il lui fiche la paix, quand une reconnaissance s'opéra en elle. Impossible pourtant de relier le visage masculin somme toute sympathique, et plus tout jeune, qui lui souriait, à un quelconque nom, lieu ou moment.

– Vous ne me remettez pas? poursuivit l'homme. Stanley Müller, du Musée d'art et d'histoire de Genève. Vous êtes bien Olivia Lespert, la critique d'art? Vous m'avez interviewé à la FIAC en 2005. Souvenez-vous, cette galerie qui exposait les toutes premières œuvres d'Urs Fischer.

– Ah oui! s'exclama Olivia, sa mémoire soudain réactivée. Le chalet suisse en miches de pain!

Il lui revenait des images d'une création protéiforme, faite de papier, de carton, de cire fondue dégoulinante, de peinture et d'objets assemblés. Tout un bric-à-brac encombrant qu'elle peinait à faire remonter à la surface.

– À l'époque, j'étais conservateur au musée. Maintenant, j'en suis le directeur! dit l'homme en se rengorgeant.

– Très bien, félicitations, c'est formidable, lâcha Olivia du bout des lèvres.

– Et vous-même, que devenez-vous ? demanda Stanley Müller, visiblement en veine de conversation.

– Oh, je suis ici pour la détente, fit Olivia, évasive. J'en avais besoin.

– Je comprends, dit l'homme avec gravité. Vous évoluez dans un milieu très agité, ces temps-ci. On a entendu parler en Suisse de toutes ces agressions contre les œuvres d'art contemporain qui ont lieu en France. Pas plus tard qu'hier, au Louvre même ! Je ne pense pas que ce genre de chose pourrait arriver chez nous, Dieu merci.

– Oui, le Louvre, j'y étais justement. Et à Marseille aussi, quand ils ont attaqué la sculpture de Maxime Vernet.

– Vous avez là de quoi écrire un bon papier, alors !

– Oh, je ne sais pas… Tout cela n'est pas très intéressant. Petites provocations de bas étage. Et franchement, il y a pire dans l'actualité du pays, en ce moment.

– C'est bien vrai ! Vu de l'extérieur, on ne comprend pas ce qui se passe chez vous ! Vous croyez à des assassinats terroristes, vous ? Et vous pensez qu'il y en aura d'autres ?

– Comment voulez-vous que je le sache ?

Un blanc s'installa, durant lequel Müller reçut la bière qu'il avait commandée tandis qu'Olivia attaquait son sandwich. Au bout d'un certain temps, elle ressentit une gêne à rester ainsi silencieuse devant son voisin qui souriait toujours aimablement.

– Et vous-même, qu'est-ce qui vous amène au Ritz ? demanda-t-elle pour la forme tout en continuant de grignoter.

– Je suis arrivé hier de Genève. J'ai un rendez-vous important à 16 heures au bar de l'hôtel, en haut, fit-il en désignant les escaliers du menton.

– Ah oui ? Avec un artiste français ?

– Oui, si on veut ! s'exclama Müller dans un éclat de rire. Quentin de La Tour, ça vous dit quelque chose ?

– Maurice ? Le pastelliste ? Évidemment, rétorqua Olivia.

– Je vais vous faire une confidence, mais après tout, ce n'est plus un secret : j'ai signé hier un achat extraordinaire. Un tableau dont le Louvre n'a pas voulu. Vous n'avez plus les moyens.

Un soupçon de mépris, ou l'arrogance de toute la puissance financière suisse, s'entendait dans sa voix. Olivia fronça les sourcils.

– Ne vous méprenez pas ! C'est un sauvetage que je fais ! Et après tout, il sera tout aussi bien chez nous, Jean-Jacques ! se récria Müller.

– Jean-Jacques ?

– Rousseau ! Un pastel inconnu de La Tour ! Une merveille qui est restée dormir depuis deux cent cinquante ans dans une famille française. On croyait connaître trois versions du portrait de Rousseau à ce jour, mais nous avons acquis la quatrième. Un portrait incroyable, à mi-corps, échevelé, presque débraillé, beaucoup moins propre et lisse que les autres. Rousseau lui-même l'avait d'ailleurs rejeté. Il soignait son image pour la postérité.

– Et vous dites que le Louvre a refusé d'acheter cette œuvre ?

– Oui… Il faut dire que la famille en demandait un certain prix. Une indivision… Ils ont tous besoin d'argent. Ma vendeuse s'en sépare à contrecœur, mais je lui ai donné toutes les assurances que chez nous il serait à sa place, et bien traité.

– C'est dommage, en effet, pour le patrimoine français. Il est trop tard, bien sûr, mais il n'y avait vraiment aucune solution ? La famille a tout tenté ?

– Le ministère de la Culture a mis son veto. « Plus de crédits », a décrété feu votre ministre. Le Louvre avait déjà engagé un appel au mécénat collectif pour l'achat d'une sculpture hellénistique. Il ne pouvait pas rajouter ça. La famille s'est donc tournée vers nous. Et elle a bien fait.

– Sans doute, fit Olivia.

Elle commanda un café et en proposa un à Müller, qui déclina poliment.

– Il faut que je repasse par ma chambre avant mon rendez-vous, expliqua-t-il. Je dois encore faire mes bagages, j'ai un train retour pour Genève ce soir. J'ai été charmé de vous revoir.

Il se leva, lui prit la main et l'effleura de ses lèvres. Très vieille France, pour un Suisse, pensa Olivia. Elle passa encore une demi-heure dans l'un des petits salons de massage qu'offrait le spa de l'hôtel. Son frère avait raison : après tout ce qu'elle venait de traverser, elle pouvait bien se payer un peu de bon temps. Tout juste pensa-t-elle au début à Joyce, alors que, allongé sur le ventre, son corps apprenait à se détendre sous les caresses appuyées que lui prodiguait la masseuse. Une vague mauvaise conscience l'envahit à l'idée que Joyce n'avait certainement pas quant à elle exercé dans des conditions aussi luxueuses. Le petit salon de la rue Cardinet aux lourdes tentures rouges sentait l'encens et les huiles bon marché. Ici, tout était d'une propreté irréprochable et dégageait un parfum délicat. Après la piscine baignée d'une lumière dorée, Olivia se retrouvait dans une exquise et chaude pénombre. Sous les douces mains agiles de la masseuse, elle oublia un peu plus la réalité. Stanley Müller et Jean-Jacques Rousseau s'éloignèrent. Il lui sembla qu'elle basculait dans une autre dimension bienheureuse – et elle s'endormit.

Il était 16 h 05 quand elle arriva précipitamment dans le hall où son frère l'attendait.

– Ça va mieux ? demanda Gabin. Tu en as bien profité ?

– Oui, c'était génial ! Ça m'a fait un bien fou. J'en ai presque perdu la notion du temps. Et j'ai même retrouvé une vieille connaissance. Je te raconterai. Une histoire marrante.

– Allez viens ! On rentre chez moi, maintenant.

Ils se dirigèrent ensemble vers l'ascenseur qui menait au parking où Gabin garait son scooter. Devant l'entrée du bar, Olivia salua en passant d'un petit signe de tête Stanley Müller, rasé de frais et vêtu de son plus beau costume, qui escortait une femme entre deux âges.

– Bien entendu, Madame d'Épinay, le transport sera entièrement à notre charge, l'entendit-elle dire. Nous allons mettre tout cela sur pied.

– Je comprends mieux ! siffla Olivia dans l'ascenseur.

– Tu parles de quoi ? demanda Gabin.

– L'homme que j'ai salué, Stanley Müller, le directeur du musée de Genève. Il vient d'acheter une œuvre incroyable à cette femme. Elle s'appelle Madame d'Épinay.

– Oui, et alors ? Des gens à particule, il en traîne beaucoup par ici.

– Madame d'Épinay a été la grande amie de Jean-Jacques Rousseau au XVIIIe siècle. Puis ils se sont fâchés. C'est d'elle que provient le portrait ! Du moins de sa descendance. Je comprends mieux pourquoi la France n'a pas pu le garder. Une provenance pareille, ça vaut une petite fortune.

## 22.
## OPHÉLIE

L'appartement de Gabin se trouvait au cœur d'une barre de logements construite dans les années soixante-dix sur les bords de Seine. De son huitième étage baigné de lumière, on découvrait le pont Mirabeau et vers la gauche les impressionnantes tours de Beaugrenelle. Olivia se sentait à l'abri dans cet environnement anonyme fait de verre et d'acier, protégé par de multiples codes d'accès.

– Je ne resterai que pour une nuit, dit-elle.

– Tu restes aussi longtemps que tu veux, ma grande. Par contre, ce soir, je vais devoir te laisser, j'ai un dîner chez des copains, et j'ai déjà dû décommander la dernière fois…

– Bien sûr, je comprends. Ne t'inquiète pas pour moi. De toute façon je suis tellement fatiguée, je crois que je vais vite m'effondrer.

Une fois seule, bien au chaud dans l'appartement de son frère, Olivia se remit à penser à Joyce qui était maintenant aux mains de la police.

La pauvre, se dit-elle, le cœur serré. Une nuit à la PJ, en lieu et place des bras de son amant Thierry Faucheux, voilà qui devait être dur à supporter. Elle essaya de ne pas penser aux bras de Simon. Une seule chose pouvait en détourner son attention. Il y avait un moment qu'elle n'avait pas joué à ce petit jeu. Une partie d'elle-même commençait à résister, à vouloir se défaire de cette addiction. Finalement, elle alluma quand même sa tablette et se reconnecta.

– Olympia, vous voici enfin ! Ou ne devrais-je pas plutôt vous appeler Ophélie ?

Une image apparut sur son écran. Elle reconnut le tableau du préraphaélite John Everett Millais qu'elle avait souvent admiré à la Tate Gallery, et qu'elle retournait voir comme on rend visite à un ami, à chaque voyage qu'elle faisait à Londres. Allongée sur le dos dans un cours d'eau, effleurée par les algues et la mousse, caressée au passage par les roseaux, la jeune femme dérive dans le fleuve, les yeux fixes, la bouche entrouverte, ses deux mains recourbées sortant de l'onde dans un geste d'offrande, la droite traînant après elle un bouquet de fleurs qui va s'effilochant. Encore une fois, Pygmalion faisait mouche. Mais elle n'allait pas le lui avouer.

– Pourquoi ce choix, cette fois ? demanda-t-elle, réellement intriguée.

C'était à croire qu'il connaissait ses propres goûts aussi bien qu'elle. Le site lui indiqua par des petits points de suspension que son correspondant était occupé à taper une réponse. Au même moment, son téléphone sonna. Thomas.

– Oui ?

– Putain, Olivia, tu devineras jamais ce qui m'arrive !

– Non, en effet.

– J'ai reçu un coup de fil de l'Élysée.

– Ah ? Ils veulent t'inviter à la prochaine garden-party ? C'est un peu tôt…

D'un œil, elle surveillait l'écran de la tablette où rien ne s'était encore affiché.

– Le secrétariat de la Présidence, rien de moins ! Il me menace à demi-mot. Comme quoi je déstabilise la nation avec mes articles. Je dois laisser faire les flics. Plus de révélations sur les membres du gouvernement… Fini, sinon je saute !

– Ils ont quelque chose sur toi ? Ils peuvent te déboulonner ?

– Bah, s'ils cherchent, ils trouveront toujours. Ne serait-ce qu'un contrôle fiscal… Ça m'arrangerait pas trop.

– Alors, tiens-toi à carreau. Je ne vois pas d'autre solution.

– Quand même… Tu trouves pas ça bizarre ? On dirait qu'ils craignent quelque chose.

– D'autres révélations, tu veux dire ?

Elle pensait à Joyce qui venait peut-être de lâcher au commandant Prémontin ce qu'elle savait sur la ministre de la Santé et ses petites tractations avec le laboratoire pharmaceutique. Le couperet se rapprochait dangereusement de sa propre tête.

– Oui, sûrement… En tout cas, quelque chose qui risque d'éclabousser en haut lieu, commenta Thomas. Tu sais quoi ? Je crois qu'on a intérêt à continuer à ouvrir l'œil. On est sur le point de mettre le doigt sur un truc, et à mon avis, ça sent pas la rose.

– Fais gaffe, quand même. Une mise en garde directement de l'Élysée. À ta place, moi, je ne bougerais plus.

Et elle l'abandonna à son sort. Sur son écran, un long texte de Pygmalion avait fleuri.

– Rêveuse dans l'onde, abandonnée au flot de votre désir, vous m'attendez, belle Ophélie. Je suis celui qui cueille votre fleur et vient vous dissoudre. Par ce collier de violettes à votre cou, vous me dites votre fidélité. Et ces myosotis que vous avez semés pour moi me supplient de ne pas vous oublier. Comment le pourrais-je, chère Ophélie ? Vous m'êtes trop précieuse.

Olivia eut un coup au cœur. Après tout, c'était d'ailleurs peut-être cela qu'elle cherchait en revenant sur ce site. Elle eut une nouvelle fois le sentiment d'avoir été observée à son insu, telle Suzanne par les vieillards. À la ligne suivante, elle n'eut plus aucun doute :

– Une nymphe impavide vous scrute depuis le bord de l'eau. Elle reste de marbre, elle ne saura jamais quelle suave extase vous envahit alors que, presque nue dans l'eau tiède, vous pensez à votre amant.

Pygmalion l'avait donc vue à la piscine. Pis encore, il avait lu dans ses pensées. Le vieux trouble bien connu, à la fois délicieux et inquiétant, se réinstallait en elle, à la petite place habituelle, juste sous son diaphragme.

– Car vous n'êtes pas la glorieuse Vénus sortant conquérante des flots. Non, vous êtes cette femme-sirène dont le corps liquéfié est en train de se changer en algue, épuisé par le désir et l'attente. Vos bras sortent avec peine, dans un dernier effort implorant, du fleuve qui va vous engloutir : faiblement ils dessinent un geste d'offrande à l'adresse d'un dieu invisible qui se cache dans les cieux. Vos yeux mi-clos et votre bouche charnue, entrouverte, indécente, s'offrent à ce maître vers lequel ils se tournent. Je résiste à l'envie de la mordre. Pour une fois, il me faut ne pas vous satisfaire. Votre poitrine ferme parvient encore à se dresser, étranglée par l'étoffe humide qui la contraint. J'en reçois l'ultime hommage et j'attends. Cette fois, mes doigts ne vous effleureront pas. Seuls mes yeux vous contemplent. J'attends l'ultime transmutation de votre enveloppe charnelle. L'instant où votre être vibrant se dissoudra, noyé par le désir incommensurable qui vous habite. À cet instant seulement, lorsque vous serez tout entière mêlée au fleuve qui s'écoule, je saurai que j'aurai entièrement pris possession de vous.

Un tourbillon s'était de nouveau levé dans l'esprit d'Olivia. Quel homme pouvait la deviner avec tant d'acuité ? Simon, peut-être, lui qui avait, plus qu'aucun autre, creusé en elle ce sillon douloureux, allumé ce feu qui appelait dans ses entrailles tous les fleuves de la terre, impuissants pourtant à l'éteindre. En était-il seulement conscient, lui silencieux depuis trop longtemps ? L'évidence soudain se fit jour : un seul homme avait observé, anonyme, tranquillement assis derrière la nymphe de marbre, son long délassement dans la piscine turquoise. Il s'était ensuite penché vers elle pour se présenter : Stanley Müller. Enfin, elle y voyait clair.

L'avait-il suivie depuis leur première rencontre dans le noir ? À travers Paris, jusqu'à Marseille, et aujourd'hui même à l'hôtel de la place Vendôme ?

– Que me voulez-vous ? demanda-t-elle.

Les mots écrits ne traduisaient pas l'intensité de sa supplique. Elle résista à l'envie de l'appeler par son nom pour lui montrer qu'elle avait compris.

– Juste vous mettre face à vous-même, chère Ophélie. Ou dois-je vous appeler Olympia ? Lequel de ces tableaux, au fond, offre de vous la plus juste image ?

Olivia fut forcée d'admettre, seule devant son écran, que les deux lui ressemblaient. Et qu'elle était aussi, tout à la fois, Gabrielle d'Estrées au bain, Vénus debout sur son coquillage, la jeune Tahitienne, la favorite de Sardanapale égorgée et la femme tenue repliée dans la main de Dieu. Pygmalion, en effet, avait réussi à la mettre face à elle-même.

– Tous. Ils sont tous moi, reconnut-elle.

Et ce fut comme si, pour la première fois, elle lui dévoilait sans pudeur son corps nu.

*

En attendant le retour de Gabin, elle se retourna sans fin dans son lit. En bas, dans la rue, la circulation s'écoulait comme à l'ordinaire. Son bruit diffus montait jusqu'à Olivia. Que le monde ne se soit pas arrêté de tourner lui paraissait incongru. Elle n'en revenait pas. Stanley Müller. Cet homme posé, élégant, qui lui avait fait le baisemain en la quittant, l'après-midi même. À ce contact, il n'y avait pourtant pas eu la moindre étincelle pour lui rappeler les caresses étranges qui avaient enflammé son corps livré au bon vouloir de l'inconnu, des semaines plus tôt, auprès de cette table, dans le noir. Pygmalion possédait plus qu'aucun autre l'art de la dissimulation.

Amateur d'art, fin connaisseur de la peinture européenne, aujourd'hui à la tête d'un grand musée. Voilà qui faisait sens, enfin. Un homme seul, aussi, sûrement, et qui prenait plaisir au déferlement de ses petits penchants pervers, bien à l'abri derrière le masque affiché sur son écran. Qui dominait par le jeu les femmes dont il faisait en société si grand cas. Elle ressentait presque pour lui de l'indulgence. Et de savoir enfin qui il était, voilà qui lui procurait de l'apaisement. « Vous m'avez déjà vu », lui avait-il glissé un jour, au fil de leurs échanges. Bien sûr : il venait de lui rappeler leur rencontre à la FIAC 2005, autour des créations d'Urs Fischer. La boucle était bouclée. Tout bien considéré, elle éprouvait un semblant de regret. L'anonymat du jeu était levé. La donne avait changé.

Il était près de minuit quand son téléphone sonna. Karim. Qu'est-ce qui pouvait bien l'amener à une heure pareille ? Olivia eut un mauvais pressentiment.

– Allô ? risqua-t-elle.

Elle n'osait pas prendre l'habituel ton enjoué qu'elle adoptait avec lui.

– Je te dérange? Je sais, c'est pas une heure...

La voix de Karim semblait lasse et lointaine.

– Qu'est-ce qui se passe? Il y a un problème?

– Je suis à l'hôpital. C'est Charlotte.

– Les bébés?

– Oui, on risque l'accouchement prématuré. Fissure de la poche des eaux.

– Merde, c'est quand même trop tôt! Faudrait qu'elle tienne encore un mois. Et le monitoring, il dit quoi?

– Les bébés vont bien.

– Bon, c'est le principal. On va vous les conserver au chaud, va. Antibios, cortisone, des trucs pour empêcher les contractions, tout le toutim, quoi!

– C'est ce qu'a dit le médecin. Elle doit rester allongée pour le moment.

– Elle va faire la couveuse, quoi! Tu devrais faire comme elle, en profiter pour prendre du repos... Parce que après, quand tes gamins seront là, ça va être du sport! T'as intérêt à prendre de l'avance de sommeil.

Olivia entendit à sa voix qu'il souriait faiblement.

– Oui, c'est sûr.

– Et sinon, quoi de neuf à Marseille?

Elle tentait d'adopter un ton détaché, alors qu'elle n'espérait qu'une chose: des nouvelles de Simon.

– Eh bien, justement, en fait, c'est surtout pour ça que je t'appelle. J'aurais dû le faire avant, note. Mais les choses se sont enchaînées tellement vite! Un jour les médias font de toi le suspect numéro un, le lendemain tu te retrouves à interviewer Sasportas... J'avoue que j'ai eu un peu de mal à suivre.

– Rassure-toi, moi aussi, fit Olivia.

– Enfin, j'espère que tout est rentré dans l'ordre et qu'on te fout la paix. Il y a une chose dont je dois te parler. Je ne sais pas à qui le dire. Mais c'est important.

– Vas-y, accouche !

Aussitôt, elle se mordit les lèvres, horrifiée.

– Merde, je suis trop conne, ajouta-t-elle. Ça m'a échappé. Excuse-moi.

– C'est pas grave, fit Karim, qui riait jaune. Je peux faire bien pire dans le genre.

– Alors, c'est quoi, ton truc si important ?

– Figure-toi qu'en sortant de l'hosto, je viens de croiser Toledano.

– Tu es sûr ?

– À 100 % !

– Mais qu'est-ce qu'il foutait là ? Il s'est pourtant barré en Tunisie !

– Faut croire qu'il est revenu. D'ailleurs Simon Bièvre nous a réunis, au musée, pour nous expliquer que c'était la stratégie : tout ce ramdam sur lui dans la presse, ça visait à le faire sortir du bois pour qu'il vienne s'expliquer. Mais bon, ça, tu le sais mieux que moi.

Simon. Il venait de dire son nom. Elle ferma les yeux et inspira profondément.

– Il y en a d'autres qui fuiraient au bout du monde pour moins que ça ! commenta Karim. Je trouve cette idée bizarre. Risquée en tout cas. N'empêche que ça a marché, on dirait. Je l'ai croisé aux urgences. Il était assis dans un coin, il attendait son tour. Il avait un bandage sur un œil, un pansement sur le front. Assez mal en point, apparemment.

– Et tu ne peux pas t'être trompé ? Tu es sûr de toi ?

– Certain, je te dis !

– Il t'a vu ?

– Non, je ne pense pas. J'ai pas osé l'aborder, avec toute cette histoire. En fait, j'ai pas su quoi faire et je t'ai appelée.

– Tu aurais pu appeler ton directeur, Simon Bièvre ? Ou les flics ?

– Pour le premier, minuit, c'est un peu tard. Et pour les autres, je sais pas pourquoi, j'ai pas osé.

– Je ne comprends pas comment il peut se retrouver là, comme si de rien n'était. Il est quand même sous le coup d'un mandat d'arrêt international.

– Oh, la Méditerranée, tu peux la traverser en bateau, au nez et à la barbe de tout le monde. C'est pas si difficile.

– Il faut qu'il soit un peu con, pour aller se faire soigner à l'hôpital ! Les flics vont forcément retrouver sa trace.

– C'est peut-être ce qu'il cherche.

– Comment ça ?

– Eh bien, s'il s'est fait casser la gueule, c'est encore les flics, s'ils le coffrent, qui lui offriront la meilleure protection.

– Évidemment, vu comme ça... Tu sais quoi ? Il faut quand même que tu les appelles tout de suite. Et préviens ton directeur demain à la première heure.

– Tu as raison.

– Tiens... Tu peux me filer son portable ? Je l'appellerai dans la journée pour avoir son son de cloche.

Olivia réussit à prononcer ces mots d'un ton badin. Et quand elle eut noté le numéro de téléphone de Simon, elle parvint encore à remercier Karim et à lui souhaiter bon courage, d'une voix où elle essayait de ne pas laisser percer l'émotion.

*

Tant d'intensité – il y avait là quelque chose d'épuisant. Elle se sentait écartelée entre deux allégeances : l'une à Simon, qui se trouvait à 800 kilomètres, et dont le souvenir restait brûlant en elle, au point que son corps, à chaque fois qu'elle ranimait en pensée son image, la faisait souffrir ; l'autre à l'inconnu à qui elle venait de rendre son nom – Stanley Müller – et dont elle ne pouvait se résoudre à abandonner le jeu pervers, pareille à un insecte fasciné qui viendrait volontairement s'écraser, aveugle, égaré, contre les phares d'une voiture lancée à pleine vitesse dans la nuit.

Il lui semblait qu'un jeu de piste touchait à sa fin. Reprendre ces petits échanges érotiques avec en tête l'image de Stanley Müller – costume, chemise entrebâillée, cheveux poivre et sel, sourire charmeur – en lieu et place de l'inconnu dont elle n'avait eu jusqu'à présent que l'image en gros plan, les yeux bandés, l'arête du nez à peine esquissée, voilà qui s'avérait impossible. L'homme qui avait souillé Olympia, avili la jeune Tahitienne, le Sardanapale au harem sanglant, n'avait jusqu'alors été pour elle qu'un homme sans nom, l'archétype en somme de tous les hommes et de leurs désirs. Qu'il devienne brusquement cet homme réel, l'élégant directeur d'un musée suisse, et le plaisir du jeu s'effaçait devant ce qui n'était plus qu'une succession de projections obscènes. Disparue à jamais, la titillation de l'inconnu, l'attente éternellement en suspens de la révélation.

Elle devait faire contre mauvaise fortune bon cœur. Le monde était encore assez plein de mystères. Elle se retrouvait bien malgré elle au cœur de l'un d'eux, et non des moindres : qui avait bien pu assassiner la ministre puis le secrétaire d'État ? Et qui était le prochain sur sa liste ? C'était l'énigme qui obsédait les médias. Elle savait détenir un élément de réponse que la police ne tarderait pas à lui extorquer : l'implication probable de Pétunia Verschueren-Cellier, ministre à la solde d'un laboratoire pharmaceutique suisse. Sanivax avait son siège à Genève. Stanley Müller aussi. D'une façon ou d'une autre, sans doute par une indiscrétion de son propre réseau, il avait lui aussi eu vent de la collusion dont Joyce avait trouvé la preuve dans le bureau de Bachelier. Preuve qui se trouvait à présent dissimulée au dos d'un cadre, dans la chambre d'Olivia. C'est la raison pour laquelle il lui avait par jeu envoyé ces indices dans le tableau de Botticelli : il avait d'emblée incriminé la ministre de la Santé. Il savait, lui aussi. Et il voulait qu'elle le sache.

C'était donc ça ! Stanley Müller, en chevalier blanc de la société corrompue, Don Quichotte dont elle était le Sancho Pança. Et elle, à sa suite, avait pour mission occulte de jouer au redresseur de torts.

Elle entendit vaguement Gabin rentrer au milieu de la nuit. Elle se rendormit, rassurée. Au matin, elle se leva sans bruit pour le laisser dormir. Gabin faisait relâche, en ce lundi. Elle entrouvrit la fenêtre de la cuisine pour allumer sa première cigarette. Tout en sirotant son café, elle déplora l'addiction dans laquelle elle était retombée. Le stress des dernières semaines en était la cause. Elle n'était pas une surfemme.

À 9 h 30, elle osa enfin composer le numéro de Simon. Elle se dit que Karim l'avait forcément appelé à la première heure pour lui relater la présence de Clément Toledano à Marseille. Elle tomba sur un répondeur. Sa voix. Elle laissa juste un court message qu'elle espéra le plus assuré possible, malgré le bref hoquet d'émotion qui vint hacher une de ses phrases, et pour lequel elle se maudit longtemps après avoir raccroché.

Elle n'eut pas le temps de se resservir une deuxième tasse de café ni de se morfondre : à peine reposé sur le plan de travail, son téléphone vibra. Son cœur fit un bond dans sa poitrine. Simon.

– Madame Lespert, ici le commandant Prémontin. Il faut que vous veniez immédiatement à la PJ. Où êtes-vous actuellement ?

D'une voix blanche, Olivia donna l'adresse de son frère.

– Très bien. Une voiture passe vous prendre dans vingt minutes. Je vous conseille de ne pas vous défiler.

Olivia s'habilla à la hâte, tenaillée par l'angoisse. Et si c'était là sa dernière douche de femme libre ? La dernière fois avant longtemps qu'elle enfilait des vêtements choisis ? Elle savait que le soir même, si les choses tournaient mal, elle risquait de dormir en cellule. La garde à vue durait de vingt-quatre à quarante-huit heures, selon la gravité des cas. Faux témoignage et dissimulation de preuves dans le cadre d'une enquête concernant le meurtre d'une ministre et d'un secrétaire d'État : il y avait largement de quoi justifier la version la moins optimiste de son petit scénario. C'est tout de noir vêtue, la tête basse, qu'elle monta dans la voiture banalisée qui l'attendait devant l'immeuble, après avoir laissé un mot d'explication évasif à son frère sur la table de la cuisine.

*

Dans le bureau du commandant, elle retrouva les yeux noirs, plus courroucés que jamais.

– Vous ne m'avez pas tout dit, apparemment, jeta l'enquêtrice. Et je n'aime pas du tout, mais alors, pas du tout, qu'on se foute de moi ni du ministère public.

Sous d'autres cieux ou en d'autres temps, la représentante de l'autorité l'aurait directement envoyée au poteau d'exécution. Les mains croisées entre les jambes, regardant le sol, Olivia se fit toute petite sur sa chaise.

– Faites entrer ! aboya le commandant en direction de la porte.

Elle avait le sens du théâtre, il fallait lui reconnaître ça. Depuis les coulisses, Olivia vit apparaître une Joyce presque méconnaissable, ses longs cheveux retombant emmêlés sur ses épaules, la mine défaite. Un policier en uniforme ne la lâchait pas d'une semelle. Olivia sourit faiblement à son amie, qui grimaça comme si elle réprimait un sanglot ou une invective.

– Asseyez-vous, ordonna le commandant en lui désignant une chaise qui se trouvait à deux mètres de celle d'Olivia.

Joyce s'exécuta et tira sur sa jupe à carreaux qui lui remontait en haut des cuisses. Elle était également vêtue d'un long pull blanc fluide et de cuissardes en cuir noir brillant. Difficile pour les flics de prendre ses dires au sérieux, à la voir dans cette tenue, se dit Olivia. On jugeait quand même toujours un peu sur la mine.

– Pour les besoins de l'enquête, cette confrontation va être enregistrée, dit le commandant en activant un appareil posé sur son bureau. Et cette fois encore, Madame Lespert, puisque j'agis sur requête du juge d'instruction, je vais vous demander de prêter serment. La première fois que je vous ai auditionnée, vous m'avez assuré ne pas connaître Mademoiselle Truarong, ici présente. Il s'agissait d'un faux témoignage, vous en êtes consciente. Et je vous le rappelle, un faux témoignage sous serment peut vous coûter cinq ans de prison et 75 000 euros d'amende. Disons que pour cette fois-ci, je veux bien mettre dans la balance les renseignements que vous m'avez ensuite communiqués et qui nous ont permis de retrouver Mademoiselle Truarong. Mais c'est votre dernière chance.

Joyce jeta à Olivia un regard incrédule qui vira en une fraction de seconde à la colère. Olivia espéra qu'elle déchiffrerait sur son visage, en retour, l'expression navrée d'impuissance qui était tout ce qu'elle avait à lui offrir. Le commandant expliqua alors, en les scrutant tour à tour, qu'elle était au courant pour les documents que Joyce avait trouvés chez le secrétaire d'État Bachelier, avec qui elle entretenait une relation. Elle demanda à Olivia de corroborer les faits.

– Oui, ils sont chez moi, à l'abri, reconnut-elle. C'est moi qui avais demandé à Joyce, dans le cadre de mes recherches sur le meurtre de la ministre de la Culture, de se rapprocher de lui pour le faire parler. Je voulais comprendre les relations entre Khadija Saïdi et sa rivale, Pétunia Verschueren-Cellier.

– Et cela a marché au-delà de vos espérances, bien sûr ! ironisa le commandant. Ça s'est fini sur le canapé…

– Non, pas du tout, je ne crois pas. D'ailleurs, c'est leur affaire, non ? Et avouez que sans ça, il manquerait une pièce essentielle du puzzle !

– Que voulez-vous dire ? demanda le commandant.

– Ces documents… Ils incriminent clairement la ministre de la Santé dans les deux meurtres.

Elle se tourna vers Joyce, dont les yeux étaient agrandis par la surprise. Manifestement, elle n'en avait encore pas tant dit à l'enquêtrice.

– Pardon ? fit le commandant interloqué.

– Joyce a mis la main, complètement par hasard, sur une correspondance secrète entre Bachelier et Khadija Saïdi. Elle s'étale sur plusieurs semaines. Et elle aboutit à une chose : Bachelier avait révélé à la ministre de la Culture, à sa demande, une malversation qui impliquait sa rivale, la ministre de la Santé. Il avait fait la taupe dans son propre ministère, si vous préférez.

Elle expliqua plus en détail comment Joyce, sans bien réaliser la portée de son geste, avait subtilisé les documents, en remplaçant les originaux par des feuilles anodines pêchées dans la poubelle de Bachelier durant le bref laps de temps où il s'était absenté, puis comment elle les avait rapportés chez elle, où Olivia en avait découvert la teneur avec effarement.

– Vous confirmez, Mademoiselle Truarong ? jetèrent les yeux noirs à la jeune Asiatique.

– Oui, souffla cette dernière. Ça s'est passé comme elle dit.

Olivia poursuivit en exposant son propre raisonnement et la conclusion à laquelle elle était parvenue : Khadija use de son influence sur le faible Bachelier ; elle découvre grâce à lui que PVC se fait payer grassement, au mépris de toute loi ou déontologie, par un laboratoire suisse pour une commande d'innombrables vaccins à l'échelle du pays ; Khadija fait chanter sa rivale. Cette dernière la fait éliminer et, dans la foulée, elle supprime aussi Bachelier, pour lui apprendre à jouer les espions, et parce qu'il en sait trop sur elle.

Le commandant Prémontin venait d'encaisser des nouvelles que manifestement elle n'attendait pas. Elle se leva sans mot dire et sortit de la pièce. Le policier se mit spontanément debout devant la porte, comme pour en barrer le passage. Les deux femmes se regardèrent sans oser se parler. Olivia avança juste la main pour tapoter celle de son amie en guise de réconfort.

– Ça va aller, t'inquiète, glissa-t-elle enfin à mi-voix.

Joyce lui jeta un regard de chien battu. Au bout de plusieurs longues minutes, la porte s'ouvrit de nouveau, le policier s'effaça et se repositionna debout derrière la chaise de Joyce.

– Je viens de parler au juge d'instruction, déclara le commandant. Pour vous, Mademoiselle Truarong, j'ai obtenu une prolongation de vingt-quatre heures de votre garde à vue. Vous, Madame Lespert, vous restez pour le moment en liberté, mais vous allez conduire nos enquêteurs à votre appartement pour leur remettre les documents.

Joyce s'affaissa dans sa chaise comme un sac soudain vidé de son contenu. Olivia, quant à elle, n'en menait pas large.

## 23.
## LA POULE AUX ŒUFS D'OR

L'affaire fut rondement menée : elle conduisit les deux enquêteurs à sa chambre, décrocha le cadre, le retourna et arracha l'enveloppe qu'elle y avait soigneusement scotchée. L'un des deux policiers s'en saisit sans l'ouvrir. L'autre, d'un geste machinal, redressa le cadre après que la propriétaire des lieux l'eut remis au mur, puis il resta un instant à contempler, perplexe, le dessin d'Escher. Sans doute lui paraissait-il illisible. Dans la voiture qui reconduisait le trio à la Crim', Olivia n'osa pas répondre à son téléphone qui vibra à deux reprises de manière insistante.

Une fois sa déposition signée et l'enveloppe dans les mains du commandant Prémontin, elle reçut la consigne de rentrer chez elle mais de rester à disposition des autorités. Elle commençait à en avoir l'habitude. Aussitôt sur le trottoir, elle regarda fiévreusement son portable. Simon avait appelé à deux reprises. Et il avait laissé un message.

« Olivia, bonjour, c'est Simon. Je suis heureux que tu m'aies téléphoné. De mon côté, je n'ai pas osé le faire. Et il faut dire aussi que j'ai été trop occupé pour penser à autre chose. Rappelle-moi quand tu as une minute. »

Envahie par l'émotion, elle réécouta son message plusieurs fois, pour imprégner son oreille de sa voix grave. Mais elle décida d'attendre un peu avant de le rappeler. En dépit du froid, elle marcha jusqu'à l'appartement de son frère – une traversée de Paris durant laquelle elle se repassa le film des derniers événements. Elle arriva à la conclusion que rien ne pouvait être retenu contre Joyce et qu'elle serait relâchée au plus vite. Du moins essaya-t-elle de s'en persuader. Comme si cela avait une chance d'accélérer le mouvement, elle se dit qu'il fallait qu'elle réintègre ses propres pénates, afin d'accueillir sa protégée à sa sortie de garde à vue. Joyce n'avait pas d'autre endroit où aller.

De retour chez Gabin, Olivia s'assit avec lui devant une tasse de café réchauffé et se résolut à tout lui dire : les interrogatoires qu'elle avait subis, l'arrestation de Joyce, les papiers que cette dernière avait subtilisés chez Bachelier quelques jours avant sa chute fatale, survenue alors qu'elles figuraient toutes les deux parmi les invités de la Fondation Vuitton – et donc sur la liste des suspects.

– Tu me promets de ne rien dire de ce que je vais te révéler ? demanda-t-elle encore à Gabin par acquit de conscience avant de se lancer.

– Tu plaisantes ? rétorqua-t-il. Je suis une tombe, tu devrais le savoir.

Elle le savait dépositaire de myriades de secrets diplomatiques comme il s'en chuchote entre les murs feutrés des grands hôtels. Elle était parfaitement en confiance. De gros flocons, depuis longtemps annoncés par le ciel d'un blanc givré, se mirent à tomber en silence, étouffant rapidement les bruits au-dehors, enfermant leur petit huis clos au huitième étage dans une étrange atmosphère ouatée. Les lointains avaient disparu.

Il n'y avait plus que le ciel et sa déferlante cotonneuse. Olivia exposa alors à Gabin la teneur des documents qu'elle venait de remettre à la police.

Son frère émit un petit sifflement.

– Eh ben, vous avez mis la main sur du lourd, les filles ! C'est vrai que ça se tient, toute cette histoire. La mère Verschueren a quelques soucis à se faire…

Olivia poursuivit ses confidences en lui relatant l'appel qu'elle avait reçu de Karim la veille à minuit.

– Donc si je comprends bien, pour ce qui est de l'assassinat de la ministre de la Culture, on a deux suspects possibles : sa rivale la ministre de la Santé, et son complice Toledano, avec qui elle trafiquait en douce entre la Tunisie et le Mucem.

– Voilà, c'est ça. Bien résumé.

– En tout cas, pour dégoûter définitivement le peuple de voter, ils pouvaient pas mieux s'y prendre ! asséna Gabin, philosophe.

*

Olivia rentra chez elle en métro. La perspective de rappeler Simon, dès qu'elle se retrouverait au chaud dans son intérieur, lui fit oublier la crainte qui la taraudait depuis l'effraction de son appartement huit jours plus tôt. Elle ferma la porte et se rendit compte à cet instant qu'elle n'avait même pas repensé au tandem des visiteurs patibulaires. Petite victoire qui la fit sourire. Elle n'en oublia pas pour autant de fermer le verrou à double tour. Elle s'affala contre ses oreillers et glissa ses pieds transis sous la couverture de laine à carreaux qui décorait son lit. Après avoir pris une grande inspiration, elle composa enfin le numéro de Simon.

Il répondit dès la deuxième sonnerie.

– Olivia ! Enfin ! J'attendais ton appel.

– Désolée, j'étais dans la rue, sous la neige, pas pratique pour se parler.

Elle tut pour le moment la matinée qu'elle avait passée en compagnie des enquêteurs judiciaires.

– Tu vas bien ?

– Oui, très bien, merci, fit-elle.

Inutile de lui dire à ce stade que son absence et le désir insensé qu'elle avait de lui l'empêchaient pratiquement de respirer.

– Tu es au courant des derniers développements de notre affaire marseillaise ? Je sais que Karim t'as appelée hier, mais depuis, Toledano a été cueilli par la police et il est en ce moment dans un avion qui vole vers Paris. Il a quelques explications à fournir sur ses relations avec feu sa partenaire… On l'attend comme le messie, chez vous !

Alors, comme si elle ne supportait plus de cacher quoi que ce soit à son amant, Olivia s'entendit lui répondre :

– J'ai quelque chose à te dire, Simon. Il te manque quelques éléments au sujet des deux meurtres.

Puis, comme avec son frère, elle lui fit faire le serment du secret. Et elle lui raconta comment les documents compromettants pour la ministre de la Santé avaient atterri sur le bureau du commandant Prémontin.

– Je suis scié, lâcha Simon, sur un ton presque rêveur, après un long silence. Cette Khadija, je croyais la connaître au moins un peu… Mais quand tu vois ce dont elle était capable, elle a bien trompé son monde ! Mise en œuvre d'un trafic international, manipulation et chantage envers sa concurrente… On se demande quand elle trouvait le temps de travailler.

– Son travail a surtout consisté à couper les vivres à pas mal de gens. Je crois que c'est à peu près tout ce qu'on retiendra d'elle. Parles-en aux intermittents du spectacle, à vous les gens des musées…

– Ça, c'est sûr, heureusement que la mairie est à fond derrière nous et nous trouve des sponsors et du mécénat ! Remarque, le nombre d'entrées a doublé au musée depuis les révélations des trafics. Déjà, elles avaient nettement augmenté juste après l'attaque contre la sculpture de Maxime Vernet.

– En somme, les médias te font de la pub !

– Bien malgré moi, grommela Simon. L'OCBC a envoyé de Nanterre des hommes qui se sont installés dans un commissariat du centre-ville – une antenne temporaire, si tu veux. J'ai déjà été convoqué à deux reprises. Comme s'ils doutaient de ma parole. Pourvu que Toledano dise la vérité. On dirait qu'ils croient que j'ai quelque chose à voir dans ces histoires d'œuvres volées et stockées chez nous.

– Moi, c'est pareil ! Mais à la PJ, s'exclama Olivia. Et même, je te bats, ils m'ont convoquée trois fois, je peux te dire que j'ai eu chaud aux fesses.

– Que tu as fort belles, dans mon souvenir…

Et, mutin, il entraîna Olivia sur un terrain qui lui fit oublier la raison initiale de son appel.

*

Les télés recommencèrent leur petit jeu habituel. Elles se trouvaient à la descente de l'avion, puis devant la PJ au moment où Toledano, la tête baissée et mal dissimulée sous la capuche de son duffle-coat, y était conduit pour rendre des comptes. Simon avait expliqué à Olivia qu'il se constituait partie civile, en tant que représentant de l'institution lésée par les agissements de son administrateur général. *A priori*, aucune pièce n'avait disparu des collections du musée, qui n'avait servi que de lieu de stockage pour celles qui rentraient en douce sur le territoire depuis la Tunisie. Mais l'image de l'institution était sérieusement écornée, et son directeur entendait bien redorer son blason.

Olivia rêvassait devant son téléviseur, encore bercée par les paroles qu'avait proférées Simon. Lui aussi s'avérait joueur, habile à trouver les mots qui déclenchaient en elle l'incendie. Mais, contrairement à Stanley Müller, il avait pour elle un corps dont le souvenir, la force et le parfum restaient ineffaçables. Stanley Müller n'était qu'un triste fantôme fait de mots et d'images – un pâle succédané qui avait pu, pendant un temps, la distraire et l'émoustiller, mais auquel elle ne voulait plus avoir affaire, surtout après que Simon avait clos la conversation sur un : « Eh bien, ma jolie, j'espère te revoir bientôt à Marseille… »

Dans la soirée, la rumeur commença à enfler. France TV News avait agrandi une image sur laquelle, dans un rayon de lumière latérale, la capuche du duffle-coat révélait une partie du visage de Toledano, à son arrivée à la Crim', encadré par les policiers. On y distinguait nettement des ecchymoses et un gros pansement sur le front. Les spéculations des commentateurs allèrent bon train.

Pourquoi était-il donc revenu dans la ville même où il avait commis son forfait ? Ce fut un reportage d'une chaîne télévisée concurrente qui, plus tard, apporta la réponse : on y interviewait, dans leur village en Tunisie, les frères et les cousins de Khadija Saïdi, déchaînés, qui se déclaraient comme un seul homme prêts à faire la peau à Toledano.

– Il va voir un peu ! Ça va être sa fête !

– Il a tué notre sœur, c'est la télé qui l'a dit ! On le retrouvera n'importe où !

– Il s'est servi d'elle, et quand il n'en a plus eu besoin, il s'en est débarrassé.

Le journaliste parvint tant bien que mal à demander à la horde excitée quand ils avaient vu Toledano pour la dernière fois.

– Il était chez nous, au village, comme un des nôtres ! Il y a deux jours encore ! Ici, c'était notre frère !

– Il s'est enfui, mais on le rattrapera !

Son article, et surtout les ajouts intempestifs de Thomas et de Marion avaient donc porté leurs fruits, réalisa Olivia abasourdie. Aux yeux du clan tunisien, Toledano était coupable. Ils l'avaient copieusement rossé, l'homme leur avait échappé par miracle, et voilà qu'il venait chercher refuge en France. Là-bas, il se savait condamné.

Le clan pleurait-il vraiment la perte de Khadija, ou celle d'un petit trafic lucratif pour l'économie locale et les intérêts particuliers ? Dans un coin de son cerveau, Olivia remisa l'idée plus plausible selon laquelle Toledano leur devait en fait de l'argent, beaucoup d'argent, sans doute, si l'on comptait les passeurs, les caches secrètes et tous les intermédiaires – et la réalité était plus probablement qu'il ne pouvait plus les payer, maintenant que le lièvre avait été levé au musée et ses petites transactions secrètes révélées au grand jour. La poule aux œufs d'or avait les pattes coupées. Le clan avait décidé de la sacrifier.

*

Le soir même, Toledano était déféré devant le parquet. Les médias tournaient en rond, ne sachant pas s'il avait avoué le trafic d'antiquités, le meurtre de la ministre de la Culture ou les deux. Vers 21 heures, son avocate, une petite brune à l'accent méridional et au sourire ironique, lança un pavé dans le marigot :

– Inutile de spéculer sur des faits que mon client n'a pas commis. Celui-ci reconnaît avoir apporté son concours au trafic qui avait été mis en place par la défunte ministre de la Culture. Mais il n'en était que l'exécutant, car c'est elle qui avait, ainsi qu'il le démontrera, développé tous les liens, encouragé les réseaux et facilité leurs activités illicites. Mon client a surtout été victime d'un abus de pouvoir de la part d'une ministre usant de sa position dominante. Quant à imaginer qu'il puisse avoir un lien quelconque avec son meurtre, je tiens à préciser que le jeudi 3 novembre, jour de l'assassinat de Madame Saïdi, Monsieur Toledano assistait à l'inauguration d'une exposition de mosaïques romaines au musée archéologique de Sousse. Il lui était donc impossible de se trouver matériellement à Paris au même moment.

La petite brune jeta un large sourire de défiance à la forêt de micros et de caméras, puis elle tourna les talons. Les médias entreprirent alors, dans la journée qui suivit, de détruire sans vergogne un peu plus la réputation de Khadija Saïdi et avec elle, le marché des antiquités, citant pêle-mêle les noms de grandes galeries coupables de recel, de maisons de ventes alimentées par le réseau tunisien, de collectionneurs fortunés peu regardants. Parmi eux, on comptait un préfet, des hommes d'affaires et nombre de diplomates dont la valise avait apparemment servi à transporter vers les pays d'Europe du Nord des tombereaux de vases, de statues et de céramiques volés dans tout le Moyen-Orient.

Le lendemain, Olivia ne parvint pas à se détacher de son téléviseur. Devant le tsunami qui déferlait sur le marché de l'art, elle se sentait vaguement coupable d'avoir initié ce mouvement. En fin de matinée, toujours affalée sur son canapé, lorsqu'elle entendit la clé tourner dans la porte d'entrée, elle sursauta. Toujours la vieille crainte de l'effraction. Mais quand elle vit apparaître Joyce, hébétée, le cheveu sale, elle se précipita vers elle et la serra dans ses bras.

– Mais pourquoi tu ne m'as pas appelée ? Je serais venue te chercher !

Joyce ne répondit pas. Elle laissa tomber le sac qu'elle portait sur l'épaule et avec lequel elle avait fait le voyage depuis Marseille. Puis deux larmes apparurent dans les yeux de la jeune Eurasienne. Elles se mirent à rouler sur ses joues, vite suivies par d'autres, toujours plus nombreuses, qui s'accompagnèrent bientôt de sanglots irrépressibles.

– Ma pauvre chérie, dit Olivia, la gorge nouée, c'est normal que tu craques, après deux jours pareils. Ne t'en fais pas, je suis là. Je vais m'occuper de toi.

## 24.
## SM

En ce mardi 6 décembre, les collaborateurs d'*Art Globe* devaient être en train de suer sur leurs derniers articles avant le bouclage, se dit Olivia. Elle était heureuse de ne pas avoir à subir ce stress. Elle allait pourtant vite déchanter : lorsque son téléphone sonna, elle décrocha après une légère hésitation.

– Allô ? Qui est à l'appareil ?

– C'est moi, Thomas ! Va falloir que tu te magnes, j'ai besoin de toi ! Écoute, ça vient de tomber, faut que tu me pondes du texte en urgence !

– Comment ça ?

– On vient d'acheter des photos à Sasportas !

– Lesquelles ?

– Des photos érotiques ! Un truc de dingue ! Des filles qu'il a prises dans des clubs. Des mises en scène. Ce mec est un vrai malade, mais ça tombe bien, ça va se vendre, tu penses, vu le contexte !

Olivia resta interloquée. Elle repensa aux photos qu'elle avait dérobées chez Vincent Sasportas, près d'un mois plus tôt – les fragments du corps de Joyce, les plumes, les ballons, les clous, les pétales de roses et tous les petits accessoires. Comment le photographe pouvait-il laisser publier ces œuvres qui touchaient de si près au meurtre de la ministre ? Était-ce une provocation de sa part ?

– Mais comment tu as fait pour les avoir ?

– Je l'ai juste appelé. Avec ce que je lui ai proposé, il n'a pas pu refuser.

– Il y en a beaucoup, des photos ?

– Douze exactement. On va faire un cahier central. Une exclu. Tout est déjà en page. Il manque plus que ton texte.

– Pardon ? Quel texte ?

– Eh ben, Sasportas a accepté de nous les vendre à une seule condition : que ce soit toi qui écrives les commentaires sur ses photos. Je te les envoie dans la minute, ouvre ton mail, tu as trois heures !

Olivia resta bouche bée. Thomas raccrocha avant même qu'elle ait pu protester. Pendant qu'elle téléchargeait les photos sur sa tablette, elle se demanda à quel jeu jouait Sasportas. N'avait-il vraiment confiance qu'en elle seule, la critique d'art qui avait commenté ses œuvres à plusieurs reprises ? Ou bien voulait-il se moquer d'elle ? À moins que ce ne soit Thomas qui l'ait appâté en lui promettant le concours de la célèbre Olivia Lespert. Avec lui, elle pouvait s'attendre à tout.

Les images qui apparurent sur son écran achevèrent de la désarçonner. Une peau noire saupoudrée de farine – à moins que ce ne soit de la coke ? –, ce qui créait un étonnant contraste ; une joue et l'arête d'un nez semés de taches de rousseur dont s'approchait la flamme d'une allumette ; un entrejambe à la pilosité blonde soigneusement ciselée dans lequel on devinait le bouchon de ce qui devait être un magnum de champagne ; deux seins couleur café au lait, aux tétons noirs dressés, entre lesquels reposait la lame menaçante d'un couteau. Et cela continuait ainsi, en douze variations malsaines – cigarette allumée, ciseaux ouverts, bouteille de bière décapsulée, poignées de riz comme on en jette aux jeunes mariés, paire de tenailles, tournevis... Tous ces instruments se mêlaient dangereusement aux peaux de teintes diverses, allant du blanc laiteux au noir le plus sombre, mais dont aucune, Olivia en était sûre, n'était celle de Joyce. Les photographies qu'elle détenait, dérobées au studio, lors de sa visite, n'étaient qu'une infime partie d'une entreprise plus vaste, dont Olivia découvrait ici une myriade de nouvelles variations.

Vincent Sasportas avait donc fait de ses petites obsessions un système – peut-être fallait-il même dire une œuvre. Olivia sentit que son propre petit mécanisme analytique s'enclenchait presque malgré elle : ces photos, ainsi qu'elle l'avait toujours pensé, avaient quelque chose en commun avec celles des insectes en putréfaction, figés en gros plan. L'érotisme qui fascinait Sasportas avait quelque chose de morbide. L'homme y était enfermé comme il l'avait été dans sa cellule de prison. De cet enfermement, il avait aussi récemment tenté de faire une œuvre. Peut-être, sans ces petites mises en scène, serait-il devenu fou. Mais dans ces compositions, Olivia percevait aujourd'hui quelque chose qui lui parlait intimement. Le couteau posé entre les seins bruns au galbe parfait la faisait frissonner intérieurement : il lui rappelait le trouble indicible et profond qu'elle avait ressenti au frôlement des couverts métalliques, glacés, que l'inconnu, dans le noir, avait fait glisser contre sa chair tiède.

Il lui fallut moins de trois heures pour mettre par écrit ce que ces photographies lui inspiraient. Elle intitula son article « La peau et l'outil – les stratagèmes érotiques et artistiques de Vincent Sasportas ». Une fois le point final apposé, elle s'avoua heureuse de sa prose. Peut-être était-ce même là le texte le plus juste qu'elle eût jamais écrit.

*

Elle ralluma sa télévision en même temps qu'une cigarette, par oisiveté. Le froid ne l'incitait pas à ressortir, et elle ne voyait pas où elle aurait pu aller. Depuis ses visites au Mucem, à la Fondation Vuitton, puis au Louvre, les musées où elle aimait d'ordinaire tant se recueillir lui paraissaient être devenus des lieux agités, voire dangereux. Comme pour le lui rappeler, les chaînes diffusaient en cette fin de journée les images volées des obsèques de Bachelier, dont la famille avait exigé qu'elles se tiennent dans la plus stricte intimité, dans une modeste église d'Indre-et-Loire. La veille, le gouvernement avait consacré au secrétaire d'État une petite cérémonie d'hommage aux Invalides. Mais pas un de ses membres n'avait été convié aux funérailles. Bien plus, ils en avaient été bannis. La veuve éplorée traînait après elle une ribambelle d'enfants hauts comme trois pommes et tout de noir vêtus. Leurs minois graves et affligés leur donnaient l'air de petits adultes trop tôt mûris. L'une des grandes sœurs tenait par la main son petit frère qui luttait contre les larmes, mâchoires serrées, comme s'il accusait la terre entière. Olivia en fut bouleversée. Pas un instant, quand elle avait envoyé Joyce en mission auprès de lui, elle n'avait imaginé qu'Hugues Bachelier puisse simplement être un bon père de famille. À présent, elle s'en voulait. Elle s'était laissé emporter par ses propres obsessions – le meurtre de Khadija Saïdi et les indices que lui soufflait Pygmalion. Plus rien d'autre ne l'intéressait alors. Elle devait à tout prix obtenir des informations sur Pétunia Verschueren-Cellier. La fin avait justifié les moyens. Joyce avait été le parfait appât et s'était elle-même prise au jeu. Quelle certitude pouvaient-elles toutes deux avoir, aujourd'hui, que la mémoire de Bachelier n'avait pas été définitivement salie auprès de son épouse et de ses enfants ? Ses proches avaient-ils eu vent de la présence de Joyce, pendue à ses basques, lors de son ultime visite officielle à la Fondation Vuitton ?

Perdue dans ces pensées, Olivia regardait l'écran du téléviseur sans le voir. Elle ne lisait pas vraiment les lignes de texte qui défilaient en pied, en surimpression sur les images des obsèques. Indice du Dow Jones, clôture du Nasdaq, vingt-trois morts dans un énième attentat-suicide à Bagdad, incendie dans un supermarché du Havre – deux pompiers blessés… C'est seulement au bout d'un long moment, et un peu par hasard, après ce qui devait être son dixième passage, qu'elle identifia le nom bien connu qui faisait partie du petit défilé des informations : « Démission pour raison de santé de la ministre Pétunia Verschueren-Cellier. »

La nouvelle lui fit l'effet d'un coup de tonnerre : le gouvernement avait décidé d'étouffer l'affaire. Les documents qu'elle avait remis à la police pour disculper Joyce ne serviraient donc à rien. Ils allaient être tout bonnement enterrés. Pétunia Verschueren-Cellier se réfugierait sans doute dans les jours prochains en Suisse, auprès de sa fortune mal acquise, et y soignerait son cancer imaginaire pour lequel tout le monde la plaindrait et lui enverrait des vœux émus de prompt rétablissement. Le gouvernement ne pouvait pas laisser filtrer une nouvelle affaire de cette teneur. Les malversations au Mucem et les deux meurtres suffisaient largement. La République était bien assez ébranlée. La police avait dû être priée d'oublier ce dossier.

Quand Joyce, qui avait de nouveau passé la journée dehors, rentra, harassée, sur les coups de 21 heures, Olivia lui annonça la nouvelle.

– Merde alors ! s'exclama la jeune femme. Tu veux dire que personne ne va lui demander des comptes, à PVC ? Avec tout ce fric qu'elle a reçu en douce du labo ?

– Ni pour ça, ni pour les meurtres de la ministre de la Culture et de Bachelier. Elle ne sera vraisemblablement même pas interrogée. On a décidé en haut lieu que ça suffisait comme ça. Qu'il fallait mettre tout ça sous le boisseau.

Olivia était abattue.

– Et alors, tu peux pas en parler dans ton journal ? Comme tu as fait pour les trafics à Marseille ? s'écria Joyce.

– Je n'ai plus aucune preuve. Le dossier est entre les mains des flics, rappelle-toi. C'est à ça que tu dois ta libération. Et puis, j'en ai assez fait, moi aussi, tu ne crois pas ? Je n'ai pas envie d'en rajouter une couche. Franchement, je suis paumée. J'en ai ma claque.

*

Ce fut encore par désœuvrement qu'elle retourna sur le site : profil, mot de passe, validation. L'image d'Olympia qu'elle avait choisie pour la représenter la dévisageait depuis son écran, hautaine, distante, comme si elle se moquait de son *alter ego*, l'Olivia de chair et d'os, de l'autre côté du miroir. Olivia se dit qu'il était peut-être temps de modifier son profil. Le plus sage eût été de le supprimer définitivement et de cesser pour de bon de se connecter. Que cherchait-elle, au fond ? Elle n'avait jamais eu envie de répondre aux demandes qui émanaient des autres membres du site *Avancez Masqués*. Une ribambelle d'hommes

– voire de femmes –, tous cachés derrière leurs avatars, attendaient depuis des semaines qu'elle valide leur profil. Parmi eux, de nombreux masques en forme de loups, qui trahissaient un manque certain d'imagination, quand d'autres candidats arboraient comme au carnaval de Venise des masques colorés en forme de papillons ou d'oiseaux, ou se faisaient représenter par des images de guépard, d'ours, de statue grecque, ou des personnages divers empruntés à des tableaux, des films ou des bandes dessinées. Le visage aux yeux bandés de Pygmalion apparut soudain sur son écran : il avait détecté sa présence et lui envoyait un message. Elle établit le contact. Devant elle se déroula de nouveau lentement un sonnet. Et ce qu'elle lut l'agressa violemment :

*Salope inavouable, enfoirée de première*
*Multipliant sans fin les amants dans ton lit*
*Suçant, couchant, léchant, par-devant, par-derrière,*
*Morue qui aujourd'hui devant le danger fuit*

*Sangsue immonde tu mérites toi aussi*
*Mortellement de te voir à ton tour frappée*
*Sous les coups que tu as sans vergogne portés*
*Mourir est le destin du traître qu'on châtie*

Elle en resta bouche bée. Cette fois, dans ces quatrains vulgaires, il s'en prenait directement à elle. Quelle mouche avait piqué le si élégant Stanley Müller ? La colère l'égarait au point qu'il en oubliait la subtilité ésotérique d'un Mallarmé. Il l'attaquait de front. Une peur sournoise envahit Olivia. Mais que pouvait-il bien lui reprocher ? D'avoir révélé les trafics du Mucem ? En quoi cela méritait-il la mort ? Son cerveau était en surchauffe. Et s'il ne s'agissait pas de Stanley Müller, après tout ? Olivia se sentit salie et blessée. Elle acheva néanmoins de dérouler le reste du sonnet. Et ce qu'elle lut la frappa de nouveau de plein fouet :

*Seul archange vengeur la belle Olympia*
*Maniant contre toi par son savoir guidée*
*Sa plume acerbe et vive au pas te remettra*

*Montrant le jeu infâme que tu as joué*
*Sous le feu continu honteux des médias*
*Ministre de mes deux, vile Pétunia*

Ainsi donc, ce n'était pas à elle qu'il s'en prenait, mais à la ministre de la Santé démissionnaire ! Olivia était désarçonnée. Elle ne savait plus qui parlait. Ce qu'elle comprenait, c'était que son interlocuteur avait besoin d'elle : il voulait qu'elle écrive un papier dénonçant cette fois les agissements de la ministre.

Malgré l'heure tardive, Olivia alla frapper doucement à la porte de Joyce.

– Tu dors ? hasarda-t-elle à voix basse.

– Non... lui répondit une voix passablement ensommeillée.

– Tu peux venir, s'il te plaît ? J'ai besoin de toi.

Et pour la première fois, elle montra à Joyce le message en vers qui venait de lui parvenir.

– Tu y comprends quelque chose, toi ? demanda-t-elle.

– Ben, y a pas grand-chose à comprendre ! Ce mec a clairement un problème avec Pétunia. Sinon il la traiterait pas comme ça de pute et de salope.

– Elle « fuit devant le danger », selon lui. On dirait qu'il lui reproche d'avoir démissionné pour ne pas avoir à rendre des comptes. Il parle des coups qu'elle a portés… Là, il l'accuse d'avoir tué Khadija et Bachelier. Ce mec sait quelque chose, c'est sûr. Tu crois qu'il sait ce qu'on sait ?

Joyce fronçait les sourcils dans un grand effort de réflexion.

– Putain, il peut pas juste dire les choses simplement, ce taré ? Genre, il te fait un SMS pour te demander de révéler ce que tu sais sur Pétunia et le fric du labo ? Ça serait plus efficace, non, pour faire passer le message ? Pourquoi il faut qu'il écrive un poème à la con ?

– Ça fait partie du jeu depuis des semaines, maintenant, dit Olivia, embarrassée. J'avoue qu'au départ, d'une certaine façon, ça m'a plu. Ses petites énigmes à déchiffrer, c'était excitant. Il me donnait toujours l'impression qu'il avait une longueur d'avance sur moi. Et même, qu'il m'épiait.

– Mais c'est flippant, ton truc ! Tu sais même pas à qui tu parles, en plus ! Si t'avais travaillé comme moi dans les salons, je te jure, tu ferais un peu plus gaffe ! Et qu'est-ce qui se passe si un jour ce mec vient sonner chez toi ? Tu lui ouvres ta porte ? Tu lui offres le thé ?

Olivia repensa subitement avec effroi à son appartement visité par effraction.

– Tu as raison, je suis un peu conne, lâcha-t-elle.

Penchée sur l'écran, Joyce désigna alors le texte du doigt :

– Tu remarques pas un truc ? À propos de SMS ?

– Non ? Quoi ?

– Regarde, la phrase qui commence par « Seul archange » : la première lettre de cette ligne est un S. Au début de la ligne suivante, on a un M. Puis ensuite encore un S : ça fait « SMS ». Y a pas de doute, il t'envoie un message.

Olivia scanna le sonnet des yeux. Comment ne l'avait-elle pas vu plus tôt ? Chaque vers commençait, en alternance, par la lettre S puis par la lettre M. « SM ». Et cela se déroulait jusqu'au bout. La marque évidente de Pygmalion, qui signait ainsi son œuvre. Encore une fois, il se jouait d'elle. Olivia eut en cet instant la conviction que son instinct ne l'avait pas trompée : SM étaient aussi les initiales de Stanley Müller.

*

Elle avait du mal à décolérer. Comment Pygmalion pouvait-il s'imaginer qu'elle obéirait sans sourciller et livrerait la ministre de la Santé en pâture aux médias ? Il lui restait encore un semblant de libre arbitre ! Et puis le ministère de la Santé ne relevait pas de son domaine de compétence ; ensuite, si la police et le gouvernement voulaient taire les petits arrangements financiers de PVC avec le laboratoire suisse, c'était sans doute qu'ils avaient leurs raisons. Elle n'allait pas s'en mêler. Elle en avait assez fait. Ce qui l'intriguait, au fond, était l'acharnement de Pygmalion à la lancer de façon aussi insistante sur la piste de Pétunia Verschueren-Cellier.

Le lendemain matin, ce fut Joyce qui prit les choses en main. Levée tôt, elle déclara en se versant une tasse de café :

– Je vais retourner au ministère de la Santé.

Olivia la dévisagea tout en allumant sa cigarette. Déjà la troisième de la journée. Elle filait un mauvais coton.

– Pardon ? Et pour y faire quoi ?

– Je connais quelqu'un là-bas qui pourra me renseigner.

– Sur quoi ?

– Sur l'endroit où on pourra trouver la ministre, Pétunia.

Joyce expliqua alors comment, à la faveur de sa dernière visite à Bachelier, elle avait réussi à attirer l'attention de l'un des gardes postés devant l'entrée du bâtiment, avenue Duquesne.

Depuis l'accroissement de la menace terroriste, la surveillance était devenue drastique. Bachelier avait d'ailleurs toujours pris soin de rentrer avec elle dans le ministère par une porte plus discrète, place de Fontenoy, défendue par un seul militaire. Quand elle sortait, en revanche, c'était par l'entrée principale. Et là, elle avait tapé dans l'œil de l'un des deux hommes armés, qui avait failli à son devoir de réserve en échangeant quelques mots avec elle. Il lui avait même glissé son numéro de téléphone.

– Jérémie, il s'appelle, précisa Joyce. Il est là tous les jours. Il commence à 9 heures et se fait remplacer à 16 heures.

– Et à supposer qu'il te dise où se trouve Pétunia, ce dont je doute, tu comptes faire quoi de cette information ?

– Eh bien, je te la passe, et tu vas lui poser quelques questions !

– À Pétunia ? Mais pourquoi je ferais ça ?

– Parce que tu es celle qui en sait le plus, sur cette affaire. Plus que les médias, en tout cas. Et parce qu'il est temps que tu comprennes ce qu'il te veut, ce malade. Et ce qu'il lui veut à elle.

– Et quel intérêt as-tu, toi, à t'occuper de ça ?

– C'est un peu à cause de Bachelier. Il était vraiment gentil, ce mec. Je comprends pas pourquoi on l'a balancé par-dessus cette rambarde. Je me sens un peu responsable, en fait.

– Tu n'as rien à te reprocher ! Tu n'as rien fait de mal !

– Je sais. Mais j'ai un peu joué avec lui, et il est devenu accro. Et si j'avais pas sorti ces documents de son bureau ? Peut-être qu'il serait toujours en vie ?

– Ça, pour le moment, on n'en sait rien. On ne sait même pas s'il y a un lien.

– De toute façon, conclut Joyce, faut que je trouve quelque chose pour m'occuper. Les flics m'ont interdit de quitter Paris.

Et Thierry qui m'appelle cinq fois par jour, sans que je puisse redescendre à Marseille… Si je ne sors pas, je vais tourner en rond et devenir folle.

*

Olivia surfa sur internet dans l'espoir d'en apprendre plus sur la démission de Pétunia Verschueren-Cellier. La dépêche de l'AFP annonçait juste que la ministre participerait à son dernier conseil des ministres le matin même, qu'elle y présenterait le projet de loi sur la veille sanitaire – son récent cheval de bataille –, qu'elle honorerait les engagements pris pour la journée, puis qu'elle quitterait son poste « en raison de problèmes de santé sérieux nécessitant des explorations poussées et urgentes, incompatibles avec son agenda ». Un comble pour une ministre de la Santé, pensa Olivia. Ces bribes d'information lui donnèrent cependant une idée. Elle envoya à Joyce un message : « Arrange-toi pour savoir quels sont les rendez-vous de PVC cet après-midi. » « Tkt c ske je vé faire », lui répondit son amie du tac au tac. Olivia était à présent convaincue qu'il lui fallait interroger Pétunia. Peut-être comprendrait-elle alors les motivations de Pygmalion. Qui pouvait donc s'en prendre aux membres du gouvernement, allant jusqu'à les supprimer sauvagement ? Et pourquoi Pygmalion, alias Stanley Müller, était-il soudain si virulent contre Pétunia, au point de vouloir la clouer au pilori en place publique ? Olivia se tenait au carrefour de deux énigmes, écartelée, comme un martyr au temps de l'Inquisition. Elle se vit elle-même nue, offerte, tirée à hue et à dia par des chevaux allant en sens contraire, sous le regard réjoui de Stanley Müller, fringant Sardanapale, émoustillé par le spectacle, qui affûtait tranquillement son couteau – celui qu'il avait fait glisser avec lenteur contre sa chair lors du dîner de septembre, anticipant le moment où il allait enfin la désosser, entailler ses membres, découper les fines jointures de ses articulations. Elle se sentait furieuse contre elle-même et contre lui, qui avait instillé de telles images dans son esprit. Elles l'empêchaient tout bonnement de réfléchir. Par un violent effort, elle les chassa aussi loin qu'elle put. Elle en avait plus qu'assez de se faire manipuler.

Elle continua de parcourir les dépêches de l'AFP qui lui fournirent une information intéressante : Clément Toledano, après son bref passage à la PJ, était en cours de transfert vers les locaux de l'OCBC de Nanterre où les interrogatoires allaient à présent porter sur ses petits trafics d'œuvres illégalement sorties du Moyen-Orient.

Elle se rendit ensuite sur le site du magazine *Art Globe* où elle eut la surprise de trouver un article sous la plume de Marion Leloir qui la laissa pantoise. Il était illustré d'une photo de sa propre personne, prise lors de son intervention le samedi précédent au Louvre, alors qu'elle interviewait Vincent Sasportas. Le regard que lui rendait le photographe de ses yeux vairons, dans la magie de l'instant capturé, éclairé d'un demi-sourire, pouvait passer pour celui d'un homme amoureux, ou qui à tout le moins se trouvait dans les meilleures dispositions à son égard. Olivia savait que la flamme qui l'animait était plutôt due au plaisir qu'il éprouvait à présenter son nouveau projet, *Anatomy of a Prison Cell*, comme une victoire sur l'adversité, dans ce lieu de prestige qu'était le Louvre, et sous l'œil des caméras. Marion, toutefois, avait intitulé son article : « Vincent Sasportas et Olivia Lespert – des retrouvailles passionnées ». Le texte que déroulait le site, sous couvert de relater l'exposition des nouvelles œuvres de Sasportas dans le cadre du projet éphémère *Serpentina*, distillait une habile ambiguïté qui parlait de « l'extrême connivence » entre l'interviewé et l'intervieweuse. « Des regards qui ne trompent pas », osait avancer la légende sous la photographie les représentant face à face. « Les accusations de l'assistant du célèbre photographe à l'encontre de notre collaboratrice, Olivia Lespert, semblent bel et bien oubliées, poursuivait Marion. Entre eux deux, l'idylle est à nouveau parfaite, la complicité totale. Qui d'autre qu'elle, en effet, peut mieux comprendre l'œuvre et l'art du créateur de génie qu'elle a longuement étudiés ? Il fournit les images, elle les met en mots. C'est le secret de leur proximité évidente. »

L'article, bien que court, était un tissu d'âneries. Olivia en était outrée. Mais elle n'eut ni le courage ni l'envie d'appeler Marion pour lui passer un savon. Elle comprenait qu'il s'agissait surtout pour le magazine de poser des jalons avant que son propre article sur les photographies érotiques de Sasportas paraisse dans la version papier de jeudi. Il était trop tard pour qu'elle fasse machine arrière : à cette heure, les rotatives tournaient, ses mots étaient imprimés, démultipliés, sur les pages qui constitueraient le journal. Et elle voyait déjà en couverture un fragment de corps féminin provocant, agrémenté d'un titre choc : « Olivia Lespert, intime du photographe, nous dit tout sur les fantasmes de Vincent Sasportas ». Une nouvelle fois, elle s'était fait avoir. Comment pouvait-elle être aussi bête ?

L'appel de Joyce, à 11 h 23, la ramena à une réalité bienvenue.

– Bon, ça y est, je sais où tu vas pouvoir trouver PVC !

Toute à sa colère, Olivia l'avait presque oubliée.

– Oui ? fit-elle. Où ça ?

– Eh bien, après le conseil des ministres, elle déjeune au ministère avec une délégation des hôpitaux, ensuite elle doit assister à un colloque sur le SIDA en Afrique, qui se tient à

14 h 30 dans les locaux de l'UNESCO. Elle s'y rendra à pied depuis le ministère qui est tout proche. Elle sera juste accompagnée d'un garde du corps le temps du trajet, m'a dit Jérémie. Il le sait parce que ce garde du corps, c'est un pote à lui, un autre mec de la sécurité.

– Bravo, tu lui as drôlement tiré les vers du nez !

– Je crois qu'il ferait à peu près n'importe quoi pour moi ! s'exclama Joyce avec fierté. Mais tu sais quoi ? Pour le moment, y a que Thierry qui m'intéresse.

– Je te comprends, va, lâcha Olivia dans un soupir.

Pour elle aussi, il n'y avait que Simon qui comptait. Et il lui manquait diablement.

## 25.
## LES VAMPIRES

Aux abords de l'UNESCO, les mesures de sécurité étaient draconiennes. Olivia, munie de sa carte de presse, tenta sa chance. Après avoir franchi quelques marches, elle se retrouva dans un petit hall de verre. Elle dut un peu parlementer avec la jeune fille en uniforme qui cochait les noms des participants sur les listes. Sur son sein droit un badge affichait son nom : « Célia ». Un instant, Olivia crut revivre son arrivée au dîner si étrange de septembre. Célia scrutait la liste avec une intensité qui disait l'importance de sa mission.

– Lespert, vous dites ? Je ne vous trouve pas.

Puis elle se pencha vers sa voisine, elle aussi en uniforme, et lui souffla :

– Marjorie ? Tu peux m'aider ? Je ne trouve pas ce nom.

La liste que détenait Marjorie était la copie conforme de celle de Célia. Le nom d'Olivia ne s'y trouvait donc pas non plus.

– Je vous assure, pourtant... J'étais en déplacement à l'étranger pour un reportage, c'est une secrétaire qui a appelé pour moi.

Olivia mentait désormais avec aplomb.

– Quel journal, vous dites ?

– Le… *Art Globe*, lâcha Olivia.

Elle avait failli dire : « *Le Monde* », mais elle s'était arrêtée alors que les mots étaient sur le point de franchir ses lèvres. Si Célia, dans un excès de zèle, appelait le standard du journal pour obtenir confirmation, Olivia se verrait tout bonnement grillée et éjectée des lieux manu militari.

– *Art Globe*… Je ne trouve pas ce nom non plus, fit Célia, de plus en plus perplexe.

Penchée par-dessus son épaule, Marjorie fronçait les sourcils tout en scannant elle aussi la liste des yeux. Derrière Olivia, la file des participants s'allongeait. Certains commençaient à s'impatienter. Il était près de 14 h 20. Le colloque n'allait pas tarder à débuter. Ce fut le moment que choisit un homme en complet gris, portant au revers de sa veste un badge officiel de l'UNESCO, pour se glisser derrière les deux jeunes filles.

– Un problème, Mesdemoiselles ?

Pas de chance. Sûrement un responsable de la sécurité qui ne se laisserait pas embobiner. Découragée, Olivia se prépara à renoncer à son projet. Elle allait devoir rappeler Joyce pour tenter d'apprendre où la ministre de la Santé se rendrait ensuite. Elle s'apprêtait à bredouiller de vagues excuses quand elle se rendit compte que l'homme la dévisageait. Un large sourire, empreint d'une certaine concupiscence, se dessina sur son visage.

– Mais je vous reconnais ! Vous êtes la journaliste qui a interviewé ce photographe, samedi soir, au moment de l'attaque des drones sur le Louvre ! On a parlé de vous, aussi, à la télé. C'est vous qui avez révélé les trafics d'antiquités à Marseille ! Ma parole, vous êtes partout ! Et chez nous maintenant ! Vous allez enquêter ici aussi ? Alors on a du souci à se faire !

L'homme s'esclaffait ouvertement. Des murmures s'élevaient derrière Olivia. Elle n'osait pas se retourner.

– Ne vous inquiétez pas, fit l'homme en tendant la main. Donnez-moi votre pièce d'identité. On va arranger ça.

Il écarta d'un geste Célia et Marjorie, qui se décalèrent vers la gauche pour écluser le flot des nouveaux arrivants de plus en plus impatients. L'homme voulait se garder Olivia pour lui seul.

– C'est parfait, dit-il en lui rendant sa carte d'identité. Je vous ai rajoutée sur la liste, Mademoiselle Lespert. La prochaine fois, veillez quand même à ce que votre journal fasse son travail… Mais je n'ai aucun doute que vous ferez le vôtre !

Il la couvait d'un regard gourmand qui la mit mal à l'aise. Les avatars de Pygmalion étaient partout, pensa-t-elle. Elle murmura un remerciement et rangea ses papiers. Devant le sas de contrôle gardé par deux géants noirs en uniforme, elle ouvrit d'elle-même son sac à main, le déposa sur le tapis roulant, passa sous le portique qui sonna à cause de sa ceinture cloutée, repassa dans l'autre sens, ôta sa ceinture sous le regard de l'homme en costume qu'elle sentait toujours peser sur elle depuis le guichet des inscriptions, la posa sur le tapis roulant, repassa le portique qui resta silencieux, se laissa palper de la tête aux pieds par une femme policière, puis récupéra sa ceinture qu'elle sangla autour de sa taille. L'homme, elle l'aurait juré, dardait toujours un œil sur elle. Elle attrapa son sac au bout du tapis roulant et s'éloigna au plus vite.

Le long des couloirs ponctués de piliers de béton pareils à des jambes fuselées soutenant le plafond, elle reconnut des toiles de Tàpies et de Picasso, et une tapisserie du sculpteur Adam qui explosait de couleurs. Puis elle longea un long mur de mosaïque de Miró qui semblait avoir cuit longuement au soleil. Elle se sentit en pays connu. Tout en suivant les flèches qui indiquaient le chemin vers la salle du colloque, elle découvrit, de l'autre côté des parois de verre, le jardin où trônait une imposante sculpture d'Henry Moore : une femme aux formes amples, la tête fièrement dressée, les jambes croisées dans une attitude de défi nonchalant. Elle eut le cœur serré en repensant à la *Danse du voile* sculptée dans le granit par Mariam Abdelaziz. En quelques décennies à peine, le monde avait bien changé. Un peu plus loin, elle reconnut sur la pelouse un délicat stabile de Calder, haute silhouette gracile absorbée par sa propre danse. Elle s'arrêta un instant pour le contempler. Suivant l'angle sous lequel elle le regardait, elle croyait y voir une artiste de flamenco, une mante religieuse ou un sémaphore envoyant des SOS. Parfaite illustration de la condition féminine, pensa-t-elle tristement. Ou peut-être était-ce elle-même qu'elle reconnaissait dans ces trois avatars : la femme publique courtisée par les médias ; la harpie qui avait agressé ce pauvre Luciano à coups de tesson de bouteille ; la femme éprise qui attendait désespérément un message de son amant resté loin d'elle, à Marseille. Elle était ces trois femmes à la fois. Il lui fallait en prendre son parti.

Elle se recentra sur la mission qu'elle s'était imposée. Elle longeait à présent une monumentale tapisserie de Le Corbusier aux aplats de couleurs éclatants. Puis elle entra dans la salle de conférence aux trois quarts pleine. Divers notables d'Europe et d'Afrique se succédèrent au micro pour égrener de longues listes de remerciements. Olivia les écoutait d'une oreille distraite. Au bout d'un temps infini, elle perçut une petite agitation dans les travées. La ministre de la Santé, Pétunia Verschueren-Cellier, venait d'être annoncée par l'orateur qui la précédait. Une salve d'applaudissements polis salua son arrivée sur la scène. Les auditeurs savaient que ce serait là son dernier discours officiel.

La ministre avait beaucoup d'allure dans le tailleur-pantalon blanc qui épousait ses formes. Sur ses épaules, jetée avec un art consommé de la fausse négligence, une étole turquoise à motifs géométriques rehaussait la blondeur de ses cheveux flous et la clarté limpide de ses yeux. Mais ses traits étaient tirés, le pli de sa bouche soucieux. L'oratrice buta à plusieurs reprises sur les mots qu'elle lisait. En quittant le pupitre, elle fit tomber la liasse de feuilles sur lesquelles tenait son texte. Un assistant se précipita à ses pieds pour les ramasser.

La première conférence du colloque fut annoncée. Olivia vit se lever un professeur de médecine ivoirien qui devait dresser un tableau de l'évolution de l'épidémie et des pratiques dans son pays depuis vingt ans. Elle guettait les mouvements de la ministre de la Santé. Celle-ci se tenait debout contre le mur de l'allée latérale, dans la pénombre, et échangeait quelques mots avec une personnalité. Puis elle se dirigea vers la sortie. Olivia quitta son siège et lui emboîta le pas. À l'extérieur de la salle, dans le hall aux boiseries lustrées qui venaient réchauffer le béton, elle vit la ministre, debout, l'air las, tendre la main vers une tasse de café qui lui était servie à la longue table aménagée pour le service des boissons. Non loin d'elle, le dos au mur, son garde du corps, les mains croisées sur le ventre, ne la quittait pas des yeux.

Olivia tenta le tout pour le tout : elle se coula à la droite de la ministre et se fit servir un café. Puis elle se tourna vers elle et engagea la conversation :

– Pas très bon, ce café, n'est-ce pas ? On se demande comment ils se débrouillent, c'est pareil dans tous les colloques…

Pétunia se tourna vers Olivia et son regard qui jusqu'alors flottait se fixa sur elle, intrigué.

– Oui, c'est vrai… Je vous connais, non ?

– Vous avez dû me voir à la télévision, comme tout le monde, récemment.

– Ah, vous êtes cette journaliste !

En disant ces mots, elle eut un geste de recul.

– Croyez-moi, tout cela s'est fait bien malgré moi, déclara Olivia en portant la tasse à ses lèvres.

– Mais que faites-vous ici ? Cela n'a rien à voir avec votre domaine ? Vous vous occupez d'art, si je ne me trompe ?

La ministre venait de jeter un coup d'œil alarmé en direction de son garde du corps. L'homme était absorbé par l'examen de ses doigts ornés d'une grosse chevalière.

– En fait, c'est vous que je voulais voir, fit Olivia, jouant la carte de la franchise.

– Comment ça ?

– Disons que j'ai quelques questions à vous poser.

– Certainement pas !

La ministre avait presque crié. Le garde du corps sursauta, fit un pas en avant, la main à la hanche, prêt à dégainer.

– Sanivax, ça vous dit quelque chose ? souffla Olivia.

Pétunia se raidit, eut un geste réflexe de la main à destination du policier pour lui intimer de rester à sa place. Elle avait brusquement blêmi.

– Que voulez-vous dire ?

– Vous le savez mieux que moi. Soyez tranquille, je n'ébruiterai rien.

La panique se lisait dans les yeux bleus écarquillés qui la dévisageaient, effarés.

– Je voudrais juste savoir si vous connaissez un dénommé Stanley Müller. Il est directeur de musée à Genève.

– Quel rapport ? Je ne le connais pas, je n'ai jamais entendu ce nom !

Olivia était certaine qu'elle disait vrai. Elle en ressentit du dépit et de la lassitude. Pygmalion demeurait insaisissable. Il pouvait être Stanley Müller comme il pouvait être n'importe qui.

– Écoutez, ajouta-t-elle, je suis au courant de vos malversations et je sais que c'est pour ça que les autorités vous envoient vous mettre au vert, en Suisse ou ailleurs. Au moins, vous n'avez pas de cancer ! Voyons le bon côté des choses !

La ministre sourit faiblement. Elle ouvrit la bouche comme pour dire quelque chose puis se ravisa. Son regard traînait toujours vers son garde du corps. L'homme restait aux aguets.

– Ne vous inquiétez pas, il n'y a pas de grandes oreilles ici. Et je suis sans micro, fit Olivia.

– Pourquoi me posez-vous ces questions, alors ?

Olivia ne pouvait pas lui avouer qu'elle était la cause indirecte de son limogeage. Sans la petite découverte de Joyce dans le bureau de Bachelier, Pétunia aurait certainement été maintenue à son poste.

– J'ai peut-être révélé dans la presse les malversations du Mucem, lui répondit-elle, mais c'est bien parce qu'on me l'a demandé. Pour le reste, vos petits arrangements avec Sanivax ne m'intéressent pas. Cela restera entre nous, je vous en donne ma parole. C'est autre chose qui me mène à vous. Votre collègue, Khadija Saïdi… Votre secrétaire d'État, Hugues Bachelier… Il y a un lien entre les deux affaires, vous serez d'accord avec moi. Le meurtre de Khadija Saïdi est lourd de symboles. On l'a vu dans la presse, ce rituel sordide, ces fleurs jetées sur le corps comme un tribut funèbre : ce n'est sûrement pas un hasard s'il s'agit de pétunias. Je pense que cela vous désigne.

– Mais c'est n'importe quoi ! s'exclama la ministre, faisant trembler sa tasse dont le café s'échappa.

Elle la reposa sur la table tendue de lin beige pour se donner une contenance. Sa main restait agitée de petits soubresauts. Pas vraiment l'attitude d'une meurtrière calme et déterminée, pensa Olivia.

– Ou alors, quelqu'un cherche à vous faire porter le chapeau, risqua-t-elle encore.

– Mais qui ? s'écria la ministre, dont un pan de l'étole venait de retomber, informe, en travers de son buste. Et pourquoi ? Le jour du meurtre de Khadija, le 3 novembre, je n'étais même pas à Paris !

– Où étiez-vous ? demanda Olivia.

– En Afrique, à Dakar, dans le cadre du lancement d'un partenariat pour l'éradication du paludisme.

– Avez-vous une idée de la personne qui cherche à vous nuire ?

– Pas la moindre ! Et d'abord, qu'est-ce qui me dit que ce ne sont pas des élucubrations ? Vous en savez beaucoup, je trouve. Qui est votre source ? Quelqu'un du labo ?

Olivia sentit qu'elle avait semé le doute dans l'esprit de la ministre. Celle-ci s'était un peu recomposée et la toisait à présent, l'air soupçonneux. Sans attendre sa réponse, Pétunia Verschueren-Cellier rejeta vers l'arrière, d'un geste magistral, le pan de l'étole bleu turquoise qui avait glissé.

– Il faut que j'y aille. On m'attend.

Elle fit un signe à son garde du corps.

– Omar, nous partons.

Sans un mot, l'homme regarda autour de lui pour évaluer le danger. Considérant que la voie était libre, il laissa la ministre quitter les lieux et la suivit à quelques pas de distance.

– Au revoir, Madame la ministre, dit Olivia.

Elle reçut pour toute réponse un regard glacial décoché par

les yeux bleu clair. Leur couleur était celle de la pervenche. Non, corrigea mentalement Olivia. Pas de la pervenche. Du pétunia.

*

Ce mercredi 7 décembre devait rester dans les annales comme le jour d'une opération de grande envergure : celui de la première attaque coordonnée lancée par le collectif RAGE contre diverses institutions culturelles à travers le pays. Ce fut une fois de plus Thomas qui prévint Olivia, alors qu'elle venait de rentrer chez elle.

Se ruant sur les réseaux sociaux, elle comprit que la guerre était déclarée : au moment même où un groupe investissait les Tuileries pour y saccager une exposition temporaire de sculptures contemporaines qu'il jugeait obscènes, à l'École des beaux-arts, ce fut un défilé de mode de Jean-Paul Gaultier, à but caritatif, qui dut s'interrompre aux cris d'une horde déchaînée qui balançait de la peinture rouge : « LGBT dehors ! » ; « Les beaux-arts et la mode sont vendus aux pédés ! » ; « Coco Chanel, reviens ! » ; « La France, ce n'est pas l'outrance ! » Au journal télévisé du soir, Fabienne Dobin-Martel fit part de son indignation : « Notre institution a toujours ouvert ses portes à l'art vivant. Refuser cette ouverture, c'est le propre des réactionnaires les plus sinistres. Nous ne laisserons pas un groupuscule à l'idéologie douteuse nous dicter notre conduite ! »

Olivia était pour une fois d'accord avec la directrice des Beaux-Arts. Le discours du collectif RAGE avait quelque chose de nauséabond. C'était un salmigondis qui prônait le retour à d'illusoires valeurs classiques, à une tradition perdue, mâtiné d'homophobie criante et de puritanisme. « Foin de la débauche et de la corruption ! » criaient ses prosélytes bien-pensants.

Et parmi eux, ainsi que le découvrit Olivia ébahie, une égérie menait la danse, à la tête d'une manifestation improvisée devant le ministère de la Culture. Elle n'était autre que cette femme qu'elle avait croisée au Ritz en compagnie de Stanley Müller, trois jours plus tôt : Madame d'Épinay.

*

Olivia passa la soirée à s'abreuver aux diverses sources médiatiques pour essayer de comprendre. Armance d'Épinay, en sage chignon et collier de perles, juriste et mère de cinq enfants – ainsi que le site de RAGE l'en informa –, était, avec Marc Bettendorff, l'un des cerveaux du collectif. Filmée à la tête de la manifestation, elle s'avérait être une oratrice percutante et une véritable idéologue. Face à la menace terroriste et à la mort de notre culture, assénait-elle, il fallait revenir aux valeurs fondatrices de la France, redonner au pays son socle essentiel : le catholicisme, la pudeur, le bon goût. L'art contemporain n'était que la misérable émanation d'une société malade et un simple produit pour spéculateurs. Il fallait l'éradiquer et redonner toute leur place à la peinture classique et aux grands maîtres. Face à eux, il n'y avait pas un Jeff Koons, un Maxime Vernet ou un Vincent Sasportas qui pût soutenir la comparaison.

Il semblait toutefois à Olivia qu'un élément était manquant. Dans son combat, la grande prêtresse du collectif RAGE dissimulait soigneusement sa motivation personnelle. Elle se gardait bien de mentionner le pastel de Quentin de La Tour, ce portrait inédit de Jean-Jacques Rousseau que la France n'avait pas su garder faute de crédits alloués à la culture classique, qu'elle avait, sans doute la mort dans l'âme, finalement consenti à laisser partir à Genève. Madame d'Epinay vitupérait pêle-mêle la fin de la culture et le mépris dans lequel était tenu l'art classique. Olivia l'entendit même se réjouir, dans une interview, de la fermeture administrative qui avait été imposée à la Fondation Vuitton, le temps de l'enquête : une commission avait été nommée pour sécuriser les lieux, afin qu'un tel drame ne se reproduise pas. Le manque à gagner, pour l'institution privée, était énorme. Sa réputation était entachée. La pente serait longue à remonter. Armance d'Épinay, toute à sa croisade contre l'art contemporain, n'eut pas une parole d'hommage à la mémoire d'Hugues Bachelier, qui avait payé de sa vie sa visite à la Fondation. Pour elle, seule comptait toute initiative qui pouvait venir entraver la marche sinistre de l'inculture.

À la nuit tombée, Olivia repensa au rapport de Pygmalion à la peinture. Qu'aurait donc dit Madame d'Épinay de ses envois ? Sans doute voyait-elle les tableaux classiques comme des icônes intouchables. Elle ne pouvait imaginer qu'un pervers projette sur eux ses visions obscènes, qu'il leur fasse tenir des discours érotiques, incongrus et anachroniques. Madame d'Épinay était la rigueur faite femme. Pour elle, les grands noms servaient seulement à incarner une certaine idée de la culture française. Leur production était figée. Le patrimoine qu'elle défendait, au fond, était mort. Ce que Pygmalion en faisait, même s'il tenait du sacrilège, bousculait le regard d'Olivia, lui montrant des chairs offertes et désirables, des corps martyrisés, des seigneurs en rut et des femmes soumises. Et tout cela, c'étaient les grands maîtres qui l'avaient peint. À leur époque aussi, Armance d'Épinay l'avait oublié, ils avaient choqué leurs contemporains, ils les avaient émoustillés, avaient remué leurs tripes et réveillé leurs désirs enfouis les plus inavouables. L'art, après tout, appelait toujours les vampires.

## 26.
## LA RANÇON

La sonnerie du téléphone résonna au petit matin et l'arracha à un sommeil tiède encombré de rêves bizarres. Olivia se leva dans le noir et alla à tâtons décrocher le combiné dans le salon. Joyce, pensa-t-elle. Il lui est arrivé quelque chose. Elle ne se trompait pas.

– Olivia Lespert ? fit une voix masculine qu'elle ne reconnut pas.

– Oui, c'est moi, répondit-elle, la gorge nouée. Qui est à l'appareil ?

La torpeur de la nuit s'était envolée, remplacée par une sensation de froid intense.

– Peu importe, écoutez bien ce que j'ai à vous dire. Votre petite amie Joyce est entre nos mains. Il nous faut 20 000 euros. Vous avez jusqu'à 16 heures. Après cela, je ne réponds plus de son sort.

– Mais qui êtes-vous ? Où est-elle ? s'exclama Olivia, soudain parfaitement réveillée.

L'inconnu ne répondit pas et précisa encore qu'il voulait la somme en billets de 20 et de 50 euros, et il donna rendez-vous à Olivia à une adresse dans le 13e arrondissement. Elle la nota comme un automate sur le carnet près du téléphone, à la vague lueur des lampadaires qui parvenaient jusqu'à son appartement depuis la rue.

– Bien sûr, pas un mot aux flics, grinça l'homme. Sans quoi votre copine aura de sérieux ennuis.

– Je veux lui parler ! Prouvez-moi qu'elle est avec vous ! cria Olivia.

Mais l'inconnu raccrocha.

Olivia resta figée, le combiné à la main. Puis elle le reposa doucement. Elle songea un instant à un canular et se précipita vers le réduit où dormait Joyce. Vide. Elle n'était pas rentrée. Olivia tomba assise sur un fauteuil. Que se passait-il ? Qui étaient ces gens ? Dans quel guêpier Joyce s'était-elle fourrée ? Impossible de se rendormir. Elle alla allumer la machine à café et vida son sac à main, en quête de cigarettes. La première bouffée la calma un peu et l'aida à réfléchir. Joyce était dans de sales draps. Que faisait-elle depuis des semaines, dehors, seule dans Paris toute la journée ? Qui voyait-elle, à quelle histoire était-elle mêlée ? Olivia s'en voulait de ne jamais lui avoir posé de questions. Sans doute Joyce était-elle sous la coupe d'un mac à qui elle devait de l'argent. C'était là l'explication la plus probable. Soudain, tout faisait sens : la fuite de la jeune femme, qui avait trouvé refuge chez elle ; l'agression dont elle avait fait l'objet, une nuit ; la mise à sac de son propre appartement durant leur séjour à Marseille – ce n'était donc pas la clé USB de Vincent Sasportas que les cambrioleurs recherchaient ! Comment Olivia avait-elle pu être aussi aveugle ? Les deux visiteurs patibulaires, quelques jours plus tard, avaient pourtant été clairs : c'était Joyce qu'ils voulaient. Tous ces éléments s'assemblaient soudain dans un vaste puzzle dessinant l'image de la jeune Eurasienne traquée. Joyce, proie facile, avait été cueillie comme une brindille et jetée dans une camionnette. À trop fréquenter les mauvais lieux, elle était tombée sur les mauvaises personnes. Et comme elle n'avait aucune attache, ses ravisseurs lui avaient fait cracher le nom d'Olivia : à elle, sa protectrice, vedette des médias, on pouvait réclamer de l'argent. Même pour un cerveau limité, cela devait paraître une évidence. Me voilà bien, pensa Olivia. Moi qui n'ai pas un sou !

Les premières lueurs de l'aube s'annonçaient. Le ciel était débarrassé de ses lourds cumulus neigeux. Une clarté rosâtre, puis jaune pâle, commença à franger les toits au loin. En même temps que la lumière perçait, une autre idée germa dans la tête d'Olivia. Elle peinait à s'extirper de sous un couvercle de notions parasites. Cette voix qu'elle avait entendue au téléphone… Elle aurait donné cher pour la réécouter. Était-elle certaine de ne pas la connaître ? L'homme avait été avare de mots. Difficile de l'identifier. Et si… oui, s'il s'agissait là d'un nouveau jeu ? En fouillant dans son souvenir auditif, Olivia tenta de comparer le timbre de l'inconnu à celui de l'homme qui, durant le dîner dans le noir, avait murmuré à son oreille. Sa mémoire lui jouait des tours. Elle se souvenait surtout de la vibration des lèvres dans son cou, juste sous le lobe de son oreille gauche, et du frisson qui avait parcouru son échine. La voix, plutôt grave, aurait pu être celle de beaucoup d'hommes. Peut-être même, ainsi qu'elle l'avait déjà envisagé, celle de Stanley Müller, avec qui elle avait échangé quelques phrases polies au bord de la piscine, puis dans le hall de l'hôtel. Pygmalion avait-il décidé cette nuit de la mettre à l'épreuve ? Voulait-il mesurer l'attachement réel de Gabrielle d'Estrées à sa sœur ? Dans un dernier tour d'écrou pervers, avait-il décidé de voir jusqu'où elle était prête à aller pour sauver sa petite protégée ?

L'angoisse était insupportable. Son cerveau tournait à vide. Olivia voyait flotter devant elle le fin minois de Joyce, sa moue boudeuse qui se transformait en franc sourire chaque fois qu'on lui en faisait reproche. Elle ne savait à quel dieu s'adresser pour qu'il ne lui soit fait aucun mal. « Par pitié, faites qu'elle ne soit pas molestée, abîmée, violée. Ramenez-la moi vivante. » Mais le ciel était vide, et sa supplique inaudible. Olivia réalisait à quel point elle s'était attachée à cette petite personne qui avait surgi un jour, impromptu, dans sa vie. Il fallait qu'elle la sorte de là. Elle décrocha son téléphone pour appeler son frère.

*

– Mais t'es complètement folle ! s'exclama Gabin après avoir entendu le récit de sa sœur. Il faut absolument que tu préviennes les flics !

– Certainement pas ! rétorqua-t-elle. Pas question de la mettre en danger.

– Mais ils ont des brigades d'intervention spécialisées ! Des négociateurs !

– Je ne leur fais pas confiance. Ils risqueraient de tout faire foirer. Je m'en voudrais à mort s'il arrivait quelque chose à Joyce à cause de moi.

– Pour le moment, elle semble plutôt la seule responsable de ses problèmes, non ?

– Écoute, si tu ne veux pas m'aider, pas de souci, je ne t'en voudrai pas. Mais il faut que je rassemble cet argent, et vite. Je n'ai pas de temps à perdre.

– D'accord, soupira Gabin après quelques secondes de réflexion. Je vais te filer la somme qui te manque.

– Tu veux dire que tu as cet argent ? Tu peux me dépanner ?

L'espoir venait de renaître dans le cœur d'Olivia.

– Oui, oui… pas de problème. J'ai pas mal de cash chez moi en ce moment, pour le reste, je passe un coup de fil à la banque.

– Je te les rendrai, c'est promis. Avec mes nouveaux articles, je vais avoir quelques rentrées substantielles.

– Je te fais confiance. J'espère juste que tu n'es pas en train de te faire avoir. Que ce n'est pas une arnaque montée par Joyce elle-même… Cette fille, tu ne la connais ni d'Ève ni d'Adam, au fond. Tu ne sais pas avec qui elle traîne.

L'idée n'avait pas effleuré Olivia. Elle la reçut comme un petit uppercut. Gabin la sentit déstabilisée et poursuivit :

– Parce que si tu veux mon avis, il y a là quelque chose de bizarre. 20 000 euros, c'est une drôle de somme. Pas cher payé, pour une vie humaine. On se serait attendu à beaucoup plus, non ? Je me souviens que quand j'étais gosse, j'avais été fasciné par l'affaire du baron Empain. Les ravisseurs demandaient 80 millions de francs. Ensuite, ils ont baissé à 40 millions, mais quand même… ça n'a rien à voir ! Ici tu as affaire à des petits joueurs.

– Ton baron, c'était un industriel, non ? La famille avait les moyens. Qui sortirait des millions pour une fille anonyme ? Non, au contraire, ces gens-là savent ce qu'ils font.

– J'espère que tu ne te trompes pas. Fais juste attention à toi. Je t'apporte l'argent dès que je l'ai.

*

Olivia relut l'adresse qu'elle avait notée sur le bloc du téléphone et chercha sur sa tablette où elle se situait : le 75 de la rue Baudricourt correspondait à un boui-boui un peu crasseux du nom de Shanghaï Fusion. Quelques heures plus tard, après avoir vidé ses comptes et récupéré l'argent de son frère, c'est avec au bras un sac plastique marqué Zara qu'elle quitta son appartement. Nul n'aurait pu soupçonner qu'il renfermait 20 000 euros en petites coupures.

Olivia marcha jusqu'à la station Bréguet-Sabin par un froid perçant qu'elle ressentait à peine. Tout son être intérieur était tendu et comme en ébullition. Elle savait qu'elle n'avait pas droit à l'erreur. La vie de Joyce en dépendait. Sur le quai du métro, elle se fit bousculer par des voyageurs pressés qui ne voulaient pas manquer la rame. Elle les laissa embarquer et attendit le train suivant, uniquement concentrée sur le geste de sa main refermée telle une serre d'aigle sur la poignée du sac plastique, et sur le but de son voyage, à six stations de là.

Quand son téléphone sonna dans la poche de son blouson, elle fut désarçonnée. Elle passa le sac de sa main droite à la gauche qu'elle serra tout aussi fort puis attrapa l'appareil qui vibrait dans les tréfonds du vêtement. Simon. Elle eut un instant d'émoi, essaya de se recomposer et de faire comme si de rien n'était. Elle ne pouvait pas le mettre au courant de sa mission.

– Olivia ? C'est Simon. Je ne te dérange pas ?

– Non, pas du tout, fit-elle sans conviction.

Depuis des jours elle n'espérait qu'une chose, entendre à nouveau le son de sa voix ; et voilà qu'elle le trouvait presque importun.

– Tu parais loin. Quelque chose ne va pas ?

– Non, c'est juste que je suis dans le métro.

La sonnerie de fermeture des portes vint corroborer ses dires. Plus que cinq stations.

– J'entends ça, en effet. Je ne vais pas être long. Je voulais juste t'informer que Toledano a été officiellement mis en examen ce matin. La procédure risque d'être longue, avec tous les rouages mis en jeu, mais au moins c'est une bonne chose.

– Oui, sûrement, répondit Olivia.

– Tout va bien pour toi ? Vous avez été bien secoués par le collectif RAGE, hier, à Paris, à ce que j'ai vu. Entre les Tuileries, les Beaux-Arts... Tu dois en avoir marre, tu te trouves toujours en première ligne !

– Oh, hier, non. Moins qu'au Louvre, samedi dernier.

– Ces dingues sont de plus en plus virulents, en tout cas. Fais attention.

– Et toi, tu es tranquille, non ? Ton expo de sculptures vient de se terminer ?

– Oui, tout est plus calme. Toi, par contre, on ne t'arrête plus. J'ai vu cet article en ligne sur le site de ton journal. Celui où on te présente comme la personne la plus proche de Vincent Sasportas...

– Ça, c'est du grand n'importe quoi ! On ne m'a même pas demandé mon avis ! se récria Olivia. Tout ça pour mettre en scène l'article qui doit paraître demain. Un papier que j'ai écrit sur ses photos érotiques.

– Toi et Sasportas... Des photos érotiques... Dis-moi, j'ai du souci à me faire, ou quoi ?

Olivia oublia un instant le but de son voyage et crut qu'elle avait mal entendu.

– Tu ne vas pas me dire que tu es jaloux ? risqua-t-elle dans un gloussement qui se voulait ironique, mais qui cachait mal une brusque sensation de surprise mêlée de joie.

– Ma foi, si, un peu ! Tu es une femme que beaucoup de gens s'arrachent, apparemment. Je crois qu'il va falloir que je te kidnappe, si je veux te garder.

À ces mots, Olivia fut brusquement ramenée à la réalité de sa mission. Il lui restait trois stations.

– Je suis désolée, je dois te laisser. Je te rappellerai, jeta-t-elle précipitamment.

Durant la fin du trajet, la petite boule d'angoisse qui la tenaillait se fit plus diffuse, irradiant à travers tout son corps.

*

Parvenue devant le numéro 75 de la rue Baudricourt, elle hésita quelques secondes, regarda autour d'elle, puis poussa la porte du Shanghaï Fusion. À l'intérieur, il faisait sombre. L'espace était étroit, tout en profondeur. Les tables se tenaient serrées les unes contre les autres, comme dans une cantine. Mais il n'y avait pas âme qui vive. Le service de midi était terminé, celui du soir pas encore commencé ; il flottait une odeur persistante de graillon. Une unique bougie rouge éclairait une statue géante de chat porte-bonheur posée sur le comptoir. L'animal souriait béatement et au moindre souffle d'air, sa patte avant droite levée se mettait à osciller. Olivia se demanda si elle devait lui déposer son sac en offrande quand un rideau constitué de lamelles de plastique noires s'agita légèrement au fond de la pièce. Une silhouette s'avança et se fit plus nette : Olivia reconnut l'homme de type maghrébin qui s'était présenté à sa porte en compagnie de son acolyte asiatique.

– Vous avez le fric ? lui demanda-t-il.

– Oui, répondit-elle, sans oser avancer, mesurant mentalement les quatre mètres qui la séparaient de la porte sur rue.

– Donnez.

Il s'approchait, la main tendue.

– Je veux voir Joyce d'abord !

Elle ne reconnut pas sa propre voix. C'était celle d'une étrangère, tendue, presque éraillée. L'homme s'avança, menaçant. Derrière lui, le rideau de plastique se souleva de nouveau. Un Asiatique passa la tête, puis un autre. Ils échangèrent quelques mots qu'Olivia ne comprit pas, repartirent, puis revinrent en poussant devant eux une petite silhouette fine aux longs cheveux qui lui retombaient en bataille sur le visage. Joyce. Elle était bâillonnée et avait les mains attachées dans le dos. Ses yeux étaient écarquillés par l'effroi.

– Détachez-la ! ordonna Olivia avec une autorité qu'elle ne se connaissait pas.

Elle avait rejeté le sac plastique derrière elle, dans son dos, dans un effort dérisoire pour le tenir hors de portée d'un des hommes qui s'avançait dangereusement. Il venait de s'emparer de son bras quand un énorme fracas retentit sur la rue : la porte du restaurant venait d'exploser. Ce fut du moins l'image qui resta gravée dans l'esprit d'Olivia, tandis qu'en un éclair, un homme surgi de nulle part la poussait vers le comptoir, dans les pattes du chat qui manifesta sa joie avec une frénésie insensée. Olivia reçut le bord du zinc en plein plexus solaire et en eut le souffle coupé. Un brouhaha s'ensuivit, des cris en chinois et des ordres jetés en français.

– Couchez-vous ! hurla un flic.

Des renforts chinois venaient de se matérialiser au fond du restaurant, des cris retentirent, des fusées explosèrent – Olivia devait comprendre après coup qu'il s'agissait de coups de feu. En une fraction de seconde, tout fut fini. Cinq hommes gisaient à terre, l'un d'eux touché au torse. Un flic lui prodiguait les premiers soins, deux autres tenaient ses complices en respect. Dans l'embrasure de la porte, un déferlement d'uniformes vint prendre le contrôle définitif de la situation. Olivia, encore pantelante, fut tirée au-dehors sans ménagement. Joyce la rejoignit, littéralement jetée sur le trottoir par les forces de l'ordre. Toute la rue était bloquée par des voitures de police. Aux fenêtres des immeubles, des têtes se penchaient pour évaluer la situation. Les deux amies furent dirigées vers un véhicule de secours où on les assit d'office chacune à un bout d'un brancard. Un officier s'empara d'autorité du sac en plastique qu'Olivia n'avait pas lâché.

– Ordres de la patronne, dit-il devant ses protestations.

Olivia était trop sonnée pour s'opposer à lui. Un couteau coupa les liens qui ligotaient Joyce. Une main arracha le sparadrap qui lui fermait la bouche. Elle hurla de douleur.

– Putain, Olivia, qu'est-ce que tu fous là ? gémit-elle.

– Ils m'ont appelée… Je suis venue te sauver.

Tout son corps commença brusquement à trembler comme s'il réalisait seulement ce à quoi il venait d'échapper.

– Vous en avez de bonnes ! s'écria une grosse voix rocailleuse. Si quelqu'un vous a sauvées, c'est plutôt nous !

Olivia, encore étourdie, pencha la tête hors du véhicule et se retrouva nez à nez avec les prunelles noires du commandant Prémontin. La policière, sanglée dans son uniforme, débordait presque de son gilet pare-balles. Elle s'éloigna de quelques pas, aboya des ordres à ses hommes qui évacuaient le restaurant en traînant après eux les quatre Chinois et leur complice. Puis, posant lourdement sa botte sur le pare-chocs du véhicule de secours qui vibra sous son poids, elle dévisagea Olivia et décréta :

– J'ai quand même eu raison de vous faire mettre sur écoute, Madame Lespert.

## 27.
## LE POT À TABAC

Olivia et Joyce furent conduites par l'ambulance, sirène hurlante, aux urgences de l'hôpital de la Pitié-Salpêtrière où pendant une heure et demie elles subirent des examens de routine, chacune dans une salle séparée et avec un médecin différent. La radio montra qu'Olivia avait une côte fêlée. La douleur, à chaque inspiration, était difficilement supportable. Mais elle n'avait pas d'autre solution que de prendre son mal en patience et de se bourrer d'antalgiques. Quand elle sortit de la salle d'examen, elle était attendue par un fonctionnaire de police.

– Il reste encore la jeune dame, déclara-t-il. Elle ne devrait plus en avoir pour longtemps.

Il parlait de Joyce. Olivia, éreintée, se laissa choir sur l'un des sièges en plastique du couloir. Quelques minutes plus tard, la porte de la salle d'examen s'ouvrit et laissa passer une Joyce visiblement aussi secouée que le premier soir où Olivia l'avait rencontrée, à la sortie du Nouveau Monde. Elle avait quelques égratignures au visage, jaunies par la Bétadine.

– Comment tu vas ? demanda Olivia en grimaçant dans l'effort qu'elle fit pour redresser son buste.

– Ça va, rien de grave, je suis bonne pour le service ! rétorqua la jeune femme en guise de bravade. Mais toi, ça n'a pas l'air d'aller ?

– Juste une côte qui me fait mal. Ça aurait pu être pire.

– Tu parles, oui, avec tous les pruneaux qu'ils ont lâchés, ces connards ! Un vrai feu d'artifice.

Olivia ne savait pas si elle parlait des kidnappeurs ou des policiers. Elle n'aurait de toute façon pas su dire qui avait commencé. Tout était allé trop vite. L'agent en faction interrompit leur conversation :

– Mesdames, je dois maintenant vous ramener à la PJ. Le commandant Prémontin veut vous interroger.

– Quoi ? À cette heure-ci ? Après ce qu'on a subi ? Mais ça va pas la tête ? lui jeta Joyce.

Il était près de 20 heures.

– Ce sont les ordres, dit froidement le policier.

– Vas-y, laisse tomber, qu'est-ce qu'on peut faire, de toute façon ? lâcha Olivia dans un soupir.

Elle se leva avec difficulté et accepta le bras que lui proposa son amie pour s'y appuyer.

– On fait une belle paire d'éclopées, tiens, commenta-t-elle.

Et même son petit rictus amer la fit souffrir.

*

Le commandant Prémontin ne s'arrêtait jamais. C'était la conclusion à laquelle Olivia était arrivée. Elle se trouvait assise à côté de Joyce, une nouvelle fois, dans ce bureau sinistre.

– On peut dire que vous êtes une belle irresponsable, Madame Lespert, attaqua d'entrée de jeu le commandant. Vous êtes complètement malade de vous rendre seule à un rendez-vous de ce genre ! Vous savez que vous auriez pu y passer toutes les deux ?

– Peut-être, mais en attendant, on est là, devant vous…

– Ne vous foutez pas de moi ! explosa le commandant. Vous êtes là parce que j'ai réussi à faire intervenir nos gars !

– Je n'avais pas le choix, fit Olivia. On m'avait bien dit de venir seule et de ne prévenir personne.

– Je le sais bien ! J'ai entendu l'enregistrement.

– Il y a longtemps que vous m'écoutez comme ça ?

Olivia était scandalisée. Elle ressentait cela comme une intrusion. Les flics avaient donc écouté ses échanges avec Thomas Tranchard, avec son frère, avec Simon… Pour ce dernier, ils n'avaient pas dû être déçus. Elle se souvenait de la conversation parfaitement érotique qu'elle avait eue avec son amant marseillais.

– Je vous rappelle que vous avez fait l'objet d'un interrogatoire dans le cadre du meurtre de la ministre Madame Saïdi, en raison de vos liens avec le photographe Sasportas, et dans celui du meurtre du secrétaire d'État Bachelier. Vous n'avez pas oublié que vous nous avez dissimulé la présence sur place de Mademoiselle Truarong. Une fausse déclaration, ça vous dit quelque chose ?

Olivia baissa la tête. Les yeux noirs étaient presque aussi insoutenables que la douleur dans sa poitrine.

– Votre sac plastique avec le fric a été mis sous scellé car il constitue une preuve matérielle, annonça l'enquêtrice.

– Mais il contient tout mon argent… et celui de mon frère !

– Si vous le dites… J'ai fait compter à trois reprises. Il y a 20 000 euros. Signez là.

Elle lui tendit un récépissé, puis elle se tourna vers Joyce :

– Et vous, Mademoiselle Truarong, vous pouvez m'expliquer un peu ce qui s'est passé ?

– Ça n'a rien à voir avec Bachelier ! se défendit la jeune femme.

– Ah bon ? Ni avec votre activité de call-girl ?

– D'abord, je ne suis pas une call-girl. J'ai juste travaillé dans un salon de massage.

La moue du commandant Prémontin trahissait assez son scepticisme.

– Et on vous a kidnappée pour que vous fassiez des massages en privé à un nabab chinois, c'est ça ? ironisa-t-elle.

– Non… C'est plus compliqué que ça.

– Allez-y, je suis tout ouïe ! On verra si je peux comprendre.

Joyce prit une longue inspiration comme si elle se décidait à sauter du haut d'une falaise. Elle expliqua alors devant le commandant et son amie ébahie le piège dans lequel elle était tombée quelques semaines plus tôt : lorsque sa patronne avait vidé la studette où elle résidait et balancé toutes ses affaires sur le palier, la vieille Chinoise ignorait que parmi les sacs, les produits de maquillage et les vêtements se trouvait un petit pot à tabac ancien sculpté dans une corne de rhinocéros. Joyce le gardait pour un client un peu louche, un Chinois habitué du salon de massage qui ne jurait que par ses mains douces et son savoir-faire. Il lui avait confié cet objet pour une période limitée, craignant une perquisition à son domicile ou quelque chose de ce genre. Joyce pensait que l'objet avait été volé. Mais elle n'avait pas posé de questions. Elle se doutait qu'il valait beaucoup d'argent. Quand elle avait récupéré ses affaires dont la moitié manquait, le pot avait disparu. Elle avait frappé à toutes les portes des voisins qui s'étaient servis – des clandestins, des ouvriers de chantiers pour la plupart –, elle avait pleuré, supplié, promis ses services gratuitement en échange du petit pot. Mais personne ne l'avait vu. Elle avait alors arpenté

Paris, des jours durant, rendant visite aux gens qui avaient fréquenté l'immeuble, aux anciennes masseuses, aux nouvelles, aux clients dont elle se souvenait ou dont elle parvenait à débusquer l'adresse, à la femme de ménage, à la concierge… En vain. Elle n'avait jamais retrouvé le petit pot à tabac. Le Chinois, lui, un homme d'affaires véreux, avait retrouvé Joyce et il lui réclamait le prix de l'objet : 20 000 euros.

– Mazette ! siffla le commandant. On a envie d'y croire, à votre histoire, Miss Chrysanthème.

– Je vous jure que c'est vrai ! s'écria Joyce.

Elle soutenait sans faiblir le regard de l'enquêtrice, les joues légèrement enflammées.

– Je peux témoigner en sa faveur, risqua Olivia. Ce qu'elle dit est vrai. Elle a même été agressée un soir, puis deux hommes sont venus la chercher à mon appartement, et c'étaient deux de ceux que j'ai reconnus aujourd'hui, dans le restaurant.

*

Le commandant les laissa sur le pas de la porte, avec un sourire mi-ironique, mi-satisfait, comme si elle contemplait son œuvre. L'affaire s'était résolue sans effusion de sang ; un dangereux gang de trafiquants avait été mis sous les verrous et donnerait dès le lendemain un peu plus de grain à moudre à l'OCBC à qui ils seraient confiés ; Olivia et Joyce étaient libres, quoique mal en point, et dans le regard amusé de la policière elles lurent que cette dernière les prenait au fond pour deux branquignoles plutôt que pour des criminelles.

De retour à l'appartement, qu'elles regagnèrent en taxi, les deux amies eurent recours à leur analgésique favori : un verre de gin, puis deux, puis trois. Il fallait bien ça pour atténuer le souvenir pénible de cette journée et leurs contusions diverses. Elles se racontèrent leurs faits et gestes, d'une voix de plus en plus chevrotante. C'est ainsi qu'Olivia apprit que Joyce avait été enlevée par une fourgonnette blanche, à quelques centaines de mètres de là, vers 21 heures la veille au soir. Après une course à travers la ville, les kidnappeurs l'avaient jetée dans l'arrière-boutique du restaurant. Mais il ne lui avait été fait aucun mal. Et elle n'avait jamais vu le propriétaire du pot à tabac qui avait commandité son kidnapping.

Dans un élan de tendresse, avant d'aller se coucher, Olivia enlaça Joyce et, la main dans ses cheveux, lui murmura à l'oreille :

– J'ai eu si peur de te perdre ! Ou qu'il t'arrive quelque chose.

Joyce, émue, lui répondit :

– Je n'aurais jamais cru que quelqu'un ferait tout ça pour moi.

Et elle déposa un chaste baiser sur les lèvres de son amie. Puis, la démarche légèrement vacillante, elle se dirigea vers son réduit et s'écroula sur son futon.

Olivia était elle aussi à bout de forces. Elle alluma par réflexe la télévision où les journalistes spéculaient sans savoir : « Fusillade dans le quartier chinois à Paris : règlement de compte ou acte terroriste déjoué ? Un Marocain semble impliqué. Plusieurs personnes ont été arrêtées. »

Elle éteignit aussi sec et alla elle aussi s'écrouler sur son lit. Avant de sombrer, dans une dernière lueur de conscience, elle envoya un message à son frère : « Tout va bien. Je suis chez moi avec Joyce. Ne t'inquiète pas. » Il répondit du tac au tac : « Ouf. Suis au boulot. On s'appelle demain. »

*

Le lendemain matin, elle eut la surprise de trouver un SMS de Vincent Sasportas : « Je voudrais vous voir. Pouvez-vous passer à 11 heures chez moi ? VS ». Elle avait juste le temps de se préparer. Elle laissa un peu de café au chaud pour Joyce et lui griffonna un petit mot qu'elle cala sous le sucrier : « Rendez-vous imprévu, dois filer. Repose-toi, à + ».

Il lui restait à peine de quoi prendre un taxi, mais elle ne se sentait pas la force d'affronter la foule dans les transports en commun. Une bousculade, un coup de coude – c'était plus que sa côte fêlée ne pouvait supporter.

Retrouver la maison de Belleville lui procura un sentiment étrange. Elle appréhendait la confrontation avec Luciano. Mais quand celui-ci lui ouvrit, il arborait un sourire un peu factice et lui jeta un « Bonjour » du bout des lèvres. Puis il la conduisit en silence à l'étage du maître. Depuis le salon aux immenses baies vitrées, on avait une vue, à travers les arbres sans feuilles, sur une mer de toits alentour. Olivia eut le sentiment de se trouver à la proue d'un navire qui fendait les flots. Vincent Sasportas apparut à la porte de son studio plongé dans la pénombre, fit quelques pas et lui tendit la main, en pleine lumière, puis l'invita pour la première fois à s'asseoir sur son canapé de cuir blanc. Faut-il que l'heure soit grave, pensa Olivia. En face d'elle, le photographe se coula dans son habituel fauteuil boule qu'il fit osciller pendant un long moment de gauche à droite sur son pied tout en la dévisageant en silence de ses yeux bicolores.

– Pas mal, fit-il soudain, en désignant la table basse.

Interloquée, Olivia ne sut que répondre. Quand il se pencha pour attraper le nouveau numéro du magazine *Art Globe* qui traînait devant lui, elle comprit qu'il parlait de son article fraîchement paru. Sasportas retourna la revue et Olivia en découvrit la couverture qui montrait le galbe délicat d'un sein au téton rosé contre lequel reposait la mâchoire d'une tenaille. Le titre s'étalait en rouge, écrasant tous les autres, et annonçait, en exclusivité, les « photographies sulfureuses de Vincent Sasportas, commentées par Olivia Lespert ».

– Ce que vous avez écrit, reprit le photographe. Très bien.

– Merci. Votre travail m'a parlé.

– Je vois ça. J'ai bien aimé votre conclusion : « La photographie se regarde avec les yeux, mais elle se ressent surtout avec le corps tout entier. »

– Disons que je suis une femme. J'ai pu me projeter plus facilement, sans doute.

Si elle avait osé, elle lui aurait jeté à la tête qu'elle hébergeait Joyce chez elle depuis des semaines ; qu'elle aussi avait ressenti douloureusement, jusque dans sa chair, ce qu'il tentait d'exprimer par sa démarche artistique. Mais elle se tint coite, ne sachant où l'homme voulait en venir. Luciano se matérialisa soudain auprès d'eux, porteur d'un plateau laqué sur lequel reposaient deux tasses et une cafetière design. Il le déposa sur la table puis s'en alla comme il était venu.

Vincent remplit les tasses et porta la sienne à ses lèvres. Puis il déclara :

– Je voudrais vous proposer de devenir ma chargée de communication.

– Pardon ? fit Olivia, médusée.

– 4500 euros net par mois, cinq semaines de vacances. En CDI. Seule obligation, vous me suivez dans toutes mes expos et mes voyages.

Olivia digéra la proposition en silence.

– Et par pitié, vous cessez d'agresser Luciano, ajouta Vincent. Quand il a subi un stress, il est invivable.

– Je ne sais pas… fit Olivia. Je dois réfléchir.

– Ne réfléchissez pas trop, jeta Sasportas en se raidissant. Je vous donne trois jours.

Sur le chemin du retour, Olivia exultait. Il lui semblait que la roue de la fortune était enfin en train de tourner. Elle se demanda comment elle annoncerait la nouvelle à Joyce, et ce que son amie en penserait. Elle songea à Thomas Tranchard, qui tomberait lui aussi de la lune : l'idée de perdre sa vache à lait, son atout médiatique, l'amènerait peut-être à mieux la traiter ? Elle en riait intérieurement. Car au fond, en l'obligeant à écrire cet article sur les photos de Sasportas, il s'était lui-même tiré une balle dans le pied. Elle pensa aussi à Simon. Si elle devait suivre le photographe en Chine ou aux États-Unis six mois par an, quelle chance avait-elle de pouvoir s'échapper à Marseille ?

*

Joyce ne tenait pas en place. Olivia lui suggéra d'aller faire un peu de shopping, une petite séance de jogging ou de trouver toute autre activité qui l'occuperait. La jeune femme chaussa ses baskets et décida d'aller se défouler à la salle de sport qui venait d'ouvrir à quelques rues de là. Olivia resta seule et appela enfin son frère pour lui raconter les péripéties de la veille. À sa grande surprise, Gabin, d'ordinaire si posé, explosa de colère :

– Putain, Olivia, t'es complètement siphonnée ! Qu'est-ce qui t'a pris, d'aller te jeter au milieu de cette fusillade ? Je croyais que tu savais ce que tu faisais ?

– Ah, tu as vu les infos…

– Ouais, j'ai évidemment fait le lien ! Donc, finalement tu as quand même prévenu les flics ?

Sa voix s'était un peu radoucie.

– Pas vraiment, répondit Olivia. Ils se sont invités tout seuls. Je ne le savais pas, mais j'étais sur écoute. D'ailleurs, en ce moment même, tu peux leur glisser un petit coucou, si ça se trouve leurs grandes oreilles n'en perdent pas une miette.

– Et Joyce et toi, vous n'avez rien ? Merde, tu aurais pu te prendre une balle perdue !

– Juste des ecchymoses, quelques contusions. Une côte fêlée pour moi. Pas génial pour respirer, mais je m'habitue. Et j'ai des médocs.

– C'est malin ! Tu sais quoi, tu déconnes, ma vieille : tu pourrais penser un peu plus aux autres, à moi par exemple. Je me suis fait un sang d'encre. Au lieu de ça, c'est tout pour cette fille que tu as ramassée dans la rue !

Jamais son frère ne lui avait parlé de la sorte. Olivia ne le reconnaissait plus. Elle lui asséna, pincée :

– Tu es jaloux d'elle, c'est ce que tu veux dire ? Ne te fais pas de souci : je te rembourserai l'argent que tu m'as prêté. Pour le moment, il est chez les flics, mais je dois le récupérer bientôt. Tu n'auras rien perdu, va.

– Il s'agit bien d'argent ! Vraiment, Olivia, parfois je me demande si tu n'as pas une case en moins. Si tu es capable de comprendre les sentiments des gens.

– Dis donc, je n'ai pas besoin d'une leçon de morale ! Si c'est tout ce que tu as à dire, restons-en là.

Après avoir raccroché, elle resta en contemplation devant son portable, comme devant un objet incongru qui venait de semer la zizanie entre son frère et elle. Cela n'était encore jamais arrivé. Elle consulta mécaniquement les quelques messages de félicitations qui lui avaient été envoyés au sujet de son nouvel article sur Sasportas.

Joyce revint tout excitée en début d'après-midi. Elle jeta son sac de sport en travers du canapé et se rua sur Olivia :

– Tu vas pas le croire ! Il m'arrive un truc dingue !

– Vas-y, raconte, soupira Olivia.

– Eh bien, à la salle de sport, ils cherchaient une hôtesse, la leur vient de les planter. J'y suis allée au culot, je leur ai dit que j'étais intéressée. Ils m'ont fait remplir des papiers, et ça y est, je suis embauchée !

C'était décidément une drôle de journée. Olivia raconta à son amie l'entrevue avec Sasportas et la proposition qu'il lui avait faite.

– C'est carrément top ! s'exclama Joyce.

– Je n'ai pas encore répondu oui…

Joyce prit un air pénétré.

– Je vais te dire : on doit avoir un ange qui veille sur nous.

Sur ce, elle alla s'enfermer dans sa chambre, ses écouteurs vissés sur les oreilles.

*

Olivia resta seule et désœuvrée. Elle alluma sa tablette, consulta quelques e-mails, puis se connecta presque malgré elle au site *Avancez Masqués.* Pygmalion lui avait laissé un message. Il s'agissait d'une simple image : une Madeleine aux longs cheveux d'or, les yeux clos, serrant amoureusement contre sa joue le pied gauche du Christ qui dépassait d'une toge bleue, laquelle, tel un suaire, enveloppait le bas de son corps. Elle reconnut un fragment de tableau classique. En cherchant un peu dans sa mémoire, elle retrouva le nom de Philippe de Champaigne. Une petite enquête en ligne lui confirma son intuition : le détail provenait d'un vaste tableau intitulé *Le Repas chez Simon le*

*Pharisien.* Faisait-il allusion au dîner dans le noir, leur cène primitive ?

Il venait de se connecter et tenait apparemment à rester silencieux, car il lui envoya une seconde image sans commentaire. Cette fois, il avait zoomé sur une *Descente de croix* qu'elle avait admirée à la Pinacothèque de Munich. Le nom de Botticelli lui vint aussitôt. Son interlocuteur lui désignait de nouveau une Madeleine qui baignait de ses larmes les pieds transpercés et sanglants d'un Christ blafard. Ses mains les entouraient délicatement d'une gaze faite du linceul transparent, mêlé au voile qui tombait de sa tête de belle éplorée. Le pathos de la scène était intense.

Une troisième image apparut à la suite des précédentes : Olivia reconnut le détail d'un tableau du Pérugin. Aux Offices de Florence, elle était tombée en arrêt devant cet artiste. Ici, la Madeleine agenouillée auprès de la Croix, toute de vert vêtue, reconnaissable à ses longs cheveux bouclés d'un beau blond vénitien, examinait avec une douloureuse précision la façon dont le gros clou de métal maintenait les pieds du Christ, le droit posé sur le gauche, fixés d'un seul tenant dans le bois. Le bout de ses doigts effleurait les filets de sang qui s'écoulaient lentement vers les orteils, le long du pilier de chêne, et jusqu'au sol où ils formaient une flaque grandissante. Sur le visage de la femme, on lisait de la gravité, et peut-être la vague conscience qu'elle était en train d'effectuer, par cette observation et cette palpation minutieuses, un geste de transgression.

Le silence inhabituel de Pygmalion mettait Olivia mal à l'aise.

– C'est moi que vous voyez en Madeleine ? demanda-t-elle, intriguée. Et dans ce cas, vous êtes le Christ ?

– Vous méritez à peine que je vous réponde, indigne pécheresse, fit-il alors.

– Que voulez-vous dire ?

Olivia était réellement perdue. Le jeu ne prenait pas la tournure habituelle.

– Je me suis sacrifié pour vous. Et voilà ma récompense.

– De quoi parlez-vous ? De quelle récompense ?

– Vous avez oint les pieds de l'ennemi des plus riches parfums. Vous m'avez trahi.

– Je ne comprends pas un mot de ce que vous dites. Éclairez-moi !

– Je suis votre Pygmalion. Celui qui vous a tout appris. Et c'est ainsi que vous me remerciez ! Vous avez encensé ce photographe immonde, vous avez porté aux nues ses petites mises en scène de sybarite, oubliant tout de mon enseignement. Ne vous ai-je pas assez appris à regarder les seules créations qui vaillent, celles des maîtres du passé ? Ne vous ai-je pas assez révélé les vibrations qui les animent, leurs pulsations charnelles ? Quel besoin aviez-vous de sombrer dans cette décadence ?

Olivia réalisa alors avec effarement que Pygmalion était tout bonnement jaloux de Vincent Sasportas. Sans doute se croyait-il le seul maître de l'érotisme ? L'idée d'avoir un rival dans le monde réel le rebutait.

– Mais enfin, vous et moi, ce n'est qu'un jeu ! répondit-elle.

– C'est ce que vous croyez, perverse Olympia. Je vous ai prise sous mon aile. Je vous ai montré la voie. Je vous ai désigné celle que vous deviez châtier. Vous ne l'avez pas fait.

– Pétunia, la ministre de la Santé ? Mais pourquoi voulez-vous que je m'en prenne à elle ? Elle ne m'a rien fait !

– Parce qu'elle est elle aussi l'emblème de la décadence. Et parce que j'attendais de vous que vous serviez ma cause.

– Mais enfin, je ne suis pas votre esclave !

– Je suis votre maître, souvenez-vous, Olympia. Je suis la

main de Dieu qui a pris possession de votre corps et de votre âme. Vous me devez allégeance.

Le souvenir du dîner dans le noir devint tout à coup insupportable à Olivia. Tout son corps se révulsait à l'idée d'avoir été la proie de celui qu'elle voyait enfin pour ce qu'il était, un simple pervers manipulateur, qui s'était servi d'elle, avait capté son attention, pour parvenir à ses propres fins. À présent, l'ignorance lui semblait une bénédiction. Elle ne voulait surtout plus savoir qui était ce personnage dont l'arrogance l'écœurait.

– Ça suffit, dit-elle. C'est la dernière fois que je parle avec vous.

– Vous finirez comme les autres, grinça-t-il.

Cela sonnait comme une menace. Elle se déconnecta, et dans la foulée supprima définitivement son compte. Olympia Vesper avait vécu.

## 28.
## LUCIFER

– Qu'est-ce que t'as ? fit Joyce. T'as l'air de mauvais poil ce matin.

– Non, pas du tout… Je suis juste préoccupée.

– C'est ton correspondant mystère qui t'a encore retourné la tête ?

– Non… En fait, oui, entre autres… Lui, je l'ai envoyé bouler hier. Il m'a trop énervée. Terminé, basta.

– Il était temps ! Je sais pas ce qu'il cherchait, ce taré, avec ses petites énigmes à la con. À t'impressionner, sûrement, ce connard d'intello. Un frustré du cul, tiens, voilà ce qu'il est !

– Tu crois ?

Olivia déposa dans l'égouttoir la vaisselle de la veille qu'elle venait de laver.

– Ça me paraît évident ! s'écria Joyce en reprenant une biscotte. Il fait une fixette sur PVC, un vrai sadique. Le genre qui peut très bien passer à l'acte.

Olivia repensa aux tableaux que Pygmalion avait profanés devant ses yeux ; à ces femmes qu'il avait avilies, torturées, sacrifiées. Ce n'étaient que des mots visant des êtres de peinture.

Rien de bien méchant. Elle avait joué pour lui le rôle du spectateur complaisant et émoustillé. Un peu comme Khadija devant les petites mises en scène de Vincent Sasportas. Ce qu'elle avait un peu oublié, cependant, c'était que Pygmalion, ainsi qu'il l'avait prouvé à leur première et seule rencontre dans le noir, était aussi un être de chair. Elle frémit à l'idée qu'elle pourrait de nouveau croiser sa route.

– Tu as peut-être raison, reconnut-elle. Hier après-midi, quand on a échangé pour la dernière fois, il m'a vraiment fait flipper.

– Comment ça ?

– Il a parlé de domination, comme d'habitude. Mais comme je me rebiffais, il m'a dit que je finirais comme les autres. Je suis sûre qu'il ne plaisantait pas.

– Les autres ? Quels autres ?

– J'ai eu l'impression qu'il parlait de la ministre et du secrétaire d'État.

Joyce resta à son tour un moment silencieuse. Puis elle demanda :

– Tu crois qu'on a affaire au meurtrier ?

– C'est la question que je me pose, oui.

– Alors, ma vieille, faut que t'actives un peu tes méninges ! Ce mec, y a intérêt à ce qu'on le retrouve. Alors tu vas te concentrer, et me dire où tu l'as croisé.

– Je t'ai dit : à ce dîner dans le noir de la mi-septembre. Je n'ai même pas vu son visage. C'était mon voisin de table… On a fait un peu n'importe quoi. Il faisait chaud, l'ambiance était bizarre, on s'est un peu lâchés.

– Tu veux dire que vous avez baisé à table, en public ?

Joyce, qui n'était pourtant pas une mijaurée, avait vraiment l'air outrée.

– Non, pas vraiment… J'ai pas trop envie de rentrer dans les détails. Je préfère oublier. Un moment d'égarement, si tu veux.

– D'accord. Je vois. Motus, puisque c'est ça. Mais sinon, tu l'as croisé ensuite ? Ailleurs ?

– Non, jamais. Ça, j'en suis sûre. Je n'ai même jamais vu sa photo. Sur le site, tout le monde est masqué, c'est la règle de base.

– Et dans vos échanges, il t'a jamais donné d'indices ? Son métier, son adresse, son quartier ? Quelque chose, quoi ?

Olivia réfléchissait. Les deux amies s'étaient rassises à la petite table de la cuisine et se faisaient face.

– Rien. Encore que… concéda Olivia, il m'a dit un jour un truc étrange : « Vous m'avez déjà vu. »

– Donc, c'est forcément quelqu'un que tu connais ?

– Crois-moi, j'ai envisagé toutes les possibilités. Mais ça ne collait jamais vraiment.

– S'il a besoin de se cacher, c'est pas juste pour le jeu. C'est qu'il a peur que tu le reconnaisses.

– Peut-être, oui, acquiesça Olivia, pensive.

– Cherche encore. Tu veux qu'on relise ses messages ? Y a peut-être des indices dedans.

– Non, ils s'effacent au bout de vingt-quatre heures. Ça fait partie du système de confidentialité sur le site.

– Merde, lâcha Joyce.

– En revanche, risqua Olivia, il y a peut-être une chose…

– Oui ? Quoi ?

– Eh bien, la première fois que je suis allée au Nouveau Monde, il m'a dit que je n'avais qu'à citer son nom pour qu'on me laisse rentrer. Ce que j'ai fait.

– Son nom ? Tu déconnes ou quoi ?

– Enfin, son pseudo. Pygmalion.

– Ben, la voilà, la clé ! C'est forcément un habitué du club. Dans ce cas, c'est simple : toi et moi, on va y aller ce soir. Et on va le débusquer, ce malade.

*

Tard dans la soirée, sous une pluie fine et glaciale qui leur transperçait les os, les deux femmes se présentèrent à la porte du Nouveau Monde. Olivia avait ramassé sa chevelure sous sa perruque blond platine. Elle essaya de solliciter en elle ce qu'il restait d'Olympia Vesper – son avatar pouvait bien lui rendre ce dernier service. Joyce s'était composé un chignon très élégant émaillé de perles. Toutes deux avaient enfilé des loups de velours noirs que la jeune femme semblait posséder en de multiples exemplaires dans ses bagages.

– Le samedi soir, c'est la règle. Sans doute parce qu'il y a plus de monde. Ça donne une plus grande impression de brassage, de mélange. De mystère, aussi.

La petite fenêtre s'ouvrit et le cerbère habituel leur demanda :

– C'est de la part de qui ?

– De Pygmalion, répondit Olivia.

Sa voix devait trembler un peu car Joyce lui serra le bras comme pour la rassurer. Le battant s'ouvrit. Puis le bruit de leurs talons résonna sur les dalles et elles parvinrent dans l'ancienne cour du couvent, changée en ce patio au toit translucide sur lequel la pluie crépitait. Les fauteuils de velours, les lueurs tamisées du bar, le scintillement des bouteilles et le cliquetis des verres, tout leur donnait envie d'aller se réfugier là-bas, au chaud, au bout du couloir qui menait vers les entrailles du lieu. Elles s'approchèrent et déposèrent leurs affaires sous clé. L'hôtesse portait un masque argenté en forme de papillon. Elle leur servit une coupe de champagne en ondulant gracieusement.

– Bonne soirée, Mesdemoiselles, susurra-t-elle.

Les deux femmes s'engagèrent dans les galeries du cloître que des moines en robe de bure avaient autrefois arpentées au gré de leurs méditations silencieuses. Olivia avait pris le bras de Joyce et ne le lâchait pas. Elles empruntèrent l'un des escaliers situés aux angles du quadrilatère.

– Par là, c'est le mieux, souffla Joyce.

– Pourquoi ?

– Parce qu'on tombe d'abord sur la foule ordinaire... Ceux qui cherchent juste le contact. C'est plus soft. Personne ne te force à rien. On te propose, mais tu peux dire non. Après, ce sont plutôt les spécialités... Les cabinets particuliers. C'est plus dur de s'échapper si on t'attrape. Et tu ne peux pas vraiment dire non. Si tu es là, c'est que tu le veux bien.

Leurs yeux s'habituaient à la pénombre. Le cœur d'Olivia battait à tout rompre. À sa première visite, elle n'avait pas mesuré le risque qu'elle prenait. Elle serra plus fort le bras de son amie.

– Relax ! murmura Joyce. On est deux, on va pas nous embarquer comme ça !

La foule emmêlée sur les sofas et les divans gémissait, riait, faisait tinter ses verres. Il y avait là des dizaines de personnes toutes masquées. Les senteurs mentholées semblaient à Olivia plus fortes que la fois précédente.

– Maintenant, on va prendre ce couloir, fit Joyce. S'il se trouve quelque part, ton type, ce ne peut être que par là.

– Pourquoi ?

– Parce que c'est le coin le plus hard. C'est là qu'on trouve Vincent, aussi.

Toujours cette impression de pénétrer dans les cercles des Enfers. « *Nel mezzo del cammin...* » tenta de se réciter Olivia pour désamorcer la peur qui l'étreignait. Mais la suite ne vint pas. Elle avait la gorge terriblement sèche. Au plus profond résidait Lucifer. Et c'était bien lui qu'elle allait affronter.

– Tiens, enfin, te revoilà, Ombelle ! Il y a longtemps qu'on ne t'a pas vue. Et tu viens accompagnée, dis-moi… Quelle bonne idée.

L'homme masqué venait de se coller à Joyce. Elle lui jeta une réponse évasive et s'éloigna vivement de quelques pas, lui signifiant par là qu'elle le trouvait importun. Il n'insista pas.

– Ombelle ? glissa Olivia à l'oreille de son amie.

– C'est mon pseudo. Il m'a reconnue à ma coiffure. T'inquiète, il va pas nous emmerder, il pense que je suis là pour Vincent. Il n'osera pas. Vincent fait peur à beaucoup de monde… On approche, il doit être là ce soir.

Joyce s'était légèrement raidie, comme si elle se préparait à une collision. Sa tension se communiqua à Olivia.

– Ça va aller ? demanda cette dernière.

– Y a intérêt !

Joyce faisait de toute évidence la fière elle aussi.

– C'est là.

Elle désignait une petite pièce semblable à une alcôve à l'entrée de laquelle des individus se pressaient. Olivia et Joyce, sans se lâcher l'une l'autre, se faufilèrent. Des murmures fusèrent parmi lesquelles Olivia crut reconnaître à plusieurs reprises le nom d'Ombelle. Les deux femmes se retrouvèrent au premier rang des spectateurs qui comptaient une majorité d'hommes. Et là, elles virent une scène qui les laissa bouche bée. Allongée sur le dos, à même le sol heureusement recouvert d'une épaisse moquette grenat, une créature longiligne totalement nue, d'une blancheur diaphane, aux longs cheveux blonds répandus en corolle, les yeux clos sous son loup, reposait dans l'ombre que faisait sur son corps le profil de Vincent Sasportas, lui aussi nu comme un ver et masqué. Et le photographe, comme inconscient des spectateurs, s'employait, muni d'un pinceau, à patiemment enduire chaque recoin de ce corps parfait d'une couche de miel qu'il puisait dans des pots ouverts à ses pieds. Olivia, suffoquant presque, le vit se courber un peu plus, dissimulant à la vue son sexe dressé, et entreprendre de lécher à petits coups de langue le film collant et sucré sur la chair blanche.

– Ses préliminaires habituels, glissa Joyce à l'oreille d'Olivia.

Quand il eut parcouru chaque centimètre carré, n'y tenant visiblement plus, Sasportas se coucha sur la fille qui restait toujours immobile comme une morte et s'introduisit brusquement en elle. Il passa ses bras autour de son dos pour la ramener vers lui tandis que son bassin allait et venait entre les fines cuisses d'albâtre. La fille ne bronchait toujours pas et gardait les yeux fermés. Quand il eut fini, après un dernier soubresaut de ses reins et un long cri rauque, il reposa avec délicatesse sur le sol le torse qu'il tenait entre ses bras, pareil à un pantin.

– Le truc, c'est qu'il veut tester tes limites, poursuivit Joyce. Après il passe aux choses sérieuses.

Olivia avait en tête, pêle-mêle, les photos sur lesquelles elle avait écrit son dernier article. Elle entrevit dans l'ombre un assemblage hétéroclite d'objets – couteau, bocal, cactus et bien d'autres qu'elle n'aurait su nommer – voisinant avec un appareil photo dont l'objectif semblait la dévisager de son gros œil rond.

– Là, il va tenter un truc sur la fille, qui ne doit pas bouger, et la photographier.

Joyce savait de quoi elle parlait. Olivia se sentit soudain mal. Elle devenait comme schizophrène, honteuse, incapable de faire le lien entre les œuvres qu'elle avait commentées – persuadée de les comprendre et d'en faire partager le jeu érotique avec brio à ses lecteurs – et la scène vécue qu'elle avait à présent sous les yeux. Des hommes autour d'elle se caressaient. Certains ahanaient. Quelqu'un lui passa la main sur les seins. Tout son corps se projetait à la place de la jeune victime sacrificielle. Elle voulut fuir. D'un geste sec, toujours accrochée à Joyce, elle la tira en arrière.

– Je peux plus, lâcha-t-elle.

– Je sais, c'est spécial, fit Joyce.

Olivia se sentait palpiter. Le souffle lui manquait comme par saccades.

– Viens t'asseoir, ordonna Joyce.

Elles s'installèrent sur l'une des banquettes libres, le long du couloir qui s'enfonçait toujours plus vers les profondeurs. Joyce avisa un seau empli de glaçons posé sur un pied, en sortit une bouteille de champagne aux trois quarts pleine et remplit deux coupes qui semblaient les attendre sur une petite table basse. D'un geste machinal, Olivia s'apprêtait à remonter le loup sur son front pour éponger la sueur qui perlait sous le velours. Joyce l'arrêta de la main.

– Ça ne se fait pas. Ici tout doit rester secret.

Olivia vida sa coupe d'un trait. Joyce attrapa une poignée de glaçons et les lui passa dans le cou et sur les poignets, en remontant jusqu'aux coudes. Olivia retint un cri au contact du froid humide sur sa peau. Tout en elle se bousculait. Elle revivait le dîner dans le noir.

– Calme-toi, t'as le cœur qui bat à cent à l'heure. N'oublie pas qu'ici il n'y a que des volontaires. Tu dois relativiser.

– Tu as raison, admit Olivia après avoir pris quelques profondes inspirations, les yeux fermés. Je ne comprends pas. La première fois, ça ne m'a pas fait ça.

Elle comprenait en fait très bien que depuis lors, tout son être avait été comme contaminé, perverti par les suggestions de Pygmalion, doublées des photographies de Sasportas. Il lui semblait qu'à la surface de son corps une myriade d'aiguilles minuscules frémissait, et que chacune ouvrait une porte de communication vers l'extérieur par laquelle le monde, les êtres et toutes leurs sensations rentraient sauvagement en elle pour fusionner avec sa personne.

– Viens, on bouge, dit-elle en reposant sa coupe vide.

Elle voulait surtout s'assurer, en mettant un pied devant l'autre, qu'elle maîtrisait encore le mouvement de son corps.

– On peut faire un tour rapide, suggéra Joyce, visiblement inquiète. Tu ne me parais pas en état de continuer. Ce qu'il y a, c'est qu'il faut faire le tour du sous-sol pour revenir au point de départ. Il y a comme un sens de circulation. C'est l'usage.

– On y va, c'est bon.

Olivia s'agrippa de nouveau au bras de son amie. La sensation de fusion la reprit. Avec Joyce, elle se sentait soudain devenir une hydre à deux têtes. Elle se sentait aussi plus forte. Une sorte d'exaltation s'empara d'elle. Bientôt, si elle gardait le cap, elle toucherait au but. Elle saurait.

Les deux femmes naviguèrent de conserve comme un bateau un peu ivre. Vers le fond de la galerie qu'elles parcouraient, elles avisèrent une sorte de bocal translucide où les spectateurs se tenaient, immobiles, fascinés, pareils aux visiteurs devant les poissons d'un aquarium. Olivia se demanda qui pouvait bien s'ébattre derrière la paroi de verre.

– Ça, c'est la Glass Room, expliqua Joyce tandis qu'elles s'en rapprochaient. Elle est réservée aux séances très spéciales. Personne ne peut participer. Juste regarder.

– C'est une sorte de spectacle, donc ?

– Oui, si on veut.

Slalomant à travers la foule, plus échauffée à mesure que la nuit avançait, elles parvinrent à proximité de l'habitacle de verre. Après avoir un peu joué des coudes, elles réussirent à s'y coller. Derrière elles, les corps se poussaient et s'entrechoquaient. Olivia dut se retourner pour inviter certains à tenir leurs distances.

– Tiens, je connaissais pas encore ce tableau ! s'exclama Joyce.

Olivia découvrit alors, stupéfaite, la réplique en chair et en os de l'*Olympia* de Manet. Sur une couche surélevée faite de couettes et de coussins empilés, une jeune beauté brune à la peau blanche se tenait, figée, comme statufiée, une rose dans la chevelure, la main sur le pubis. Elle dévisageait sans les voir les spectateurs de l'autre côté de la paroi. Le loup de velours noir qu'elle portait constituait la seule entorse à l'œuvre du maître. Elle paraissait absorbée dans son propre monde. Seule une petite mule de satin ivoire se balançait imperceptiblement au bout de son pied. Vers le fond ténébreux de la cellule se détacha alors la silhouette d'une femme noire plantureuse, vêtue d'un boubou couleur saumon, les bras chargés d'un énorme bouquet de dahlias, de roses et de pervenches. Elle se pencha vers la jeune femme pour lui en faire sentir le parfum, puis se mit en mouvement et tourna autour de sa couche en cercles lents, comme si elle procédait à une danse rituelle avant le sacrifice.

Je l'ai trouvé, pensa Olivia, avec la force de l'évidence, pétrifiée. Pourtant il n'y avait personne d'autre que les deux femmes, la blanche et la noire. Mais il manque le chat noir, se dit-elle, avec le sentiment absurde que la composition était incomplète. La servante s'éclipsa avec ses fleurs. Au même moment une ombre se profila dans le fond, à gauche, derrière la femme allongée. C'était un homme vêtu de noir, le visage recouvert d'un masque de chat. Tétanisée, Olivia réalisa alors qu'elle connaissait la suite de l'histoire ; qu'il l'avait déjà écrite pour elle. Et elle sut à quoi s'attendre.

– On l'appelle le Peintre, lui glissa Joyce. Il reconstitue toujours des tableaux connus. Un vrai sadique, celui-là. Vincent à côté, c'est un agneau.

Olivia ne l'entendit pas. Elle était occupée à suivre les gestes délicats de l'inconnu qui dénouait le petit ruban au cou d'Olympia. Ses jambes flageolaient, son cœur battait la chamade. L'homme déroula le ruban de sa main droite et attrapa un petit fouet qu'il tenait attaché à sa hanche gauche. Il y entortilla le ruban avec soin comme pour le rigidifier. Le public retenait son souffle. Quand il porta le premier coup, derrière la paroi de verre, on ne ressentit aucun déplacement d'air sous l'effet de la lanière agile, on n'entendit aucun autre bruit que l'exclamation unanime de la foule, vibrant à l'unisson comme si elle venait de se faire flageller. L'homme continua son manège, visiblement de plus en plus excité par les zébrures qu'il dessinait sur la peau de sa jeune victime.

– J'aurais jamais accepté un truc pareil, décréta Joyce en grimaçant.

Le maître du jeu entreprit de se déshabiller un peu plus à chaque coup porté. Il était à présent presque nu. Une douleur non feinte se lisait sur le visage de la jeune femme allongée. Chaque coup lui arrachait un vilain rictus. La sueur perlait à son front.

– C'est pas du cinéma, grinça Joyce.

Puis, tirant Olivia par la manche :

– J'ai du mal avec ça, viens, on s'en va.

Olivia la retint d'un geste et étouffa un cri : à l'instant où l'homme entreprenait de gravir la couche pour se repaître de sa victime, celle-ci, dans un sursaut de souffrance ou d'amour-propre, le repoussa de toute la force de ses bras pâles qu'il s'apprêtait à ligoter. Dans la commotion qui s'ensuivit où leurs deux corps s'emmêlèrent, Olivia vit l'homme rugir en silence, le poing levé, prêt à frapper. Se redressant parmi les draps froissés, Olympia se débattit, le griffa au visage et dans un mouvement de fureur incontrôlée, arracha le masque de chat.

La foule poussa une clameur. L'homme se tenait de dos, presque nu, le fouet à la main, son masque à ses pieds. Il sembla perdre tous ses moyens, recula d'un pas, trébucha en tentant de ramasser le masque, et se retrouva de trois quarts face à la foule, comme une bête sauvage prise au piège, hallucinée dans le halo des chasseurs. Sans masque, il était affreusement nu.

Olivia venait de reconnaître Marc Bettendorff.

## 29.
## LA CONFRONTATION

Olivia ne se souvenait pas comment elle était rentrée chez elle. Pourtant, elle n'avait pratiquement pas bu. Elle se souvenait juste qu'elle n'avait pas pu décrocher son bras de celui de Joyce jusqu'à ce qu'elle tourne la clé dans la serrure de son appartement. Elle était en état de choc. Elle connaissait enfin le vrai visage de Pygmalion.

Bien sûr, elle l'avait déjà vu. Il était apparu assez souvent sur les écrans de télévision pour que son visage lui soit familier. Ce visage carré aux traits ordinaires, un peu lourds, cette mèche crantée qui lui donnait l'air d'un acteur des années cinquante, ces yeux gris perçants : c'étaient donc ceux de l'homme qui l'avait abordée dans le noir. Elle revivait mentalement la scène, honteuse, comme si les projecteurs étaient braqués sur elle et lui, pleins feux, aveuglants.

– Et maintenant, qu'est-ce que tu comptes faire ? lui demanda Joyce.

La journée de dimanche était déjà bien entamée.

– Aucune idée. Je suis complètement paumée.

– Tu peux publier un article sur lui ? Expliquer que tu as découvert qu'il était le meurtrier ? Ton rédacteur en chef sera content, un scoop pareil, ça fera vendre. Et la boucle sera bouclée.

– Tu es folle ? On n'accuse pas sans preuve !

– Tu as bien vu que ce mec est un grand malade. Tu prends pas beaucoup de risques.

– Je ne peux pas. C'est contraire à toute déontologie.

Joyce se leva avec ce petit air déterminé qu'Olivia lui connaissait bien à présent.

– Puisque c'est comme ça, je m'en occupe, moi. J'en connais une qui bosse le dimanche et qui sera contente qu'on lui passe l'info.

Avant qu'Olivia ait eu le temps de réagir, Joyce avait sorti une petite carte de son sac et composé le numéro qui figurait dessus.

– Commandant Prémontin ? Ici Joyce Truarong.

*

Les deux femmes eurent à peine le temps de se préparer que déjà on sonnait à l'interphone pour les prier de descendre. La voiture banalisée traversa la ville quasi déserte, comme figée par le froid, et les déposa à la PJ en un temps record.

– Va falloir m'expliquer à quoi vous jouez, toutes les deux, fit le commandant Prémontin en les accueillant dans son bureau et en les invitant à s'asseoir.

Olivia prit une inspiration, décida de passer sous silence l'épisode du dîner dans le noir, et entreprit de relater la façon dont Pygmalion avait pris contact avec elle, près de cinq semaines plus tôt, au lendemain du meurtre de Khadija Saïdi. Ce qui au départ pouvait passer pour une banale tentative de drague par internet avait en réalité viré à une sorte de manipulation bizarre et érotique au cours de laquelle son correspondant lui glissait des indices sur le meurtre de la ministre. Il semblait vouloir orienter son jugement, par petits coups habilement distillés, et avait fini par lui demander d'user de sa fonction pour accuser publiquement Pétunia Verschueren-Cellier. Devant son refus, il s'était emporté et l'avait menacée « de finir comme les autres ».

– C'est tout ? explosa le commandant Prémontin. C'est avec ça que vous prétendez résoudre les meurtres de la ministre et du secrétaire d'État ? Mais vous vous foutez de moi ! Des dragueurs sur internet, il y en a des millions ! Et les trois quarts sont des tarés, des malades, des pervers ! Vous voulez bien m'expliquer le rapport ? Parce que là, franchement, je ne vois pas !

Olivia tenta d'expliquer à quel point, pendant ces cinq semaines, elle avait eu le sentiment d'être suivie : où qu'elle aille – à Marseille, au Louvre, et jusque dans la piscine du Ritz – l'inconnu semblait guetter le moindre de ses faits et gestes ; mieux que cela, il la surveillait. Elle le sentait de plus en plus menaçant.

Ce fut Joyce qui prit alors la parole :

– Là où ça va vous intéresser, c'est qu'on a fini par comprendre de qui il s'agissait. Et on l'a retrouvé au club le Nouveau Monde. Là même où la ministre a été tuée.

Quand le commandant Prémontin entendit le nom de Marc Bettendorff, elle ouvrit des yeux ronds.

– Quoi, le leader du collectif réac, RAGE ? Celui qui prône le retour à l'art du passé, qui défend la famille traditionnelle et les valeurs catholiques ? Vous êtes en train de me dire qu'il fréquente ce club mal famé ?

Joyce opina du chef.

– Oui, aucun doute, c'est bien lui. On l'a vu sans son masque.

– Et s'il défend l'art, ajouta Olivia, je peux vous dire que c'est d'une manière tout à fait particulière.

Les cogitations de l'enquêtrice s'enchaînèrent sous leurs yeux : le sadisme assumé de Bettendorff et sa propension à la manipulation ; la connexion avec la ministre, retrouvée étranglée au même endroit ; la croisade du collectif RAGE contre l'art contemporain et la politique culturelle de Khadija Saïdi.

– Faut croire qu'il y a peut-être là un mobile… murmura-t-elle comme pour elle-même. Ça mérite d'être creusé.

Le commandant décrocha son téléphone. Olivia et Joyce comprirent qu'elle avait décidé de convoquer Bettendorff.

*

Elles crurent être libérées d'un fardeau en apprenant à l'enquêtrice ce qu'elles savaient. Aussi est-ce le cœur léger qu'elles rentrèrent chez elles.

– Je suis soulagée, lâcha Olivia. Aux flics de se démerder maintenant. Tout ça ne nous concerne plus.

Elle avait envie de passer enfin à autre chose. Sa décision était prise, elle n'irait pas travailler pour Sasportas. Ce qu'elle avait vu de ses pratiques, la veille, l'avait trop écœurée. Elle ressassait, remettant en cause les fondements de son propre travail : comment avait-elle pu écrire cet article dithyrambique sur des photographies dont elle avait tout simplement gommé l'origine ? Comment avait-elle pu réduire le champ de sa réflexion à ces images en deux dimensions et en gros plan, avec un détachement intellectuel coupable, comme si l'art ainsi produit faisait fi de ces filles crucifiées, torturées, empalées ? Comment avait-elle pu prendre part au jeu de Pygmalion comme s'il ne s'agissait que de mots ? Hier elle avait vu deux performances bouleversantes qui lui avaient remis les pieds sur terre : les corps souffrants étaient le sien. La rébellion d'Olympia, arrachant le masque de son tortionnaire, avait arraché le voile qui recouvrait ses propres yeux.

– Il faut qu'ils paient, ces salauds, grinça Joyce. Le problème, c'est qu'il y aura toujours des filles qui sont prêtes à tout pour un peu de fric.

– Il te payait, Vincent ? demanda Olivia, réalisant qu'elle ne lui avait jamais posé la question.

– Oui… Et même pas bien, en plus. Un vrai radin, ce connard.

Les journaux télévisés du soir ne leur changèrent pas vraiment les idées. Armance d'Épinay était partout, et hystérique. Elle avait convoqué une sorte de conférence de presse au pied de son immeuble, derrière lequel on voyait briller le dôme des Invalides.

– C'est un véritable scandale, une atteinte aux libertés fondamentales ! Marc Bettendorff est actuellement détenu par la police. On est venu le chercher chez lui, en pleine pause dominicale, et sans autre explication, alors qu'il était paisiblement en famille.

On vit alors l'image fixe d'un pavillon en meulière décoré de céramique de Sèvres 1900 et protégé par de hautes grilles. Il devait se trouver à Meudon ou à Saint-Cloud.

– Savez-vous ce qui lui est reproché ? demanda l'un des journalistes qui tendait son micro.

– Mais justement, il n'a rien à se reprocher ! Marc Bettendorff dirige le collectif RAGE, il en est l'inspirateur, le porte-parole, mais il n'a jamais pris part à aucune de ses manifestations ou actions violentes ! Nous les condamnons, bien évidemment. À travers lui, c'est tout notre collectif que le gouvernement veut intimider. Nous n'en resterons pas là. Nous allons porter plainte contre cette interpellation abusive. Ce sont nos voix que l'on veut faire taire. Celles qui défendent l'art, la culture et les valeurs, celles de la France de toujours, contre l'obscurantisme et la décadence érigée en modèle…

S'ensuivit la litanie habituelle qui arracha un soupir à Olivia.

– Elle me fatigue, cette vieille chouette.

Armance d'Épinay poursuivit :

– Marc Bettendorff est un sage, un pacifiste, un homme de bien. Avant lui, le Christ a subi les outrages des impies ! Mon beau-frère est aujourd'hui crucifié en place publique…

– « Mon beau-frère », fit Olivia d'une voix blanche. Elle a dit « mon beau-frère ».

*

Le lendemain lundi, elle eut la surprise de recevoir un appel de la PJ dès 8 h 30.

– Le commandant Prémontin vous attend, vous et Mademoiselle Truarong, pour une confrontation, dans son bureau, à 10 heures précises.

– Une confrontation ? Mais avec qui ?

Au moment même où elle posait la question, Olivia comprit de quoi il s'agissait et son sang se glaça. Mais elle ne pouvait pas se défiler.

Parvenues à la PJ, elles durent patienter quelque temps dans un couloir à l'étage du bureau du commandant. Puis la porte s'ouvrit et un policier invita Joyce à entrer seule. Celle-ci ressortit après deux minutes à peine.

– Elle voulait juste que je confirme que c'est bien lui qu'on a vu l'autre soir. À ton tour.

Le fonctionnaire de police invita Olivia à entrer. Elle se leva, fébrile, et franchit le seuil.

– Asseyez-vous, Madame Lespert, ordonna le commandant.

Pour une fois, elle était en uniforme. L'heure était donc grave. Olivia s'exécuta sans oser tourner la tête vers l'homme assis sur l'autre siège. Elle perçut juste qu'il portait une chemise blanche et un costume gris. Aux pieds, des chaussures de cuir noir à bout pointu, impeccablement lustrées. Parfaite allure de représentant de commerce ou de banquier.

– Vous reconnaissez ce monsieur ?

Olivia fut bien obligée de le regarder. Elle reconnut Bettendorff, tel qu'elle l'avait vu dans ses interventions télévisées. Difficile de faire le lien avec l'homme qui se déchaînait au Nouveau Monde sur sa proie. Pourtant c'était bien le même.

– Oui, dit-elle.

Bettendorff la regardait du coin de l'œil avec un petit air amusé et sûr de lui. Olivia réprima un haut-le-cœur. Dans le noir, il avait certainement eu le même air. Mais à l'époque, elle n'avait pas vu son visage à la mâchoire prononcée, sa mèche rabattue sur le côté, ses yeux gris clair, presque transparents. Elle se concentra sur la question du commandant, ancrant son regard dans les yeux noirs qui lui parurent presque rassurants.

– Expliquez-moi comment vous avez connu ce monsieur.

– Nous nous sommes rencontrés à un dîner organisé en septembre par le ministère de la Culture. Puis nous avons engagé une correspondance par internet.

Plus de détails étaient inutiles.

– De quelle nature, cette correspondance ? Professionnelle ?

Olivia dévisagea l'enquêtrice. Pourquoi posait-elle cette question, puisqu'elle savait déjà tout ?

– Non... Plutôt un jeu érotique. Par le biais d'un site web.

Marc Bettendorff remua légèrement sur sa chaise. Il devait se savoir coincé. Il pouvait nier, invoquer l'anonymat derrière lequel les membres du site se cachaient – mais cela même aurait constitué un aveu.

– Nos informaticiens étudient en ce moment les connexions établies depuis votre ordinateur portable, Monsieur Bettendorff, dit le commandant. Je vous conseille donc de nous épargner des complications inutiles.

– Je veux un avocat, grommela l'homme.

– Voyons, ceci n'est qu'un simple entretien informel ! Nous ne sommes pas dans le cadre d'une procédure. C'est par simple courtoisie que nous avons envoyé une voiture vous chercher, chez vous, à Garches. Votre belle-sœur a bien tort d'en faire une affaire d'État, et un tel raffut. Elle a tout intérêt à faire de vous un martyr, je le conçois, mais elle se trompe de combat : moi ce que je veux, c'est juste entendre ce que vous avez à dire sur les meurtres de la ministre de la Culture, Madame Saïdi, et du secrétaire d'État, Monsieur Bachelier. Madame Lespert ici présente nous a laissé entendre que vous déteniez des éléments d'information intéressants.

– N'importe quoi, lâcha Bettendorff. Je n'ai rien à voir avec ça.

– Je pense que nous prouverons sans difficulté que vous étiez présent au club le Nouveau Monde, le soir du 3 novembre, jour où la ministre a été retrouvée assassinée. D'après ce que nous savons, vous êtes un habitué des lieux. Je vous conseille donc la transparence. Je ne suis pas sûre que vos ouailles apprécient de découvrir vos petits passe-temps. Pour un père la Vertu, vous faites fort, j'avoue !

Olivia n'en revenait pas. Pygmalion ne faisait plus le fier. Il paraissait au contraire veule et embarrassé. Elle se sentait quant à elle reprendre un peu d'aplomb.

– Pourquoi m'avoir ciblée, moi ? s'entendit-elle lui demander. Depuis des semaines, vous ne me lâchez pas. On dirait que vous avez des yeux partout pour me surveiller.

Elle fit une pause, regarda le commandant, et s'exclama, traversée par une illumination :

– Mais oui, bien sûr, c'est ça ! Vos petites équipes sont en mission ! À Marseille, ils ont saccagé l'exposition et ils vous ont fait leur rapport. Oui, j'y étais, ils m'avaient vue au musée ! Partout où je me trouvais, vos sbires me surveillaient. Et au Ritz, évidemment, c'est votre belle-sœur elle-même qui a joué les indics ! Müller lui a raconté qu'il m'avait vue dans la piscine. Facile pour vous de broder sur Ophélie, pas vrai ?

– Vous en dites quoi, Monsieur Bettendorff ? asséna le commandant d'une voix sèche.

– C'est un tissu d'élucubrations. Cette femme est paranoïaque.

– Pourquoi fallait-il que ce soit moi ? reprit Olivia sans se démonter. Parce que vous pensiez que j'allais servir votre cause ? Écrire sous votre dictée ? Relayer vos combats dans la presse ? Vous n'étiez pas assez convaincant vous-même ? J'étais votre nouvelle recrue ?

Bettendorff avait l'air groggy, comme assommé par le bombardement de questions. Olivia était presque déçue. L'homme avait perdu toute sa superbe. La morgue de Pygmalion était bien loin.

– Vous savez quoi ? ajouta-t-elle pour enfoncer le clou. J'ai bien envie de l'écrire, cet article, mais pour dévoiler le dessous des cartes... Les petites saloperies du leader de RAGE, si propre sur lui, ses petits jeux dans des clubs libertins... Je suis sûre que ça passionnera les lecteurs !

– Et alors, tu y traînes bien, toi aussi, dans ce club ! s'emporta Bettendorff.

– Vous reconnaissez donc que vous vous y êtes croisés tous les deux ? C'est aussi ce que Mademoiselle Truarong a confirmé. Et si l'on pousse un peu, on trouvera d'autres témoins.

– Qu'est-ce que ça peut faire ? Il y a des milliers de gens qui fréquentent ces endroits.

– Oui, mais peu qui ont des pratiques aussi radicales que les vôtres, rétorqua le commandant.

– Drôle de façon de défendre l'art, ajouta Olivia. Au fond, vous n'êtes qu'un piètre imitateur, vous détournez les œuvres à votre profit, pour qu'elles servent vos sales petits fantasmes de sadique. Mais vous ne créez rien. Pas comme Sasportas. Lui au moins, il crée, il fait du nouveau ! Et il a du succès, un renom international ! Les honneurs des musées, les louanges de la ministre !

Elle savait qu'elle allait toucher une corde sensible, celle de la jalousie.

– Cette crevure, elle n'a eu que ce qu'elle méritait ! explosa Bettendorff.

– Voulez-vous préciser votre pensée ? fit le commandant en s'avançant, les mains jointes sur son bureau.

Bettendorff se renfrogna et se mura dans le silence.

– Je crois que je peux la préciser pour lui, avança Olivia d'une voix douce. Monsieur ici présent avait un grief personnel contre la ministre. Elle avait refusé l'achat par le Louvre d'un pastel que possédait la famille de sa femme, née d'Épinay.

Devant l'air ébahi de leur interlocuteur, qui avait relevé la tête, elle poursuivit :

– Qu'est-ce que vous croyez ? Moi aussi j'ai mes sources ! Et puis pour vous, qui êtes enfermé dans l'art du passé, Khadija Saïdi, avouez-le, était l'incarnation de tout ce que vous détestez !

La colère bouillonnait sous la carapace. Olivia savait qu'elle n'avait pas affaire à un animal à sang froid. Elle espérait le pousser à bout. Aussi poursuivit-elle :

– Elle au moins, elle a défendu l'art vivant ! Vous, vous n'êtes qu'un vulgaire copiste ! Un pasticheur ! Un resuceur de formes anciennes !

– Peut-être, mais sur ce plan vous ne savez rien de mes capacités, jeta Bettendorff, goguenard.

– Je crois pourtant que j'en ai eu un bon aperçu ! fit Olivia.

Bettendorff eut un sourire ironique. Sans doute repensait-il à leurs échanges. Olivia eut toutefois l'impression qu'il parlait d'autre chose. L'homme plissait légèrement les paupières, ce qui lui donnait un air félin. Une petite lueur dans ses yeux se moquait clairement d'elle. On aurait dit un guépard à l'affût, prêt à bondir. Il cache quelque chose, et c'est là sa force, pensa Olivia. Le masque de chat lui revint en mémoire. Sans lui, elles avaient vu l'homme littéralement s'effondrer. Réduit au rang de ver de terre. *Le chat. Copycat.* Ce fut alors comme si le voile se déchirait une nouvelle fois devant ses yeux : elle venait de comprendre.

– Un imitateur ! Mais oui, tout est là ! s'exclama-t-elle comme pour elle-même.

– Pardon ? Vous voulez préciser ? demanda le commandant qui entendait garder les rênes.

– Mais c'est évident ! Il s'agit d'une imitation ! Pygmalion a voulu singer son rival, le photographe Sasportas ! Tous les deux sont les grands metteurs en scène du Nouveau Monde, chacun avec son petit théâtre pervers et ses spectateurs. C'est une querelle d'ego, mais en même temps c'est plus que ça !

– Expliquez-vous ! tonna le commandant.

Puis, s'adressant à Bettendorff :

– Qu'est-ce que c'est que cette histoire ? Quel est votre rapport avec Sasportas ?

Elle pataugeait, mais n'avait pas oublié que le photographe avait longtemps été son suspect numéro un.

– Ce mec n'existe pas, c'est un nul, un zéro, une merde, lâcha Bettendorff, le visage fermé.

Olivia le sentait au bord de l'implosion. Elle se tourna vers l'enquêtrice et joua son va-tout :

– Je vais vous expliquer, moi. Ce n'est pas juste une histoire de jalousie entre producteurs de testostérone, ni une querelle de territoire au sein du club. Non, c'est beaucoup plus retors que ça. Notre copiste ici présent a réussi là son chef-d'œuvre : il connaissait les petites mises en scène de Vincent Sasportas, il l'avait vu en action avec les filles qui lui servent de cobayes. Joyce a été l'une d'entre elles.

Bettendorff serrait les mâchoires. Le commandant l'observait du coin de l'œil.

– Il lui a été facile, très tard, dans la nuit du 3 au 4 novembre, de se rapprocher de la ministre, qui était l'une des plus fidèles spectatrices de Sasportas. Imaginez : le club se vide, tout le monde est parti se coucher, il l'embobine comme il sait le faire, Khadija a un peu bu, ou bien il glisse du GHB dans son verre, bref, elle est à sa merci. Et là, dans la salle même où Sasportas fait ses petites performances, il étrangle Khadija. C'est si facile, il a toujours son fouet sur lui. Et s'il reste des spectateurs, quelle importance, ils croient que ça fait partie du jeu. Puis il récupère des éléments de l'attirail de Sasportas : les ballons de baudruche, l'ours en peluche, les plumes, les clous et les vis, qu'il dispose sur le corps ; et il rajoute les fleurs de pétunias bleues qu'il a pris soin d'apporter. Il faut bien laisser sa marque, pas vrai ? La vanité l'impose... C'est un minimum.

– Qu'avez-vous à dire, Monsieur Bettendorff ? interrogea le commandant.

Elle s'était rapprochée au point d'être presque étendue en travers de son bureau, la tête dressée vers lui, ses yeux noirs fichés dans les siens.

– Elle affabule, c'est du délire.

Il avait l'air étrangement peu convaincu. Olivia se sentait soudain regonflée, sûre de son fait, et continua, exaltée :

– Vous trouverez facilement son ADN sur les objets ! Même s'il y a beaucoup de traces, la sienne sera forcément dominante. Assez habile, ce petit simulacre, d'ailleurs, quand vous y pensez. Au premier abord, à qui pense-t-on comme coupable ? À Vincent Sasportas, forcément, et c'est lui qui se retrouve incriminé.

Le commandant, se remémorant les débuts de son enquête, fit machinalement oui de la tête et la laissa parler.

– Ainsi, le meurtrier se débarrasse de son rival, mais aussi de la ministre. Ce que je ne parviens pas à m'expliquer, c'est pourquoi ces pétunias bleus ? Pourquoi cette fixation concernant Pétunia Verschueren-Cellier ? Tout, dans ses messages, m'orientait vers la ministre de la Santé. Il voulait que je publie carrément un article l'incriminant !

– Monsieur Bettendorff, êtes-vous d'accord pour que nous fassions sur vous un prélèvement ADN ? demanda le commandant d'une voix sèche.

– Je veux un avocat, répéta-t-il.

– Cela va peut-être s'avérer utile, en effet.

*

Le leader de RAGE se vit notifier sa garde à vue le jour même à 10 h 45. Il passa un coup de fil à son avocat. Puis le commandant remercia Olivia et la pria de se retirer.

Celle-ci se tourna alors vers Bettendorff et lui dit doucement :

– On ne m'ôtera pas de l'idée que dans ce meurtre rituel, c'est aussi l'art contemporain tout entier que vous vouliez assassiner.

Alors, comme s'il renonçait à se défendre, Bettendorff passa soudain aux aveux.

– En tout cas, Olympia, l'entendit-elle lui répondre, je ne me suis pas trompé en vous prenant comme élève. Dommage que vous ne m'ayez pas suivi.

Pendant un instant, Olivia crut le voir se dédoubler et redevenir Pygmalion. Elle en ressentait une joie trouble, proche de l'excitation. L'homme semblait avoir oublié la présence du commandant, tout entier absorbé par Olivia qui s'en allait.

– Et Bachelier, risqua-t-elle, c'était pourquoi ?

Elle s'attendait à le voir se refermer comme une huître. Mais elle voulait savoir.

– Parce qu'il fallait au moins ça pour fermer cette immondice de Fondation Vuitton. La preuve, elle n'a toujours pas rouvert ! Il était simplement là au mauvais endroit et au mauvais moment. Dommage pour lui.

– Vous étiez donc sur place, ce mardi-là ?

– Oui, je me suis glissé dans la foule. Ce Bachelier, quel naïf : je voulais lui montrer les dangers de cette architecture, ce puits de trente mètres… Il n'a eu qu'à se pencher un peu.

Toujours ce sourire de satisfaction, celui du travail bien accompli.

– Et Pétunia Verschueren-Cellier, quel grief aviez-vous contre elle ?

– Encore une salope, celle-là. Connaissant sa rivalité avec Khadija Saïdi, nous nous étions adressés à elle pour qu'elle soutienne notre cause. Elle nous avait promis une belle rentrée d'argent… Et on n'a rien vu venir. Au dernier moment, elle a tout gardé pour elle. Et vous ne m'avez pas beaucoup aidé à la faire payer, Olympia.

Comme perdu dans ses pensées, il soupira longuement avant de continuer :

– Vous auriez fait une partenaire délicieuse, au club, si vous aviez voulu… Dommage que nous n'ayons pas eu le temps. Une autre fois, chère Olympia.

Il tendit vers elle une main qu'elle n'osa pas serrer et qu'il laissa retomber comme morte sur ses genoux. Olivia referma la porte, le cœur étreint par une nostalgie incongrue. Elle portait en elle le souvenir d'Olympia, de la jeune Tahitienne, de la main de Dieu, d'Ophélie, et de toutes les autres créatures que Pygmalion avait fait revivre pour elle.

## 30.
## SUR LES RAILS

La vitesse l'étourdissait. Elle voulait fuir la grande ville, le bruit et la fureur, Thomas, sa revue et les journalistes. Un dernier article malheureux avait déchaîné les foules. Elle aurait mieux fait de se taire. Personne ne pouvait l'entendre : elle avait osé écrire qu'elle voyait en Bettendorff un artiste, à sa façon. Peut-être avait-elle eu tort. Elle ne savait plus.

Les chaînes d'information étaient saturées de la nouvelle : le leader du collectif RAGE avait été incarcéré dans l'affaire du double meurtre d'État. Les révélations sordides pleuvaient, c'était à qui raconterait avec le plus de détails croustillants les petites pratiques du preux chevalier Marc Bettendorff, qui la nuit se changeait en monstre suppliciant les jeunes femmes. Armance d'Épinay s'était tue, murée dans la honte et la mortification. Pour la première fois depuis longtemps, les expositions d'art contemporain se déroulaient sans anicroches : pas un bombardement de peinture, pas un esclandre, pas un survol de drone.

Les arbres, les buissons, les villages et les vaches défilaient à toute allure le long des rails. Olivia ne parvenait pas à recomposer un paysage cohérent. Tout était allé trop vite. Et cette fois-ci, elle voyageait seule, sans Joyce. Mais elle allait rejoindre Simon. Lorsqu'elle l'avait rappelé, l'esprit enfin un peu plus clair, elle en était presque tombée à la renverse. Son amant avait une proposition à lui faire :

– Olivia, je voudrais que tu m'aides. J'ai un projet d'exposition en tête. Des photographes contemporains. Il n'y a que toi qui puisses le mener à bien. Mon idée est de leur faire photographier notre musée, nos collections, et même nos personnels. Qu'ils les montrent sous un jour nouveau, inattendu, surréaliste. Après cette sale affaire Toledano, il nous faut frapper fort, être là où on ne nous attend pas, redorer notre image.

– Cela veut dire que je viendrai à Marseille ?

– Oui, sauf bien sûr si ça te dérange. Je voudrais que tu sois la commissaire de cette exposition. C'est un projet de longue haleine, il prendra bien un an. Rassembler les artistes, sélectionner leurs travaux… Toi seule as les contacts. Si ça te va, je te trouverai un bureau dans nos murs.

– C'est tentant… Tu crois que tu supporteras de me croiser tous les jours ?

– Faut voir. Si je n'en peux plus, je te ligoterai et je te bâillonnerai.

Olivia sentit une petite flamme se ranimer en elle. Elle devait se rendre à l'évidence, elle mourait d'envie de le revoir.

C'est ainsi qu'elle avait quitté Joyce, non sans lui avoir annoncé la nouvelle, tout sourire.

– Tu verrais ta tête ! lança cette dernière. Je t'ai jamais vue comme ça !

– Tu sais quoi ? fit Olivia, prise d'une impulsion subite. J'aimerais que tu gardes mon appartement pendant que je serai là-bas. Ça te rendrait service, et ça me permettrait de voir venir.

– Non, c'est vrai ? Tu ferais ça ?

– Puisque je te le dis.

Joyce fondit sur elle et l'embrassa.

– T'es vraiment ma meilleure amie, tu sais !

Olivia se sentit toute gonflée d'allégresse.

– Te fais pas trop d'illusions, quand même, ajouta la jeune femme. Tu vas pas être débarrassée de moi si vite. Mon nouveau job est sympa mais il y a Thierry… Je crois que tu me verras souvent à Marseille.

*

Le train filait sur les rails, engloutissant dans le fracas régulier de ses roues tous les articles qu'Olivia n'écrirait plus. Il lui venait pourtant une intuition encore floue, reflet de l'embarras dans lequel elle se trouvait : à qui avait-elle eu affaire ? À des artistes, des géants, des génies de leur époque, ou à des êtres ordinaires, mesquins et décevants dans leur petitesse ? Quelle face de la médaille devait-elle donc contempler ? Marc Bettendorff dormait aujourd'hui en prison pour le double meurtre d'une ministre et d'un secrétaire d'État. À l'homme qui avait supprimé deux de ses semblables, elle ne trouvait aucune excuse. Mais elle ne pouvait le nier, elle avait vibré devant son petit théâtre personnel. En frappant, en martyrisant les jeunes filles qui incarnaient pour lui les personnages des tableaux, sans doute visait-il aussi le peintre qui l'écrasait de tout son poids historique.

Vincent Sasportas n'était guère différent. Lui aussi avait besoin de se confronter au réel et de le faire saigner. Elle devait l'admettre : là non plus, elle n'avait pas détourné les yeux de ses petites mises en scène. Au contraire – avec avidité, oui, avec une gourmandise gênante, elle l'avait regardé travailler : chirurgien délicat et retors, oscillant entre la douceur de la peau et l'objet qui l'agresse et l'entaille. Elle y avait trouvé d'inavouables délices. À son tour, elle était devenue voyeuse. Et dans ces sables mouvants qu'était alors sa vie, dans le flux incessant que plus rien ni personne ne maîtrisait, ces visions lui avaient presque procuré un trouble réconfort. Le naufragé s'accroche aux débris qui surnagent.

Khadija aussi s'y était accrochée. Mais elle était devenue la victime de sa propre jouissance. Tragique ironie du sort pour cette femme de conviction, farouche militante anti-voile, que d'avoir dû dans l'ombre recourir au masque afin de pouvoir voir sans être vue.

Des visionnaires des bas-fonds. C'était ainsi qu'ils lui apparaissaient. Des pervers, des détraqués. Pourtant à l'origine de ses plus récentes émotions esthétiques.

Le train commençait à ralentir. Les battements de son cœur s'accélérèrent. Marseille approchait. Elle était bien vivante. Khadija Saïdi et Hugues Bachelier étaient morts. Quelques Chinois, Clément Toledano et Pygmalion se trouvaient derrière les barreaux, en attente de leur procès. Pétunia Verschueren-Cellier se prélassait à cette heure au bord du Léman, bien emmitouflée dans sa fourrure, sirotant un vin chaud et regardant le jet d'eau qui montait vers le ciel. Vincent Sasportas explorait les quartiers chauds de Séoul, en quête de nouvelles proies. La vie n'était qu'une vaste loterie.

Olivia se livrait à ces réflexions quand une petite sonnerie lui annonça l'arrivée d'un e-mail. Son cœur tressauta encore plus fort lorsqu'elle reconnut la série de chiffres qui cryptait l'adresse de l'expéditeur. Un poème. Encore.

*Par cette barbacane à défaut de phallus*
*Sachez Olympia que Sade embastillé*
*Vers vous projettera toujours son oculus*
*Mû par un seul espoir : vous voir entrebâillée ;*

*Jusqu'à la fin des temps, peut-être même plus,*
*Pour moi Pygmalion vous serez Galatée*
*Celle qui par sa plume avant que je le susse*
*Afficha qu'elle avait son maître dépassé*

*Reconnaissant enfin mieux que lui sa doctrine*
*Et célébrant son œuvre observée par le trou*
*De serrure ; tableaux, le fruit de ses rapines*

*Recomposés afin que le désir taquine*
*Aux tréfonds de l'enfer les corps tristes et mous*
*– Pour vous ma gratitude et cette trique alpine !*

Le divin marquis était donc de retour : depuis le fond de son cachot, comme collé à une ouverture étroite percée dans le mur, il restait insatiable, brûlant de communiquer avec elle. Elle relut le sonnet, le sourire aux lèvres. À défaut de pouvoir la toucher, toujours il garderait son œil rivé sur elle. Elle en ressentit une étrange satisfaction. Il ne pouvait pas l'abandonner totalement.

Mais surtout, loin de lui en vouloir de l'avoir dénoncé, l'homme lui disait sa reconnaissance d'avoir compris son œuvre. Il avait donc lu son article. Il l'avait apprécié. Olivia en ressentit une joie immense. Quelque chose ici se clôturait dans l'allégresse. Bientôt, elle retrouverait Simon. Son sang cogna soudain plus fort dans ses veines. Ils se lanceraient à corps perdu dans leur projet artistique. Et le soir venu, ils se laisseraient taquiner par le désir, oublieux du regard avide que Pygmalion, goguenard, à travers la muraille, jetterait sur eux.

## TABLE

Achevé d'imprimer sur les presses de CPI en novembre 2017 (144641)
Dépôt légal : janvier 2018 • ISBN 978-2-84742-378-5 • Imprimé en France